Depuis *Légende*, son premier roman publié en 1984 et récompensé par le prix Tour Eiffel en France, **David Gemmell** n'a eu à son actif que des best-sellers. Reconnu comme le roi de l'*heroic fantasy* en Grande-Bretagne, cet ancien journaliste, grand gaillard de deux mètres, avait été videur dans les bars de Soho à Londres avant de prendre la plume. Sa gouaille naturelle lui avait toujours permis d'éviter de se servir de ses cent vingt kilos. Cette gouaille se retrouve dans ses ouvrages dont le rythme soutenu entraîne le lecteur dans des aventures épiques et hautes en couleur, où Gemmell savait mettre tout son cœur. Ce même cœur qui l'a abandonné en juillet 2006, à l'âge de cinquante-sept ans.

Du même auteur,
aux éditions Bragelonne,
en grand format :

Drenaï :
Légende
Druss la Légende
La Légende de Marche-Mort
Waylander
Waylander II :
Dans le royaume du loup
Waylander III :
Le Héros dans l'ombre
Le Roi sur le Seuil
La Quête des héros perdus
Les Guerriers de l'hiver
Loup Blanc
Les Épées de la Nuit et du Jour
L'Étoile du Matin
L'Écho du Grand Chant
Le Fantôme du roi
La Dernière Épée de pouvoir
Reine des Batailles
Le Faucon Éternel

Rigante :
Rigante – L'Intégrale – volume 1
Rigante – L'Intégrale – volume 2

Jon Shannow – L'Intégrale

Troie :
1. *Le Seigneur de l'Arc d'Argent*
2. *Le Bouclier du Tonnerre*
3. *La Chute des rois*

Romans isolés :
Dark Moon

Chez Milady, en poche :

Drenaï :
Légende
Druss la Légende
Waylander
Waylander II :
Dans le royaume du loup
Waylander III :
Le Héros dans l'ombre
Le Roi sur le Seuil
La Quête des héros perdus
La Légende de Marche-Mort
Les Guerriers de l'hiver
Loup Blanc

Chez d'autres éditeurs :
Le Lion de Macédoine (cycle)
Renégats

CE LIVRE EST ÉGALEMENT DISPONIBLE
AU FORMAT NUMÉRIQUE

www.milady.fr

David Gemmell

Le Roi sur le Seuil

Traduit de l'anglais (Grande-Bretagne) par Alain Névant

Bragelonne

Milady est un label des éditions Bragelonne

Cet ouvrage a été originellement publié en France par Bragelonne

Titre original : *The King Beyond the Gate*

1re édition : juin 2009
2e tirage : octobre 2010
2e édition : mai 2013

ISBN : 978-2-8112-1052-6

Bragelonne – Milady
60-62, rue d'Hauteville – 75010 Paris

E-mail : info@milady.fr
Site Internet : www.milady.fr

Ce livre est dédié avec amour à mes enfants Kathryn et Luke, ce qui est un moindre remerciement comparé à la joie de leur compagnie.

Remerciements

Sans l'aide de ses amis, il n'y aurait pas de plaisir à écrire. Je remercie donc Tom Taylor pour son aide au niveau de l'histoire, Stella Graham pour m'avoir relu et Jean Maund pour les corrections. Merci également à Gary, Russ, Barbara, Philip, George, John D., Jimmy, Angela, Jo, Lee et Iona ainsi qu'à toute l'équipe du *Hastings Observer* pour les bonnes années qu'ils m'ont offertes.

Et à Ross Lempriere pour avoir pris d'assaut les escaliers.

Prologue

Les arbres étaient enlacés par la neige. La forêt s'étendait sous lui comme une épouse récalcitrante. Il resta debout un long moment au milieu des rochers et des cailloux à scruter la pente. La neige s'accumula sur son manteau bordé de fourrure et sur la couronne de son chapeau à large bord. Mais il s'en moquait, comme il se moquait du froid qui s'infiltrait à travers sa peau et lui gelait les os. Il aurait pu être le dernier survivant d'une planète à l'agonie.

Il souhaitait presque que ce soit le cas.

Finalement, heureux qu'il n'y ait pas de patrouille, il descendit le long du versant de la montagne, posant le pied avec précaution le long de la pente traîtresse. Ses mouvements étaient lents, pourtant il savait que le froid grandissant pouvait rapidement devenir dangereux. Il avait besoin d'un campement et d'un feu.

Derrière lui, la chaîne montagneuse de Delnoch se dressait jusqu'à toucher les nuages. Devant lui, à perte de vue, la forêt de Skultik, une région peuplée de sombres légendes, de rêves défunts et de souvenirs d'enfance.

La forêt était silencieuse, si ce n'était les craquements occasionnels du bois sec, comme les branches ployaient sous le poids de la couche de glace qui grossissait ; ou les chutes soyeuses des tas de neige qui tombaient du haut des troncs surchargés.

Tenaka se retourna et regarda ses traces de pas. Déjà les contours de ses empreintes devenaient moins nets, d'ici quelques minutes elles auraient entièrement disparu. Il se remit en route, le remords dans l'âme, ses souvenirs déchirés.

Il dressa son camp dans une grotte peu profonde mais à l'abri du vent et alluma un petit feu. Les flammes se rassemblèrent et grandirent. Elles projetaient des ombres rougeâtres qui dansaient sur les parois de la grotte. Il retira ses gants de laine et se frotta les mains au-dessus du brasier, puis le visage, se pinçant la peau pour obliger le sang à circuler. Il voulait dormir, mais il ne faisait pas encore suffisamment chaud dans la grotte.

Le Dragon était mort. Il secoua la tête et ferma les yeux. Ananaïs, Decado, Elias, Beltzer. Tous morts. Trahis parce qu'ils avaient cru à l'honneur et au devoir avant tout. Morts parce qu'ils avaient cru que le Dragon était invincible et qu'au bout du compte le bien triomphait toujours.

Tenaka se secoua pour se réveiller. Il mit de grosses branches dans le feu.

— Le Dragon est mort, déclara-t-il à voix haute.

Celle-ci résonna dans toute la grotte. *Comme c'est étrange*, pensa-t-il. Les mots sonnaient vrai et pourtant il n'arrivait pas à y croire.

Il contempla l'ombre des flammes, y revoyant le grand hall en marbre de son palais en Ventria. Là-bas, il n'y avait pas de feu, simplement la douce fraîcheur des pièces intérieures. La pierre froide tenait à distance la chaleur du soleil du désert qui drainait les forces. Des chaises moelleuses, des tapis tissés ; des serviteurs qui apportaient des cruches remplies de vin glacé, qui portaient des seaux de cette eau si précieuse pour arroser les roses de son jardin et s'assurer que les arbres fleurissaient en beauté.

Beltzer avait été le messager. Le loyal Beltzer, le meilleur guerrier au grade de bar de toute l'escadrille.

— Nous avons reçu l'ordre de rentrer à la maison, monsieur, avait-il dit, se tenant bien droit, mal à l'aise dans la grande bibliothèque, ses habits couverts de sable et salis par le voyage. Les rebelles ont défait les régiments de Ceska au nord, et c'est Baris en personne qui nous envoie cet ordre.

— Comment sais-tu qu'il s'agit bien de Baris ?

— Son sceau, monsieur. Son sceau personnel. Et puis le message : « On appelle le Dragon. »

— Personne n'a vu Baris depuis près de quinze ans.

— Je le sais, monsieur. Mais son sceau…

— Un bout de cire ne signifie rien.

— Pour moi si, monsieur.

— Alors tu vas retrouver la Drenaï ?

— Ça oui, monsieur. Et vous ?

— Qu'aurais-je à retrouver, Beltzer ? Le pays est en ruine. Les Unis sont imbattables. Et qui sait quelle sorcellerie épouvantable va s'abattre sur les rangs des rebelles ? Admets-le, bonhomme ! Le Dragon a été dissous il y a quinze ans, et nous sommes tous devenus vieux. J'étais l'un des plus jeunes officiers et aujourd'hui j'ai quarante ans. Toi, tu dois approcher la cinquantaine – si le Dragon était toujours en activité, tu serais dans l'année de ta retraite.

— Je sais cela, rétorqua Beltzer en se mettant au garde-à-vous. Mais c'est ce qu'exige l'honneur. J'ai passé ma vie à servir la Drenaï, et je ne peux pas refuser l'ordre qui vient de m'être donné.

— Moi je peux, répondit Tenaka. La cause est perdue. Si on laisse le temps à Ceska, il se détruira lui-même. Il est fou. C'est le système tout entier qui est en train de s'effondrer.

—Je ne suis pas doué pour les mots, monsieur. J'ai chevauché trois cents kilomètres pour vous donner ce message. Je suis venu chercher l'homme sous lequel je servais, mais il n'est pas ici. Je suis désolé de vous avoir dérangé.

—Écoute-moi, Beltzer ! ordonna Tenaka alors que le guerrier venait de faire demi-tour pour aller vers la porte. S'il y avait l'ombre d'une chance que nous réussissions, j'irais volontiers avec toi. Mais cette histoire pue la défaite à plein nez.

—Est-ce que vous croyez que je ne le sais pas ? Que nous ne le savons pas tous ? dit Beltzer.

Et il était parti.

Le vent tourna et s'engouffra dans la grotte, déposant de la neige sur le feu. Tenaka jura entre ses dents. Il sortit en dégainant son épée. Il coupa deux épais buissons et les traîna jusqu'à la grotte pour colmater l'entrée.

Avec les mois qui passaient, il avait oublié le Dragon. Il avait des propriétés à administrer, des problèmes importants à gérer dans le monde réel.

Et puis Illae était tombée malade. Il s'était absenté dans le Nord afin d'organiser des patrouilles le long de la route de l'épice, et quand la nouvelle lui était parvenue, il était rentré chez lui à bride abattue. Les médecins lui dirent qu'elle n'avait qu'une vilaine fièvre qui allait passer, qu'il n'y avait pas à s'inquiéter. Mais son état empira. Une infection pulmonaire, lui dirent-ils alors. Sa chair fondit comme neige au soleil jusqu'à ce que, finalement, elle ne puisse plus que rester allongée dans son lit, la respiration saccadée, ses yeux autrefois magnifiques reflétant l'image de la mort. Jour après jour, il resta assis à ses côtés, parlant, priant, la suppliant de ne pas mourir.

Et elle s'était rétablie. Il avait sauté de joie. Elle lui avait fait part de ses projets pour organiser une grande fête et ne s'était arrêtée de parler que pour réfléchir à qui inviter.

« Continue », lui avait-il dit. Mais elle s'était éteinte. Comme ça, tout simplement. Dix années de pensées communes, d'espoirs et de joies qui venaient de disparaître comme de l'eau qu'on verse sur le sable du désert.

Il l'avait soulevée du lit, et s'était arrêté un instant pour l'envelopper dans un de ses grands châles en laine. Puis il l'avait emmenée dans le jardin de roses et l'avait serrée contre lui.

« Je t'aime », répétait-il inlassablement, l'embrassant dans les cheveux et la berçant comme un bébé. Les servants s'étaient rassemblés autour d'eux. Ils étaient restés là sans rien dire, jusqu'à ce que finalement deux d'entre eux aillent les séparer. Ils emmenèrent Tenaka en pleurs vers sa chambre. C'est là qu'il trouva le parchemin scellé qui dressait la liste de ses possessions et de ses divers investissements. Derrière, il y avait une lettre d'Estas, son comptable. La lettre contenait des conseils, comment et où investir, ainsi que des avis politiques très aiguisés sur des endroits à ignorer, à exploiter ou à surveiller.

Machinalement, il avait ouvert la lettre, analysant la liste de ses implantations en Vagria, de ses ouvertures vers Lentria et des stupidités drenaïes, jusqu'à ce qu'il arrive aux dernières lignes :

« Ceska a mis les rebelles en déroute dans le sud des plaines sentranes. Il semblerait qu'une fois de plus il se soit vanté de son intelligence. Il a envoyé un message intimant l'ordre à d'anciens soldats de rentrer au pays ; apparemment, il avait peur du Dragon depuis qu'il l'avait dissous il y a quinze ans. À présent, sa peur est derrière lui – ils ont été détruits jusqu'au dernier. Les Unis sont terrifiants. Dans quel drôle de monde vivons-nous ? »

— Vivre ? avait dit Tenaka. Personne ne vit – ils sont tous morts.

Il s'était dirigé vers le mur occidental, pour s'arrêter devant un miroir ovale. Il avait alors contemplé la ruine qu'était devenue sa vie.

Son reflet lui renvoyait son regard. Les yeux bridés et violets étaient accusateurs, les lèvres serrées débordaient d'amertume et de colère.

— Rentre à la maison, lui disait son reflet, et va tuer Ceska.

Chapitre 1

Les bâtiments de la caserne étaient recouverts d'un linceul de neige. Les fenêtres cassées, béantes, ressemblaient à de vieilles blessures qui ne voulaient pas se refermer. La place d'armes qui était autrefois nivelée par le piétinement de dix mille hommes était aujourd'hui toute cabossée, à cause de l'herbe qui poussait sous la neige.

Même la Dragonne avait été sauvagement traitée : les ailes de pierre avaient été arrachées de son dos, ses crocs avaient été fracassés à grands coups de marteau et son visage recouvert de teinture rouge. Alors que Tenaka se tenait devant elle, lui rendant un hommage silencieux, il lui sembla qu'elle pleurait des larmes de sang.

En contemplant la place, sa mémoire diffusa des images du passé dans son esprit : Ananaïs en train de hurler des ordres à ses hommes, des ordres contradictoires qui les faisaient se rentrer dedans et tomber par terre.

— Bande de rats puants ! rugissait le géant blond. Vous osez vous appeler des soldats ?

Les images s'estompèrent. Il ne resta que le vide, d'une blancheur spectrale. La réalité. Tenaka frissonna. Il se dirigea vers le puits contre lequel se trouvait un seau ; son anse était toujours attachée à une corde moisissante. Il laissa tomber le seau dans le puits et entendit la glace se briser, puis il le remonta et l'apporta jusqu'à la Dragonne.

La teinture fut difficile à enlever, mais il travailla durant presque une heure, ôtant les dernières taches de rouge sur la pierre à l'aide de sa dague.

Alors, il sauta sur le sol et contempla son ouvrage.

Même sans la teinture, elle faisait toujours pitié. Sa fierté était brisée. Tenaka songea une fois de plus à Ananaïs.

— Il vaut peut-être mieux que tu sois mort, plutôt que de vivre pour voir ça, dit-il.

Il commença à pleuvoir, des aiguilles de glace vinrent lui piquer le visage. Tenaka souleva son barda et le mit sur son épaule, puis courut se mettre à l'abri dans la caserne abandonnée. La porte était grande ouverte. Il pénétra dans le vieux quartier des officiers. Un rat décampa dans l'ombre à son arrivée, mais Tenaka l'ignora, progressant vers les pièces du fond qui étaient plus grandes. Il jeta son sac dans son ancienne chambre et gloussa en voyant la cheminée : elle était remplie de bois, le feu prêt à être allumé.

Même le dernier jour, alors qu'ils partaient tous, quelqu'un était venu dans sa chambre préparer le feu.

Decado, son aide de camp ?

Non. Il n'y avait rien de romantique dans son caractère. C'était un tueur vicieux que seuls la discipline de fer du Dragon et son propre sens rigide de la loyauté envers le régiment permettaient de contrôler.

Alors qui d'autre ?

Après un moment, il cessa de passer en revue les visages que sa mémoire lui balançait. Il ne le saurait jamais.

Après quinze ans, le bois devait être assez sec pour brûler sans faire de fumée, se dit-il, et il plaça du petit bois frais sous les bûches. Rapidement, les langues des flammes se répandirent et le feu prit.

Sous une impulsion soudaine, il se dirigea vers le panneau mural, cherchant la niche secrète. Alors qu'autrefois il s'ouvrait d'un coup en effleurant un bouton, aujourd'hui il grinçait tel un ressort rouillé. Doucement, il défit le panneau. Derrière, il y avait un petit renfoncement dû au retrait d'une dalle de pierre bien des années avant la dissolution. Sur la paroi du fond, il y avait écrit, en nadir :

Nadirs nous,
Jeunes nés,
Massacreurs
À la hache,
Vainqueurs toujours.

Tenaka sourit pour la première fois depuis des mois ; un peu du fardeau qui pesait sur son âme s'évapora. Une fois encore, les années disparurent et il se revit jeune homme, à peine sorti des Steppes, venant prendre son poste d'officier au sein du Dragon ; de nouveau, il ressentit le poids du regard de ses nouveaux frères d'armes et leur hostilité à peine voilée.

Un prince nadir dans le Dragon ? C'était inconcevable – d'aucuns pensaient même que c'était obscène. Mais là, c'était un cas particulier.

Le Dragon avait été fondé un siècle plus tôt par Magnus l'Entailleur, après la Première Guerre nadire, lorsque Ulric, l'invincible seigneur de guerre, avait mené ses hordes contre les murs de Dros Delnoch, la plus puissante forteresse du monde. Ulric avait été repoussé par le Comte de Bronze et ses guerriers.

Le Dragon devait devenir l'arme drenaïe contre les futures invasions nadires.

Et soudain, comme un cauchemar qui devient réalité – et alors que les souvenirs de la Seconde Guerre nadire étaient toujours frais dans l'esprit des gens –, un homme de ces tribus ennemies était incorporé dans le régiment. Pire encore, c'était un descendant direct d'Ulric, rien de moins. Et pourtant, ils n'avaient pas d'autre choix que d'accepter qu'il porte le sabre.

Car il n'était nadir que du côté maternel.

Par la lignée de son père, il était l'arrière-petit-fils de Regnak le Voyageur : le Comte de Bronze.

Ce fut un problème pour tous ceux qui souhaitaient le haïr.

Comment pouvaient-ils éprouver de la haine pour le descendant du plus grand héros drenaï ? Ce ne fut pas facile pour eux, mais ils y arrivèrent quand même.

Du sang de chèvre fut renversé sur son oreiller, des scorpions furent cachés dans ses bottes. Ses sangles de selle furent sectionnées et pour finir on plaça une vipère dans son lit.

Elle faillit le tuer quand il lui roula dessus. Ses crocs se plantèrent dans sa cuisse. Attrapant une dague qui était sur sa table de chevet, il tua le serpent et entailla la morsure en croix, espérant que le flot de sang emporterait le venin avec lui. Puis il resta immobile, sachant pertinemment que tout mouvement accélérerait la circulation du poison dans son organisme. Il entendit des pas dans le couloir et sut que c'était Ananaïs, l'officier de garde, qui revenait dans sa chambrée après avoir terminé.

Il ne voulait pas l'appeler à l'aide, surtout qu'il savait qu'Ananaïs avait de l'aversion pour lui. Mais il ne voulait pas mourir non plus ! Il appela le nom d'Ananaïs et la porte s'ouvrit. La silhouette du géant blond se découpa dans l'embrasure.

— J'ai été mordu par une vipère, déclara Tenaka.

Ananaïs se baissa pour ne pas se cogner et s'approcha du lit. Du bout de la botte il repoussa le serpent mort. Puis il inspecta la blessure sur la jambe de Tenaka.

— Il y a combien de temps ? demanda-t-il.

— Deux à trois minutes.

Ananaïs acquiesça.

— Les entailles ne sont pas assez profondes.

Tenaka lui tendit sa dague.

— Non. Si elles l'étaient davantage, on risquerait de sectionner le muscle principal.

Ananaïs se pencha et posa sa bouche sur la plaie afin d'en sucer le poison. Puis il appliqua un garrot et partit chercher un chirurgien.

Même avec la majeure partie du poison aspiré, le jeune prince nadir faillit mourir. Il sombra dans un coma qui dura quatre jours, et lorsqu'il se réveilla, Ananaïs était à son chevet.

— Comment te sens-tu ?

— Bien.

— On ne dirait pas. Enfin bon, je suis heureux que tu sois en vie.

— Merci de m'avoir sauvé, dit Tenaka, comme le géant se levait pour partir.

— Tout le plaisir était pour moi. Néanmoins, ça me ferait toujours mal si tu épousais ma sœur, répondit-il dans un sourire, tout en se dirigeant vers la porte. Au fait, trois jeunes officiers ont été renvoyés hier. Je pense que dorénavant tu pourras dormir sur tes deux oreilles.

— Jamais de la vie, dit Tenaka. Pour un Nadir, ça signifie la mort.

— Pas étonnant que leurs yeux soient bridés, rétorqua Ananaïs.

Renya aida le vieil homme à se relever, puis elle versa de la neige sur le petit feu pour en éteindre les flammes.

De gros nuages gris et menaçants s'accumulaient au-dessus d'eux. La température était tombée au-dessous de zéro. La fille avait peur car le vieil homme ne pouvait s'arrêter de trembler. Il était accoudé à un arbre mort, les yeux vers le sol, le regard perdu.

— Venez, Aulin, dit-elle en passant son bras autour de sa taille. Les anciennes casernes ne sont pas très loin.

— Non ! gémit-il, tentant de se dégager. Ils me trouveront là-bas. Je sais qu'ils y arriveront.

— C'est le froid qui va vous tuer, siffla-t-elle. Avancez.

Faiblement, il la laissa le guider à travers la neige. C'était une grande femme, et forte aussi, mais la progression était de plus en plus fatigante. Lorsqu'elle poussa le dernier écran de buissons qui menait à la Place du Dragon, sa respiration était bruyante.

— Encore quelques minutes, dit-elle. Et vous pourrez vous reposer.

À la promesse d'un abri, le vieil homme parut regagner des forces et il accéléra, bien que traînant la jambe. Par deux fois il faillit tomber, mais elle le rattrapa.

Elle ouvrit la porte du premier bâtiment d'un coup de pied, et le porta à l'intérieur. Elle ôta son burnous de laine blanche et se passa la main dans ses cheveux noirs, gras de sueur et coupés à ras.

Loin des morsures du vent, elle sentit sa peau brûler comme son corps s'adaptait aux nouvelles conditions. Elle défit le ceinturon qui ceignait sa houppelande blanche en peau de mouton et la repoussa sur ses larges épaules. Dessous, elle portait une tunique en laine bleu pâle et des caleçons noirs partiellement recouverts par des cuissardes noires, enrobées de peaux de mouton. À sa taille, il y avait une fine dague.

Le vieil homme s'adossa à un mur, incapable de contrôler ses tremblements.

— Même ici, ils me trouveront. Ils me trouveront ! pleurnicha-t-il.

Renya l'ignora et s'engagea dans le couloir.

Au bout de celui-ci, un homme apparut. Renya ne s'arrêta pas : sa dague jaillit dans sa main. L'homme était grand, les cheveux noirs comme ses habits. À son côté, une épée longue. Il avançait lentement. Il paraissait si sûr de lui que Renya sentit ses forces l'abandonner. Comme il se rapprochait, elle se tendit, prête à l'attaque, le regardant droit dans les yeux.

Elle remarqua qu'ils étaient d'une magnifique couleur violette, et bridés comme ceux des Nadirs qui vivaient au nord. Pourtant son visage était carré, presque beau s'il n'y avait pas eu cette bouche sinistre qui le zébrait.

Elle voulut l'arrêter avec des mots, lui dire que s'il faisait un pas de plus elle le tuerait. Mais elle n'y parvint pas. Il émanait de lui une aura de pouvoir – une autorité naturelle qui ne laissait pas d'autre choix que l'obéissance.

Sans qu'elle réagisse, il la dépassa et se pencha sur Aulin.

— Laissez-le tranquille ! cria-t-elle.

Tenaka se retourna.

— Il y a un feu dans ma piaule. Un peu plus loin sur la droite, déclara-t-il calmement. Et je vais l'y emmener.

Doucement il souleva le vieil homme et l'emporta dans ses quartiers. Là, il l'allongea sur le petit lit. Il lui retira ses bottes et son manteau puis se mit à frictionner ses mollets qui étaient bleus par endroits. Il se retourna pour jeter une couverture à la fille.

— Réchauffez-la près du feu, dit-il avant de se remettre au travail.

Au bout d'un moment il écouta la respiration du vieillard – elle était profonde et régulière.

— Il dort ? demanda-t-elle.

— Oui.

— Il va vivre ?

— Difficile à dire…, répondit Tenaka en se relevant, s'étirant le dos.

— Merci de l'avoir aidé.

— Merci de ne pas m'avoir tué, rétorqua-t-il.

— Que faites-vous ici ?

— Je suis assis devant un feu et j'attends que la tempête se calme. Avez-vous besoin de nourriture ?

Ils restèrent assis près du brasier et partagèrent sa viande séchée et ses gâteaux secs ; ils n'échangèrent que quelques mots. Tenaka n'était apparemment pas un homme curieux et, intuitivement, Renya devina qu'il ne souhaitait pas parler non plus. Néanmoins le silence était loin d'être désagréable. Pour la première fois depuis des semaines, elle se sentait calme et en paix. Même la menace des assassins paraissait moins tangible, comme si la caserne était une sorte de havre magique – invisible mais infiniment puissant.

Tenaka s'enfonça davantage dans sa chaise, contemplant la jeune fille tandis qu'elle regardait les flammes. Son visage était étonnant : de forme ovale, les pommettes très hautes, elle avait de très grands yeux, si noirs que la pupille se confondait avec l'iris. L'impression générale qui s'en dégageait était la force, mais une force minée par la vulnérabilité, comme si elle souffrait d'une phobie ou si elle était tourmentée par une faiblesse secrète. En d'autres circonstances il aurait pu être attiré par elle. Mais lorsqu'il se repliait sur lui-même il n'arrivait à éprouver ni émotion ni désir… *Aucune trace de vie*, constata-t-il avec surprise.

— Nous sommes pourchassés, finit-elle par dire.

— Je sais.

— Comment ça, vous savez ?

Il haussa les épaules et rajouta du bois dans le feu.

— Vous êtes au milieu de nulle part, sans chevaux, sans provisions, et pourtant vous avez des habits de qualité et vos manières reflètent votre éducation. C'est donc que vous fuyez quelque chose ou quelqu'un. Et il en découle naturellement que ce quelqu'un vous poursuit.

— Ça vous pose un problème ? lui demanda-t-elle.

— Ça devrait ?

— Si on vous attrape avec nous, vous serez tué également.

— Alors je ne me ferai pas attraper avec vous, répondit-il.

— Vous voulez savoir pourquoi on nous pourchasse ? s'enquit-elle.

— Non. C'est votre vie. Nos chemins se sont croisés ici, mais nos destins sont ailleurs. Il n'est pas nécessaire que nous en apprenions davantage l'un sur l'autre.

— Pourquoi ? Vous avez peur de vous sentir concerné, après ?

Il discerna une lueur de colère dans ses yeux, et soupesa prudemment la question.

— Peut-être. Mais j'ai surtout peur de devenir vulnérable. J'ai une tâche à accomplir et je n'ai pas besoin d'un poids supplémentaire sur la conscience. Non, ce n'est pas vrai : je ne *veux* pas d'un autre problème.

— N'est-ce pas de l'égoïsme ?

— Ah si ! bien sûr. Mais c'est bon pour la survie.

— Et elle est si importante que ça ? lâcha-t-elle.

— Certainement, sinon vous ne seriez pas en train de courir.

— C'est important pour lui, dit-elle, en désignant l'homme dans le lit. Pas pour moi.

— Il ne pourra pas échapper à la mort, répondit doucement Tenaka. Enfin, il y a des mystiques qui affirment qu'il est un paradis après la mort.

— Lui le croit, dit-elle dans un sourire. Et c'est de ça qu'il a peur.

Tenaka secoua lentement la tête et se frotta les yeux.

— Voilà qui est trop pour moi, déclara-t-il, se forçant à sourire. Je vais dormir maintenant.

Il prit sa couverture et l'étendit par terre. Il s'allongea dessus et se servit de son paquetage comme oreiller.

— Vous êtes un Dragon, pas vrai ? dit Renya.

— Comment avez-vous deviné ? demanda-t-il en se relevant sur un coude.

— À la façon dont vous avez dit « ma piaule ».

— Très observatrice.

Il se rallongea et ferma les yeux.

— Je suis Renya.

— Bonne nuit, Renya.

— Allez-vous me dire votre nom ?

Il songea à refuser, au vu de toutes les raisons qui le forçaient à ne pas le lui révéler.

— Tenaka Khan, dit-il.

Et il s'endormit.

La vie est une blague, pensa Scaler, suspendu par le bout de ses doigts à plus de dix mètres au-dessus de la cour en pierre. Sous lui, un Uni gigantesque reniflait l'air, sa tête branlante oscillant lourdement de droite et de gauche. Ses griffes acérées étaient enroulées autour de la poignée de son épée dentelée. Des flocons de neige congelés vinrent piquer les yeux de Scaler.

— Alors surtout, merci, quoi, souffla-t-il, en jetant un regard vers les lourds nuages noirs dans le ciel.

Scaler était un homme pieux, qui se représentait les dieux comme un groupe de vieux séniles – des êtres éternels qui faisaient les sempiternelles mêmes blagues à toute l'humanité, avec un mauvais goût cosmique.

En dessous de lui, l'Uni rengaina son épée et se perdit dans les ombres. Scaler prit une profonde respiration et se hissa sur le rebord de la fenêtre. Il repoussa le lourd rideau de velours et pénétra à l'intérieur. Il était dans une petite étude meublée d'un bureau, de trois chaises en chêne et d'un rayonnage d'étagères. L'étude était bien rangée – de manière quasi obsessionnelle, pensa Scaler en découvrant les trois porte-plumes agencés de façon parallèle au centre du bureau. Il n'en attendait pas moins de Silius le Magister.

Un grand miroir argenté, bordé d'acajou, était fixé sur le mur d'en face, de l'autre côté du bureau. Scaler se dirigea vers lui, se redressant de toute sa taille et étirant ses épaules. Son masque noir sur le visage, sa tunique et ses jambières noires lui conféraient un air intimidant. Il dégaina sa dague et se mit en position accroupie, comme un combattant. L'effet était saisissant.

— Parfait, dit-il à son reflet. Je ne voudrais pas te croiser dans une allée sombre !

Rengainant sa dague, il se dirigea cette fois vers la porte de l'étude. Il leva délicatement le loquet métallique afin de l'ouvrir.

De l'autre côté, il y avait un étroit corridor en pierre et quatre portes – deux à gauche et deux à droite. Scaler se rendit sur la pointe des pieds jusqu'à la plus éloignée, à gauche, et appuya doucement sur le loquet. La porte s'ouvrit sans un bruit. Il pénétra à l'intérieur et longea le mur. La pièce était chaude, bien que la bûche dans la cheminée soit presque entièrement consumée. Un halo rougeâtre illuminait encore les rideaux qui entouraient le grand lit. Scaler avança pour y contempler le gros Silius en compagnie de sa maîtresse, tout aussi grosse. Il dormait sur le ventre, elle sur le dos ; les deux ronflaient.

Pourquoi est-ce que je prends autant de précautions ? se demanda-t-il. *J'aurais pu venir ici en jouant du tambour.* Il se retint de glousser. Dans une petite niche cachée sous la fenêtre, il trouva la cassette à bijoux. Il l'ouvrit et versa le contenu dans la besace en canevas noir qui pendait à sa ceinture. S'il en tirait leur prix exact, il allait pouvoir vivre dans le luxe pendant au moins cinq ans. Mais comme il allait devoir les fourguer à un obscur receleur du quartier sud, ils ne lui tiendraient pas plus de trois mois, ou six s'il ne jouait pas. Il envisagea de ne pas jouer et finalement décida qu'il n'y arriverait jamais. Donc, trois mois.

Il noua sa besace et marcha à reculons jusque dans le couloir. Il se retourna et…

Il se retrouva nez à nez avec un domestique, une espèce de grand échalas décharné en chemise de nuit.

Celui-ci hurla et s'enfuit en courant.

Scaler hurla et s'enfuit en courant, lui aussi, dévalant des escaliers en colimaçon pour percuter deux sentinelles. Les deux hommes tombèrent à la renverse en criant. Scaler chuta également mais fit une roulade pour se récupérer. Il se redressa et courut à toutes jambes. Les sentinelles à sa poursuite gagnèrent sur lui. Une nouvelle série de marches apparut sur sa droite. Il les descendit trois par trois. Ses longues jambes le portaient à une vitesse terrifiante.

Par deux fois il manqua de trébucher en atteignant un palier. Devant lui se dressait une porte en fer – verrouillée, mais les clés étaient suspendues à une patère en bois. La puanteur qui émanait de derrière la porte fit reprendre ses sens à Scaler, et la peur prit le dessus sur sa panique.

La fosse des Unis !

Derrière lui venaient les bruits des gardes dans l'escalier. Il saisit les clés, ouvrit la serrure et entra dans la fosse, fermant la porte aussitôt après. Puis il s'enfonça dans les ténèbres, en confiant son âme aux Séniles, qu'ils le laissent vivre encore quelques-unes de leurs blagues.

Comme ses yeux s'habituaient à l'obscurité, il vit qu'il y avait plusieurs ouvertures de chaque côté du couloir où il se trouvait ; dans chacune des alcôves, un des Unis de Silius était endormi sur de la paille.

Tout en retirant son masque, il se dirigea vers l'autre bout du couloir où se trouvait une nouvelle porte.

Il y était presque lorsque résonnèrent des bruits de coups étouffés. Les cris des sentinelles crevèrent le silence. Un Uni déboula de sa tanière, ses yeux rouges se fixèrent sur Scaler ; il faisait presque deux mètres et avait des épaules puissantes et des bras musclés couverts de fourrure. Son visage était étiré et une rangée de crocs bordait sa mâchoire. Les coups redoublèrent et Scaler prit une profonde inspiration.

— Va voir ce que c'est que tout ce bruit, dit-il à la bête.

— Toi qui ? siffla-t-elle.

Les mots étaient maltraités dans cette bouche d'où pendait une grande langue.

— Ne reste pas planté là – va voir ce qu'ils veulent, ordonna brusquement Scaler.

La bête le bouscula pour passer et d'autres Unis apparurent dans le corridor ; ils lui emboîtèrent le pas, sans prêter attention à Scaler. Il courut jusqu'à la porte et enfonça la clé dans la serrure. Comme elle s'ouvrait, un rugissement retentit aux confins du couloir. Scaler tourna la tête et vit les Unis qui revenaient vers lui en poussant des hurlements féroces. Il retira la clé, les doigts tremblotants, et bondit à travers l'ouverture. Il repoussa la porte et la ferma rapidement à double tour.

L’air de la nuit lui piqua le visage. Il se précipita le long des petites marches qui débouchaient sur la cour occidentale, en direction du mur ornementé. Il l’escalada prestement et se laissa tomber dans la rue, de l’autre côté.

Comme c’était bien après le couvre-feu, il se déplaça dans l’ombre jusqu’à l’auberge. Là, il escalada le lierre jusqu’à sa chambre et cogna aux volets.

Belder ouvrit la fenêtre et l’aida à entrer.

— Alors ? demanda le vieux soldat.

— J’ai les bijoux, déclara Scaler.

— Tu me désespères, dit Belder. Après toutes ces années passées à t’éduquer, voilà ce que tu es devenu : un voleur !

— J’avais ça dans le sang, lui répondit Scaler en souriant. Tu te souviens du Comte de Bronze ?

— C’est une légende, répliqua Belder. Et même si c’était vrai, tous ses descendants ont vécu une vie très honorable par la suite. Même ce rejeton nadir, Tenaka !

— Ne parle pas de lui en mal, Belder, dit doucement Scaler. C’était mon ami.

Chapitre 2

Tenaka dormit et les rêves familiers revinrent le hanter. Les steppes s'éloignaient de lui comme un océan de glace verdâtre, roulant sur lui-même, vers le bout du monde. Tenaka tira d'un coup sec sur les rênes et son poney se cabra. Il partit vers le sud. Les sabots du cheval soulevaient de grosses mottes de glaise durcie.

Un vent sec vint fouetter le visage de Tenaka qui grimaça de bonheur.

Ici, et rien qu'ici, il était lui-même.

Moitié nadir, moitié drenaï, rien au total – un produit de la guerre : le symbole de chair et de sang d'une paix indigeste. Il était accepté au sein des tribus avec une courtoisie froide, comme il sied à ceux dans les veines desquels coule le sang d'Ulric. Mais il n'y avait presque aucune camaraderie.

Par deux fois les tribus avaient été repoussées par la force des Drenaïs. La première fois, il y a longtemps, le légendaire Comte de Bronze avait défendu Dros Delnoch contre les hordes d'Ulric. Et, il y a vingt ans, le Dragon avait décimé l'armée de Jongir.

Et maintenant, il y avait Tenaka, un témoignage vivant de la défaite.

C'était pour cela qu'il chevauchait seul et qu'il maîtrisait toutes les tâches qu'on lui confiait. Épée, arc, lance, hache – dans le maniement de chaque arme il était imbattable.

Enfant, lorsque ses camarades arrêtaient l'entraînement pour jouer, lui continuait. Il écoutait les sages – voyant ainsi la guerre et les batailles selon un autre point de vue – et son esprit acéré absorba les leçons.

Un jour, ils l'accepteraient. S'il était suffisamment patient.

Mais lorsqu'il revint vers la cité de tentes, sa mère l'attendait aux côtés de Jongir. Elle pleurait.

C'est là qu'il comprit.

Il sauta de selle et salua le Khan, sans prêter attention à sa mère comme le voulait le protocole.

—Il est temps de retourner chez les tiens, déclara Jongir.

Il ne répondit pas : il se contenta d'acquiescer.

—Ils ont une place pour toi au sein du Dragon. Tu y as droit en tant que fils de Comte. (Le Khan avait l'air mal à l'aise et semblait vouloir éviter le regard impassible de Tenaka.) Eh bien, dis quelque chose, gronda-t-il.

—À vos ordres, mon Seigneur : qu'il en soit ainsi.

—Tu ne vas donc pas supplier pour rester ?

—Si vous voulez que je le fasse, mon Seigneur.

—Je ne veux rien de toi.

—Alors, quand dois-je partir ?

—Demain. Tu auras une escorte – vingt cavaliers, comme il sied à mon petit-fils.

—C'est trop d'honneur, mon Seigneur.

Le Khan acquiesça, jeta un coup d'œil à Shillat et s'en alla. Shillat souleva le battant de la tente et Tenaka entra dans sa maison. Elle le suivit. Une fois à l'intérieur, il se retourna et la prit dans ses bras.

—Oh ! Tani, murmura-t-elle au milieu de ses larmes. Que dois-tu faire encore ?

—Peut-être qu'à Dros Delnoch je serai enfin chez moi, dit-il.

Mais son espoir mourut au moment même où il prononça cette phrase. Il n'était pas idiot.

Tenaka se réveilla au son de la tempête qui soufflait et cognait contre la fenêtre. Il s'étira et regarda le feu – il ne restait plus que des braises rougeoyantes. La fille dormait sur la chaise. Sa respiration était forte. Il se redressa et se dirigea vers le foyer. Il ajouta du bois et souffla doucement sur les braises pour que les flammes reprennent. Il examina le vieil homme ; ses couleurs ne disaient rien qui vaille. Tenaka haussa les épaules et sortit de la pièce. Le couloir était glacé et les planches de bois grinçaient sous ses bottes. Il se rendit aux anciennes cuisines, où se trouvait le puits intérieur. La pompe fut dure à actionner, mais l'effort physique lui fit du bien, et sa joie fut grande lorsque de l'eau jaillit finalement dans le seau en bois. Il ôta son gilet noir et ses caleçons de laine grise. Il se lava le haut du corps, appréciant la sensation de quasi-douleur que provoqua le contact de l'eau glacée avec sa peau encore chaude de sommeil.

Tenaka retira le reste de ses affaires et se rendit dans le gymnase, un peu plus loin. Il tournoya et sauta, se réceptionnant avec légèreté – ce fut d'abord sa main droite qui trancha l'air, puis la gauche. Il fit une roulade au sol, cambra le dos et d'une poussée vers le haut se retrouva sur ses pieds.

De l'embrasure de la porte, Renya le regardait, cachée dans l'ombre du couloir. Elle était subjuguée. Il se déplaçait comme un danseur, et pourtant il y avait quelque chose de barbare dans la scène : les éléments primitifs étaient à la fois beaux et meurtriers. Ses pieds et ses mains étaient des armes, qui tuaient des ennemis invisibles à une vitesse incroyable. Mais son visage était serein et n'exprimait aucune passion.

Elle frissonna. Elle souhaitait retourner dans le sanctuaire de sa chambre mais elle ne parvenait pas à bouger. Avec les rayons du soleil, la peau douce et chaude de Tenaka ressemblait à de l'or, mais les muscles qui travaillaient en dessous semblaient faits d'acier argenté. Elle ferma les yeux et repartit en titubant. Elle aurait voulu ne jamais l'avoir rencontré.

Tenaka lava son corps couvert de sueur et s'habilla en vitesse. La faim le tenaillait. De retour dans sa piaule, il perçut immédiatement le changement d'atmosphère. Renya évitait de croiser son regard. Elle était assise à côté du vieil homme et caressait ses cheveux blancs.

— La tempête se calme, annonça Tenaka.

— Oui.

— Qu'y a-t-il ?

— Rien… si ce n'est qu'Aulin ne respire pas bien. Vous pensez qu'il va s'en sortir ?

Tenaka la rejoignit à côté du lit. Il saisit le frêle poignet du vieil homme entre ses doigts et chercha le pouls. Il était faible et irrégulier.

— Depuis combien de temps n'a-t-il pas mangé ? demanda-t-il.

— Deux jours.

Tenaka fouilla dans son barda et extirpa un sac de viande séchée et un sachet d'avoine.

— J'aimerais avoir du sucre, dit-il, mais nous devrons faire sans. Allez me chercher une casserole et de l'eau.

Renya quitta la pièce sans un mot. Tenaka sourit. C'était donc ça – elle l'avait vu faire ses exercices et pour une raison ou une autre cela la perturbait. Il secoua la tête.

Elle revint avec une casserole remplie d'eau à ras bord.

— Jetez-en la moitié, lui dit-il.

Elle éclaboussa tout le couloir et posa la casserole à côté du foyer, puis, à l'aide de sa dague, il découpa la viande. Il plaça alors délicatement la casserole au-dessus des flammes.

— Pourquoi n'avez-vous pas parlé ce matin ? demanda-t-il, le dos tourné.

— Qu'est-ce que vous voulez dire ?

— Quand vous m'avez vu m'entraîner.

— Je ne vous ai pas vu.

— Alors comment saviez-vous où se trouvaient la casserole et l'eau ? Vous n'êtes pas passée devant moi cette nuit.

— Pour qui vous prenez-vous pour m'interroger de la sorte ? cracha-t-elle.

Il se retourna vers elle.

— Pour un étranger. Avec moi, inutile de mentir ou de faire semblant. Il n'y a qu'avec ses amis qu'on a besoin de masques.

Elle s'assit à côté du feu et étira ses longues jambes près des flammes.

— Comme c'est triste ! dit-elle doucement. C'est quand même auprès de ses amis qu'on peut se sentir en paix, non ?

— C'est plus facile avec les étrangers, car ils ne touchent votre vie qu'un court instant. Vous ne les décevrez pas, car vous ne leur devez rien, et ils n'attendent rien de vous. Les amis, on peut les blesser, car eux attendent beaucoup.

— Vous avez dû avoir de drôles d'amis, répliqua-t-elle.

Tenaka remua le bouillon avec la lame de sa dague. D'un seul coup, il avait perdu un peu de sa superbe, car il se rendait compte que d'une certaine manière il venait de perdre le contrôle de la discussion.

— D'où venez-vous ? s'enquit-il.

— Je croyais que ça ne vous intéressait pas.

— Pourquoi n'avez-vous pas parlé ?

Elle plissa ses yeux et détourna la tête.

— Je ne voulais pas briser votre concentration.

C'était un mensonge, et ils le savaient tous les deux. Néanmoins, la tension retomba et le silence reprit ses droits. Ce qui les rapprocha. Au-dehors, la tempête vieillit et finit par mourir. Alors qu'elle était encore rugissante il y a peu, elle était geignarde à présent.

Comme le bouillon épaississait, Tenaka y versa de l'avoine afin de le faire gonfler davantage. Puis il rajouta du sel qu'il avait dans ses réserves.

— Ça sent bon, dit Renya en s'allongeant le long du feu. Qu'est-ce que c'est comme viande ?

— De la mule, en grande partie, répondit-il.

Il alla chercher de vieilles écuelles en bois dans la cuisine. À son retour, Renya avait réveillé le vieil homme et l'aidait à se redresser.

— Comment vous sentez-vous ? demanda Tenaka.

— Vous êtes un guerrier ? s'enquit Aulin, les yeux apeurés.

— Oui, mais vous n'avez rien à craindre de moi.

— Nadir ?

— Mercenaire. Je vous ai préparé un ragoût.

— Je n'ai pas faim.

— Mangez quand même, ordonna Tenaka.

Le vieil homme se raidit devant ce ton autoritaire, il baissa les yeux et acquiesça. Renya le fit manger lentement, tandis que Tenaka s'était assis au coin du feu. Le vieil homme était mourant, c'était gâcher de la nourriture. Et pourtant, Tenaka ne regrettait pas son geste, même s'il ne comprenait pas pourquoi.

Une fois le repas terminé, Renya rassembla les assiettes et la casserole.

— Mon grand-père désire vous parler.

Et sur cette phrase, elle quitta la pièce.

Tenaka vint se placer à côté du lit, baissant les yeux vers le vieillard. Les yeux d'Aulin étaient gris et brillaient d'un début de fièvre.

— Je suis faible, déclara Aulin. Je l'ai toujours été. J'ai trahi la confiance de tous ceux qui croyaient en moi. À part Renya… Je ne l'ai jamais trahie. Vous me croyez ?

— Oui, répondit Tenaka.

Pourquoi est-ce que les faibles ressentaient toujours le besoin de se confesser ?

— Vous la protégerez ?

— Non.

— Je peux vous payer. (Aulin agrippa le bras de Tenaka.) Tout ce que vous avez à faire c'est de l'emmener à Sousa. La ville est à cinq jours au sud, six au pire.

— Vous n'êtes rien pour moi. Je ne vous dois rien. Et je suis trop cher pour vous.

— Renya m'a dit que vous étiez un Dragon. Où est votre sens de l'honneur ?

— Enterré dans le désert. Perdu dans les brumes du temps. Je ne veux pas vous parler, vieil homme. Et vous n'avez rien à me dire.

— Je vous en prie, écoutez ! supplia Aulin. Quand j'étais plus jeune, j'ai travaillé pour le Conseil. J'étais un partisan de Ceska, et j'ai contribué à sa victoire. Je croyais en lui. Donc, d'une certaine manière, je suis responsable en partie de la terreur qui ravage la terre aujourd'hui. Dans le temps, j'étais un prêtre de la Source. À cette époque, ma vie était en harmonie. Aujourd'hui je me meurs, et rien n'a plus de sens. Mais je ne peux pas mourir en laissant Renya à la merci des Unis. Je ne peux *pas*. Vous comprenez ? Toute ma vie n'a été qu'un échec – ma mort *doit* au moins servir à quelque chose.

Tenaka se dégagea de la poigne du vieil homme et se redressa.

— Écoutez-moi bien, lui dit-il. Je suis ici pour tuer Ceska, et je ne crois pas survivre à cette tâche. Je n'ai donc ni le temps ni le désir d'accepter votre fardeau. Si vous voulez que la fille arrive en sécurité à Sousa, vous n'avez qu'à guérir. Ayez de la volonté.

D'un coup, le vieil homme sourit. La tension et la peur le quittèrent.

— Vous voulez tuer Ceska ? murmura-t-il. Je peux vous offrir mieux que ça.

— Mieux ? Qu'est-ce qui pourrait être mieux ?

— Le faire tomber. Mettre fin à son règne.

— En le tuant, ça reviendrait au même.

— Oui, certainement, mais un de ses généraux prendrait à coup sûr sa suite. Je peux vous livrer un secret qui vous permettra de détruire son empire et de libérer Drenaï.

— Si vous voulez me raconter une histoire d'épée enchantée et de sortilèges libérateurs, ne perdez pas votre temps. Je crois que je la connais déjà.

— Non. Promettez-moi que vous protégerez Renya jusqu'à Sousa.

— Je vais y réfléchir, répondit Tenaka.

Une fois de plus, le feu s'éteignait, aussi remit-il ce qui restait de bûches pour nourrir les flammes. Puis il sortit de la pièce en quête de la fille. Il la trouva assise dans la cuisine glacée.

— Je n'ai pas besoin de votre aide, dit-elle sans même lever les yeux.

— Je ne vous l'ai pas encore offerte.

— Je m'en fiche qu'ils m'attrapent.

— Vous êtes trop jeune pour vous en ficher, dit-il en

s'agenouillant devant elle et en lui relevant le menton. Je vais m'assurer que vous arriviez saine et sauve à Sousa.

— Vous êtes sûr qu'il pourra vous payer suffisamment ?

— Il dit que oui.

— Je ne vous aime pas beaucoup, Tenaka Khan.

— Bienvenue dans la majorité ! répondit-il.

Il la laissa pour rejoindre le vieil homme dans sa chambrée. Là, il se mit à rire et alla ouvrir la fenêtre pour laisser entrer le vent d'hiver.

Devant lui, la forêt s'étendait à perte de vue : une éternité de blancheur.

Derrière lui, le vieil homme était mort.

En entendant son rire, Renya entra dans la pièce. Le bras d'Aulin pendait du lit et ses doigts osseux touchaient le parquet. Ses yeux étaient clos, il avait l'air serein.

Renya alla vers lui et lui toucha tendrement la joue.

— Fini de courir, Aulin. Finie la peur. Que ta Source t'emmène là où est ta maison !

Elle couvrit son visage à l'aide d'une couverture.

— À présent, vous voici dégagé de vos obligations, dit-elle à Tenaka, qui restait silencieux.

— Pas encore, rétorqua-t-il en fermant la fenêtre. Il m'a dit qu'il connaissait le moyen de mettre un terme au règne de Ceska. Est-ce que vous savez de quoi il parlait ?

— Non.

Elle s'éloigna de lui et récupéra sa houppelande. Son cœur était devenu subitement vide. Elle s'arrêta net et la houppelande lui glissa des mains. Elle regarda le feu qui s'éteignait en secouant la tête. La réalité reprenait ses droits. Que lui restait-il au monde ?

Rien.

Qu'est-ce qui la retenait ?

Rien.

Elle s'agenouilla près du feu, regardant fixement dans le néant, tandis qu'une douleur effroyable remplissait le vide qui était en elle. La vie d'Aulin avait été une histoire sans prétention, remplie de petites bontés, de douceur et d'attentions. Il n'avait jamais été cruel délibérément ou même méchant ; jamais avide non plus. Pourtant, il avait fini sa vie dans une caserne abandonnée – chassé tel un criminel, trahi par ses amis et abandonné par son dieu.

Tenaka la regarda sans laisser poindre la moindre émotion dans ses yeux violets. C'était un homme habitué à la mort. Sans un bruit, il rangea toutes ses affaires dans son barda. Puis il la releva, attacha sa houppelande et la conduisit vers la sortie.

— Attendez ici, dit-il.

Il retourna près du lit et récupéra sa couverture. Les yeux du vieil homme étaient ouverts et semblaient scruter Tenaka.

— Reposez en paix, chuchota Tenaka. Je vais prendre soin d'elle.

Il referma les yeux du mort et plia la couverture.

Dehors, l'air était vif. Le vent était tombé et le soleil brillait faiblement dans le ciel. Lentement, Tenaka prit une légère respiration.

— Cette fois, c'est bien fini, murmura Renya.

Tenaka balaya la zone du regard.

Quatre guerriers venaient de sortir d'entre les arbres et avançaient vers eux, l'épée à la main.

— Laissez-moi, dit-elle.

— Plus un mot.

Il défit son paquetage, le faisant glisser au sol, et repoussa les bords de son manteau sur ses épaules, découvrant ainsi les fourreaux de son épée et de son couteau. Il avança de dix pas et attendit les guerriers, les jaugeant l'un après l'autre.

Ils arboraient les plastrons rouge et bronze de Delnoch.

— Que cherchez-vous ? demanda Tenaka lorsqu'ils se furent rapprochés.

Aucun des soldats ne répondit, ce qui faisait d'eux des vétérans, mais ils s'écartèrent légèrement les uns des autres – ils se préparaient à une quelconque agression de la part du guerrier.

— Répondez, ou l'Empereur prendra vos têtes ! dit Tenaka.

Cela les arrêta et leurs yeux clignèrent en direction de l'homme aux traits anguleux qui était le plus à gauche ; il fit quelques pas supplémentaires en avant. Ses yeux malveillants étaient d'un bleu glacé.

— Depuis quand un sauvage du Nord fait-il des promesses au nom de l'Empereur ? siffla-t-il.

Tenaka sourit. Ils étaient tous immobiles et attendaient sa réponse ; ils avaient perdu leur élan.

— Je devrais sans doute m'expliquer, dit-il, marchant vers l'homme, tout en conservant son sourire. Eh bien, il en est ainsi depuis que…

Sa main jaillit vers le haut, les doigts tendus, et il écrasa le nez de l'homme. Le fin cartilage pénétra dans son cerveau ; il tomba sans un son. Alors, Tenaka fit un saut périlleux, et, le pied en extension, il frappa du talon de sa botte la gorge du deuxième. Dans les airs, il avait eu le temps de dégainer son couteau de chasse. Se réceptionnant sur la plante des pieds, il se retourna et para un coup d'estoc. Il enfonça sa lame dans le cou de son adversaire.

Le quatrième homme courait vers Renya, l'épée levée. La jeune femme était immobile, et le regardait sans s'émouvoir.

Tenaka lança son couteau de chasse, dont le manche toucha l'homme juste sous la base du heaume. Perdant l'équilibre, le soldat tomba dans la neige, laissant échapper son épée. Comme il se relevait, Tenaka se précipita et lui sauta sur le dos. L'homme tomba de nouveau, et cette fois il perdit son heaume. Tenaka l'attrapa par les cheveux, tirant la tête vers l'arrière, puis de l'autre main il agrippa son menton et lui tordit la tête vers la gauche. Son cou craqua comme du bois sec.

Il récupéra son couteau, le nettoya et le remit dans son fourreau. Il scruta la clairière. Pas un bruit.

— Nadirs nous, soupira-t-il en fermant les yeux.

— On y va ? demanda Renya.

Interloqué, il la saisit par le bras et la regarda droit dans les yeux.

— C'est quoi votre problème ? Vous voulez mourir, c'est ça ?

— Non, répondit-elle de manière absente.

— Alors pourquoi êtes-vous restée sans bouger ?

— Je ne sais pas. On y va ?

Des larmes montaient dans ses yeux couleur nuit et coulaient le long de ses joues. Mais son visage pâle demeurait impassible. D'un doigt il effaça une larme de sa peau.

— S'il vous plaît, ne me touchez pas, murmura-t-elle.

— À présent, vous allez m'écouter. Le vieil homme voulait que vous viviez ; il tenait beaucoup à vous.

— Ça n'a pas d'importance.

— Pour lui ça en avait !

— Et *vous*, que vous importe ?

La question le prit à froid, comme un méchant coup. Il la digéra et chercha en lui la bonne réponse.

— Ça m'importe.

Le mensonge sortit facilement, et ce n'est qu'après l'avoir dit qu'il comprit que ce n'en était pas un.

Elle regarda au fond de ses yeux et acquiesça.

— Je vous suis. Mais il faut que vous sachiez que je suis une malédiction pour tous ceux qui m'aiment. La mort me suit à la trace car je n'aurais jamais dû vivre.

— La mort suit tout le monde, et n'échoue jamais, répondit-il.

Ensemble ils marchèrent en direction du sud, s'arrêtant un instant devant la Dragonne de pierre. Des cristaux de glace marquaient ses flancs, lui conférant le brillant du diamant. La respiration de Tenaka se bloqua dans sa gorge lorsqu'il leva les yeux vers sa tête – de l'eau avait coulé le long des crocs brisés de la mâchoire supérieure, donnant ainsi naissance à de nouvelles dents glacées, étincelantes. La Dragonne avait retrouvé de sa grandeur, son pouvoir était restauré.

Il acquiesça comme s'il avait entendu un message silencieux.

— Elle est magnifique, dit Renya.

— Elle est plus que ça, répondit doucement Tenaka, elle est en vie.

— En vie ?

— Ici, dit-il en se touchant le cœur. Elle me souhaite la bienvenue à la maison.

Durant toute la journée, ils avancèrent en direction du sud. Tenaka parlait rarement ; il restait concentré pour trouver les pistes cachées par la neige, l'œil à l'affût de la moindre patrouille. Il n'avait aucun moyen de savoir si les quatre guerriers étaient les seuls à la recherche de la fille ou s'il y avait d'autres groupes.

Étrangement, cela ne le préoccupait pas. Il força quand même l'allure, ne se retournant que de temps en temps pour voir si Renya s'en sortait. Chaque fois qu'il faisait une pause, pour regarder le ciel ou scruter une zone dégagée, elle était juste derrière lui.

Renya suivait sans broncher. Elle avait les yeux rivés sur le grand guerrier, remarquant à quel point il était sûr de lui dans ses déplacements ou dans sa façon de choisir sa route. Sans arrêt, elle revoyait deux scènes en boucle dans son esprit : la danse dénudée dans le gymnase abandonné, et la danse de mort dans la neige, avec les quatre guerriers. Une scène se superposait à l'autre… se mélangeant, se fondant. C'était la même danse. Ses mouvements étaient si fluides, presque liquides, quand il sautait et tourbillonnait. Par comparaison, les soldats avaient eu l'air gauche, pataudς, comme des marionnettes lentriannes dont on tire les ficelles.

Et maintenant ils étaient morts. Avaient-ils des familles ? Probablement. Est-ce qu'ils aimaient leurs enfants ? Probablement. Ils étaient entrés dans la clairière tellement sûrs d'eux. Et pourtant, en un instant glacé, ils étaient morts.

Pourquoi ?

Parce qu'ils avaient décidé de danser avec Tenaka Khan.

Elle frissonna. La lumière diminuait et des ombres montèrent des arbres.

Tenaka choisit de faire un feu contre une saillie de rocher, à l'abri du vent. L'endroit était une sorte de cuvette entourée par des chênes noueux. De fait, le feu était bien protégé. Renya le rejoignit et ramassa du petit bois mort qu'elle entreposa avec précaution. Un sentiment irréel la saisit.

Le monde entier devrait ressembler à ça, pensa-t-elle, *recouvert par les glaces, purifié : toutes les plantes endormies, dans l'attente de la perfection dorée du printemps ; le mal s'effaçant devant la glace purificatrice.*

Ceska et ses légions de créatures démoniaques disparaîtraient comme les cauchemars de l'enfance, et la joie de vivre reviendrait à Drenaï comme une nouvelle aube.

Tenaka retira une casserole de son paquetage et la plaça sur le feu. Il prit quelques poignées de neige qu'il versa dans le récipient jusqu'à ce que celui-ci soit à moitié rempli d'eau qui chauffait. Puis, d'un petit sac en canevas, il versa une généreuse portion d'avoine dans le liquide, et rajouta du sel. Renya l'observa en silence, gardant son regard fixé sur ses yeux bridés et violets. De nouveau, en s'asseyant à côté de lui, près du feu, elle se sentit en paix.

— Pourquoi êtes-vous ici ? demanda-t-elle.

— Pour tuer Ceska, répondit-il, remuant le porridge avec une cuiller en bois.

— *Pourquoi* êtes-vous ici ? répéta-t-elle.

Un moment passa, mais elle savait qu'il ne l'ignorait pas, aussi attendit-elle. Elle appréciait la chaleur et le rapprochement.

— Je n'ai nulle part où aller. Mes amis sont morts. Ma femme… Je n'ai plus rien. Et en réalité… je n'ai jamais rien eu.

— Vous aviez des amis… une femme.

— Oui. Ce n'est pas facile à expliquer. J'ai connu un vieux sage en Ventria, près de là où j'habitais. Je parlais souvent avec lui, de la vie, de l'amour et de l'amitié. Il me narguait sans cesse, me rendait furieux. Il me parlait de diamants d'argile.

Tenaka secoua sa tête et tomba dans le silence.

— Des diamants d'argile ? demanda-t-elle.

— Sans importance. Parlez-moi d'Aulin.

— Je ne sais pas ce qu'il comptait vous dire.

— Je vous crois, dit-il. Parlez-moi simplement de lui.

À l'aide de deux bouts de bois il retira la casserole des flammes et la posa sur le sol pour qu'elle refroidisse. Elle se pencha en avant et rajouta du bois vert dans le feu.

— C'était un homme paisible, un prêtre de la Source. Mais c'était aussi un Arcaniste, et rien ne lui faisait plus plaisir que de parcourir le pays à la recherche de reliques des Anciens. Il s'était fait un nom dans ce domaine. Il m'avait dit qu'il avait soutenu Ceska lors de son accession au trône, qu'il avait cru toutes ses promesses d'un futur meilleur. C'est alors que la terreur a commencé. Et les Unis…

— Ceska a toujours eu un faible pour la sorcellerie, dit Tenaka.

— Vous le connaissiez ?

— Oui. Continuez.

— Aulin a été l'un des premiers à faire des fouilles à Graven. Il a trouvé une porte secrète sous la forêt, et des machines. Il m'avait dit que ses recherches démontraient que ces machines avaient été créées pour combattre certaines maladies dont souffraient les Anciens. Mais au lieu de les utiliser dans cette intention, les adeptes de Ceska ont créé les Unis. Au départ, ils ne s'en servaient que dans les arènes, les faisant s'entre-déchirer pour faire plaisir à la foule ; mais très vite on les vit se promener dans les rues de Drenan, arborant sur leurs armures les couleurs de la garde personnelle de Ceska.

» Aulin s'est senti responsable et s'est rendu à Delnoch, apparemment pour examiner la Chambre de Lumière, derrière la forteresse. Là, il soudoya une sentinelle et essaya de s'échapper à travers le territoire sathuli. Mais la chasse était donnée et il fut forcé de partir en direction du sud.

— Et à quel moment intervenez-vous dans cette histoire ? s'enquit-il.

— Vous n'avez pas demandé que je parle de moi, vous vouliez que je vous parle d'Aulin.

— À présent, je vous le demande.

— Est-ce que je pourrais avoir du porridge ?

Il fit « oui » de la tête, s'assura que la casserole n'était plus brûlante et la lui passa. Elle mangea en silence, puis tendit les restes à Tenaka. Une fois qu'il eut fini de manger, le guerrier s'adossa contre un rocher froid.

— Il y a un mystère qui vous entoure, ma dame. Mais je ne vais pas le déranger. Le monde serait un bien triste endroit s'il n'y avait plus de mystères.

— Le monde *est* un endroit triste, plein de mort et de terreur, rétorqua-t-elle. Pourquoi le mal est-il plus puissant que l'amour ?

— Qui dit ça ? répondit-il.

— Vous n'avez pas vécu parmi les Drenaïs. Les hommes tels qu'Aulin sont chassés comme des criminels ; les fermiers sont massacrés s'ils n'arrivent pas à fournir des quotas absurdes de récoltes ; les arènes sont remplies d'une foule hilare tandis que des animaux dévorent femmes et enfants. C'est vil ! Tout est vil.

— Ça passera, dit-il doucement. À présent il est temps de dormir. (Il tendit la main vers elle, mais elle se recroquevilla. Ses yeux noirs se remplirent de peur.) Je ne vous ferai pas de mal, mais nous allons devoir laisser mourir le feu. Nous allons partager notre chaleur, mais c'est la seule chose que nous partagerons. Faites-moi confiance.

— Je peux dormir seule, dit-elle.

— Très bien.

Il défit la couverture et la lui passa, puis il s'enveloppa dans son manteau et s'allongea, en appuyant sa tête contre le rocher. Il ferma les yeux.

Renya s'étendit sur le sol glacé et se servit de son bras comme oreiller.

Lorsque le feu mourut, la nuit devint encore plus froide et la pénétra jusqu'aux os. Elle se réveilla toute tremblante, sans pouvoir se contrôler, et s'assit. Elle frotta ses jambes engourdies pour y faire renaître un peu de chaleur.

Tenaka ouvrit les yeux et tendit sa main.

— Venez, dit-il.

Elle s'approcha de lui, et il ouvrit son manteau pour l'envelopper. Il la plaqua contre sa poitrine et les couvrit tous les deux avec la couverture. Elle se nicha contre lui, tremblant toujours.

— P-p-parlez-moi d-des d-d-diamants d'-d'argile, lui demanda-t-elle.

Il sourit.

— Le vieux sage se nommait Kias. Il disait que trop de gens dans ce monde vivaient sans prendre le temps de s'arrêter pour apprécier ce qu'ils avaient. Il me raconta alors l'histoire d'un homme à qui un ami venait d'offrir une cruche en argile. L'ami lui avait dit : « Examine-la si tu as le temps. » Mais ce n'était qu'une cruche en argile, aussi notre homme la mit-il de côté et continua à vivre sa vie, passant son temps à acquérir davantage de richesses. Un jour, alors qu'il était devenu vieux, il ouvrit la cruche et vit qu'il y avait un énorme diamant dedans.

— Je ne comprends pas.

— Kias prétendait que la vie était comme la cruche en argile. Si on ne l'examine pas et si on ne la comprend pas, on ne peut pas en jouir.

— Mais parfois c'est la compréhension qui vous ôte toute joie, souffla-t-elle.

Il ne répondit rien, il porta son regard vers le ciel nocturne et ses étoiles lointaines. Renya tomba dans un sommeil sans rêve. Sa tête tomba légèrement en avant, faisant glisser le burnous en laine qui couvrait ses cheveux courts. Tenaka tendit la main pour le remettre en place, mais il s'arrêta aussitôt après avoir touché la tête. Les cheveux n'étaient pas coupés court – ils ne pousseraient jamais plus. Car ce n'étaient pas des cheveux, mais de la fourrure sombre, aussi douce que du sable. Avec délicatesse, il replaça le burnous et ferma les yeux.

La fille était un Uni, moitié humain, moitié animal.

Pas étonnant qu'elle ne tienne pas à la vie.

Où pouvait-il y avoir un diamant dans l'argile d'une créature comme elle ?

Il se posa la question.

Chapitre 3

À la caserne du Dragon, un homme se frayait un chemin à travers l'écran de buissons devant la place d'armes. Il était grand, ses larges épaules contrastant étrangement avec la finesse de ses hanches et ses longues jambes. Il était vêtu de noir et avait un long bâton en bois d'ébène dont le bout était recouvert de fer. Il était encapuchonné et un masque de cuir noir lui recouvrait une partie du visage. Il se déplaçait avec aisance – la démarche fluide et balancée de l'athlète –, pourtant il était inquiet. Ses yeux bleu clair sautaient d'un buisson à un autre, scrutaient toutes les ombres portées des arbres.

Quand il vit les cadavres, il en fit le tour, lentement, essayant de lire les signes de la courte bataille.

Un homme contre quatre.

Les trois premiers étaient morts presque instantanément, ce qui indiquait la rapidité de l'action. Le quatrième avait dépassé le guerrier solitaire au pas de course. Le grand homme opinait du chef tout en suivant les traces.

Bon. Voilà un mystère. Le guerrier solitaire n'était pas seul – il avait un compagnon qui n'avait pas pris part à la bataille. Les empreintes de pas étaient petites, mais l'enjambée assez longue. Une femme ?

Oui, une femme. Une grande femme.

Il jeta un coup d'œil aux cadavres.

— Très bien joué, dit-il à voix haute, la voix couverte par le masque. Sacrément bien joué.

Un contre quatre. Peu d'hommes auraient pu survivre à cela ; or, non seulement ce guerrier s'en était sorti, mais en plus il ne s'était pas trop fatigué.

Ringar ? C'était un tueur très rapide, avec des réflexes incroyables. Et pourtant, il ne tentait jamais de blesser au cou, la plupart du temps il préférait sous le torse : l'éventration.

Argonin ? Non, il était mort. C'est drôle qu'on puisse oublier ce genre de détail.

Alors qui ? Un inconnu ? Non. Dans un monde où le talent pour les armes était d'une importance capitale, il n'y avait pas d'inconnu avec un niveau si exceptionnel.

De nouveau il étudia les traces, visualisant le combat, et son regard tomba sur l'empreinte brouillée au centre de la scène. Le guerrier avait bondi et s'était retourné dans les airs comme un danseur pour porter un terrible coup mortel.

Tenaka Khan !

L'évidence frappa l'homme de plein fouet, comme un coup au cœur. Ses yeux se mirent à briller bizarrement et sa respiration devint saccadée.

De tous les hommes qu'il détestait le plus au monde, Tenaka était en tête de liste.

Enfin, peut-être plus aujourd'hui ? Il se détendit et fit appel à ses souvenirs. Les pensées qui remontaient de sa mémoire étaient comme du sel sur une plaie infectée.

— J'aurais dû te tuer à l'époque, dit-il. Et rien de tout cela ne me serait arrivé.

Il s'imagina Tenaka en train de mourir, se vidant de son sang dans la neige. Il n'éprouvait aucune joie, mais l'envie le tiraillait quand même.

— Je vais te faire payer, lança-t-il.

Et il partit en direction du sud.

Le deuxième jour, Tenaka et Renya avançaient à bonne allure – ils n'avaient vu personne, ni aucune trace de présence humaine. Le vent était entièrement tombé et la promesse d'un printemps imminent flottait dans les airs. Tenaka n'avait rien dit de la journée et Renya ne l'avait pas forcé à parler.

Vers la tombée de la nuit, alors qu'ils descendaient une pente très raide en s'aidant des mains, Renya perdit l'équilibre et tomba en avant. Après une série de roulades, elle termina sa course en bas de la colline, heurtant sa tête contre la racine d'un arbre. Tenaka courut jusqu'à elle, lui défit son burnous et regarda l'entaille qui saignait à sa tempe. Ses yeux s'ouvrirent d'un seul coup.

— Ne me touchez pas ! hurla-t-elle, en lui griffant la main.

Il se recula et lui rendit son burnous.

— Je n'aime pas qu'on me touche, dit-elle en guise d'excuse.

— Alors je ne vous toucherai pas, répondit-il. Mais vous feriez bien de bander cette plaie.

Elle essaya de se lever, mais le monde vacilla et elle tomba dans la neige. Tenaka ne bougea pas pour l'aider. Il jeta un coup d'œil aux alentours pour voir s'il y avait un endroit où dresser un camp. Il repéra un endroit qui ferait l'affaire à une trentaine de pas sur sa droite : il y avait un paravent naturel d'arbres, dont certaines branches épaisses pouvaient aussi servir de toiture en cas de chute de neige. Il s'y rendit tout en ramassant des branchages. Renya le regarda partir et fit un effort pour se relever, mais elle se sentit mal et fut prise de violentes convulsions. Sa tête palpitait, la douleur était comme des coups de marteau à intervalles réguliers qui lançaient des vagues de nausée dans tout son corps. Elle essaya de ramper.

— Je… n'ai pas besoin de vous, souffla-t-elle.

Tenaka prépara le feu, soufflant sur les brindilles jusqu'à ce que les flammes prennent malgré la neige. Puis il rajouta du petit bois et finalement des branchages. Quand le feu eut bien pris, il retourna vers la fille et se pencha pour soulever son corps inerte. Il l'allongea à côté du feu, puis grimpa en haut d'un sapin pour couper des branches vertes avec son épée courte. En les rassemblant, il fit un lit sur lequel il la déposa avant de la recouvrir d'une couverture. Il examina la blessure – pas de fracture à première vue, mais en revanche il allait y avoir un sale bleu et une bosse de la taille d'un œuf.

Il lui caressa le visage, appréciant la douceur de sa peau et la pureté de son cou.

— Je ne te ferai pas de mal, Renya, déclara-t-il. Je suis bien des choses, et j'ai fait bien des choses honteuses dans ma vie, mais je n'ai jamais fait de mal à une femme. À un enfant non plus. Tu es en sécurité avec moi… Tes secrets sont en sécurité avec moi.

» Tu vois, moi aussi je sais ce que c'est que d'appartenir à deux mondes. Je suis à moitié nadir et à moitié drenaï. Pas tout à fait quoi que ce soit, finalement. Et pour toi c'est sans doute pire. Mais je suis là. Crois en moi.

Il repartit vers le feu. Il aurait tant aimé pouvoir dire les mêmes choses une fois qu'elle aurait ouvert les yeux, mais il savait très bien qu'il ne le ferait pas. De toute sa vie il ne s'était jamais confié qu'à une seule femme : Illae.

Belle Illae, l'épouse qu'il s'était achetée dans un marché ventrian. Le souvenir le fit sourire. Deux mille pièces d'argent, et lorsqu'il l'avait ramenée chez lui, elle avait refusé de partager son lit.

Il était entré dans une colère noire :

— En voilà une absurdité ! Tu es à moi. Corps et âme ! Je t'ai achetée !

— Ce que tu as acheté, c'est une carcasse, avait-elle rétorqué. Touche-moi, et je me tue. Et toi aussi.

— Tu risques d'être déçue si tu le fais dans cet ordre-là, dit-il.

— Ne te moque pas de moi, barbare !

— Très bien. Alors que faut-il que je fasse ? Que je te revende à un Ventrian ?

— Épouse-moi.

— Et là, si je comprends bien, tu m'aimeras et m'adoreras ?

— Non. Mais je coucherai avec toi et j'essaierai d'être une bonne compagne.

— Voilà une offre difficile à refuser. Une esclave qui offre moins à son maître que ce pour quoi il a déjà payé, très cher d'ailleurs. Et pourquoi devrais-je accepter ?

— Pourquoi pas ?

Ils s'étaient mariés deux semaines plus tard, et les dix ans qu'ils passèrent ensemble lui apportèrent beaucoup de bonheur. Il savait qu'elle ne l'aimait pas, mais ce n'était pas grave. Il n'avait pas besoin *d'être aimé*, il avait besoin *d'aimer*. Au premier coup d'œil, elle avait su discerner cela chez lui, et elle s'en était servie sans pitié. Il ne lui montra jamais qu'il avait bien compris son jeu. En fait, il se décontracta et entra dans la partie. Le sage, Kias, avait tenté de le prévenir.

— Tu lui donnes trop de toi-même, mon ami. Tu la combles de tes rêves, de tes espoirs et même de ton âme. Si elle te quitte ou te trahit, que te restera-t-il ?

— Rien, avait-il répondu en toute honnêteté.

— Tu es un imbécile, Tenaka. J'espère qu'elle restera avec toi.

— Je ne m'inquiète pas.

Il avait été si sûr de lui qu'il avait oublié de compter avec la mort.

Tenaka frissonna et remit son manteau sur ses épaules.

Il allait emmener la fille à Sousa et puis il filerait en direction de Drenan. Cela ne devrait pas être trop dur de trouver Ceska, ni même de le tuer. Quand un homme est à ce point entouré, il se croit finalement à l'abri. Mais si l'assassin est prêt à donner sa vie… Et Tenaka était plus que prêt.

Il avait envie de mourir, envie d'embrasser le vide et de ne plus jamais souffrir.

À l'heure qu'il était, Ceska devait savoir que Tenaka était en route. Si elle était bien passée par la mer jusqu'à Mashrapur et de là au nord-est vers Drenan, alors la lettre devait être arrivée ce mois-ci.

— J'espère que tu rêves de moi, Ceska. J'espère que je marche dans tes cauchemars.

— Je ne sais pas pour lui, fit une voix étouffée, mais tu marches dans les miens.

Tenaka sauta sur ses pieds et son épée jaillit dans les airs.

Devant lui se tenait le géant au masque noir.

— Je suis venu te tuer, dit-il, en dégainant son épée longue.

Tenaka s'éloigna du feu, sans quitter l'homme des yeux. Son esprit se vida et son corps se relâcha : il se déplaça de manière fluide, sûr de lui, prêt au combat.

Le géant fit tournoyer son épée et écarta les bras pour se mettre en position. Tenaka cligna des yeux. Il avait reconnu le geste.

— Ananaïs ? dit-il.

L'épée du géant siffla en direction de son cou, mais Tenaka bloqua le coup et bondit en arrière.

— Ananaïs, est-ce que c'est toi ? répéta-t-il.

L'espace d'un moment, le géant ne répondit rien.

— Oui, finit-il par dire. C'est bien moi. Et maintenant, défends-toi !

Tenaka rengaina son épée et avança vers lui.

— Je ne peux pas me battre contre toi, dit-il. Et je ne sais pas pourquoi tu désires tant ma mort.

Ananaïs sauta en avant, et balança un coup de poing en plein dans la mâchoire de Tenaka, puis il le plaqua au sol, dans la neige.

— Pourquoi ? cria-t-il. Tu ne sais pas *pourquoi* ? Regarde-moi !

Il ôta brusquement son masque et, à la lumière des flammèches, Tenaka découvrit une vision cauchemardesque. Il n'y avait pas de visage, seulement les restes d'anciens traits, complètement défigurés. Il n'y avait plus de nez, la lèvre supérieure manquait, et ce qui restait de peau était lacéré de cicatrices rouges et blanches en forme de croix. Seuls les yeux bleus et les cheveux blonds frisés indiquaient une ancienne humanité.

— Par tous les dieux de la lumière ! murmura Tenaka. Ce n'est pas moi... Je ne savais pas.

Ananaïs se pencha, pointant son épée contre le cou de Tenaka.

— Le caillou qui a provoqué l'avalanche, fit le géant de façon énigmatique. Enfin, tu vois ce que je veux dire.

Tenaka leva la main et repoussa lentement la lame.

— Il faut que tu me racontes tout, mon ami, dit-il en s'asseyant.

— Sois maudit ! hurla le géant, lâchant son épée et soulevant Tenaka jusqu'à ce que leurs visages ne soient plus qu'à quelques centimètres l'un de l'autre. *Regarde-moi !*

Tenaka regarda fixement au plus profond des yeux bleus glacés du géant, y devinant la folie tapie. Sa vie ne tenait qu'à un fil.

— Dis-moi ce qui s'est passé, fit-il doucement. Je ne cherche pas à m'enfuir. Si tu veux me tuer, alors fais-le. Mais avant, raconte-moi.

Ananaïs le relâcha et lui tourna le dos, à la recherche de son masque, offrant ainsi son grand dos à Tenaka. Et à cet instant, Tenaka sut ce qu'on attendait de lui. Une grande tristesse l'envahit.

— Je ne peux pas te tuer, dit-il.

Le géant se retourna, des larmes plein les yeux.

— Oh ! Tani, fit-il, la voix cassée, regarde ce qu'ils m'ont fait !

Il tomba à genoux, son visage déchiré caché dans ses mains. Tenaka s'agenouilla derrière lui dans la neige et le prit dans ses bras. Le géant se mit à pleurer, secoué par de longs sanglots douloureux. Tenaka lui tapota le dos comme il aurait fait à un enfant et sentit la douleur le submerger comme si cela avait été la sienne.

Ananaïs n'était pas venu pour le tuer mais pour mourir de sa main. Et il savait pourquoi le géant lui en voulait. Le jour où était arrivé l'ordre de dissoudre le Dragon, Ananaïs avait réuni les troupes et se tenait prêt à marcher sur Drenan pour démettre Ceska. Tenaka et le gan du Dragon, Baris, avaient refusé le conflit et rappelé aux hommes qu'ils avaient toujours vécu et combattu pour la démocratie. De fait, la révolution était morte avant même d'avoir existé.

Et aujourd'hui, le Dragon était détruit, le pays en ruine et toute la Drenaï en proie à la terreur.

Ananaïs avait eu raison.

Renya regarda la scène en silence, jusqu'à ce que cessent les pleurs. Alors, elle se leva et marcha vers les deux hommes, s'arrêtant un instant pour remettre du combustible dans le feu qui s'éteignait. Ananaïs leva les yeux et en la voyant il se mit à chercher désespérément son masque.

Elle vint se poster à ses côtés et s'agenouilla près de lui. Puis, doucement, elle toucha les mains qui tentaient de remettre le masque en place. Ses doigts se refermèrent dessus, elle retira le masque et fixa de ses yeux sombres les yeux du géant.

Comme son visage déchiré était bien visible, il ferma les yeux et baissa la tête. Renya se pencha et l'embrassa d'abord sur le front puis sur les joues éclatées. Ses yeux s'ouvrirent.

— Pourquoi ? murmura-t-il.

— Nous avons tous des cicatrices, répondit-elle. Mais certaines d'entre elles feraient mieux d'être portées à l'extérieur.

Elle se leva et retourna à son lit.

— Qui est-ce ? demanda Ananaïs.

— Elle est pourchassée par Ceska, répondit Tenaka.

— Comme tout le monde, non ? commenta le géant en remettant son masque.

— Oui, mais nous allons lui faire une petite surprise, dit Tenaka.

— Ça me plairait assez.

— Fais-moi confiance, mon ami. Je compte bien le renverser.

— Tout seul ?

Tenaka grimaça.

— Suis-je tout seul ?

— Non ! Est-ce que tu as un plan ?

— Pas encore.

— Tant mieux. Un moment j'ai bien cru que tu voulais que nous encerclions Drenan à deux !

— On devra peut-être en arriver là ! Combien de Dragons sont toujours en vie ?

— Fort peu. La plupart ont répondu à l'appel. Et c'est également ce que j'aurais fait si j'avais reçu le message à temps. Decado est toujours en vie.

— Voilà une bonne nouvelle, déclara Tenaka.

— Pas vraiment. Il est devenu moine.

— *Moine* ? Decado ? Mais il ne vit que pour tuer.

— Plus maintenant. Est-ce que tu comptes rassembler une armée ?

— Non, elle ne servirait à rien face aux Unis. Ils sont trop forts, trop rapides – trop tout.

— Ils peuvent être battus, déclara Ananaïs.

— Pas par des hommes.

— J'en ai tué un.

— Toi ?

— Oui. Après que nous avons été dissous, j'ai essayé de devenir fermier. Ça n'a pas très bien marché. J'avais accumulé des dettes assez importantes et, comme Ceska avait ouvert les Arènes pour y faire des combats, je suis devenu gladiateur. Je m'étais dit qu'au bout de trois combats, j'aurais gagné suffisamment pour rembourser ce que je devais. Mais, tu sais quoi ? Ce genre de vie m'a plu. J'ai combattu sous un autre nom, pourtant Ceska m'a percé à jour. Du moins c'est ce que j'en ai déduit. Je devais me battre face à un homme nommé Treus, mais quand la grille s'est ouverte il y avait un Uni à la place. Dieux tout-puissants – il devait faire près de deux mètres cinquante.

» Mais je l'ai terrassé. Par tous les démons de l'Enfer, oui, je l'ai tué !

— Comment ?

— J'ai dû le laisser venir au corps à corps en lui faisant croire qu'il avait gagné. Et puis je l'ai éventré avec mon couteau.

— Tu as pris un sacré risque, dit Tenaka.

—Oui.

—Et tu as réussi à t'en sortir indemne ?

—Pas tout à fait, répondit Ananaïs. Il m'a arraché le visage.

—Eh bien, j'ai franchement cru que je pourrais te tuer, concéda Ananaïs tandis qu'ils étaient assis tous les deux autour du feu. J'y croyais dur comme fer. Je te détestais. Plus je voyais la nation souffrir et plus tu hantais mon esprit. J'avais le sentiment d'avoir été trompé – comme si tout ce en quoi j'avais toujours cru avait été détruit. Et quand l'Uni… quand j'ai été blessé… j'ai perdu la tête. Mon courage. Tout.

Tenaka écoutait sans rien dire, le cœur lourd. Ananaïs avait toujours été imbu de sa personne, mais il possédait un sens de l'humour qui passait par sa propre dérision ; c'est ce qui faisait mieux passer son côté vaniteux. Et puis surtout, il avait été beau, adoré par les femmes. Tenaka ne l'interrompit pas. Il avait l'impression que cela faisait une éternité qu'Ananaïs ne s'était pas retrouvé en compagnie de quelqu'un. C'était un flot de paroles qui coulait de sa bouche tel un torrent, et chacun de ses sujets de discussion se terminait toujours par la haine qu'il vouait au prince nadir.

—Je savais que c'était irrationnel, mais je ne pouvais pas m'en empêcher. Et lorsque j'ai trouvé les cadavres à la caserne et que je me suis rendu compte que c'était toi, la rage m'a littéralement aveuglé. Jusqu'à ce que je te voie assis ici. Et là… là…

—Là, tu as pensé me laisser te tuer, déclara doucement Tenaka.

—Oui. Ça m'a paru… la chose à faire.

— Je suis heureux que nous nous soyons retrouvés, mon ami. J'aimerais tant que d'autres soient là également.

C'était un matin radieux et la douceur du printemps en marche venait d'étreindre la forêt, ce qui mit du baume au cœur des voyageurs.

Renya observait Tenaka avec un regard neuf, gardant en mémoire non seulement l'amour et la compréhension qu'il avait témoignés à son ami balafré, mais également les mots qu'il lui avait dits avant que le géant arrive : *« Crois en moi. »*

Et Renya croyait.

Mais plus encore. Quelque chose dans ces mots avait su toucher son cœur et adoucir la douleur de son âme.

Il savait.

Et pourtant, il s'inquiétait. Renya ne savait pas ce qu'était l'amour, car de toute sa vie elle ne s'était inquiétée que d'un seul homme, Aulin, l'ancien Arcaniste. Et maintenant, il y en avait un nouveau. Et qui n'était pas ancien.

Ça non. Pas ancien du tout !

Il ne la quitterait pas dans Sousa. Ni nulle part ailleurs. Où Tenaka Khan marcherait, il y aurait désormais Renya. Mais il ne le savait pas encore. Il allait devoir apprendre vite.

L'après-midi même Tenaka traqua un jeune cerf – qu'il tua d'un lancer de dague à plus de vingt pas – et tous les compagnons mangèrent à satiété. Ils se couchèrent tôt pour récupérer de la nuit précédente et, au petit matin, ils aperçurent les pointes des toits de Sousa, au sud-est.

— Tu ferais mieux de rester ici, conseilla Ananaïs. Je pense que ta description doit circuler dans toute la Drenaï à l'heure qu'il est. Mais pourquoi diable as-tu écrit cette lettre ? Ce n'est pas très intelligent de dire à une victime que son assassin est en chemin !

— Bien au contraire, mon ami. La paranoïa va le *ronger*. Elle va le tenir éveillé – sur les nerfs – et il ne pourra plus penser clairement. Et chaque jour où il n'entendra pas parler de moi, sa peur augmentera. Il va devenir instable.

— Si tu le penses, dit Ananaïs. Enfin bon, je vais emmener Renya en ville.

— Très bien. J'attendrai ici.

— Et est-ce que Renya n'a pas son mot à dire à propos de tout cela ? demanda mielleusement la fille.

— Je pensais que vous n'y verriez pas d'objection, répondit impassiblement Tenaka.

— Eh bien si ! lâcha-t-elle. Vous ne me possédez pas ; j'irai là où je veux.

Elle se laissa tomber sur un arbre mort et croisa les bras, regardant les arbres au loin.

— Je croyais que vous vouliez aller à Sousa, déclara Tenaka.

— Non. C'est Aulin qui voulait que j'y aille.

— Eh bien alors, où voulez-vous aller ?

— Je ne sais pas encore. Je vous le dirai quand je le saurai.

Tenaka secoua la tête et se retourna vers le géant en écartant les mains.

Ananaïs grimaça.

— Bon, ben moi je vais quand même aller en ville. Nous avons besoin de nourriture – et puis avoir des nouvelles ne ferait pas de mal. Je vais voir ce que je peux apprendre.

— Ne commets pas d'imprudence, lui conseilla Tenaka.

— Ne te fais pas de soucis pour moi. Je saurai me fondre dans la foule. Tout ce que j'ai à faire, c'est trouver un groupe d'hommes de grande taille, portant tous des masques noirs, et ne pas le quitter d'une semelle.

— Tu sais très bien ce que je veux dire.

— D'accord. Ne t'en fais pas ! Je ne vais pas sacrifier cinquante pour cent de ta nouvelle armée dans une simple mission de reconnaissance.

Tenaka le regarda s'éloigner et se retourna vers la fille. Il balaya la neige sur le tronc de l'arbre mort et s'assit à côté d'elle.

— Pourquoi n'êtes-vous pas partie avec lui ?

— Vous vouliez que je parte ? contra-t-elle en le regardant droit dans ses yeux violets.

— Je voulais quoi ? Qu'est-ce que cela veut dire ?

Elle se pencha vers lui. Il perçut le parfum musqué de sa peau et de nouveau il remarqua la ligne parfaite de son cou et la beauté ténébreuse de ses yeux.

— Je veux rester avec vous, souffla-t-elle.

Il ferma les yeux, pour mettre fin à l'enchantement de sa beauté. Mais le parfum l'ensorcelait encore.

— C'est de la folie, dit-il en se redressant.

— Pourquoi ?

— Parce que je ne vais pas faire de vieux os. Vous ne comprenez donc pas ? Tuer Ceska n'est pas un jeu. Mes chances de survie sont d'une sur un millier.

— C'est un jeu, fit-elle. Un jeu d'hommes. Vous n'avez pas besoin de tuer Ceska – ce n'est pas à vous de porter le fardeau drenaï.

— Je le sais bien, fit-il. C'est personnel. Et c'est pour ça que je dois le faire, et Ananaïs aussi.

— Alors moi aussi. J'ai tout autant de raisons de haïr Ceska que vous ou votre ami. Il a chassé Aulin jusqu'à ce qu'il en meure.

— Mais vous êtes une femme, dit-il en désespoir de cause.

Elle lui rit au visage ; c'était un éclat de rire retentissant, riche et plein d'humour.

— Oh ! Tenaka, j'ai attendu si longtemps que vous disiez une chose aussi stupide ! Vous avez tout le temps raison. Vous êtes si intelligent. Une femme, bien sûr ! Oui, je suis une femme. Et bien plus encore. Si j'avais voulu, j'aurais pu tuer ces quatre soldats toute seule. Je suis aussi forte que vous, peut-être davantage, en tout cas je suis aussi rapide. Vous savez ce que je suis : une Unie ! Aulin me connaissait à Drenan. J'étais une infirme, bossue et boiteuse. Il a eu pitié de moi et m'a emmenée à Graven pour utiliser sur moi des machines conçues à cet effet. Il m'a guérie en me mélangeant à l'un des animaux domestiques de Ceska. Vous savez lequel ?

— Non, murmura Tenaka.

Dans un mouvement flou, elle bondit du tronc. Il leva les bras au moment où elle lui rentra dedans, le percutant de plein fouet. Il tomba dans la neige, le souffle coupé. En moins d'une seconde elle l'avait cloué au sol. Il essaya de se dégager mais ne pouvait pas bouger. Elle maintenait ses bras à plat dans la neige. Elle gigota jusqu'à se retrouver au-dessus de lui, son visage à quelques centimètres du sien.

— Il m'a mélangée à une panthère, dit-elle.

— Je vous aurais crue sur parole si vous me l'aviez dit, rétorqua-t-il. La petite démonstration était inutile.

— Pas pour moi, dit Renya. Car à présent vous êtes à ma merci.

Il fit un large sourire… cambra son dos et se retourna d'un coup sec. Renya fut projetée sur sa gauche, et poussa un petit cri de surprise. Tenaka pivota et plongea sur elle, lui bloquant les bras sous son corps.

— Je suis rarement à la merci de qui que ce soit, jeune dame, dit-il.

— Eh alors ? lui demanda-t-elle en levant un sourcil. Qu'est-ce que vous allez faire maintenant ?

Il devint tout rouge et ne répondit pas. Il ne bougea pas non plus. Il pouvait sentir la chaleur de son corps, le parfum de sa peau.

— Je t'aime, dit-elle. Vraiment !

— Je n'ai pas le temps. Je ne peux pas. Je n'ai pas de futur.

— Moi non plus. Quel futur peut-il y avoir pour une Unie ? Embrasse-moi.

— Non.

— S'il te plaît ?

Il ne répondit rien. Il ne pouvait pas. Ses lèvres étaient contre les siennes.

Chapitre 4

Scaler était debout dans la foule et regardait la fille qu'on attachait sur le bûcher. Elle ne se débattait pas, elle ne protestait pas, et le mépris se lisait dans ses yeux. Elle était grande et avait des cheveux blonds – elle n'était pas belle, mais elle ne pouvait pas laisser indifférent. Les gardes qui empilaient les bûches à ses pieds ne la regardaient pas et Scaler ressentait leur honte.

Elle était presque aussi grande que la sienne.

L'officier grimpa sur la plate-forme en bois qui était derrière la fille et toisa la foule. Il pouvait presque palper leur haine à son égard et cela le réjouit. Ils étaient impuissants.

Malif ajusta son manteau pourpre, retira son heaume et le plaça au creux de son bras. Le soleil lui faisait du bien et la journée s'annonçait sous les meilleurs auspices. Tout allait bien.

Il se racla la gorge.

— Cette femme est accusée de sédition, de sorcellerie, de vol et de concocter des poisons. Pour chacun de ces actes, il est juste qu'elle soit condamnée. Mais si quelqu'un ici veut prendre sa défense, qu'il parle maintenant !

Ses yeux jaillirent vers la gauche où un mouvement était perceptible au milieu des spectateurs. Un vieil homme était retenu par un plus jeune. Aucun danger de ce côté-là !

Malif lança son bras vers la droite et désigna un Uni qui arborait la livrée rouge et bronze des serviteurs de Silius le Magister.

—Ce serviteur de la loi a été désigné pour défendre la décision du tribunal. Si quelqu'un souhaite devenir le champion de cette fille, Valtaya, qu'il jette d'abord un coup d'œil à son adversaire.

Scaler saisit le bras de Belder.

—Ne fais pas l'imbécile ! siffla-t-il. Tu te ferais tuer ; je ne te le permettrai pas.

—Je préfère mourir que de voir ça, fit le vieux soldat.

Mais il cessa de se débattre et, dans un grand soupir lourd de sens, il se retourna et se fraya un chemin pour s'éloigner de la foule.

Scaler jeta un regard à la fille. Celle-ci le regardait de ses yeux gris tout en souriant. Il n'y avait aucune trace de moquerie dans son sourire.

—Je suis désolé, articula-t-il silencieusement, mais elle avait déjà détourné le regard.

—Puis-je parler ? demanda-t-elle d'une voix claire et forte.

Malif se retourna vers elle.

—La loi t'y autorise, mais qu'il n'y ait pas de propos séditieux dans tes paroles ou je te ferai bâillonner.

—Mes amis, commença-t-elle, je suis navrée de vous voir tous ici aujourd'hui. La mort n'est rien, par contre l'absence de joie est pire que la mort. Je connais la plupart d'entre vous. Et je vous aime tous. Je vous en prie, partez d'ici et gardez de moi le souvenir de celle que j'étais. Que des éclats de rire chassent ce vilain moment de vos mémoires.

—Cela ne sera pas nécessaire, ma dame ! cria quelqu'un.

La foule s'écarta et un grand homme vêtu de noir se déplaça jusqu'à l'espace vide devant le bûcher.

Valtaya baissa les yeux pour rencontrer ceux, vifs et bleus, de l'homme. Son visage était recouvert d'un masque de cuir noir qui luisait et elle se demanda comment un homme avec des yeux aussi beaux pouvait être le bourreau.

— Qui es-tu ? demanda Malif.

L'homme retira sa cape en cuir et la jeta dans la foule.

— Vous avez demandé un champion, si je ne m'abuse ?

Malif sourit. L'homme était de forte carrure et pourtant il avait l'air d'un nain devant l'Uni.

Oui, les meilleurs auspices !

— Enlève ton masque, que l'on puisse te voir, ordonna-t-il.

— Ce n'est pas utile, et la loi ne l'exige pas, répliqua l'homme.

— C'est vrai. Très bien. La lutte se fera à mains nues, sans aucune arme.

— Non ! hurla Valtaya. Je vous en prie, monsieur, revenez sur votre décision – c'est de la folie ! Si je dois mourir, alors que ce soit seule. Je me suis faite à l'idée, mais vous me rendez la chose plus difficile.

L'homme ne lui prêta aucune attention et sortit une paire de gants en cuir de sa large ceinture noire.

— M'est-il permis de porter ces gants ? demanda-t-il.

Malif acquiesça et l'Uni avança. Il faisait près de deux mètres dix et avait une tête vulpine. Ses mains se terminaient en serres vicieusement acérées. Un lourd grognement sortit de sa mâchoire et ses babines se retroussèrent, révélant des crocs brillants.

— Y a-t-il des règles à ce combat ? demanda l'homme.

— Aucune, rétorqua Malif.

— Bon, dit l'homme tout en portant un direct dans la gueule de la bête.

Sous l'impact un croc se brisa et du sang gicla dans les airs. Puis l'homme bondit en avant, rouant de coups la tête de la créature.

Mais l'Uni était fort et dès qu'il se fut remis du choc initial il poussa un rugissement de défi et passa à l'attaque. Un poing le cueillit derrière la tête, aussi fit-il jaillir ses serres. L'homme recula d'un bond, la tunique lacérée de part en part : du sang perlait sur sa poitrine. Les deux adversaires se tournèrent autour.

Soudain l'Uni fit un saut, mais l'homme jaillit aussitôt, les deux pieds en avant. Ses bottes percutèrent le visage de la bête dans un bruit de tonnerre. L'Uni fut projeté au sol et l'homme fit une roulade pour retomber sur ses pieds. Il fonça sur la créature dans l'espoir de lui donner un coup de pied, mais l'Uni le balaya au sol à l'aide de son bras. La bête se redressa de toute sa stature, puis tituba, les yeux exorbités, la langue pendante. L'homme bondit en avant et une pluie de coups s'abattit sur la gueule de la créature. L'Uni tomba la tête la première et mordit la poussière de la place du marché. L'homme se tenait au-dessus de lui, haletant ; puis il se retourna vers Malif qui était encore sous le coup de la surprise.

— Libérez la fille ! dit-il. C'est fini.

— Sorcellerie ! cria Malif. Tu es un sorcier. Tu vas brûler avec la fille. Attrapez-le !

Un cri de colère jaillit de la foule qui avança comme un seul homme.

Ananaïs se fendit d'un large sourire et sauta sur la plate-forme alors que Malif trébuchait en reculant, cherchant désespérément son épée. Ananaïs le frappa et il vola de la plate-forme. Les gardes prirent leurs jambes à leur cou. Scaler escalada le bûcher et découpa les cordes à l'aide de sa dague.

— Venez ! hurla-t-il en tirant Valtaya par le bras. Nous devons partir d'ici. Ils vont revenir.

— Qui a ma cape ? beugla Ananaïs.

— C'est moi qui l'ai, mon général ! cria un vétéran barbu.

Ananaïs fit voltiger la cape autour de ses épaules, ferma l'attache et leva les mains pour demander le silence.

— Quand ils vous demanderont qui a libéré la fille, répondez-leur que c'était l'armée de Tenaka Khan. Dites-leur que le Dragon est de retour.

— Par ici, vite ! hurla Scaler en entraînant Valtaya dans une allée étroite.

Ananaïs se laissa tomber en souplesse de la plate-forme et les suivit, s'arrêtant un instant pour regarder le corps inerte de Malif étendu sur le sol, son cou tordu de façon grotesque. *Il a dû mal se réceptionner*, pensa Ananaïs. Mais bon, si la chute ne l'avait pas tué, le poison s'en serait chargé. Il retira ses gants avec précaution, replaçant le capuchon sur les aiguilles dissimulées entre les phalanges. Il remit les gants dans sa ceinture et courut après le couple.

Ils plongèrent sous la porte cochère d'une rue pavée. Ananaïs se retrouva dans une auberge sombre, aux volets fermés, les chaises posées sur les tables. L'homme et la fille étaient debout devant le comptoir.

Le propriétaire – un petit gros qui perdait ses cheveux – versait du vin dans des cruches en terre cuite. Il ne leva les yeux que lorsque Ananaïs sortit de la pénombre. Sur le coup, il lâcha la cruche qu'il avait dans les mains.

Scaler se retourna d'un bond ; la peur se lisait dans ses yeux.

— Oh ! c'est vous ! dit-il. Pour un type de votre gabarit, on peut dire que vous êtes discret. Pas de panique, Larcas ; c'est l'homme qui a sauvé Valtaya.

— Ravi de vous rencontrer, fit le tenancier. Un verre ?

— Merci.

— Le monde est devenu fou, déclara Larcas. Vous savez, les cinq premières années où j'ai tenu cette auberge, je n'ai jamais vu de meurtre. Tout le monde avait un petit peu d'argent. C'était le temps de la joie de vivre. Et le monde est devenu fou !

Il versa du vin pour Ananaïs et se reversa un verre qu'il descendit d'une traite.

— Fou ! Je déteste la violence. Je suis venu ici parce que je voulais une vie paisible. Une cité agricole à la sortie des plaines sentranes – on ne peut pas rêver plus calme. Et regardez où on en est aujourd'hui. Des animaux qui marchent comme des hommes. Des lois que personne ne comprend, auxquelles on se contente d'obéir. Des délateurs, des voleurs, des assassins. Lâchez un pet pendant l'hymne national et on vous soupçonne d'être un traître.

Ananaïs retira une chaise d'une des tables et s'assit en tournant le dos au trio. Doucement, il retira son masque et but une gorgée de vin. Valtaya se rapprocha de lui mais il détourna la tête ; il finit rapidement son vin et remit son masque. Elle avança ses mains pour couvrir les siennes.

— Merci de m'avoir fait le don de vie, dit-elle.

— Tout le plaisir était pour moi, ma dame.

— Vos cicatrices sont si terribles que ça ?

— Je n'en ai jamais vu de pires.

— Sont-elles guéries ?

— En grande partie. Celle sous l'œil droit s'ouvre de temps à autre. Je m'y suis fait.

— Je peux vous soigner, si vous le voulez.

— Ce ne sera pas la peine.

— Ce serait la moindre des choses. J'aimerais faire cela pour vous. N'ayez pas peur. J'ai déjà vu des cicatrices.

— Pas comme celles-ci, ma dame. Je n'ai plus de visage sous ce masque. Mais il fut un temps où j'étais beau.

— Vous êtes toujours beau, dit-elle.

Ses yeux bleus s'enflammèrent et il se pencha vers elle, les poings fermés.

— Ne vous moquez pas de moi, femme !

— Non, ce que je voulais dire…

— Je sais très bien ce que vous vouliez dire – vous vouliez être gentille. Eh bien, je n'ai pas besoin de gentillesse. Ni de compréhension. J'étais beau et j'en profitais. Maintenant je suis un monstre et je dois apprendre à vivre avec.

— Alors *vous* allez m'écouter, ordonna Valtaya en roulant des épaules. Ce que je voulais dire, c'est que les apparences ne comptent pas pour moi. Les actes sont le reflet d'un homme, et pas des lambeaux de chair qui pendent des os et des tendons. Ce que vous avez fait aujourd'hui était beau.

Ananaïs se renfonça dans sa chaise en croisant ses bras sur sa large poitrine.

— Je suis désolé, dit-il. Excusez-moi.

Elle gloussa et avança pour lui saisir les mains.

— Il n'y a rien à pardonner. Nous nous connaissons juste un peu mieux, c'est tout.

— Pourquoi voulaient-ils vous brûler ? demanda-t-il en passant ses mains sur les siennes et en appréciant la chaleur de sa peau.

Elle haussa les épaules :

— Je fais le commerce d'herbes médicinales. Et je dis toujours la vérité.

— Ce qui équivaut à de la sorcellerie et de la sédition. Qu'en est-il du vol ?

— J'ai emprunté un cheval. Mais parlez-moi de vous.

— Il y a peu à dire. Je suis un guerrier à la recherche d'une guerre.

— C'est pour ça que vous êtes revenu en Drenaï ?

— Qui sait ?

— Est-ce que vous avez vraiment une armée ?

— Oui, forte de deux personnes. Mais ce n'est qu'un début.

— Optimiste, en tout cas. Est-ce que votre ami se bat aussi bien que vous ?

— Mieux. C'est Tenaka Khan.

— Le Prince nadir. Le Khan des Ombres.

— Vous connaissez bien votre histoire.

— J'ai été élevée à Dros Delnoch, répondit-elle en buvant une gorgée de vin. Je pensais qu'il était mort avec le reste du Dragon.

— Les hommes comme Tenaka ne meurent pas facilement.

— Alors vous devez être Ananaïs. Le Guerrier Doré ?

— Dans le temps, j'ai eu cet honneur.

— Il y a des légendes qui parlent de vous deux. Il paraît que vous avez mis en déroute un vingtaine d'envahisseurs vagrians à une centaine de kilomètres à l'ouest de Sousa. Après, vous avez encerclé et détruit un grand groupe d'esclavagistes près de Purdol, dans l'Est.

— Ils n'étaient pas vingt, mais sept – et l'un d'entre eux avait la fièvre. Quant aux esclavagistes, nous étions deux fois plus nombreux qu'eux.

— Mais n'avez-vous pas sauvé une princesse lentrianne des griffes des Nadirs en vous aventurant à des centaines de lieues dans les territoires du Nord ?

— Non. Et je me suis souvent demandé comment cette histoire s'était propagée. Tout cela s'est passé avant votre naissance – comment se fait-il que vous en sachiez autant ?

— J'écoute Scaler ; il raconte de merveilleuses histoires. Pourquoi m'avez-vous sauvée aujourd'hui ?

— À quoi rime cette question ? Ne suis-je pas celui qui parcourt des centaines de lieues pour sauver une princesse lentrianne ?

— Je ne suis pas une princesse.

— Et je ne suis pas un héros.

— Vous êtes venu à bout d'un Uni.

— Oui. Mais dès le premier coup il était mort. J'ai des pointes empoisonnées dans mes gants.

— Quand bien même. Peu auraient osé l'affronter.

— Tenaka l'aurait tué sans les gants. Il est le deuxième homme le plus rapide que j'ai connu.

— Le *deuxième* ?

— Comment ? Vous voulez dire que vous n'avez jamais entendu parler de Decado ?

Tenaka prépara le feu et s'agenouilla derrière Renya qui dormait. Elle respirait régulièrement. Il toucha doucement son visage du doigt, lui caressa la joue. Puis il la quitta pour aller prendre position sur une hauteur à proximité, afin de regarder les plaines qui s'étendaient au sud. Le ciel de l'aube émergeait de derrière les montagnes de Skeln.

À l'horizon, les forêts, les rivières et les grandes clairières se mélangeaient dans un flou bleuté, comme si le ciel avait fondu pour s'unir avec la terre. Au sud-ouest, les montagnes de Skoda, toujours agressives, perçaient les nuages comme des dagues. Leurs cimes rouge sang brillaient de mille feux.

Tenaka frissonna et rajusta son manteau. Sans les hommes, le paysage était magnifique.

Ses pensées vagabondèrent ainsi, sans but, mais le visage de Renya lui revenait toujours à l'esprit.

L'aimait-il ? Est-ce que l'amour pouvait naître aussi rapidement ou n'était-ce que la passion d'un homme seul et d'une enfant de chagrin ?

Elle avait besoin de lui.

Mais avait-il besoin d'elle ?

Surtout maintenant, avec tout ce qui l'attendait ?

Espèce d'imbécile, se dit-il en lui-même alors qu'il visualisait la vie qu'il pourrait avoir avec Renya dans son palais ventrian, *il est trop tard pour ça. Tu es l'homme qui est descendu de la montagne.*

Il s'assit sur un rocher plat et se frotta les yeux.

À quoi servait donc cette mission sans lendemain ? se demanda-t-il, envahi par l'aigreur. Il pouvait tuer Ceska – il n'avait aucun doute là-dessus. Mais à quoi cela servirait-il ? Est-ce que le monde allait changer parce qu'un de ses despotes était mort ?

Sans doute pas. Mais la voie était tracée.

—À quoi penses-tu ? demanda Renya en s'asseyant derrière lui et en l'enlaçant par la taille.

Il ouvrit son manteau et le lui passa autour des épaules.

—Je rêvais éveillé, c'est tout, répondit-il. J'admirais la vue.

—C'est vrai qu'elle est magnifique, ici.

—Oui. Et en cet instant l'endroit est parfait.

—Quand est-ce que ton ami va revenir ?

—Bientôt.

—Tu t'inquiètes pour lui, pas vrai ?

—Comment le sais-tu ?

—À la façon dont tu lui as dit de ne pas commettre d'imprudence.

—Je me suis toujours fait du souci pour Ananaïs. Il a un instinct pour le dramatique et une confiance quasi sublime en ses talents physiques. Il s'en prendrait à une armée, persuadé qu'il peut gagner. Et sans doute qu'il y arriverait – enfin, une petite armée.

—Tu l'apprécies beaucoup, ou je me trompe ?

—Je l'aime beaucoup.

—Peu d'hommes admettent ce genre de choses, déclara Renya. D'habitude ils se sentent obligés d'ajouter « comme un frère ». C'est bien. Tu le connais depuis longtemps ?

— Depuis que j'ai dix-sept ans. Je suis entré au Dragon comme élève officier et nous sommes devenus amis peu de temps après.

— Pourquoi voulait-il se battre avec toi ?

— Il ne le voulait pas vraiment. La vie l'a durement traité et il m'en tenait responsable – du moins en partie. Il y a très longtemps, il a voulu démettre Ceska. Il aurait pu réussir. Au lieu de cela, je l'en ai empêché.

— Voilà qui n'est pas facile à pardonner, dit-elle.

— Avec un peu de recul, je suis d'accord.

— Tu comptes toujours tuer Ceska ?

— Oui.

— Même si cela signifie ta propre mort ?

— Quand bien même !

— Et à présent, où allons-nous ? À Drenan ?

Il se retourna vers elle et lui souleva le menton avec la main.

— Tu veux toujours voyager avec moi ?

— Évidemment.

— C'est assez égoïste, mais je suis content, lui dit-il.

Un cri d'homme déchira le silence de l'aube et des nuées d'oiseaux s'enfuirent des arbres en poussant des piaillements de frayeur. Tenaka bondit sur ses pieds.

— Cela venait de là, cria Renya en désignant le nord-est.

L'épée de Tenaka étincela sous les rayons du soleil, et il se mit à courir. Renya lui emboîta le pas.

À présent, un hurlement bestial se mêlait aux cris humains et Tenaka ralentit.

— C'est un Uni, dit-il à Renya qui arrivait à sa hauteur.

— Qu'est-ce qu'on fait ?

— Bon sang ! lâcha-t-il. Reste ici.

Il courut de plus belle, passa par-dessus une corniche et déboucha dans une petite clairière bordée de chênes couverts de neige. Au centre de celle-ci, un homme se tenait accroupi au pied d'un tronc. Sa tunique était couverte de sang et ses jambes avaient été lacérées. Devant lui se dressait un énorme Uni.

Au moment où la créature allait plonger sur l'homme, Tenaka poussa un cri et la bête se retourna d'un coup ; elle posa ses yeux sanguins sur le guerrier. Lui savait qu'il regardait les yeux de la mort, car aucun homme ne pouvait espérer lutter face à un tel monstre et s'en sortir. Renya vint se porter à ses côtés, elle tenait sa dague dans la main.

— Va-t'en ! lui ordonna Tenaka.

Elle l'ignora.

— Et maintenant ? demanda-t-elle tranquillement.

La bête se dressa pour avoisiner les trois mètres et montra ses griffes. Visiblement, elle était en partie ours.

— Courez ! leur cria l'homme blessé. Je vous en prie, laissez-moi !

— Bon conseil, dit Renya.

Tenaka ne répondit rien et la bête le chargea, tout en poussant un rugissement à glacer le sang qui ricocha d'arbre en arbre. Il s'accroupit et fixa ses yeux violets sur l'impressionnante créature qui fondait sur lui.

Alors que son ombre l'enveloppait, il sauta en avant, poussant un cri de guerre nadir.

Et la bête disparut.

Tenaka tomba dans la neige, lâchant son épée. Il fit une roulade et instantanément se retrouva face à l'homme blessé, qui maintenant était debout et le regardait en souriant. Il n'y avait plus de trace de blessure ni sur la tunique ni sur le corps.

— Par tous les diables, qu'est-ce qui se passe ici ? demanda Tenaka.

L'homme trembla et disparut à son tour. Tenaka se retourna vers Renya, qui regardait en direction du tronc, les yeux écarquillés.

— Quelqu'un se joue de nous, déclara Tenaka en brossant la neige qui était sur sa tunique.

— Mais dans quelle intention ? demanda la fille.

— Je ne sais pas. Allons-nous-en – la forêt vient de perdre toute sa magie.

— Ils avaient l'air tellement vrai, avoua Renya. J'ai bien cru que c'en était fini de nous. Tu crois que c'étaient des fantômes ?

— Qui sait ? Quoi qu'ils soient, ils n'ont pas laissé de traces. Et puis je n'ai pas le temps de résoudre ce mystère.

— Mais il y a forcément une raison, insista-t-elle. Est-ce que cela nous était destiné ?

Il haussa les épaules et l'aida à gravir la colline qui menait à leur campement.

À cinquante kilomètres de là, dans une petite pièce, quatre hommes étaient assis en silence, les yeux clos et l'esprit ouvert. L'un après l'autre, ils ouvrirent les yeux et se renfoncèrent dans leurs fauteuils. Ils s'étirèrent comme s'ils sortaient d'un profond sommeil.

Leur chef, celui qui avait prétendu se faire attaquer dans la clairière, se leva et alla s'appuyer contre une meurtrière. Il regarda le pré sous la fenêtre.

— Qu'en pensez-vous ? demanda-t-il sans regarder ses interlocuteurs.

Les trois autres échangèrent des regards ; puis l'un d'entre eux, un petit homme trapu avec une épaisse barbe blonde, finit par dire :

— Finalement, il est digne. Il n'a pas hésité à venir à votre aide.

— Est-ce si important ? demanda le chef, le regard toujours fixé vers l'extérieur.

— Je le crois.

— Et pourquoi ça, Acuas ?

— C'est un homme qui s'est donné une mission, et pourtant c'est un humaniste. Il était prêt à risquer sa vie – non, à la gâcher – plutôt que de voir un être humain souffrir seul. Il a été touché par la Lumière.

— Et toi, Balan, qu'en dis-tu ?

— Qu'il est trop tôt pour se prononcer. Peut-être que cet homme est simplement impulsif, répondit un grand maigre à la tignasse noire et frisée.

— Katan ?

Le dernier homme était mince, son visage long et ascétique, ses yeux grands et tristes. Il sourit.

— Si le choix m'appartenait, je dirais oui. Il est digne. C'est un homme de la Source, bien qu'il l'ignore.

— Donc, dans l'ensemble, nous sommes d'accord, fit le chef. Je crois qu'il est temps que nous ayons une discussion avec Decado.

— Mais ne devrions-nous pas attendre davantage afin d'être sûrs, Seigneur Abbé ? demanda Balan.

— Il n'y a jamais rien de sûr dans la vie, mon fils. Excepté la promesse de mourir.

Chapitre 5

Le couvre-feu était passé depuis une heure et les rues de Drenan étaient désertes. La grande cité était silencieuse. Une lune aux trois quarts pleine était pendue dans le ciel clair. Ses rayons se réverbéraient sur un millier de pavés lavés par la pluie de la rue des Piliers.

Six hommes en armures noires, des heaumes couvrant leurs visages, sortirent de l'ombre d'un grand immeuble. Ils marchaient rapidement dans un but précis, en direction du Palais, et ne regardaient que devant eux.

Deux Unis armés de grosses haches leur barrèrent le chemin, et les hommes s'arrêtèrent. Six paires d'yeux se fixèrent sur les bêtes, qui se mirent à hurler de douleur et s'enfuirent en courant.

Les hommes se remirent en marche. De derrière les volets et les épais rideaux, d'autres yeux observaient leur progression. Les marcheurs sentirent des regards posés sur eux, une curiosité qui se transforma en peur dès qu'ils furent reconnus.

Ils continuèrent en silence jusqu'aux portes du palais et attendirent. Au bout de quelques secondes, des bruits de barres qu'on déplaçait se firent entendre de l'autre côté, et les portes s'ouvrirent. Les hommes en armures noires pénétrèrent dans l'enceinte, et deux sentinelles inclinèrent la tête à leur passage. Ils traversèrent la cour et s'engouffrèrent dans un couloir illuminé par des torches, et bordé de gardes.

Aucun regard ne croisa les leurs. Au bout du couloir, des doubles portes en chêne et en bronze s'écartèrent. Le chef leva la main et ses cinq compagnons s'arrêtèrent net, firent demi-tour sur leurs talons et gardèrent l'entrée, la main posée sur le pommeau en ébène de leurs épées.

Le chef retira son heaume et pénétra dans la pièce.

Comme il l'avait prévu, le premier ministre de Ceska, Eertik, l'attendait seul à son bureau. Celui-ci leva la tête en l'entendant rentrer et posa ses yeux sombres aux sourcils broussailleux sur le chevalier.

— Bienvenue, Padaxes, dit-il d'une voix sèche et presque métallique.

— Salutations, conseiller, répondit Padaxes dans un sourire.

Il était grand, le visage carré, et il avait des yeux aussi gris que l'hiver. Sa bouche s'ornait de grosses lèvres sensuelles ; pourtant il n'était pas beau. Il y avait quelque chose d'étrange dans ses traits – une impression indéfinissable.

— L'empereur a besoin de vos services, déclara Eertik.

Comme il se levait pour faire le tour du bureau en chêne, ses vêtements de soie noire se froissèrent. Padaxes enregistra les bruits, et décida qu'ils n'étaient pas éloignés de ceux d'un serpent dans l'herbe. Cela le fit de nouveau sourire.

— Je suis toujours au service de l'empereur.

— Il le sait, Padaxes, tout comme il sait que vous appréciez sa générosité. Il y a un homme qui cherche à nuire à l'empereur. Nous avons entendu dire qu'il était dans le Nord et l'empereur souhaite que vous le capturiez ou que vous le tuiez.

— Tenaka Khan, dit Padaxes.

Les yeux d'Eertik s'écarquillèrent sous le coup de la surprise.

— Vous êtes au courant ?

— Apparemment.

— Puis-je savoir comment ?

— Non, vous ne pouvez pas.

— C'est une menace pour l'Empire, ajouta Eertik pour masquer sa contrariété.

— Au moment où j'aurai franchi cette porte, il sera un cadavre en sursis. Étiez-vous au courant qu'Ananaïs est avec lui ?

— Non, dit Eertik, bien qu'à présent je commence à comprendre bien des choses. Nous pensions qu'Ananaïs était mort de ses blessures. Est-ce que cette nouvelle donne pose un problème à votre Ordre ?

— Non. Un, deux, dix ou cent : rien ne peut s'opposer à mes Templiers. Nous nous mettrons en route au petit matin.

— Puis-je vous aider d'une manière ou d'une autre ?

— Oui, envoyez un enfant à notre temple dans deux heures. Une petite fille de moins de dix ans. Il y a certains rituels religieux que nous devons accomplir. Je dois communier avec le pouvoir qui maintient l'univers.

— Il en sera fait ainsi.

— Les bâtiments de notre temple auraient bien besoin d'être rénovés. Je voulais de toute façon m'établir dans la campagne et commissionner un nouveau temple – quelque chose de plus grand, dit Padaxes.

— C'est exactement ce que l'empereur avait en tête, déclara Eertik. Je vais faire dessiner des plans et je vous les présenterai à votre retour.

— Transmettez mes remerciements au Seigneur Ceska.

— Je n'y manquerai pas. Que votre voyage soit rapide et votre retour joyeux.

— Si l'Esprit le souhaite, répondit Padaxes, en replaçant son heaume noir.

L'Abbé était à sa fenêtre en haut de la tour. Il contemplait les jardins supérieurs où vingt-huit acolytes s'affairaient devant leurs arbustes. Malgré la saison, les roses étaient en fleur et leur parfum emplissait l'air.

L'Abbé ferma les yeux et son esprit s'éleva dans les airs où il se mit à flotter. Lentement, il descendit vers les jardins pour venir se reposer auprès du mince Katan.

L'esprit de Katan s'ouvrit pour recevoir l'Abbé. Ce dernier s'unit à l'acolyte et ils flottèrent jusqu'au cœur de la plante, se fondant dans sa tige et son système capillaire.

La rose les accueillit avec bonheur. C'était une rose rouge.

L'Abbé se retira, et il rejoignit les acolytes un par un. Seul le rosier de Balan n'avait pas fait de fleur, mais les bourgeons étaient lourds : il n'avait qu'un peu de retard sur les autres.

L'Abbé réintégra son corps dans la grande tour ; il ouvrit les yeux et inspira bruyamment. Il se frotta les paupières, alla jusqu'à la fenêtre sud et regarda en direction du deuxième étage, vers le jardin potager.

Là, à genoux dans la terre, se tenait un prêtre en soutane marron et maculée. L'Abbé descendit les escaliers circulaires et ouvrit la porte du niveau inférieur. Il posa le pied sur les dalles de l'escalier en pierre qui menait vers le jardin.

— Salutations, frère, dit-il.

Le prêtre leva les yeux et s'inclina.

— Salutations, Seigneur Abbé.

L'Abbé s'assit sur un banc de pierre non loin.

— Je t'en prie, continue, dit-il. Il ne faut pas que je te dérange.

L'homme retourna à son travail. Il désherbait le sol et ses mains étaient noircies par la saleté, ses ongles fendillés et cassés.

L'Abbé regarda autour de lui. Le jardin était bien entretenu, les outils aiguisés et les allées propres, sans mauvaises herbes.

Il observa le prêtre avec affection. Cet homme avait beaucoup changé depuis le jour où, cinq ans plus tôt, il avait poussé les portes du monastère en déclarant qu'il souhaitait devenir prêtre. À cette époque-là il était revêtu d'une armure tape-à-l'œil, avec deux épées courtes rangées dans ses cuissardes, et un baudrier serti de trois dagues.

—Pourquoi désirez-vous servir la Source ? lui avait demandé l'Abbé.

—Je suis fatigué de la mort, avait-il répondu.

—Vous vivez pour tuer, rétorqua l'Abbé en regardant au fond des yeux tourmentés du guerrier.

—Je veux changer.

—Vous voulez vous cacher ?

—Non.

—Pourquoi avoir choisi ce monastère ?

—J'ai… j'ai prié.

—Et on vous a répondu ?

—Non. Mais je me dirigeais vers l'ouest et après avoir prié j'ai changé d'avis. Je suis parti au nord. Et vous y étiez.

—Vous croyez que c'est une réponse ?

—Je ne sais pas, répondit le guerrier. C'en est une ?

—Est-ce que vous savez comment se nomme notre Ordre ?

—Non.

—Les acolytes qui sont ici sont doués au-delà des autres hommes, ils ont des pouvoirs que vous ne pourriez pas comprendre. Leur vie tout entière est dévouée à la Source. Et vous, qu'offrez-vous ?

— Rien que moi. Ma vie.

— Très bien. Je vous accepte. Mais écoutez ce que je vais vous dire et souvenez-vous-en. Vous ne vous mélangerez pas aux autres acolytes. Vous n'entrerez pas dans les niveaux supérieurs. Vous vivrez au niveau inférieur, dans une cabane de fermier. Vous mettrez vos armes de côté et ne les toucherez plus jamais. Vos tâches seront subalternes et votre soumission totale. Vous ne parlerez jamais à qui que ce soit – et vous aurez seulement le droit de répondre lorsque je vous parlerai.

— Entendu, fit le guerrier sans l'ombre d'une hésitation.

— Je vous enseignerai chaque après-midi et je jugerai de vos progrès. Si vous échouez, d'une manière ou d'une autre, je vous renverrai du monastère.

— Entendu.

Pendant cinq ans, le guerrier avait obéi sans poser de question. Et tandis que passaient les saisons, l'Abbé avait constaté que les tourments s'étaient effacés de son regard. Il avait bien appris, même s'il n'était jamais parvenu à maîtriser la libération de l'esprit. Mais pour toutes les autres choses, l'Abbé était satisfait.

— Es-tu heureux, Decado ? demanda à présent l'Abbé.

Le prêtre se redressa et se retourna.

— Oui, Seigneur Abbé.

— Aucun regret ?

— Aucun.

— J'ai des nouvelles du Dragon, fit l'Abbé en l'observant avec attention. Veux-tu les entendre ?

Le prêtre parut songeur.

— Oui, ça me plairait assez. Est-ce mal ?

— Non, Decado, ce n'est pas mal. C'étaient tes amis.

Le prêtre demeura silencieux et attendit que l'Abbé continue.

— Ils ont été massacrés par les Unis de Ceska dans une terrible bataille. Bien qu'ils aient vaillamment combattu, ils n'ont pas tenu longtemps face à la puissance de ces bêtes.

Decado acquiesça et se remit au travail.

— Cela te fait quelque chose ?

— Cela me rend triste, Seigneur Abbé.

— Tous tes amis n'ont pas péri. Tenaka Khan et Ananaïs sont de retour en Drenaï et ils projettent de tuer Ceska – ils veulent mettre fin à la terreur.

— Que la Source soit avec eux, déclara Decado.

— Aimerais-tu être avec eux ?

— Non, Seigneur Abbé.

L'Abbé opina.

— Montre-moi ton jardin, dit-il.

Le prêtre se leva et les deux hommes passèrent au milieu des plantes, jusqu'à la petite cabane où habitait Decado. Le prêtre en fit le tour.

— Tu te sens bien ici ?

— Oui, Seigneur Abbé.

Derrière la cabane, l'Abbé s'arrêta et contempla un petit buisson où poussait une fleur solitaire.

— Qu'est-ce que cela ?

— C'est à moi, Seigneur Abbé. Ai-je eu tort ?

— Comment te l'es-tu procuré ?

— J'ai trouvé un plant que quelqu'un avait jeté du niveau supérieur et je l'ai mis en terre, il y a de cela trois ans. C'est un arbuste magnifique ; il ne fleurit que plus tard dans l'année.

— Est-ce que tu passes beaucoup de temps auprès de lui ?

— Autant que je peux, Seigneur Abbé. Il m'aide à me détendre.

— Nous avons beaucoup de roses dans les niveaux supérieurs, Decado, mais aucune de cette couleur.

C'était une rose blanche.

Ananaïs revint au campement deux heures après l'aube. Il était accompagné de Valtaya, Scaler et Belder. Tenaka les regarda approcher. Visiblement, le vieil homme était un vétéran. Il se déplaçait avec prudence, la main posée sur la garde de son arme. La femme était grande et bien faite de sa personne. Elle ne semblait pas vouloir s'éloigner d'Ananaïs, tout de noir vêtu. Tenaka sourit et secoua la tête. *Toujours le Guerrier Doré*, songea-t-il. En revanche, le jeune homme était intéressant. Il y avait quelque chose de familier en lui, et pourtant Tenaka était sûr de ne l'avoir jamais vu auparavant. Il était grand et athlétique, beau, le regard franc, et ses cheveux noirs étaient attachés par un fin bandeau de métal, orné d'une opale en son milieu. Il portait un manteau vert feuille et des bottines marron qui lui couvraient les mollets. Sa tunique était en cuir léger et il avait une épée courte dans la main. Tenaka pouvait sentir sa peur.

Il sortit des arbres pour les saluer.

Scaler leva les yeux lorsqu'il apparut. Il aurait tant voulu courir vers lui et le prendre dans ses bras, mais il se retint. Tenaka ne pouvait pas le reconnaître. Le prince nadir n'avait pas beaucoup changé, pensa-t-il, à part peut-être quelques cheveux blancs qui brillaient sous le soleil. Les yeux violets étaient toujours perçants, et la posture toujours naturellement arrogante.

— Tu ne peux pas t'empêcher de me faire des surprises, mon ami, dit Tenaka.

— C'est vrai, répondit Ananaïs. Mais j'ai le petit déjeuner dans mon paquetage, aussi les explications attendront que j'aie fini de manger.

— Pas les présentations, dit doucement Tenaka.

— Scaler, Valtaya et Belder, récita Ananaïs en agitant le bras en direction du trio.

Et sur ce, il dépassa Tenaka et alla vers le feu.

— Bienvenue ! fit Tenaka en ouvrant les bras, sans trop de conviction.

Scaler avança.

— Notre présence dans votre campement n'est que temporaire, dit-il. Votre ami a aidé Valtaya, et il était alors vital que nous quittions la cité. Maintenant qu'elle est en sécurité, nous pouvons y retourner.

— Je vois. Mais d'abord, venez partager notre nourriture, proposa Tenaka.

Le silence autour du feu devint vite gênant, mais Ananaïs n'y prêta pas attention. Il emporta sa nourriture à l'orée des bois et tourna le dos au groupe afin de pouvoir enlever son masque pour manger.

— J'ai beaucoup entendu parler de vous, Tenaka, osa Valtaya.

Il se tourna vers elle.

— La majorité de ce qu'on raconte sur moi n'est pas vrai.

— Il y a toujours une once de vérité au cœur d'une telle saga.

— Peut-être. De qui tenez-vous ces histoires ?

— De Scaler ici présent, répondit-elle.

Tenaka acquiesça et dévisagea le jeune homme qui rougissait furieusement.

— Et où les avez-vous entendues, mon ami ?

— Ici et là, répondit Scaler.

— J'étais un soldat. Rien de plus. C'est à mon lignage que je dois ma renommée. Je pourrais citer de meilleurs bretteurs que moi, de meilleurs cavaliers, de meilleurs hommes. Mais ils n'avaient pas de nom à brandir devant eux comme un étendard.

—Vous êtes trop modeste, rétorqua Scaler.

—Ce n'est pas une question de modestie. Je suis à moitié nadir, de la lignée d'Ulric, et à moitié drenaï. Mon arrière-grand-père était Regnak, le Comte de Bronze. Et pourtant, je ne suis ni Comte, ni Khan.

—Le Khan des Ombres, dit Scaler.

—D'où vient un tel surnom ? demanda Valtaya.

Tenaka sourit.

—C'était pendant la Seconde Guerre nadire... Le fils de Regnak, Orrin, a conclu un traité avec les Nadirs. Une partie du prix à payer était que son fils, Hogun, épouse la fille du Khan, Shillat. Ce n'était pas un mariage d'amour. Mais d'après ce qu'on dit, ce fut une grande cérémonie, et leur union fut consommée près du Temple de Druss, dans les plaines du nord devant Delnoch. Hogun ramena sa femme à la forteresse où elle resta, malheureuse, pendant trois ans. C'est là que je suis né. Hogun est mort dans un accident de cheval quand j'avais deux ans, et son père renvoya Shillat chez les siens. Il était inscrit dans le contrat de mariage qu'aucun enfant né de leur union ne pouvait hériter de Dros Delnoch. Quant aux Nadirs, ils ne voulaient pas qu'un sang-mêlé soit à leur tête.

—Vous avez dû être très malheureux, dit Valtaya.

—J'ai connu des moments de grand bonheur dans ma vie. Ne soyez donc pas triste pour moi, ma dame.

—Comment êtes-vous devenu le général du Dragon ?

—J'avais seize ans quand le Khan, mon grand-père, m'a envoyé à Delnoch. Cela faisait également partie du contrat de mariage. Mon autre grand-père m'accueillit. Il m'annonça qu'il avait négocié une charge pour moi au Dragon. C'est aussi simple que ça !

Scaler contempla le feu, se remémorant le passé.

Simple ? Comment un moment si terrible pouvait-il être décrit comme simple ?

Il pleuvait, se souvint-il, quand le garde posté sur Eldibar avait sonné dans son clairon. Son grand-père Orrin était resté dans la forteresse, il jouait à un jeu de stratégie avec ses invités. Scaler était assis sur une chaise haute et les regardait lancer des dés et déplacer des régiments miniatures. C'est à ce moment-là que la trompette avait retenti, comme une voix spectrale portée par le vent.

— Le rejeton nadir est arrivé, déclara Orrin. Il a bien choisi son jour.

Ils habillèrent Scaler d'un manteau de cuir lustré et d'un chapeau de cuir à large bord, puis ils entamèrent la longue marche qui menait jusqu'au Mur Un.

Une fois arrivés, Orrin jeta un coup d'œil sur les vingt cavaliers et le jeune homme aux cheveux sombres assis sur un poney blanc tout frétillant.

— Qui demande à entrer dans Dros Delnoch ? appela Orrin.

— Le fils de Shillat, cria le capitaine nadir.

— Lui seul est autorisé à entrer, répondit Orrin.

Les grandes portes craquèrent en s'ouvrant et la petite troupe nadire fit volte-face pour s'en retourner vers le nord au galop.

Tenaka ne les regarda pas partir. Aucun mot ne fut échangé. Le jeune homme éperonna le poney et celui-ci entra au petit trot dans le tunnel sous la porte, qui débouchait sur le champ de verdure entre les deux premiers Murs. Là, il se laissa glisser de selle et attendit qu'Orrin approche.

— Tu n'es pas le bienvenu ici, annonça Orrin, mais je respecterai ma part du marché. Je me suis arrangé pour que tu sois pris d'ici trois mois dans le Dragon. Tu as jusque-là pour apprendre les coutumes drenaïes. Je ne veux pas qu'un de mes parents mange avec ses doigts au mess des officiers.

— Merci, Grand-père, dit Tenaka.

— Ne m'appelle pas comme ça, répondit hargneusement Orrin. Jamais ! Tu dois me dire « Mon Seigneur » ou « Monsieur » si nous sommes en compagnie. Est-ce que tu comprends ?

— Je pense que oui, Grand-père. Et je vous obéirai.

Le regard de Tenaka se porta sur l'enfant.

— C'est mon vrai petit-fils, lui dit Orrin. Tous mes enfants sont morts. Il n'y a que ce petit garçon pour perpétuer ma lignée. Il se nomme Arvan.

Tenaka lui fit un signe de la tête et posa les yeux sur l'homme à la barbe sombre au côté d'Orrin.

— Cet homme est un ami de la Maison de Regnak – le seul conseiller qui vaut son pesant de sel dans tout le pays. Son nom est Ceska.

— Ravi de vous rencontrer, déclara Ceska en lui tendant la main.

Tenaka la saisit fermement, et fixa son regard sur les yeux sombres de l'homme.

— Et maintenant mettons-nous à l'abri de cette damnée pluie, grommela Orrin.

Le Comte à la barbe blanche souleva l'enfant et le posa sur ses larges épaules, puis il gambada en direction de la lointaine forteresse. Tenaka prit les rênes de son poney et lui emboîta le pas, suivi de Ceska.

— Ne soyez pas irrité par les manières du Comte, jeune Prince, dit Ceska. Il est vieux, et les mauvaises habitudes ont la vie dure. Mais en vérité, c'est un homme bon. J'espère que vous serez heureux parmi les Drenaïs. Si je peux faire quoi que ce soit pour vous, n'hésitez pas à me le faire savoir.

— Pourquoi ? lui demanda Tenaka.

— Je vous aime bien, répondit Ceska, en lui tapant sur l'épaule. Et qui sait ? Vous serez peut-être Comte un jour.

— C'est peu probable.

— C'est vrai, mon ami. Mais la maison de Bronze n'est pas sous une bonne étoile en ce moment. Comme l'a dit Orrin, tous ses enfants sont morts. Il ne reste qu'Arvan.

— Il m'a l'air d'être en bonne santé.

— N'est-ce pas ? Mais il ne faut pas se fier aux apparences, pas vrai ?

Tenaka n'était pas sûr de bien comprendre le sens des paroles de Ceska, mais il devina qu'elles étaient porteuses d'espoirs néfastes. Il ne dit plus un mot.

Plus tard, Tenaka écoutait en silence tandis que Valtaya racontait son sauvetage sur la place du marché et comment ils avaient soudoyé une sentinelle aux portes nord de la ville pour qu'elle les laisse passer. Ananaïs avait apporté un énorme sac de provisions, plus deux arcs et quatre-vingts flèches dans des carquois en peau de daim. Valtaya avait des couvertures de rechange et une toile de canevas enroulée pour faire une petite tente.

Après avoir mangé, Tenaka emmena Ananaïs à l'écart dans les bois. Ils trouvèrent un endroit isolé et s'assirent pour parler sur des rochers après en avoir ôté la neige.

— Il y a une révolte à Skoda, annonça Ananaïs. Deux villages ont été pillés par la Légion de Ceska. Un habitant du coin, Rayvan, aurait rassemblé une petite armée pour détruire l'envahisseur. Les hommes se joignent à lui par dizaines, mais je ne crois pas qu'il tiendra longtemps. Ce n'est qu'un homme ordinaire.

— Tu veux dire un roturier, fit sèchement Tenaka.

— Je n'ai rien contre eux. Mais il n'a pas la formation pour dresser un plan de campagne.

— Quoi d'autre ?

— Deux révoltes à l'ouest – elles ont été toutes les deux sauvagement réprimées. Tous les hommes ont été crucifiés et les champs semés de sel. Tu connais la procédure !

— Qu'en est-il du sud ?

— Difficile à dire. Il y a peu de nouvelles. Mais Ceska y est. C'est calme. On dit qu'une société secrète agit contre lui, mais il y a fort à parier que ce n'est qu'une rumeur.

— Que suggères-tu ? demanda Tenaka.

— Allons à Drenan, tuons Ceska et prenons notre retraite.

— Aussi simplement que ça ?

— Les meilleurs plans sont toujours les plus simples, Tani.

— Et que faisons-nous des femmes ?

Ananaïs haussa les épaules.

— Que peut-on en faire ? Tu me dis que Renya veut rester avec toi ? Eh bien, qu'elle vienne. Nous pourrons toujours la laisser chez des amis à Drenan. Je connais bien une ou deux personnes en qui nous pouvons avoir confiance.

— Et Valtaya ?

— Elle ne restera pas avec nous – il n'y a rien pour elle dans cette histoire. Nous la laisserons à la prochaine ville.

Tenaka leva un sourcil.

— Rien pour elle ?

Ananaïs détourna le regard.

— Plus maintenant, Tani. Autrefois, peut-être.

— Très bien. Nous partons pour Drenan, mais en faisant un crochet par l'ouest. Skoda doit être magnifique en cette saison.

Côte à côte, ils revinrent au campement pour y trouver trois étrangers qui les y attendaient. Tenaka murmura :

— Va explorer les alentours, Ani. Vois s'il y a d'autres surprises en perspective.

Puis il s'avança. Deux des hommes étaient des guerriers, à peu près du même âge que Tenaka. Le troisième était un vieil homme aveugle, qui portait la robe bleue et usée des devins.

Les guerriers s'approchèrent de lui. Ils se ressemblaient étonnamment : même barbe noire, même œil sévère ; l'un était cependant plus grand que l'autre. Ce fut le plus petit qui prit la parole.

— Je suis Galand et voici mon frère, Parsal. Nous sommes venus nous joindre à vous, général.

— Dans quelle intention ?

— Défaire Ceska. Que peut-il y avoir d'autre ?

— Je n'ai pas besoin d'aide pour cela, Galand.

— Je ne sais pas à quel jeu vous jouez, général. Le Guerrier Doré était à Sousa et il a dit à la foule que le Dragon était de retour. Eh bien, si c'est vrai, alors je suis de retour moi aussi. Vous ne me reconnaissez pas, n'est-ce pas ?

— À dire vrai, non, répondit Tenaka.

— Je ne portais pas la barbe à cette époque. Je suis Bar Galand de la troisième escouade. Je servais sous les ordres d'Elias. Je suis le Maître Épéiste et je vous ai battu une fois, lors d'un tournoi.

— Je me souviens. La riposte en demi-lune ! Vous auriez pu me trancher la gorge. Heureusement, je m'en suis tiré avec un sale bleu.

— Mon frère est presque aussi doué que moi. Nous voulons servir.

— Il n'y a rien à servir, mon ami. Je projette de tuer Ceska. C'est le travail d'un assassin – pas d'une armée.

— Eh bien, nous resterons à vos côtés jusqu'à ce que cette tâche soit accomplie ! J'étais cloué au lit avec la fièvre lorsque l'appel est arrivé que le Dragon se reformait. Et depuis, j'en suis malade de chagrin. Beaucoup de grands hommes sont morts dans ce piège. Ce n'est pas juste.

—Comment nous avez-vous trouvés ?

—J'ai suivi l'aveugle. Étrange, non ?

Tenaka se déplaça vers le feu et s'assit en face du devin. La tête du mystique se redressa.

—Je cherche le Porteur de torche, murmura-t-il d'une voix sèche.

—Qui est-ce ? demanda Tenaka.

—L'Esprit Sombre flotte au-dessus du pays, comme une ombre gigantesque, souffla l'homme. Je cherche le Porteur de torche, celui qui fait fuir les ombres.

—Qui est l'homme que vous cherchez ? insista Tenaka.

—Je ne sais pas. Est-ce vous ?

—J'en doute, répondit Tenaka. Voulez-vous partager notre repas ?

—Mes rêves m'ont dit que le Porteur de torche m'apporterait à manger. Est-ce que c'est vous ?

—Non.

—Ils sont trois, déclara l'homme. Le premier d'Or, le deuxième de Glace et le dernier d'Ombre. L'un d'entre eux est le Porteur de torche. Mais lequel est-ce ? J'ai un message pour lui.

Scaler s'approcha et s'accroupit auprès de l'homme.

—Je cherche la vérité, dit-il.

—Je détiens la vérité, répondit le mystique en tendant sa main.

Scaler déposa une petite pièce en argent au creux de sa paume.

—Tu jaillis du Bronze, hanté et chassé, pour errer sur le chemin de ton père. Parent de l'ombre, jamais en paix, jamais silencieux. Des lances noires planent, des ailes sombres il te faut dévorer. Tu tiendras bon lorsque les autres s'enfuiront. C'est dans le rouge que tu portes.

—Qu'est-ce que cela veut dire ? demanda Tenaka.

Scaler haussa les épaules et s'en alla.

— La mort m'appelle. Je dois répondre, murmura le mystique. Pourtant le Porteur de torche n'est pas ici.

— Donne-moi le message, vieillard. Je te promets de le faire passer à qui de droit.

— Les Templiers Noirs chevauchent face au Prince des Ombres. Il ne peut pas se cacher, car la torche brille dans la nuit. Mais la pensée va plus vite que la plus rapide des flèches, et la vérité est la plus aiguisée des lames. Les bêtes peuvent tomber, mais seul le Roi sur le Seuil peut les détruire.

— C'est tout ? s'enquit Tenaka.

— Tu es le Porteur de torche, affirma l'homme. Maintenant je te vois clairement. Tu es choisi par la Source.

— Je suis le Prince des Ombres, dit Tenaka. Mais je ne suis pas un serviteur de la Source, ni d'aucun dieu. Je ne crois en aucun dieu.

— Mais la Source croit en toi, rétorqua le vieil homme. Je dois partir à présent. L'heure du repos approche.

Tandis que Tenaka le regardait s'éloigner du campement clopin-clopant, les pieds nus dans la neige, Scaler vint à ses côtés.

— Que vous a-t-il dit ?

— Je n'ai pas compris.

— Répétez-moi les mots, fit Scaler, et Tenaka s'exécuta.

Scaler opina.

— Une partie est facile à déchiffrer. Les Templiers Noirs, par exemple. Avez-vous entendu parler des Trente ?

— Oui. Des prêtres guerriers qui consacrent leur vie à obtenir la pureté de cœur avant de s'engager dans une guerre lointaine pour y mourir. Cela fait des années que leur Ordre n'existe plus.

— Eh bien, les Templiers Noirs sont une obscène parodie des Trente. Ils vénèrent l'Esprit du Chaos et leurs pouvoirs sont mortels. La moindre forme de vilenie est un plaisir pour eux, et de plus ce sont de redoutables guerriers.

— Et Ceska les a envoyés à ma recherche ?

— Il semblerait. Ils sont dirigés par un homme nommé Padaxes. Il y a soixante-six prêtres par temple et dix temples en tout. Ils ont vraiment des pouvoirs surnaturels.

— Et ils en auront besoin, déclara Tenaka avec un grand sourire. Et pour les autres paroles ?

— La pensée va plus vite que la plus rapide des flèches ? Cela signifie que vous devez penser plus rapidement que vos ennemis. Pour le Roi sur le Seuil, je ne sais pas. Mais vous devriez le savoir.

— Pourquoi ça ?

— Parce que le message vous était destiné. Vous devez en faire partie.

— Et votre message à vous ?

— Oui, eh bien ?

— Que signifie-t-il ?

— Il signifie que je dois voyager avec vous, bien que je n'en aie pas la moindre envie.

— Je ne comprends pas, répliqua Tenaka. Et votre libre arbitre ? Vous pouvez aller où vous voulez.

— Sans doute, dit Scaler en souriant, mais il est temps que je trouve ma route. Vous vous souvenez des paroles que m'a dites le vieil homme ? « Tu jaillis du Bronze » ? Mon ancêtre était également Regnak le Voyageur. « Parent de l'ombre » ? C'est vous, mon cousin. « Des lances noires planent » ? Les Templiers. « C'est dans le rouge que tu portes » ? Le sang du Comte de Bronze. J'ai suffisamment erré.

— Arvan ?

— Oui.

Tenaka posa ses mains sur les épaules du jeune homme.

— Je me suis souvent demandé ce que tu étais devenu.

—Ceska a donné l'ordre de me faire tuer et je me suis enfui. J'ai passé beaucoup de temps à fuir. Trop longtemps ! Je ne suis pas un grand combattant, tu le sais bien.

—Peu importe. C'est bon de te revoir.

—Pareil. J'ai suivi ta carrière et j'ai gardé un journal de tes exploits. Il est probablement toujours à Delnoch. Au fait, il y a quelque chose d'autre que le vieillard a dit, juste au début. Il a dit qu'ils étaient trois. Un Doré, un Glacé et un d'Ombre. Ananaïs est le Doré. Tu es le Khan des Ombres. Alors qui est le Glacé ?

Tenaka détourna le regard et contempla les arbres.

—Dans le temps il y avait un homme. On le surnommait le Tueur Glacé, car il ne vivait que pour tuer. Son nom était Decado.

Durant trois jours, les compagnons longèrent la forêt, se dirigeant au sud puis à l'ouest, vers les montagnes de Skoda. Le temps se réchauffait et la neige reculait devant le soleil du printemps. Ils progressaient avec prudence, et le deuxième jour ils trouvèrent le corps du devin aveugle, agenouillé près d'un chêne noueux. Comme le sol était trop dur pour essayer de l'enterrer, ils le laissèrent là.

Galand et son frère firent une pause à côté du cadavre.

—Il n'a pas l'air trop malheureux, déclara Parsal en se grattant la barbe.

—Difficile de dire s'il sourit ou si la mort a déformé ses traits, fit Galand. Il n'aura pas l'air aussi joyeux d'ici un mois.

—Et *nous* ? souffla Parsal.

Galand haussa les épaules et les deux frères reprirent leur chemin à la suite des autres.

Galand avait été plus chanceux, mais aussi bien plus astucieux que la majorité des guerriers du Dragon. Quand la dissolution avait été prononcée, il était parti au sud et avait caché son passé. Il avait acheté une petite ferme près de la forêt de Delving, au sud-ouest de la capitale. Quand la terreur avait débuté, on l'avait laissé tranquille. Il avait épousé une fille du village et fondé une famille. Mais sa femme avait disparu par une belle journée d'automne, il y avait de cela six ans. On avait dit à l'époque que les Unis volaient les femmes, mais au fond de lui, Galand savait qu'elle ne l'avait jamais aimé… et un garçon du village, Carcas, avait disparu le même jour qu'elle.

Des rumeurs parvinrent jusqu'à Delving que des rafles étaient effectuées sur d'anciens officiers du Dragon. On avait même dit alors que Baris en personne avait été arrêté.

Cela ne surprit pas Galand – il avait toujours pensé que Ceska deviendrait un tyran.

Un homme du peuple ! Depuis quand quelqu'un de son milieu puant pouvait-il s'intéresser au peuple ?

La petite ferme avait prospéré et Galand acheta le lopin avoisinant à un veuf. L'homme s'en allait en Vagria – il avait un frère à Drenan qui l'avait prévenu de changements imminents à craindre – et Galand l'avait acheté pour ce qui semblait une bouchée de pain.

C'est alors que les soldats étaient arrivés.

Une nouvelle loi fut instaurée qui stipulait que seuls les citoyens titrés pouvaient prétendre à plus de quatre acres de terre. L'État acheta le reste pour un prix qui faisait passer la bouchée de pain pour une rançon de roi. Les impôts furent augmentés et un minimum imposé pour les récoltes.

Il fut impossible de répondre à ces exigences la première année, car la terre avait perdu ses vertus. Les terrains en jachère furent semés et la production chuta.

Galand accepta tout, sans jamais se plaindre.

Jusqu'au jour où sa fille était morte. Elle était sortie de la maison en courant pour voir un cavalier qui passait au petit galop. L'étalon lui avait donné un coup de sabot. Galand la vit tomber et courut jusqu'à elle. Il la serra dans ses bras.

Le cavalier descendit de cheval.

— Elle est morte ? demanda-t-il.

Incapable de répondre, Galand fit « oui » de la tête.

— C'est dommage, fit le cavalier. Cela va augmenter votre taux d'imposition.

Le cavalier mourut avec la dague de Galand enfoncée dans le cœur. Puis Galand dégaina l'épée qui était dans le fourreau du cavalier et sauta sur un deuxième dont le cheval se cabra. Le cavalier tomba au sol et Galand lui trancha la gorge. Les quatre autres cavaliers tournèrent bride et reculèrent d'une trentaine de pas. Galand regarda l'étalon noir qui avait tué sa fille et lui donna un grand coup d'épée des deux mains, au niveau du cou. Puis il courut jusqu'au deuxième cheval, sauta en selle et chevaucha en direction du Nord.

Il avait localisé son frère en Vagria. Celui-ci travaillait comme maçon.

La voix de Parsal coupa net ses pensées. Ils se trouvaient quelques mètres derrière les autres.

— Qu'est-ce que tu racontes ?

— Si on m'avait dit un jour que je suivrais un Nadir...

— Je te comprends ; ça fait froid dans le dos, non ? Toujours est-il qu'il veut la même chose que nous.

— Tu crois ? souffla Parsal.

— Que veux-tu dire ?

— Ils sont tous pareils : l'élite guerrière. Ce n'est qu'un jeu pour eux – ils se moquent de tout.

— Je ne les aime pas, frère. Mais ils sont du Dragon, et c'est plus qu'un lien de sang. Je ne peux pas t'expliquer. Bien que nous ne soyons pas du même monde, ils donneraient leurs vies pour moi – et moi pour eux.

— J'espère que tu as raison !

— Il n'y a que peu de chose dont je sois sûr dans la vie. Et c'en est une.

Parsal n'était pas convaincu mais il ne le fit pas savoir ; il regarda les deux guerriers en tête.

— Que se passera-t-il une fois que nous aurons tué Ceska ? demanda-t-il soudainement.

— Comment ça ?

— Je ne sais pas. Et après ? Qu'est-ce qu'on fait ?

Galand haussa les épaules.

— Pose-moi la question quand son corps sera à mes pieds, vidé de son sang.

— J'ai l'impression que ça ne changera rien.

— Peut-être pas, mais en tout cas j'aurai mon dû.

— Et ça ne t'inquiète pas de savoir que tu risques de mourir pour l'obtenir ?

— Non ! Et toi ? demanda Galand.

— Plutôt, oui !

— Tu n'es pas obligé de rester.

— Évidemment que si ! Je me suis toujours occupé de toi. Je ne peux pas te laisser seul aux prises avec un Nadir, pas vrai ? Et pourquoi l'autre porte-t-il un masque ?

— Je crois qu'il a des cicatrices ou quelque chose comme ça. Il a été gladiateur.

— On a tous des cicatrices. C'est un peu futile, tu ne penses pas ?

— Rien ne trouve grâce à tes yeux en ce moment, ou je me trompe ? fit Galand en souriant.

— Non, je me posais la question, c'est tout. Les deux autres font une drôle de paire, murmura Parsal en jetant un regard à Belder et Scaler qui marchaient derrière les femmes.

— Je ne vois pas ce que tu peux avoir contre eux – tu ne les connais même pas.

— Le vieil homme a l'air à l'aise.

— Mais ?

— Je ne crois pas que le jeune puisse se tailler un chemin dans le brouillard.

— Pendant qu'on y est, tu ne voudrais pas aussi critiquer les femmes ?

— Non, répondit Parsal en souriant. Je ne vois pas de critique à faire. Laquelle préfères-tu ?

Galand secoua la tête et gloussa.

— Je ne me laisserai pas entraîner dans cette voie, fit-il.

— J'aime la brune, avoua Parsal sans réserve.

Ils montèrent leur campement dans une grotte. Renya grignota et sortit marcher sous les étoiles. Tenaka vint la rejoindre et ils s'assirent ensemble, enveloppés dans son manteau.

Il lui parla d'Illae et de la Ventria, de la beauté du désert. Et tandis qu'il lui parlait, il lui caressa le bras et le dos et lui embrassa les cheveux.

— Je n'arrive pas à savoir si je t'aime ou pas, confessa-t-il d'un seul coup.

Elle sourit.

— Alors ne dis rien.

— Ça ne te dérange pas ?

Elle fit « non » de la tête et l'embrassa, passant son bras autour de son cou.

Tu es un imbécile, Tenaka Khan, pensa-t-elle. *Un merveilleux imbécile, à croquer !*

Chapitre 6

L'homme noir s'amusait beaucoup. Deux des bandits étaient hors d'état de nuire et il n'en restait plus que cinq. Il souleva la petite barre de fer et fit tournoyer la chaîne qui y était attachée. Un grand homme muni d'un bâton fit un bond en avant ; la main de l'homme noir jaillit : la chaîne s'enroula autour du bâton. Il tira un coup sec et l'assaillant trébucha... directement sur un uppercut du gauche. Il s'affala sur le sol.

Deux des quatre derniers voleurs laissèrent tomber leurs gourdins et sortirent des dagues de leur ceinture. Les deux autres sprintèrent jusqu'aux arbres pour aller chercher leurs arcs.

Ça devenait sérieux. Jusqu'à présent, l'homme noir n'avait tué personne, mais il allait devoir revoir cette tactique. Il abandonna son fléau et se munit de deux couteaux de lancer qu'il avait dans ses bottes.

— Vous voulez vraiment mourir ? leur demanda-t-il d'une voix grave et caverneuse.

— Personne ne va mourir, fit une voix sur sa gauche, et il se retourna.

Deux hommes de plus se tenaient à la lisière des arbres ; tous deux avaient bandé leurs arcs et tenaient les brigands en respect.

— Une intervention qui tombe à pic ! commenta le Noir. Ils ont tué mon cheval.

Tenaka relâcha doucement la tension sur la corde et s'avança.

— Mettez ça sur le compte de l'expérience, répondit-il, puis il dévisagea les hors-la-loi : Je vous suggère de déposer vos armes – le combat est terminé.

— Bah ! de toute façon, il nous posait trop de problèmes pour ce qu'il valait, déclara leur chef en partant inspecter les corps de ceux qui étaient tombés.

— Ils sont tous vivants, annonça le Noir, en rangeant ses couteaux et en ramassant sa masse.

Un cri retentit dans la forêt, et le chef bondit sur ses pieds.

Galand, Parsal et Belder émergèrent d'entre les arbres.

— Vous aviez raison, général, fit Galand. Il y en avait deux de plus en train de ramper par ici.

— Vous les avez tués ? s'enquit Tenaka.

— Non. Mais ils auront mal au crâne, je vous le dis !

Tenaka se retourna brusquement vers le hors-la-loi.

— Est-ce que nous devons nous attendre à d'autres ennuis avec vous ?

— Vous ne voulez quand même pas que je vous donne ma parole d'honneur ? répondit l'homme.

— Elle vaut quelque chose ?

— Parfois !

— Non, je ne veux pas votre parole. Faites comme bon vous semble. Mais la prochaine fois que nos routes se croiseront, je vous ferai tous tuer. Je vous en donne ma parole !

— La parole d'un barbare, rétorqua l'homme.

Il renifla et cracha.

Tenaka sourit.

— Exactement.

Il lui tourna le dos et rejoignit Ananaïs ; ensemble ils s'enfoncèrent dans les bois. Valtaya, qui avait préparé le feu, était en grande discussion avec Scaler. Renya, la dague à la main, était de retour dans la clairière au même instant que Tenaka ; il lui sourit. Les autres arrivèrent peu de temps après, à l'exception de Galand qui gardait un œil sur les brigands.

L'homme noir fut le dernier à arriver, il portait deux sacoches sur une large épaule. Il était grand et très bien bâti. Ses vêtements se résumaient à une tunique de soie bleue qu'il portait très près du corps sous une houppelande en peau de mouton. Valtaya n'avait jamais vu quelqu'un comme lui, mais elle avait entendu des histoires qui parlaient de peuplades noires loin à l'est.

— Salutations à vous, mes amis, dit-il en laissant tomber ses sacoches sur le sol. Soyez bénis !

— Mangerez-vous avec nous ? demanda Tenaka.

— C'est fort aimable de votre part, mais j'ai mes provisions.

— Où vous rendez-vous ? s'enquit Ananaïs tandis que le Noir fouillait dans ses sacoches pour en sortir deux pommes qu'il essuya contre sa tunique.

— Je visite votre beau pays. Je n'ai pas de destination précise pour le moment.

— D'où venez-vous ? s'enquit Valtaya.

— De très loin, ma dame, de milliers de lieues à l'est de la Ventria.

— Vous êtes en pèlerinage ? proposa Scaler.

— D'une certaine façon. J'ai une petite mission à accomplir et puis je pourrai rentrer chez moi, dans ma famille.

— Comment vous appelez-vous ? demanda Tenaka.

— J'ai bien peur que mon nom soit difficile à prononcer pour vous. Néanmoins, l'un des voleurs m'a appelé par un nom qui a touché une corde sensible. Vous pouvez m'appeler « Païen ».

— Et moi, je suis Tenaka Khan.

Rapidement, il présenta tous les autres.

Ananaïs tendit sa main ; Païen la saisit fermement et ils croisèrent leurs regards. Tenaka s'adossa en les observant. Les deux hommes étaient tirés du même moule : extrêmement puissants avec un ego démesuré. Ils étaient semblables à deux taureaux de compétition en train de se jauger.

— Ce masque vous donne un air théâtral, dit Païen.

— Tout à fait. Il donne l'impression que nous sommes frères, homme noir, répliqua Ananaïs, ce qui fit glousser Païen – ce son était comme une cascade de bonne humeur.

— Alors c'est que nous sommes frères, Ananaïs ! déclara-t-il.

Galand apparut et se dirigea vers Tenaka.

— Ils sont partis vers le nord. Je ne crois pas qu'ils reviendront.

— Bien ! C'était du beau travail, tout à l'heure.

Galand opina du chef et partit s'asseoir derrière son frère. Renya fit un signe à Tenaka et les deux s'éloignèrent du feu.

— Qu'y a-t-il ? lui demanda-t-il.

— L'homme noir.

— Oui, eh bien ?

— Il porte plus d'armes que je n'en ai jamais vu sur une seule personne. Il a deux couteaux dans ses bottes ; une épée et deux arcs qu'il a laissés derrière les arbres là-bas. Il y a une hache cachée sous son cheval. C'est une armée à lui tout seul.

— Et ?

— Est-ce que sa rencontre est bien le fait du hasard ?

— Tu crois qu'il était à notre recherche ?

— Je ne sais pas. Mais c'est un tueur, je le sens. Son pèlerinage est lié à la mort. Et Ananaïs ne l'aime pas.

— Ne t'inquiète pas, dit-il doucement.

— Je ne suis pas nadire, Tenaka. Je ne suis pas fataliste.

— C'est tout ce qui t'inquiétait ?

— Non. Maintenant que tu en parles… Les deux frères… Ils ne nous aiment pas. Nous ne sommes pas du même monde et nous n'en ferons jamais partie – nous ne sommes qu'un groupe d'étrangers réunis par les événements.

— Les frères sont des hommes de caractère et de bons guerriers. Je m'y connais dans ce genre de choses. Je sais également qu'ils me regardent avec suspicion, mais ça, je n'y peux rien. Cela a toujours été ainsi. Mais nous avons un but commun. Avec le temps, ils me feront confiance. Belder et Scaler ? Je ne sais pas. Mais ils ne nous feront pas de mal. Quant à Païen – si c'est après moi qu'il en a, je le tuerai.

— Si tu y arrives !

Il sourit.

— Oui, si j'y arrive.

— Avec toi, ça a l'air simple. Moi, je ne vois pas les choses ainsi.

— Tu te fais trop de soucis. Les Nadirs ont une bonne méthode pour gérer ça : un problème à la fois et ne se soucier de rien d'autre.

— Je ne te le pardonnerai jamais si tu te fais tuer, dit-elle.

— Alors sois sur tes gardes pour moi, Renya. Je fais confiance à ton instinct – je suis très sérieux. Tu as raison pour Païen. C'est un tueur et il en a peut-être après nous. Il sera intéressant de voir quelles actions il va entreprendre à présent.

— Il va proposer de voyager avec nous, affirma-t-elle.

— Oui, mais là, rien d'anormal. C'est un étranger dans ce pays et il a déjà été attaqué une fois.

— Nous devrions refuser. Nous sommes déjà trop voyants avec ton ami le géant masqué. Alors, pourquoi ajouter un homme noir en soie bleue ?

— C'est vrai. Les dieux – s'ils existent – ont de l'humour ces jours-ci.

— Moi ça ne m'amuse pas, déclara Renya.

Tenaka se réveilla d'un sommeil sans rêve, les yeux écarquillés, sous la caresse froide de la peur. Il se leva. La lune brillait d'une manière non naturelle, comme une lanterne effrayante. Et les branches des arbres s'agitaient et se pliaient, bien qu'il n'y ait pas le moindre souffle de vent.

Il regarda autour de lui – ses compagnons dormaient tous. Puis il baissa les yeux et eut un choc : son propre corps était étendu à ses pieds, enveloppé dans ses couvertures. Cela lui fit froid dans le dos.

C'était donc ça, la mort ?

De tous les coups du sort…

Un léger bruit, comme la mémoire d'une brise passée, le fit se retourner. À la lisière des arbres se tenaient six hommes en armures noires, l'épée à la main. Ils marchèrent dans sa direction, se dispersant en demi-cercle. Tenaka porta la main sur son épée, mais ne put la saisir ; sa main passait à travers la garde comme si c'était de la brume.

— Tu es condamné, fit une voix creuse. L'Esprit du Chaos t'appelle.

— Qui êtes-vous ? demanda Tenaka, honteux que sa voix tremble.

Un rire moqueur monta du groupe des chevaliers noirs.

— Nous sommes la Mort, dirent-ils.

Tenaka recula.

— Tu ne peux pas t'enfuir. Tu ne peux pas bouger, annonça le premier chevalier.

Tenaka s'immobilisa. Ses jambes ne voulaient plus lui obéir alors que les chevaliers arrivaient au contact.

Tout d'un coup, un sentiment de paix submergea le Prince nadir et les chevaliers ralentirent leur progression. Tenaka regarda à gauche et à droite. Derrière lui se tenaient six guerriers en armures d'argent, revêtus d'une cape blanche.

— Eh bien ! Venez, chiens des ténèbres, fit le guerrier le plus proche de lui.

— Nous viendrons, répliqua un chevalier noir, mais lorsque nous l'aurons décidé.

Un par un, ils repartirent entre les arbres.

Tenaka se retourna lentement, perdu et apeuré. Le guerrier d'argent qui avait parlé posa une main sur l'épaule du Prince nadir.

— À présent, dors. La Source veille sur toi.

Et les ténèbres l'enveloppèrent comme une couverture.

Le matin du sixième jour, ils sortirent enfin de la forêt et pénétrèrent dans les vastes plaines qui s'étendaient entre Skultik et Skoda. Au loin, vers le sud, il y avait la ville de Karnak, mais seuls les plus hauts bâtiments étaient visibles à cette distance ; et encore, on ne voyait que des points blancs lumineux qui se détachaient du fond vert. Maintenant, la neige n'était plus là que par endroits : l'herbe printanière avançait à tâtons dans sa quête de soleil.

Tenaka leva la main en voyant la fumée.

— Ce n'est certainement pas un feu de prairie, fit Ananaïs, utilisant sa main pour se protéger les yeux de la vive lumière du soleil.

— C'est un village en flammes, dit Galand en avançant. Une vision fréquente ces temps-ci.

— Votre pays est agité, déclara Païen en déposant son lourd paquetage sur le sol et en posant ses sacoches dessus.

Un bouclier en peau de bison cerclé de bronze y était attaché, ainsi qu'un arc en corne d'antilope et un carquois en veau.

— Tu transportes plus d'équipement qu'un peloton du Dragon, grommela Ananaïs.

— C'est pour des raisons sentimentales, rétorqua Païen en souriant.

— Nous ferions bien d'éviter ce village, déclara Scaler.

Sa longue chevelure était toute graisseuse de sueur et son manque de forme physique parlait pour lui. Il s'assit derrière le paquetage de Païen.

Le vent tourna, et le bruit de sabots vint jusqu'à eux.

— Dispersez-vous et couchez-vous, dit Tenaka.

Les compagnons coururent se mettre à l'abri, se jetant au sol, ventre contre terre.

Une femme venait d'apparaître en haut d'une petite colline, courant à toute vitesse ; sa tignasse auburn virevoltait dans le vent. Elle était vêtue d'une robe de laine verte et d'un châle marron. Dans ses bras, elle avait un bébé dont les hurlements portaient jusqu'aux voyageurs.

Tout en continuant à courir, la femme jetait des coups d'œil par-dessus son épaule. Mais le havre que représentait la forêt était encore le bout du monde pour elle au moment où les soldats apparurent à leur tour. Et pourtant elle courut de plus belle, bifurquant en direction de Tenaka, qui était caché.

Ananaïs jura et se leva. La femme poussa un cri et bondit vers la gauche – directement dans les bras de Païen.

Les soldats tirèrent sur les rênes et leur chef descendit de cheval. C'était un homme de grande taille, qui arborait la houppelande rouge de Delnoch ; son armure de bronze était ternie.

— Merci pour votre aide, dit-il. Même si nous n'en avions pas besoin.

La femme était silencieuse, elle avait enfoui sa tête contre la large poitrine de Païen.

Tenaka sourit. Douze soldats, dont onze encore à cheval. Il n'y avait rien à faire, à part leur rendre la femme.

Soudain, une flèche se ficha dans le cou du cavalier le plus proche, qui tomba de cheval. Les yeux de Tenaka s'agrandirent de surprise. Une deuxième flèche vint se planter dans la poitrine d'un autre soldat qui tomba à la renverse; son cheval se cabra et le désarçonna. Tenaka dégaina son épée et la plongea dans le dos de l'officier qui s'était retourné pour regarder les flèches toucher leur but.

Païen poussa la femme et s'agenouilla pour saisir les couteaux de lancer qui étaient dans ses bottes. Ils s'envolèrent littéralement de ses mains et deux soldats de plus moururent, alors qu'ils tentaient de maîtriser leur monture. Tenaka bondit en avant, sauta sur un cheval sans cavalier et éperonna la bête pour qu'elle charge. Les sept soldats qui restaient avaient à présent dégainé et deux d'entre eux galopaient vers Païen. La monture de Tenaka percuta les cinq derniers, et l'un des chevaux tomba en hennissant de douleur. Tenaka donna un coup d'épée au cavalier; une flèche siffla à ses oreilles et vint se planter dans l'œil d'un autre.

Païen dégaina son épée courte et plongea comme les cavaliers arrivaient à sa hauteur. Il fit une roulade et se releva alors même que les deux hommes arrêtaient leurs chevaux. Il courut, para un violent coup de taille et enfonça sa lame dans les côtes du cavalier. Comme l'homme tombait de sa monture dans un cri, Païen en profita pour grimper et prendre appui sur le dos du cheval; de là, il se jeta sur l'autre cavalier, le désarçonnant. Ils tombèrent lourdement sur le sol et, d'un coup, Païen lui rompit la nuque.

Renya jeta son arc et, la dague à la main, sortit de sa cachette pour venir se porter aux côtés de Tenaka. Ananaïs était déjà là, tous deux bataillaient ferme contre les derniers soldats. Elle sauta en croupe de l'un des cavaliers et lui planta sa dague entre les deux omoplates. Il hurla et tenta de se retourner mais Renya le frappa derrière l'oreille. Son cou se brisa et il tomba au sol.

Les deux survivants tournèrent bride et éperonnèrent leurs chevaux pour les dégager de la mêlée et fuir vers les collines. Mais Parsal et Galand se mirent en travers de leur route et les chevaux se cabrèrent, faisant chuter l'un des cavaliers. L'autre tenta de s'agripper au mors mais l'épée de Galand lui ouvrit la gorge. Parsal retira son épée de celui qui était tombé.

— Je te concède une chose, lança-t-il à son frère dans un grand sourire, c'est qu'on n'a pas eu le temps de s'ennuyer depuis que nous sommes revenus.

Galand grogna.

— On a de la chance, oui.

Il essuya son épée sur l'herbe et attrapa les rênes des deux chevaux pour les ramener vers le groupe.

Tenaka cacha sa colère et appela Païen :

— Vous vous battez bien !

— C'est que je m'entraîne beaucoup depuis que je suis chez vous, répondit l'homme noir.

— Ce que j'aimerais bien savoir, moi, c'est qui a tiré cette flèche ? beugla Ananaïs.

— Oublie. Ce qui est fait est fait, répondit Tenaka. Et maintenant, nous ferions bien de partir d'ici. Je propose que nous chevauchions dans la forêt jusqu'à la tombée de la nuit. Maintenant que nous avons des chevaux, nous avons du temps.

— Non ! fit la femme au bébé. Ma famille… Mes amis… Ils sont en train de se faire massacrer là-bas !

Tenaka alla jusqu'à elle et posa ses mains sur ses épaules.

— Écoutez-moi. Je ne pense pas me tromper en disant que ces hommes faisaient partie d'une demi-centurie, ce qui veut dire qu'il en reste environ quarante dans votre village. Ils sont trop nombreux – nous ne pouvons pas vous aider davantage.

— Nous pourrions au moins essayer, dit Renya.

— Silence ! gronda Tenaka.

Renya resta la bouche ouverte sans rien dire. Tenaka se retourna vers la femme :

— Vous êtes la bienvenue parmi nous ; demain nous irons à votre village. Nous verrons ce que nous pourrons faire.

— Demain il sera trop tard !

— Il est sans doute déjà trop tard, répliqua Tenaka avant de s'éloigner.

— Je ne m'attendais pas qu'un Nadir me vienne en aide, dit-elle au milieu des larmes. Mais certains d'entre vous sont drenaïs. Je vous en supplie, aidez-moi !

— Mourir n'aidera personne, déclara Scaler. Venez donc avec nous. Vous avez réussi à vous enfuir – peut-être que d'autres aussi. Et puis de toute façon, vous n'avez nulle part où aller. Venez, je vais vous aider à grimper en selle.

Les compagnons montèrent à cheval et se dirigèrent vers la forêt. Derrière eux, les corbeaux commençaient à voler en cercle.

Cette nuit-là, Tenaka demanda à Renya de le rejoindre et ensemble ils s'éloignèrent du camp. Ils n'avaient pas échangé un mot de tout l'après-midi.

Tenaka se comportait de manière distante, glaciale même. Il s'arrêta dans une clairière éclairée par la lune et se retourna vers la fille.

— C'est toi qui as envoyé cette flèche ! N'agis plus jamais sans que je t'en donne l'ordre.

— Qui es-tu pour me donner des ordres ?

— Je suis Tenaka Khan, femme ! Désobéis-moi une fois de plus et je t'abandonne.

— Ils auraient tué cette pauvre femme et son enfant.

— C'est vrai. Mais à cause de ton geste nous aurions pu tous mourir. Et à quoi cela aurait-il servi ?

— Mais nous ne sommes *pas* morts. Et nous l'avons sauvée.

— Nous avons eu de la chance. Parfois, un soldat peut avoir recours à la chance, mais il préfère ne pas dépendre d'elle. Je ne te le demande pas, Renya, je te l'ordonne : tu ne referas plus jamais ça !

— Je fais ce qui me plaît, rétorqua-t-elle.

Il la gifla en plein visage. Elle tomba lourdement au sol, mais enchaîna une roulade et se redressa, la fureur dans les yeux, les doigts crispés comme des serres. Puis elle vit le couteau dans sa main.

— Tu me tuerais, pas vrai ? murmura-t-elle.

— Sans même réfléchir !

— Je t'ai aimé ! Plus que la vie. Plus que tout.

— Est-ce que tu m'obéiras ?

— Oh oui, Tenaka Khan, je t'obéirai. Jusqu'à ce que nous atteignions Skoda. Et là, je quitterai ton groupe.

Elle tourna les talons et repartit à grandes enjambées vers le campement.

Tenaka rangea sa dague et s'assit sur un rocher.

— Toujours solitaire, hein, Tani ? fit Ananaïs en sortant de l'ombre des arbres.

— Je n'ai pas envie de parler.

— Tu as été dur avec elle, même si tu avais raison. Mais tu as été un peu loin – tu ne l'aurais jamais tuée.

— Non. Effectivement.

— Mais elle te fait peur, pas vrai ?

— J'ai dit que je n'avais pas envie de parler.

— C'est vrai, mais c'est Ananaïs, là – ton ami infirme qui te connaît bien. Tout comme je connais les hommes. Tu crois que parce que nous risquons tous de mourir, il n'y a pas de place pour l'amour dans cette aventure. Ne sois pas stupide – profite de la vie tant que tu peux.

— Je ne peux pas, répondit Tenaka, la tête baissée. Quand je suis revenu ici, je ne voyais rien d'autre que Ceska. Mais aujourd'hui, il semble que je passe plus de temps à penser à… tu sais.

— Bien sûr que je sais. Mais qu'est-il arrivé à ton fameux code nadir ? Que demain s'occupe de lui-même.

— Je ne suis qu'à moitié nadir.

— Va lui parler.

— Non. C'est mieux ainsi.

Ananaïs se releva et s'étira.

— Je crois que je vais aller dormir.

Il repartit lentement au campement et s'arrêta devant Renya qui regardait désespérément le feu.

Il s'accroupit à côté d'elle.

— Il y a une chose étrange chez certains hommes, lui dit-il. Quand il s'agit de guerroyer, ce sont des géants ; ils acceptent leurs erreurs. Mais quand il s'agit des affaires du cœur, ils se comportent comme des enfants. En revanche, ce n'est pas le cas des femmes ; elles voient l'enfant chez l'homme, pour ce qu'il est.

— Il m'aurait tuée, souffla-t-elle.

— Tu le crois vraiment ?

— Et toi ?

— Renya, il t'aime. Il ne pourrait pas te faire de mal.

— Alors pourquoi ? Pourquoi le dire ?

— Pour que tu le croies. Pour que tu le détestes. Pour que tu le quittes.

— Eh bien, il a réussi, dit-elle.

— C'est dommage. Néanmoins… tu n'aurais pas dû tirer cette flèche.

— Je le sais ! répondit-elle hargneusement. Tu n'as pas besoin de me le dire. C'est que… je ne pouvais pas les laisser massacrer un bébé.

— Non, moi non plus je n'aimais pas cette idée.

Il regarda de l'autre côté du feu où la femme était en train de dormir. Le géant noir, Païen, était assis dos à un arbre, tenant le bébé contre sa poitrine. L'enfant avait un bras en dehors des couvertures et sa petite main potelée s'était refermée autour d'un des doigts de Païen. Celui-ci lui parlait d'une voix basse et douce.

— Il a l'air doué avec les enfants, non ? fit Ananaïs.

— Oui, avec les armes aussi.

— Cet homme est un mystère. Mais pas de panique, je l'ai à l'œil.

Renya contempla les yeux bleus et vifs derrière le masque noir.

— Je t'aime beaucoup, Ananaïs. Vraiment.

— Aime-moi, aime mes amis, dit-il en désignant de la tête la grande silhouette de Tenaka Khan qui revenait vers ses couvertures.

Elle secoua la tête et retourna son regard vers le feu.

— Quel dommage, dit-il de nouveau.

Ils chevauchèrent dans le village deux heures après l'aube. Galand était parti en éclaireur et leur avait appris que les soldats s'étaient mis en route pour Karnak et ses toitures lointaines. Le village avait été éventré, des tas de bois vomissaient encore de la fumée noire. Il y avait des cadavres un peu partout. Autour des bâtiments brûlés une dizaine de croix avaient été érigées. Le conseil du village y était suspendu. Ils avaient été fouettés et battus avant d'être crucifiés. Pour finir, on leur avait cassé les jambes, si bien que leur carcasse, sans soutien, s'était affaissée, leur coupant la respiration.

— Nous sommes devenus des barbares, déclara Scaler, en s'éloignant de la scène au trot.

Belder fit mine d'acquiescer et emboîta le pas au jeune Drenaï en direction des champs d'herbe, plus loin.

Tenaka descendit de cheval sur la place du village où se trouvaient la plus grande partie des corps – plus de trente femmes et enfants.

— Cela n'a pas de sens, dit-il à Ananaïs quand celui-ci l'eut rejoint. Maintenant, qui va travailler dans les champs ? Si c'est le cas dans tout l'Empire…

— Ça l'est, fit Galand.

La femme avec le bébé passa son châle au-dessus de sa tête et ferma les yeux. Païen avait vu son geste et se déplaça pour chevaucher à ses côtés. Il lui prit les rênes des mains.

— Nous vous attendrons à l'extérieur du village, annonça-t-il.

Valtaya et Renya les suivirent.

— C'est étrange, dit Ananaïs. Pendant des siècles, les Drenaïs ont repoussé des ennemis qui auraient voulu commettre ce genre d'atrocités. Et maintenant, nous nous les infligeons nous-mêmes. Mais quel genre d'hommes est-ce que nous recrutons aujourd'hui ?

— Il y en a toujours qui aiment faire ce genre de travail, répondit Tenaka.

— Parmi votre peuple, peut-être, dit doucement Parsal.

— Qu'est-ce que tu sous-entends ? beugla Ananaïs en se retournant vers le guerrier à la barbe noire.

— Laisse tomber ! ordonna Tenaka. Tu as raison, Parsal ; les Nadirs sont un peuple vicieux. Mais ce ne sont pas les

Nadirs qui ont commis ces actes. Ni les Vagrians. Comme l'a dit fort justement Ananaïs, nous nous les infligeons nous-mêmes.

— Oubliez ce que j'ai dit, général, murmura Parsal. Je suis juste en colère. Partons d'ici.

— Dites-moi, fit soudainement Galand. Est-ce que tuer Ceska mettra un terme à cela ?

— Je ne sais pas, répondit Tenaka.

— Il faut que quelqu'un l'arrête.

— Je ne crois pas que six hommes et deux femmes puissent détruire son empire. Et vous ?

— Il y a quelques jours, déclara Ananaïs, il n'y avait qu'un seul homme.

— Parsal a raison, allons-nous-en d'ici, dit Tenaka.

À ce moment précis, un enfant poussa un cri et les quatre hommes se dirigèrent vers le monceau de cadavres, les enlevant un par un. Finalement, ils découvrirent une grosse vieille femme, morte, qui protégeait de ses bras une fillette de cinq ou six ans. Il y avait trois blessures profondes sur le dos de la femme, ce qui laissait penser qu'elle s'était recroquevillée autour de l'enfant pour la protéger des armes. Mais une lance avait traversé son corps ainsi que celui de l'enfant. Parsal souleva la petite fille et blêmit en voyant le sang qui avait mouillé tous ses vêtements. Il la porta à l'extérieur du village, là où les autres étaient descendus de cheval. Valtaya courut à sa rencontre pour le délivrer du mince fardeau.

Au moment où il l'allongeait sur l'herbe, elle ouvrit les yeux ; ils étaient bleus et vifs.

— Je ne veux pas mourir, souffla-t-elle. S'il vous plaît ?

Ses yeux se fermèrent et la femme du village s'agenouilla à côté d'elle. Elle lui prit la tête et la berça sur ses genoux.

— Tout va bien, Alaya ; c'est moi, Parise. Je suis revenue pour m'occuper de toi.

L'enfant sourit faiblement mais son sourire se figea pour laisser place à une grimace de douleur. Les compagnons regardèrent la vie s'enfuir.

— Oh non ! Je vous en supplie, non ! murmura Parise. Par tous les dieux de Lumière, non !

Son propre bébé se mit à pleurer et Païen le souleva du sol pour le tenir contre sa poitrine.

Galand fit demi-tour et tomba à genoux. Parsal vint à ses côtés et Galand leva vers lui des yeux ruisselants de larmes. Il secoua la tête car aucun son n'arrivait à sortir de sa gorge.

Parsal s'agenouilla avec lui.

— Je sais, mon frère, je sais, dit-il doucement.

Galand prit une profonde inspiration et dégaina son épée.

— Je jure par tout ce qui est sacré et tout ce qui est maudit, par toutes les bêtes qui rampent ou qui volent, que je n'aurai pas de repos tant que ce pays ne sera pas nettoyé. (Il se releva en titubant et en faisant tournoyer son épée dans les airs.) Je viens te chercher, Ceska ! gronda-t-il.

Il jeta son arme au loin et tangua jusqu'à un petit bosquet d'arbres.

Parsal se retourna vers les autres pour s'excuser.

— Sa fille a été tuée. Une enfant adorable… une enfant faite de rires. Mais vous savez, il pense ce qu'il dit. Quant à moi… je suis avec lui. (Sa voix était chargée d'émotion et il dut se racler la gorge.) On est peu de chose, lui et moi. Je n'étais même pas assez bon pour le Dragon. On n'est pas des officiers, ni rien. Mais quand on dit quelque chose, on s'y tient. Je ne sais pas ce que vous cherchez dans cette histoire, vous autres. Mais ces gens, là-bas – c'est mon peuple, à moi et à Galand. Pas des riches, ni des nobles. Rien que des morts. Cette vieille bonne femme est morte pour protéger l'enfant. Elle a échoué. Mais elle a essayé… elle a donné sa vie. Eh bien, moi aussi, je vais essayer !

Sa voix défaillit et il poussa un juron. Puis il s'en alla vers le bosquet.

— Eh bien, général, dit Ananaïs, qu'est-ce que vous allez faire avec votre armée de six hommes ?

— Sept ! annonça Païen.

— Tu vois, nous grossissons à vue d'œil, fit Ananaïs, et Tenaka acquiesça.

— Pourquoi voulez-vous vous joindre à nous ? demanda-t-il à l'homme noir.

— Ça me regarde, mais nous avons le même but. J'ai parcouru des milliers de kilomètres pour voir tomber Ceska.

— Enterrons cet enfant et mettons-nous en route pour Skoda, proposa Tenaka.

Ils chevauchèrent prudemment tout au long d'un après-midi qui ne semblait pas vouloir finir. Galand et Parsal voyageaient à l'écart sur le flanc. À la tombée de la nuit, une averse soudaine éclata sur la plaine et les compagnons trouvèrent refuge dans une tour en pierre déserte sur les rives du fleuve grossissant. Ils attachèrent les chevaux dans un pré avoisinant et ramassèrent tout le bois qu'ils purent trouver près d'un bosquet d'arbres. Puis ils dégagèrent un espace au premier étage de la tour. Le bâtiment était vieux et carré. Dans le temps il avait abrité une vingtaine de soldats ; c'était une tour de guet qui datait de la Première Guerre nadire. Il y avait trois étages et le dernier était à ciel ouvert, permettant ainsi aux guetteurs de repérer des envahisseurs nadirs ou sathulis.

Vers minuit, alors que tout le monde dormait, Tenaka appela Scaler et ils gravirent ensemble les escaliers en colimaçon qui menaient à la tourelle.

L'orage s'était déplacé vers le sud et les étoiles brillaient dans le ciel. Des chauves-souris voletaient en cercles autour de la tour, plongeant, virevoltant. Le vent nocturne qui descendait de la chaîne enneigée de Delnoch était glacial.

— Comment te sens-tu, Arvan ? demanda Tenaka à Scaler tandis qu'ils s'étaient mis à l'abri du vent sous les remparts.

Scaler haussa les épaules.

— Pas vraiment à ma place.

— Ça passera.

— Je ne suis pas un guerrier, Tenaka. Quand vous avez affronté les soldats, je suis resté dans l'herbe sans bouger, j'étais comme paralysé.

— Mais non. Tout s'est passé très vite et ceux d'entre nous qui étaient déjà debout ont réagi plus rapidement que toi, c'est tout. Nous sommes entraînés pour ça. Prends les frères, par exemple : ils se sont déplacés vers le seul endroit par lequel les cavaliers pouvaient s'enfuir et ils les ont empêchés d'aller chercher de l'aide. Je ne leur ai pas dit de le faire, ce sont des soldats. Regarde, l'escarmouche n'a pas duré plus de deux minutes. Qu'est-ce que tu aurais voulu faire ?

— Je ne sais pas. Dégainer mon épée. Vous aider !

— Tu auras bien le temps. Quelle est la situation à Delnoch ?

— Je ne sais pas. Je suis parti il y a cinq ans et avant, j'avais passé dix ans à Drenan.

— Qui dirige la forteresse ?

— Personne de la Maison de Bronze. Orrin a été empoisonné et Ceska a mis un de ses hommes à son poste. Son nom est Matrax. Pourquoi me demandes-tu ça ?

— J'ai changé mes plans.

— Comment ça ?

— J'avais prévu d'assassiner Ceska.

— Et maintenant ?

— Maintenant j'ai prévu quelque chose d'encore plus fou. Je vais lever une armée et je vais le renverser.

— Aucune armée au monde ne peut résister face à ses Unis. Par les dieux, mon ami, même le Dragon a échoué – il n'avait pas la moindre chance !

— Rien n'est simple dans la vie, Arvan. Mais j'ai été entraîné dans cette intention. Diriger une armée. Apporter la mort et la destruction chez mes ennemis. Tu as entendu Parsal et Galand ; ce qu'ils ont dit est vrai. Un homme doit s'opposer au mal dès qu'il le trouve, et pour ce faire il doit utiliser tous ses talents. Je ne suis pas un assassin.

— Et où vas-tu trouver une armée ?

Tenaka sourit.

— J'ai besoin de ton aide. Tu dois t'emparer de Delnoch.

— Tu parles sérieusement ?

— Sur ma vie.

— Tu veux que je m'empare de cette forteresse à moi tout seul ? Une forteresse qui a résisté à deux invasions nadires ? C'est insensé !

— Tu es de la Maison de Bronze. Utilise ta cervelle. Il y a évidemment un moyen.

— Si tu as déjà dressé un plan, pourquoi tu ne le fais pas toi-même ?

— Je ne peux pas. Je suis de la Maison d'Ulric.

— Pourquoi es-tu si énigmatique ? Dis-moi clairement ce qu'il faut que je fasse.

— Non. Tu es un homme et je pense que tu as tendance à te sous-estimer. Nous nous arrêterons à Skoda pour voir dans quel état se trouve la région. Puis, toi et moi ferons venir une armée.

Les yeux de Scaler s'écarquillèrent et sa mâchoire s'affaissa.

— Une armée nadire ? souffla-t-il. (Le sang reflua de son visage.) Tu songes à faire venir les Nadirs ?

— Seulement si tu arrives à t'emparer de Dros Delnoch.

Chapitre 7

Penché au-dessus de son bureau, dans l'obscurité de la bibliothèque, l'Abbé attendait patiemment, les yeux fermés et les mains à plat. Assis en face de lui, ses trois compagnons étaient immobiles, comme des statues. L'Abbé ouvrit les yeux et les observa tous :

Acuas, le fort, charitable et loyal.

Balan, le sceptique.

Katan, le vrai mystique.

Tous voyageaient ; leurs esprits étaient entremêlés, à la recherche des Templiers Noirs, et ils projetaient également une zone de brouillard mental pour leur dissimuler les actions de Tenaka Khan et ses compagnons.

Acuas fut le premier à revenir. Il ouvrit les yeux et frotta sa barbe jaune. Il avait l'air fatigué, comme vidé.

— Ce n'est pas facile, mon Seigneur, dit-il. Les Templiers Noirs sont très puissants.

— Nous aussi, répondit l'Abbé. Continue.

— Ils sont vingt. Ils ont été attaqués à Skultik par une bande de hors-la-loi mais ils les ont tués avec une insolente facilité. Vraiment, ce sont de formidables guerriers.

— Oui. Sont-ils à portée du Porteur de torche ?

— À une journée. Nous ne pourrons plus les leurrer bien longtemps.

— Non. Et pourtant nous aurions bien besoin de

quelques jours de plus, déclara l'Abbé. Est-ce qu'ils ont tenté une nouvelle attaque de nuit ?

— Non, mon Seigneur, mais je pense qu'ils devraient le faire sous peu.

— À présent repose-toi, Acuas. Va chercher Toris et Lannad, qu'ils te remplacent.

L'Abbé quitta la pièce et sortit du long couloir pour se diriger lentement vers le second niveau et le jardin de Decado.

Le prêtre aux yeux noirs l'accueillit avec le sourire.

— Viens avec moi, Decado, il faut que je te montre quelque chose.

Sans un mot de plus, il tourna les talons et mena le prêtre vers l'étage supérieur et ses portes en chêne. Sous le porche, Decado hésita – pendant toutes ces années passées au monastère, il n'avait jamais gravi les marches.

L'Abbé se retourna.

— Viens ! ordonna-t-il avant de s'enfoncer dans l'obscurité.

Un étrange sentiment de peur envahit le jardinier, comme si son monde lui échappait. Il déglutit et fut saisi d'un tremblement. Puis, prenant une profonde respiration, il suivit l'Abbé.

Il fut guidé à travers un labyrinthe de couloirs, mais ne regarda jamais ni à droite ni à gauche. Il se concentrait sur la soutane grisâtre de l'homme qui marchait devant lui. L'Abbé s'arrêta devant une porte en forme de feuille ; il n'y avait pas de poignée.

— Ouvre-toi, murmura l'Abbé, et la porte coulissa silencieusement.

De l'autre côté il y avait une grande salle contenant trente armures intégrales en argent, drapées de capes d'une blancheur étincelante. Devant chacune d'elles, une table basse avec des épées dans des fourreaux et un heaume avec un panache en crin blanc.

— Est-ce que tu sais ce que cela représente ? demanda l'Abbé.

— Non.

Decado dégoulinait de sueur. Il essuya ses yeux et l'Abbé remarqua avec inquiétude que la tourmente habitait de nouveau le regard de l'ancien guerrier.

— Ce sont les armures que portèrent les Trente de Delnoch menés par Serbitar – les hommes qui ont combattu et qui sont morts durant la Première Guerre nadire. Tu as entendu parler d'eux ?

— Évidemment.

— Dis-moi ce que tu as entendu.

— Où est-ce que cela va nous mener, mon Seigneur Abbé ? J'ai mon jardin qui m'attend.

— Parle-moi des Trente de Delnoch, lui ordonna l'Abbé.

Decado se racla la gorge.

— C'étaient des prêtres guerriers. Pas comme nous. Ils s'entraînaient pendant des années et puis choisissaient une guerre où mourir. Serbitar a mené les Trente à Delnoch où ils servirent de conseiller au Comte de Bronze et à Druss la Légende. Ensemble, ils ont repoussé les hordes d'Ulric.

— Mais pourquoi des prêtres prendraient-ils les armes ?

— Je ne sais pas, Seigneur Abbé. C'est incompréhensible.

— Vraiment ?

— Vous m'avez appris que toute vie est sacrée pour la Source, et que prendre une vie est un crime envers Dieu.

— Et pourtant, il faut bien s'opposer au mal.

— Pas en utilisant ses méthodes, répondit Decado.

— Un homme se tient au-dessus d'un enfant, une lance à la main, prêt à le transpercer. Que fais-tu ?

— Je l'en empêche – sans le tuer.

— Et comment l'empêcherais-tu ? D'un coup de poing, peut-être ?

—Oui, peut-être.

—Il tombe au sol assommé, et dans sa chute il se cogne la tête et meurt. As-tu péché ?

—Non… oui. Je ne sais pas.

—C'est lui le pécheur qui, par ses actions, a entraîné ta réaction. Par conséquent, ce sont ses actes qui l'ont tué. Nous aspirons à la paix et à l'harmonie, mon fils – nous nous languissons. Mais nous sommes issus de ce monde et sommes soumis à ses exigences. La nation n'est plus en harmonie. Le Chaos est aux commandes et la souffrance est devenue insupportable à regarder.

—Qu'essayez-vous de me dire, mon Seigneur ?

—Ce n'est pas facile, mon fils, car mes mots vont te causer beaucoup de chagrin. (L'Abbé s'avança et plaça ses mains sur les épaules du prêtre.) Tu es ici dans un Temple des Trente. Nous sommes sur le point de partir en guerre contre les ténèbres.

Decado se dégagea de l'étreinte de l'Abbé.

—Non !

—Je veux que tu chevauches avec nous.

—J'ai cru en vous. Je vous ai fait *confiance* !

Decado fit volte-face et se retrouva nez à nez avec l'une des armures. Il se retourna de nouveau.

—C'est précisément ce à quoi je voulais échapper : la mort et le carnage. Les épées aiguisées et la chair lacérée. J'ai été heureux. Et vous venez de me voler ce bonheur. Allez-y – allez donc jouer au petit soldat. Mais ne comptez pas sur moi.

—Tu ne pourras pas te cacher éternellement, mon fils.

—Me cacher ? Je suis venu ici pour changer.

—Ce n'est pas difficile de changer quand son plus grand défi est de voir si les graines vont bien pousser dans le carré qui leur est désigné.

— Qu'est-ce que vous entendez par là ?

— J'entends que tu étais un tueur psychopathe – un homme amoureux de la mort. Et aujourd'hui je t'offre la chance de savoir si oui ou non tu as changé. Revêts l'armure et chevauche à nos côtés contre les forces du Chaos.

— Pour réapprendre à tuer ?

— Nous verrons en temps utile.

— Je ne veux pas tuer. Je veux vivre au milieu des plantes.

— Et moi, tu crois que je veux me battre ? J'ai presque soixante ans. J'aime la Source et tout ce qui pousse ou bouge. Je crois que la vie est le plus grand don de l'Univers. Mais il y a un mal bien réel dans ce monde et il faut le combattre. Le surmonter. Ainsi, d'autres pourront jouir de la vie.

— N'en dites pas plus, lâcha hargneusement Decado. Ne dites plus un traître mot !

Des années d'émotions réfrénées rugirent en lui, prenant contrôle de ses sens. Un sentiment de colère le lacéra comme un fouet enflammé. Comme il avait été stupide – se cacher du monde, grattant le sol comme un paysan puant !

Il se dirigea vers une armure située à sa droite et sa main se posa autour d'une poignée d'épée en ivoire. D'un mouvement souple, il fit siffler l'épée dans l'air d'une simple zébrure ; ses muscles pulsèrent sous l'excitation. Sa lame était en acier argenté et aiguisée comme un rasoir. Elle avait une balance parfaite. Il se tourna vers l'Abbé et là où peu de temps auparavant il voyait un Seigneur, il ne voyait plus maintenant qu'un vieillard aux yeux pleureurs.

— Est-ce que votre quête implique Tenaka Khan ?

— Oui, mon fils.

— Ne m'appelez pas ainsi, prêtre ! Plus jamais. Je ne vous en veux pas – j'ai été bien stupide de croire en vous. Très bien, je me battrai avec vos prêtres, mais seulement parce que cela aidera mes amis. Mais n'essayez pas de me donner des ordres.

— Je ne serai pas en position de t'en donner, Decado. Regarde, tu t'es dirigé de toi-même vers ton armure.

— Mon armure ?

— Reconnais-tu la rune sur le heaume ?

— C'est le chiffre Un dans la langue des Anciens.

— C'était l'armure de Serbitar. C'est toi qui la porteras.

— Il était le chef, si je ne m'abuse ?

— Et tu le seras à ton tour.

— Voici donc mon destin, fit Decado, diriger un groupe disparate de prêtres qui veulent jouer à la guerre. Très bien, j'ai toujours eu le sens de l'humour.

Decado se mit à rire. L'Abbé ferma les yeux et pria en silence, car à travers les rires il pouvait percevoir le cri d'angoisse que poussait l'âme de Decado. Le désespoir souleva le prêtre qui dut quitter la pièce. Le rire démentiel le poursuivit quand même.

Qu'as-tu fait, Abaddon ? se demanda-t-il.

Lorsqu'il atteignit sa chambre, il avait les larmes aux yeux, et une fois à l'intérieur il tomba à genoux.

Decado sortit de la salle en titubant et retourna à son jardin, regardant, incrédule, les petites rangées de légumes, les haies bien taillées et les arbres élagués avec soin.

Il marcha jusqu'à sa cabane et ouvrit la porte d'un grand coup de pied.

Moins d'une heure plus tôt, cela avait été sa maison – une maison qu'il avait aimée. Là, il avait connu la satisfaction.

À présent, cette cabane était devenue un taudis. Il sortit et vagabonda dans son jardin de fleurs. Le rosier blanc arborait trois boutons supplémentaires. La colère courut le long de son corps et il attrapa la plante, prêt à l'arracher du sol. Mais il se retint et la relâcha doucement.

Il regarda d'abord sa main, puis la plante. Aucune épine n'avait égratigné sa peau. Gentiment, il défroissa les feuilles qu'il avait écrasées et se mit à sangloter. Le son difforme se transforma en trois mots.

— Je suis désolé, dit-il à sa rose.

Les Trente se rassemblèrent dans la cour inférieure pour préparer leurs montures. Les chevaux avaient toujours leur manteau d'hiver, mais comme c'étaient des bêtes très fortes, originaires des montagnes, cela ne les empêchait pas de courir comme le vent. Decado porta son dévolu sur une jument grise ; il la sella rapidement et sauta sur son dos. Puis il défit sa cape blanche et la posa derrière lui, l'attachant à la manière du Dragon. L'armure de Serbitar lui allait mieux que sa propre armure – elle était douce, on aurait dit une seconde peau.

L'Abbé, Abaddon, grimpa sur la selle de son hongre alezan et se porta aux côtés de Decado.

Decado se balançait sur sa selle, examinant tous les prêtres guerriers qui montaient en selle – il devait admettre qu'ils bougeaient très bien. Chacun ajusta sa cape comme l'avait fait Decado. Abaddon regarda avec nostalgie son ancien disciple ; Decado s'était rasé proprement et sa longue chevelure noire était attachée à la hauteur de sa nuque. Ses yeux étaient brillants et vivants, un demi-sourire moqueur ornait ses lèvres.

La nuit précédente, Decado avait été présenté formellement à ses lieutenants : Acuas, le cœur des Trente ; Balan, les yeux des Trente ; et Katan, l'âme des Trente.

— Si vous voulez être des guerriers, leur avait-il dit, alors vous devez faire ce que je vous ordonne, quand je vous l'ordonne. L'Abbé me dit qu'il y a une expédition à la poursuite de Tenaka Khan. Nous devons l'intercepter.

On m'a dit que ces hommes que nous allons affronter sont de véritables guerriers. Espérons qu'ils ne mettent pas un terme à votre quête.

— C'est également la vôtre, mon frère, dit Katan avec un gentil sourire.

— Il n'est pas un homme qui puisse me tuer. Et si vous, prêtres, tombez comme des feuilles, je ne resterai pas pour regarder.

— Est-ce qu'un chef n'est pas censé rester auprès de ses hommes ? demanda Balan avec une once de colère dans la voix.

— Chef ? C'est vraiment une mascarade, mais si vous y tenez tant, alors je jouerai le jeu. Mais ne comptez pas sur moi pour mourir avec vous.

— Voulez-vous vous joindre à nous pour la prière ?

— Non. Priez pour moi ! J'ai passé trop d'années à gâcher mon temps à cet exercice.

— Nous avons toujours prié pour vous, déclara Katan.

— Priez pour vous, alors ! Priez pour que, lorsque vous rencontrerez ces Templiers Noirs, vos tripes ne vous lâchent pas.

Sur ce, il était parti.

Et là, le bras levé, il menait la troupe de l'autre côté des portes du Temple, vers les plaines sentranes.

— *Êtes-vous sûr que ce choix a été sage ?* demanda mentalement Katan à Abaddon.

— *Ce ne fut pas mon choix, mon fils. C'est un homme dévoré par la colère. La Source connaît nos besoins. Te souviens-tu d'Estin ?*

— *Oui, pauvre homme. Si sage – il aurait fait un bon chef,* répondit Katan.

— *Oui, certainement. Courageux, et pourtant délicat ; fort, et pourtant tendre ; doué d'un fort intellect, sans l'ombre d'une prétention. Mais il est mort. Et le jour de sa mort, Decado est apparu à nos portes à la recherche d'un sanctuaire.*

—Mais, Seigneur Abbé, supposez que ce ne soit pas la Source qui l'ait conduit jusqu'à nous ?

—Plus de « Seigneur Abbé », Katan. Simplement « Abaddon ».

Le vieil homme rompit le lien, et il fallut un certain temps à Katan pour s'apercevoir que sa question n'avait pas eu de réponse.

Les années s'enfuyaient de Decado. De nouveau, il était en selle, le vent dans ses cheveux. De nouveau le martèlement des sabots résonnait sur la plaine et le sang qui bouillonnait dans ses veines lui rappelait les jours de sa jeunesse…

Le Dragon qui déferlait sur les envahisseurs nadirs. Chaos, confusion, sang et terreur. Des hommes brisés, des cris étouffés et des corbeaux qui croassaient leur joie en volant au-dessus de la bataille, dans un ciel sombre.

Et puis, plus tard, des guerres de mercenaires qui se succédèrent dans les parties les plus reculées du monde. Decado s'était toujours sorti de toutes les batailles, sans une égratignure, tandis que ses ennemis, oubliés, voyageaient vers l'enfer auquel ils croyaient.

L'image de Tenaka Khan flotta dans l'esprit de Decado.

Ça, c'était un guerrier ! Combien de fois Decado s'était-il endormi en rêvant à une nouvelle bataille avec Tenaka Khan. La glace et l'ombre réunies dans une danse de lames.

Ils s'étaient affrontés plusieurs fois. Avec des épées en bois, des fleurets mouchetés. Et même des sabres émoussés. Ils avaient toujours été à égalité. Mais de telles épreuves n'avaient pas d'importance – c'était seulement lorsque la mort était au bout de la lame que l'on pouvait voir un gagnant émerger.

Decado fut interrompu dans ses pensées par Acuas à la barbe jaune qui se rangeait à ses côtés.

—Ça va être juste, Decado. Les Templiers ont trouvé leurs traces dans un village dévasté. Au petit matin ils seront passés à l'action.

—Combien de temps avant que nous les rejoignions ?

—Au mieux, à l'aube.

—Alors retourne à tes prières, barbe jaune. Et mets-y tout ce que tu peux.

Il éperonna son cheval qui partit au galop, et les Trente l'imitèrent.

L'aube allait bientôt se lever et les compagnons avaient chevauché une bonne partie de la nuit, ne s'arrêtant qu'une heure pour laisser les chevaux se reposer. La chaîne de montagnes de Skoda se dressait au-dessus d'eux et Tenaka était soucieux d'y trouver un abri. Le soleil, encore caché derrière l'horizon un instant plus tôt, se levait à présent en camouflant les étoiles derrière une couche lumineuse rosâtre.

Les cavaliers quittèrent un bosquet d'arbres pour émerger dans une prairie. Soudain Tenaka sentit comme un souffle glacial lui geler les os ; il frissonna et tira sa cape sur ses épaules. Il était fatigué, contrarié. Il n'avait pas parlé à Renya depuis leur dispute dans la forêt, mais il n'arrêtait pas de penser à elle. Au lieu de la chasser de son esprit après s'en être pris à elle, il n'avait réussi qu'à la rendre plus présente encore. Son calvaire augmentait. Pourtant il était incapable de traverser le gouffre qui s'était ouvert entre eux. Il jeta un coup d'œil derrière lui pour la regarder chevaucher en compagnie d'Ananaïs : elle riait d'une de ses blagues. Il se retourna.

Devant, tels des démons surgis du passé, une vingtaine de cavaliers attendaient sur une ligne. Ils tenaient leurs chevaux immobiles et leurs capes noires claquaient sous la brise. Tenaka tira sur ses rênes à cinquante pas du cavalier central. Ses compagnons vinrent à sa hauteur.

— Par l'Enfer, qui sont-ils ? demanda Ananaïs.

— Ils sont à ma recherche, répondit Tenaka. Ils sont venus à moi, dans un rêve.

— Je ne voudrais pas sembler défaitiste, mais ils sont un peu trop nombreux pour nous. On s'enfuit ?

— Il ne sert à rien de fuir devant de tels hommes, fit Tenaka d'un ton neutre, et il descendit de cheval.

Les vingt cavaliers firent de même, et avancèrent tranquillement à travers la brume matinale. Renya avait l'impression qu'ils se déplaçaient comme les ombres des morts sur une mer fantôme. Leurs armures étaient couleur de jais et leurs heaumes leur couvraient le visage. Ils avaient tous une épée noire à la main. Tenaka alla à leur rencontre, la main posée sur le pommeau de son épée.

Ananaïs secoua la tête. Il était comme tombé dans un étrange état de transe. Il n'était plus qu'un spectateur passif. Il glissa de selle, dégaina son épée et rejoignit Tenaka.

Les Templiers Noirs s'arrêtèrent et leur chef fit un pas en avant.

— Nous n'avons pas encore reçu l'ordre de te tuer, Ananaïs, déclara-t-il.

— Je ne suis pas facile à tuer, répondit Ananaïs.

Il était sur le point d'ajouter une insulte, mais les mots se figèrent dans sa bouche car une peur terrible le heurta de plein fouet comme une bourrasque glaciale. Il fut pris d'un tremblement et de l'envie de s'enfuir en courant.

— Tu es aussi facile à tuer que n'importe quel mortel, répondit l'homme. Va-t'en ! Chevauche vers un autre destin, quel qu'il soit.

Ananaïs ne répondit rien. Il déglutit difficilement et

regarda Tenaka. Le visage de son ami était blanc comme un linge : il était évident que le même sentiment de peur le tenaillait.

Galand et Parsal se portèrent à leur hauteur, l'épée à la main.

— Est-ce que vous pensez pouvoir vous opposer à nous ? s'enquit le chef. Une centaine d'hommes ne pourrait pas nous arrêter. Écoutez bien ce que je vous dis. N'entendez-vous pas la vérité de mes propos ? Passez-les au crible de votre terreur.

La peur augmenta et les chevaux, nerveux, poussèrent un hennissement d'alarme. Scaler et Belder descendirent de selle en sentant qu'ils allaient bientôt s'emballer. Païen se coucha sur sa monture et lui caressa le cou ; la bête se calma, mais elle avait les oreilles rabattues sur le crâne et Païen savait qu'elle était sur le point de paniquer. Valtaya et Renya sautèrent de selle au moment où leurs chevaux ruèrent, et elles aidèrent la villageoise, Parise, à mettre pied à terre.

Elle tenait dans ses bras le bébé qui s'était mis à crier. Parise s'allongea sur le sol, prise de tremblements incontrôlables.

Païen descendit de cheval et dégaina son épée ; il avança lentement pour se porter aux côtés de Tenaka et des autres. Belder et Scaler lui emboîtèrent le pas.

— Dégaine ton épée, murmura Renya, mais Scaler l'ignora.

C'était tout ce qu'il pouvait faire pour réunir suffisamment de courage pour être côte à côte avec Tenaka Khan. Toute pensée de combat était enterrée sous le poids de la terreur.

— Imbéciles, fit le chef avec mépris, vous êtes comme des moutons à l'abattoir !

Les Templiers Noirs avancèrent.

Tenaka lutta pour surmonter sa panique, mais ses membres étaient aussi lourds que du plomb ; on lui avait sapé sa confiance. Il savait pertinemment qu'on utilisait de la magie noire contre lui, mais le savoir ne l'aidait en rien. Il avait l'impression d'être un enfant pourchassé par un léopard.

Bats-toi ! se dit-il. *Où est donc ton courage ?*

Soudain, comme dans son rêve, la terreur disparut et l'énergie revint circuler dans ses membres. Sans se retourner, il sut que les chevaliers blancs étaient de retour, mais cette fois-ci en chair et en os.

Les Templiers s'arrêtèrent et Padaxes jura entre les dents, car les Trente venaient d'entrer en scène. Comme ils étaient passés d'un coup en infériorité numérique, il envisagea toutes les options. Il fit appel au pouvoir de l'Esprit afin de sonder ses ennemis, mais rencontra chaque fois un mur de force qui résistait à toutes ses tentatives… sauf pour le guerrier qui était au centre – cet homme-là n'était pas un mystique. Padaxes connaissait les légendes sur les Trente – ses propres temples avaient été conçus pour parodier le leur – et il reconnut la rune sur le heaume de leur chef.

Un non-initié comme chef ? Une idée lui vint à l'esprit.

— Il va couler beaucoup de sang aujourd'hui, lança-t-il, à moins que nous réglions ça entre capitaines.

Abaddon attrapa Decado par le bras alors que celui-ci s'avançait.

— Non, Decado, tu ne connais pas ses pouvoirs.

— C'est un homme, un point c'est tout, répondit-il.

— Non, il est bien plus que ça – il tire ses pouvoirs du Chaos. Si quelqu'un doit se battre avec lui, que ce soit Acuas.

— Ne suis-je pas le chef de cette expédition ?

— Si, mais…

— Il n'y a pas de mais. Obéissez-moi !

Decado se dégagea et avança. Il ne s'arrêta qu'à un mètre de Padaxes et son armure noire.

—Que suggères-tu, Templier ?

—Un duel de chefs : les hommes du perdant quittent le terrain.

—Non, ce n'est pas assez, répondit froidement Decado. Je veux beaucoup plus !

—Je t'écoute.

—J'ai beaucoup étudié l'art des mystiques. Cela fait… faisait… partie de mon éducation antérieure. On dit que dans les anciennes guerres, les champions portaient en eux l'âme de leur armée, et quand ils mouraient, leur armée mourait aussi.

—C'est exact, fit Padaxes, qui avait bien du mal à contenir sa joie.

—Eh bien, c'est ce que je demande.

—Il en sera ainsi. Je le jure par l'Esprit !

—Ne me jure rien, guerrier. Tes serments n'ont aucune valeur à mes yeux. Prouve-le-moi !

—Cela prendra un peu de temps. Je dois d'abord accomplir certains rites et j'ose espérer que tu en feras de même, lança Padaxes.

Decado acquiesça et retourna auprès des autres.

—Vous ne pouvez pas faire cela, Decado, dit Acuas. Vous nous condamnez tous !

—D'un seul coup, le jeu ne serait-il plus à votre goût ? rétorqua hargneusement Decado.

—Ce n'est pas ça. Cet homme, votre ennemi, a des pouvoirs que vous n'avez pas. Il peut lire dans votre esprit, ressentir chacun de vos mouvements avant que vous les accomplissiez. Par quel miracle croyez-vous pouvoir le vaincre ?

Decado se mit à rire.

—Suis-je toujours votre chef ?

Acuas jeta un rapide coup d'œil à l'ancien Abbé.

— Oui, répondit-il, vous êtes le chef.

— Quand il aura fini son rituel, tu aligneras la force vitale des Trente sur la mienne.

— Je voudrais savoir une chose avant de mourir, dit gentiment Acuas. Pourquoi allez-vous vous sacrifier ainsi ? Et pourquoi sacrifiez-vous vos amis ?

Decado haussa les épaules.

— Va savoir ?

Les Templiers Noirs se mirent à genoux devant Padaxes et celui-ci invoqua les noms des démons inférieurs, grâce à l'Esprit du Chaos, d'une voix qui se transforma en cri. Le soleil émergea de derrière l'horizon et pourtant, étrangement, aucune lumière n'éclaira la plaine.

— C'est fait, souffla Abaddon. Il a tenu parole et l'âme de ses guerriers est en lui.

— Alors faites pareil, ordonna Decado.

Les Trente s'agenouillèrent devant leur chef, le front courbé. Decado ne ressentit rien, mais il savait qu'ils lui avaient obéi.

— Dec, c'est toi ? appela Ananaïs.

Decado le réduisit au silence d'un seul geste. Puis il alla au contact de Padaxes.

L'épée noire siffla dans l'air et fut parée instantanément par l'acier argenté que tenait Decado. Le combat avait commencé. Tenaka et ses compagnons regardèrent fascinés les deux guerriers qui tournaient et frappaient dans un cliquetis métallique.

Le temps passait et l'exaspération dans les gestes de Padaxes était visible de tous. La peur s'infiltrait dans son cœur. Bien qu'il arrive à anticiper tous les gestes de son adversaire, la vitesse de ses assauts était telle que cela ne lui servait à rien. Il envoya une onde mentale de frayeur, mais cela ne servit qu'à faire rire Decado, car la mort ne lui faisait pas peur. C'est à cet instant que Padaxes sut que son sort était scellé. Cela le rendit furieux de savoir que c'était un mortel qui allait être responsable de sa mort. Il se lança dans une série d'attaques sauvages et expérimenta l'horreur de lire dans l'esprit de Decado, au dernier moment, la nature de la riposte une fraction de seconde avant qu'elle soit exécutée.

L'acier argenté donna un coup de fouet à sa propre épée qui fut déviée, et la lame s'enfonça dans l'aine. Il tomba au sol et se vida de son sang sur l'herbe... Les âmes de ses guerriers moururent avec lui.

La lumière du soleil jaillit dans les ténèbres et les Trente se relevèrent, étonnés que la vie coule toujours dans leurs veines.

Acuas avança.

— Comment ? demanda-t-il. Comment avez-vous gagné ?

— Il n'y a pas de mystère, Acuas, répondit doucement Decado. Ce n'était qu'un homme.

— Mais vous aussi !

— Non. Je suis Decado. Le Tueur Glacé ! Suivez-moi à vos risques et périls.

Decado retira son heaume et prit une bonne bouffée d'air ; l'aube était fraîche. Tenaka secoua sa tête pour en faire tomber le dernier voile de peur qui y restait.

— Dec ! cria-t-il.

Decado sourit et marcha jusqu'à lui ; les deux hommes se saisirent les poignets à la manière des guerriers. Ananaïs, Galand et Parsal les rejoignirent.

— Par tous les Dieux, Dec, tu as l'air en forme. En pleine forme, même ! fit chaleureusement Tenaka.

— Vous aussi, général. Je suis content que nous soyons arrivés à temps.

— Est-ce que cela dérangerait quelqu'un, dit Ananaïs, de m'expliquer pourquoi tous ces guerriers sont morts ?

— Seulement si tu m'expliques pourquoi tu portes ce masque. Il est dommage qu'un être aussi arrogant que toi cache ses plus beaux atours.

Ananaïs détourna le regard et les autres se tinrent cois, gênés ; le silence devint vite oppressant.

— Qui veut bien me présenter notre sauveur ? demanda Valtaya, et ce moment disparut.

La conversation démarra, mais les Trente se tenaient à l'écart. Puis ils se divisèrent en groupes de six pour aller chercher du bois et faire des feux de camp.

Acuas, Balan, Katan et Abaddon choisirent une position près d'un orme solitaire. Katan alluma le feu et les quatre prirent place autour. Apparemment, ils restaient silencieux et se contentaient de regarder les flammes qui dansaient devant eux.

— *Parle, Acuas*, lui intima mentalement Abaddon.

— *Je suis triste, Abaddon, car notre chef n'est pas des nôtres. Je ne dis pas cela par arrogance, mais notre Ordre est ancien et nous avons toujours eu des idéaux spirituels. Nous ne partons pas en guerre pour nous réjouir de tuer, mais pour mourir en défendant la Lumière. Decado n'est qu'un tueur.*

— *Tu es le cœur des Trente, Acuas. Car tu as toujours été en proie aux émotions. Tu es un homme – tu t'inquiètes… tu aimes. Mais parfois, ces émotions t'aveuglent. Ne juge pas encore Decado.*

— *Comment a-t-il tué le Templier ?* demanda Balan. *C'est inconcevable.*

— *Tu es les yeux des Trente et pourtant tu ne vois pas, Balan. Mais je ne te l'expliquerai pas. En temps voulu, c'est toi qui me l'expliqueras. Je suis sûr que c'est la Source qui nous a envoyé Decado, et je l'ai accepté. L'un de vous me dira-t-il enfin pourquoi il est le chef?*

Katan aux yeux sombres se fendit d'un sourire.

— *Parce qu'il est le moins digne d'entre nous.*

— *Plus que ça*, répondit Abaddon.

— *C'est son seul rôle*, ajouta Acuas.

— *Explique-toi, frère*, demanda Balan.

— *Étant chevalier, il ne pouvait pas communiquer ni voyager avec nous. Chacun de nos gestes aurait été comme une humiliation pour lui. Pourtant, nous partons pour une guerre qu'il comprend très bien. En tant que chef, son manque de talent est contrebalancé par son autorité.*

— *Très bien, Acuas. À présent, que le cœur nous dise où réside le danger.*

Acuas ferma les yeux et son esprit se tut pendant plusieurs minutes, tandis qu'il se concentrait.

— *Les Templiers vont vouloir se venger. Ils ne peuvent pas accepter cette défaite sans réagir.*

— *Et?*

— *Ceska a envoyé un millier d'hommes pour anéantir la rébellion à Skoda. Ils y arriveront dans moins d'une semaine.*

À une trentaine de pas de leur feu, Decado était assis en compagnie de Tenaka, Ananaïs, Païen et Scaler.

— Allez, Dec, dit Ananaïs. Comment es-tu devenu le chef d'une bande de guerriers magiciens? Tu as forcément une histoire à raconter.

— Comment sais-tu que je ne suis pas un magicien? rétorqua Decado.

— Non, sérieusement, souffla Ananaïs, en jetant un regard de travers aux chevaliers emmitouflés dans leurs capes blanches. Je veux dire, c'est quand même un drôle de groupe. Il n'y en a pas un qui dit un mot.

— Au contraire, lui dit Decado. Ils sont tous en train de parler – par l'esprit.

— N'importe quoi ! s'exclama Ananaïs, portant une main à son cœur et en faisant de l'autre le signe des Cornes Protectrices, les doigts crispés.

Decado sourit.

— Je te dis la vérité. (Il se retourna et appela Katan qui vint les rejoindre.) Vas-y, Ani, demande quelque chose, ordonna-t-il.

— Je me sens bête, grommela Ananaïs.

— Alors c'est moi qui poserai la question, dit Scaler. Dites-moi, mon ami, est-ce vrai que vous autres chevaliers pouvez parler… sans parler ?

— C'est vrai, répondit doucement Katan.

— Pouvez-vous nous faire une démonstration ?

— De quelle sorte ?

— Vous voyez le grand, là-bas, fit Scaler en le désignant du doigt et en baissant la voix. Pouvez-vous lui demander d'ôter son heaume et de le remettre ?

— Si cela peut vous faire plaisir, répondit Katan, et tous les regards se tournèrent vers le guerrier qui se tenait à une quarantaine de pas de là.

De bonne grâce, celui-ci retira son heaume, leur adressa un grand sourire, et le remit en place.

— C'est hallucinant, fit Scaler. Comment faites-vous ça ?

— C'est difficile à expliquer, répondit Katan. Veuillez m'excuser.

Il s'inclina devant Decado et partit retrouver ses compagnons.

— Vous voyez, quand je vous disais que c'était un drôle de groupe, fit Ananaïs. Ils ne sont pas humains.

— Dans mon pays, il y a des hommes qui possèdent des talents similaires, déclara Païen.

— Et qu'est-ce qu'ils font ? s'enquit Scaler.

— Pas grand-chose. Nous les brûlons vifs, répondit Païen.

— N'est-ce pas un peu excessif ?

— Peut-être, répondit l'homme noir. Mais je n'ai pas envie de m'immiscer dans les traditions !

Tenaka les laissa à leur discussion et se rendit à l'endroit où Renya était assise en compagnie de Valtaya, Parsal et la villageoise. En le voyant approcher, le cœur de Renya s'emballa.

— Tu veux bien faire quelques pas avec moi ? lui demanda-t-il.

Elle acquiesça et ils s'éloignèrent du feu. Le soleil brillait fort et ses rayons se reflétaient sur les mèches grises de ses cheveux. Elle mourait d'envie de le toucher, mais son instinct lui dit d'attendre.

— Je suis désolé, Renya, dit-il en lui prenant les mains.

Elle regarda au fond de ses yeux violets et bridés et put y lire l'angoisse.

— Est-ce que tu m'as dit la vérité ? Est-ce que tu te serais servi de ta dague contre moi ?

Il secoua la tête.

— Tu veux que je reste avec toi ? demanda-t-elle doucement.

— Tu veux bien rester ?

— Je ne désire rien de plus.

— Alors excuse-moi pour m'être conduit comme un imbécile, dit-il. Je ne suis pas doué pour ce genre de choses. J'ai toujours été maladroit en compagnie des femmes.

— Je suis ravie de l'apprendre, répondit-elle en souriant.

Ananaïs les regarda un instant et reporta son regard sur Valtaya. Elle parlait avec Galand, elle s'amusait.

J'aurais dû laisser l'Uni me tuer, pensa-t-il.

Chapitre 8

Le voyage à Skoda dura trois jours, car la compagnie avançait avec prudence. Acuas apprit à Decado que, suite au massacre des soldats, le commandant de la forteresse de Delnoch avait envoyé des patrouilles dans Skultik et la région avoisinante. Pendant ce temps, au sud, la Légion parcourait le pays à la recherche d'éventuels rebelles.

Tenaka prit le temps de parler avec les chefs des Trente, car malgré les légendes, il ne savait pas grand-chose de leur ordre. À ce qu'on disait, les Trente étaient des demi-dieux aux pouvoirs surhumains qui choisissaient de mourir dans une guerre contre le mal. La dernière fois qu'on les avait vus, c'était au siège de Dros Delnoch, lorsque l'albinos Serbitar avait aidé le Comte de Bronze à lutter contre les hordes d'Ulric, le plus grand chef de guerre nadir de tous les temps.

Bien que Tenaka interroge les chefs, il n'en apprit finalement que très peu.

Ils étaient tous courtois et polis – même vaguement amicaux – mais leurs réponses lui passaient au-dessus de la tête comme les nuages au-dessus des hommes. Decado n'était pas différent ; il se contentait de sourire et changeait souvent de sujet.

Tenaka n'était pas un homme pieux, pourtant il ne se sentait pas à l'aise au milieu de ces guerriers prêtres ; son esprit revenait sans cesse sur les paroles du devin aveugle.

« *Doré, de Glace et d'Ombre…* » L'homme avait prédit que le trio serait réuni. Et c'était le cas. Il avait aussi prévu le danger que représentaient les Templiers.

La première nuit de leur voyage, Tenaka s'était approché du vieil Abaddon et les deux s'étaient mis à l'écart ensemble.

— Je vous ai vu dans Skultik, dit Tenaka. Vous étiez attaqué par un Uni.

— Oui. Je m'excuse de t'avoir trompé.

— Pourquoi m'avoir fait ça ?

— C'était un test, mon fils. Mais pas seulement pour toi – pour nous aussi.

— Je ne comprends pas, fit Tenaka.

— Ce n'est pas nécessaire. N'aie pas peur de nous, Tenaka. Nous sommes ici pour t'aider du mieux que nous pourrons.

— Pourquoi ?

— Parce que cela sert les intérêts de la Source.

— Vous ne pourriez pas me répondre sans employer une énigme religieuse ? Vous êtes des hommes. Que vous rapporte cette guerre ?

— Rien en ce monde.

— Vous savez pourquoi je suis revenu ici ?

— Oui, mon fils. Pour purger ton esprit de la culpabilité et de la douleur – pour trouver l'absolution dans le sang de Ceska.

— Et maintenant ?

— Maintenant, tu es pris au milieu de forces qui te dépassent. Ton chagrin est apaisé par l'amour que tu portes à Renya, mais la culpabilité est toujours omniprésente. Tu n'as pas obéi à l'appel – tu as laissé tes amis se faire massacrer par les Unis de Ceska. Et tu te demandes si les choses n'auraient pas été différentes si tu avais été là.

Aurais-tu pu vaincre les Unis ? Et donc, tu te tourmentes.

— Aurais-je pu vaincre les Unis ?

— Non, mon fils.

— Et aujourd'hui, puis-je le faire ?

— Non, répondit tristement Abaddon.

— Alors que faisons-nous ici ? À quoi rime tout cela ?

— C'est à toi de me le dire, car c'est toi le chef.

— Je ne suis pas un « Porteur de torche », prêtre ! Je ne suis qu'un homme. Je choisis mon propre destin.

— Mais bien sûr, je n'ai jamais dit le contraire. Mais tu es aussi un homme d'honneur. Quand on te jette une responsabilité sur les épaules, tu ne t'enfuis pas en courant ? Non – tu ne l'as jamais fait et tu ne le feras jamais. C'est ce qui fait que tu es tel que tu es. C'est pour cela que les hommes te suivent, alors qu'ils détestent ceux de ton sang. Ils ont confiance en toi.

— Je ne suis pas amoureux des causes perdues, prêtre. Vous avez peut-être envie de mourir, mais pas moi. Je ne suis pas un héros – je suis un soldat. Quand la bataille est perdue, je bats en retraite et je rejoins les autres ; quand la guerre est finie, je dépose les armes. Pas de dernière charge sabre au clair, pas de résistance futile et héroïque !

— Je comprends, répondit Abaddon.

— Alors sachez ceci : peu importe la difficulté de cette guerre, je me battrai pour gagner. Je suis prêt à tout. Rien ne pourrait être pire que Ceska.

— Là, tu me parles des Nadirs. C'est ma bénédiction que tu cherches ?

— Bon sang, je vous interdis de lire dans mon esprit !

— Je ne l'ai pas fait, j'ai juste interprété tes paroles. Tu connais la haine que vouent les Drenaïs aux Nadirs – tu ne ferais que remplacer un tyran sanguinaire par un autre.

— Peut-être. Mais je vais quand même essayer.

—Alors nous t'aiderons.

—Comme ça ? Sans rien me demander en échange, sans rien m'imposer, sans me donner de conseils ?

—Je t'ai déjà dit que ton plan avec les Nadirs comporte trop de risques. Mais je ne me répéterai pas. Tu es le chef – c'est ta décision.

—Je ne l'ai dit qu'à Arvan. Les autres ne comprendraient pas.

—Je n'en parlerai pas.

Tenaka le quitta et partit dans la nuit. Abaddon s'assit, dos à un arbre. Il était fatigué et son âme était lourde. Il se demanda alors si les Abbés avant lui avaient connu les mêmes doutes.

Est-ce que le poète Vintar portait un tel fardeau lorsqu'il est entré avec les Trente dans Delnoch ? Un jour prochain, il aurait la réponse.

Il sentit Decado approcher. Le guerrier était troublé mais sa colère se résorbait progressivement. Abaddon ferma les yeux et reposa sa tête contre l'écorce rugueuse de l'arbre.

—Pouvons-nous parler un moment ? demanda Decado.

—La voix peut parler à qui lui chante, répondit Abaddon sans ouvrir les yeux.

—Pouvons-nous parler comme au temps où j'étais votre élève ?

Abaddon s'assit confortablement et sourit avec gentillesse.

—Joins-toi à moi, mon élève.

—Je suis désolé pour ma colère et les mots durs à votre égard.

—Les mots ne sont que du bruit, mon fils. C'est moi qui t'ai soumis à rude épreuve.

—J'ai peur de ne pas être le chef que la Source voudrait.

Je désire m'effacer en faveur d'Acuas. Est-ce permis ?

— Attends encore un peu. Ne prends pas de décision trop rapide. Raconte-moi plutôt ce qui a motivé ta décision.

Decado s'allongea, appuyé sur les coudes, et regarda les étoiles. Sa voix était basse, presque un murmure.

— C'est lorsque j'ai défié le Templier et risqué vos vies. Ce n'était pas une noble tâche et j'en sors souillé. Pourtant, vous m'avez obéi. J'avais vos âmes entre mes mains. Et je m'en moquais royalement.

— Mais tu ne t'en moques plus, maintenant, Decado ?

— Non. Vraiment plus.

— J'en suis ravi, mon fils.

Un moment ils restèrent assis silencieusement et puis Decado parla :

— Dites-moi, Seigneur Abbé, comment se fait-il que le Templier soit mort si facilement ?

— Tu croyais être tué ?

— J'ai envisagé cette possibilité.

— L'homme que tu as tué était l'un des Six, qui sont les chefs des Templiers. Son nom était Padaxes. C'était un homme mauvais qui fut autrefois un prêtre de la Source, mais que la luxure a corrompu.

» C'est vrai qu'il avait des pouvoirs. Ils en ont tous. Comparés à des hommes ordinaires, ils sont invincibles. Mortels ! Mais toi, mon cher Decado, tu n'es pas un homme ordinaire. Toi aussi tu as des pouvoirs, bien qu'ils ne soient pas encore apparents. Quand tu te bats, tu les libères et ils font de toi un guerrier sans pareil. Si tu ajoutes le fait que tu ne te bats pas seulement pour toi, mais aussi pour d'autres, tu deviens invincible. Le mal n'est jamais vraiment fort, car il naît de la peur. Pourquoi Padaxes est-il mort si facilement ? Parce qu'il a éprouvé ta force et senti qu'il pouvait mourir. À ce moment-là, s'il avait été courageux, il t'aurait combattu.

Au lieu de ça, il s'est paralysé – et il en est mort.

» Mais il reviendra, mon fils. En force !

— Mais il est mort.

— Pas les Templiers. Ils sont six cents, sans compter leurs acolytes. La mort de Padaxes et de ses vingt suivants doit en ce moment résonner à travers tout leur Ordre. Ils doivent certainement se préparer à partir en chasse. Et puis ils nous ont vus.

» Toute la journée, j'ai senti la présence du mal. Alors que nous parlons, ils flottent au-dessus de l'écran qu'Acuas et Katan ont placé sur notre campement.

Decado frissonna.

— Pouvons-nous gagner contre eux ?

— Non, mais nous ne sommes pas ici pour gagner.

— Alors pourquoi sommes-nous ici ?

— Nous sommes ici pour mourir, répondit Abaddon.

Argonis était fatigué et il avait une sacrée gueule de bois. La fête avait été parfaite, et les filles… oh, les filles ! On pouvait faire confiance à Egon en matière de femmes. L'éclaireur était de retour, aussi Argonis fit-il reculer sa jument noire. Il leva la main pour arrêter la colonne.

L'éclaireur tira sur ses rênes et sa monture se cabra, ruant dans le vide. L'homme salua.

— Des cavaliers, monsieur – environ quarante ; ils se dirigent vers Skoda. Ils sont bien armés et ressemblent à des militaires. Je ne sais pas s'ils sont des nôtres.

— C'est ce que nous allons voir, répondit Argonis en faisant signe à la colonne d'avancer.

Il était tout à fait probable qu'il s'agisse d'un groupe d'éclaireurs venus de Delnoch, mais alors pourquoi se dirigeaient-ils vers le repaire des rebelles – avec seulement quarante hommes ? Argonis regarda derrière lui, histoire de se rassurer, et cela fut chose faite. Il avait avec lui plus d'une centaine de cavaliers de la Légion.

Un peu d'action serait la bienvenue, voilà qui lui éclaircirait les idées. Des militaires, avait dit l'éclaireur. Cela changerait des villageois abrutis, armés de haches et de houes.

En arrivant en haut d'une série de collines, Argonis contempla la plaine, au pied de la chaîne de Skoda. Argonis se protégea les yeux pour regarder les cavaliers en contrebas ; l'éclaireur se porta à sa hauteur.

— Sont-ils des nôtres, monsieur ? s'enquit l'éclaireur.

— Non. L'uniforme de Delnoch est rouge, bleu pour les officiers – jamais de blanc. Je pense que ce sont des pillards de Vagria.

À cet instant, la colonne en bas partit au galop pour se mettre à l'abri dans les montagnes.

— Au galop ! cria Argonis en dégainant son sabre.

Et une centaine de cavaliers en uniformes noirs se mirent à les poursuivre. Les sabots martelaient la terre durcie.

Avec l'avantage de la pente, et le fait qu'ils venaient couper la trajectoire des compagnons, ils gagnèrent vite sur eux.

L'adrénaline coulait dans les veines d'Argonis, penché sur le cou de son cheval. La brise du matin lui éventait le visage ; son sabre brillait sous les rayons du soleil.

— Pas de quartier ! hurla-t-il.

Il était maintenant suffisamment près pour voir chacun des cavaliers ; il remarqua rapidement que trois d'entre eux étaient des femmes. C'est alors qu'il vit l'homme noir qui chevauchait au côté de l'une d'entre elles – visiblement il l'encourageait ; elle n'était pas bien assise sur sa selle et semblait tenir quelque chose dans ses bras. Son compagnon se pencha et lui enleva le fardeau ; comme elle tenait maintenant les rênes des deux mains, sa monture prit de la vitesse. Argonis sourit – quel geste inutile, car les Légions seraient sur eux avant qu'ils atteignent les montagnes.

Soudain, les cavaliers blancs firent demi-tour. C'était un exemple spectaculaire de discipline, car leur geste avait été synchrone et avant qu'Argonis puisse réagir, ils étaient déjà en train de charger. Argonis fut saisi de panique. Il était là, à mener la charge, et trente fous lui fonçaient dessus à bride abattue. Il tira sur les rênes et, dans le doute, ses hommes l'imitèrent.

Les Trente les percutèrent de plein fouet comme une tempête de neige faite d'épées d'argent qui tranchaient et brillaient. Des chevaux se cabrèrent et les hommes tombèrent de selle en hurlant. De nouveau, les cavaliers blancs tournèrent bride et s'en allèrent au triple galop.

Argonis était furieux.

— Attrapez-les ! beugla-t-il.

Mais prudemment, il retint sa propre monture en voyant ses hommes partir comme des flèches. Les montagnes se rapprochaient et l'ennemi avait entamé la longue ascension qui menait dans la première vallée. Un cheval trébucha et tomba, projetant une femme blonde au sol ; trois cavaliers se ruèrent sur elle. Un grand homme vêtu de noir, le visage masqué, fit changer de direction à son cheval et vint les intercepter. Argonis regarda, fasciné, l'homme masqué se baisser pour éviter un coup d'épée et éventrer le premier cavalier, avant de se balancer sur sa selle pour bloquer un coup d'estoc du deuxième. Il éperonna son cheval et fonça droit dans le troisième ; homme et monture roulèrent au sol.

La femme était debout à présent, et elle courait. L'homme masqué para une attaque du deuxième cavalier et lui trancha la gorge d'un revers de taille. Elle était sauvée. Il rengaina son épée et galopa en direction de la femme, se penchant sur sa selle. Il passa son bras autour de sa taille et la souleva. Et ils disparurent dans les montagnes de Skoda.

Argonis alla au petit galop sur le lieu de la bataille. Trente et un membres de sa centurie étaient hors de combat ; dix-huit tués et six blessés mortellement.

Ses hommes revinrent, déçus et démoralisés. L'éclaireur, Lepus, s'approcha d'Argonis et mit pied à terre. Il salua brièvement et tint la bride du cheval d'Argonis pendant que l'officier descendait de selle.

— Par tous les diables, mais qui sont ces gens ? demanda Lepus.

— Je ne sais pas, mais ils nous ont fait passer pour des enfants.

— Est-ce ce que vous direz dans votre rapport, monsieur ?

— Ferme-la !

— À vos ordres, monsieur.

— Dans quelques jours nous aurons un millier de cavaliers de la Légion qui viendront nous rejoindre. Et nous les débusquerons – ils ne peuvent pas défendre toutes les montagnes. Je te promets que nous reverrons ces enfoirées de capes blanches.

— Je ne suis pas sûr d'y tenir, rétorqua Lepus.

Tenaka arrêta sa monture près d'un petit ruisseau qui s'écoulait au milieu d'un bosquet d'ormes, sur le versant ouest de la vallée. Il se retourna sur sa selle pour chercher Ananaïs ; il vit que le guerrier était sur son cheval, au trot, et que derrière lui Valtaya était assise en amazone. Ils avaient réussi à passer sans perdre personne, et ce grâce au talent exceptionnel des Trente.

Tenaka descendit et laissa son cheval brouter ; il défit la sangle de la selle et flatta le cou de l'animal. Renya vint se ranger à côté de lui et sauta de cheval. Elle avait le visage tout rouge, et ses yeux brillaient d'excitation.

— Et maintenant, sommes-nous en lieu sûr ? demanda-t-elle.

— Pour l'instant, répondit-il.

Ananaïs passa sa jambe par-dessus le pommeau de la selle et se laissa glisser à terre. Puis il se retourna vers Valtaya pour l'aider à descendre. Elle lui sourit et prit appui sur ses épaules.

— Est-ce que tu seras toujours là pour me sauver la vie ?

— Toujours, c'est bien long, ma dame, répondit-il en la tenant par la taille.

— Est-ce qu'on t'a déjà dit que tu avais des yeux magnifiques ?

— Pas ces derniers temps, lui dit-il en la relâchant.

Et il s'en alla.

Galand observa la scène et alla voir Valtaya.

— Si j'étais toi, je l'oublierais, ma fille, déclara-t-il. Il n'est pas à prendre.

— Mais toi oui, hein, Galand ?

— C'est vrai, fillette ! Mais prends ton temps avant de me dire oui. Je ne suis pas une bonne affaire.

Valtaya rit de bon cœur.

— Tu es meilleur que tu ne le crois.

— Oui, mais c'est quand même non, pas vrai ?

— Je ne pense pas que tu cherches une femme, je me trompe ?

— Ah ! si seulement on avait le temps, répondit sérieusement Galand. (Puis, il la prit par la main :) Tu es merveilleuse, Val, et je ne crois pas qu'un homme puisse trouver mieux que toi. J'aurais bien voulu te connaître sous des jours meilleurs.

— C'est nous qui faisons les époques. Il existe d'autres nations à travers le monde où des hommes comme Ceska sont laissés pour compte. Des nations paisibles.

— Je ne veux pas être un étranger, Val. Je veux vivre dans mon pays, au milieu de mes compatriotes. Je veux…

Les mots de Galand s'estompèrent et Valtaya put lire l'angoisse au fond de ses yeux. Elle lui posa la main sur le bras et il détourna le regard.

— Qu'y a-t-il, Galand ? Qu'allais-tu me dire ?

— Rien d'important, fillette. (Il reporta son regard sur elle, les yeux dégagés, masquant ses émotions.) Dis-moi, que vois-tu dans notre ami aux cicatrices ?

— Je ne sais pas. Ce n'est pas une question facile pour une femme. Viens, allons plutôt nous chercher à manger.

Decado, Acuas, Balan et Katan quittèrent le campement et chevauchèrent jusqu'à l'entrée de la vallée. Ils s'arrêtèrent pour regarder plus bas dans la plaine verdoyante la Légion s'occuper de ses blessés. Les morts avaient été enveloppés dans des couvertures et jetés en travers de leurs selles.

— Vous avez bien agi, dit Decado en ôtant son heaume et en l'accrochant au pommeau de sa selle.

— C'était pitoyable, rétorqua Katan.

Decado se retourna sur sa selle.

— Tu as choisi d'être un guerrier. Admets-le !

— Je le sais bien, Decado, répondit le prêtre aux yeux sombres. Je n'arrive pas à m'en délecter, c'est tout.

— Ce n'est pas ce que je t'ai dit. Tu as choisi de combattre le mal et tu viens de remporter une petite victoire. Sans toi et les autres, le bébé qui est là-bas serait mort à l'heure qu'il est.

— Je le sais. Je ne suis pas un enfant. Mais c'est dur à admettre.

Les quatre mirent pied à terre et s'assirent dans l'herbe

pour profiter du soleil. Decado retira sa cape blanche et la plia délicatement. Il ferma les yeux, conscient tout d'un coup d'une étrange sensation, comme une brise tiède dans sa tête.

Il essaya de se concentrer dessus et prit conscience de flux et de reflux au sein de son esprit, comme le lointain écho d'une vague sur les galets. Il s'allongea, vagabonda en paix, se déplaçant à l'intérieur de lui-même en direction de l'origine de la sensation. Il ne fut pas surpris lorsque la marée chuchotante fut remplacée par de faibles voix, dont celle d'Acuas, qu'il reconnut.

— *Je crois toujours qu'Abaddon a pu se tromper. Avez-vous senti comme Decado se réjouissait de la bataille, lorsque nous avons affronté les cavaliers ? Sa jouissance était telle qu'elle a failli me contaminer.*

— *Abaddon t'a dit de ne pas le juger.*

Ça, c'était Katan.

— *Mais il n'est plus l'Abbé.*

Balan venait de parler.

— *Il sera toujours l'Abbé des Épées. On lui doit le respect.*

De nouveau Katan.

— *Je ne me sens pas à l'aise*, déclara mentalement Acuas. *Où est donc son talent ? De toute la longue histoire des Trente, il n'y a jamais eu de chef qui ne sache ni Voyager, ni Parler.*

— *Je pense que nous devrions peut-être envisager toutes les alternatives*, pulsa Katan. *Si Abaddon s'est trompé dans son choix de la voix, alors cela signifie que le Chaos s'est emparé de la Source. Et de fait, cela nierait automatiquement tous les autres choix qu'a faits Abaddon ; nous serions alors Exclus du Destin.*

— *Pas nécessairement*, répondit Balan. *Nous ne sommes que des humains. Abaddon aurait très bien pu faire une petite erreur. Il a toujours été guidé par la Source, mais l'inter-*

prétation est une chose ardue. La mort d'Estin et l'arrivée de Decado n'étaient, si cela se trouve, qu'une simple coïncidence ou alors une machination diabolique.

— *Ou une inspiration de la Source?* pulsa Acuas.

— *Oui, tout à fait.*

Decado ouvrit les yeux et s'assit.

— Qu'est-ce qu'ils préparent ? demanda-t-il à voix haute en montrant la Légion du doigt.

— Ils attendent l'arrivée du gros de leur troupe, répondit Acuas. Le chef qui est là, un homme nommé Argonis, dit à ses hommes qu'il va nous débusquer et nous tuer, ainsi que tous les rebelles de Skoda. Il essaie de les motiver.

— Mais il n'y arrive pas, intervint Balan.

— Parlez-nous du Dragon, Decado, demanda Katan – ce qui fit sourire Decado.

— C'était il y a bien longtemps, dit-il. Dans une autre vie, il me semble.

— Vous aimiez cette vie ? s'enquit Acuas.

— Oui et non. Plutôt non que oui, si je me souviens bien. Le Dragon était étrange. D'une certaine manière, nous avions créé un lien similaire au vôtre sauf que bien sûr, nous ne pouvions ni Voyager, ni Parler, comme vous le faites. Mais nous étions une famille. Des frères. Et nous unissions la nation.

— Vous avez dû avoir beaucoup de peine quand Ceska a détruit vos amis, déclara Balan.

— Oui. Mais j'étais un prêtre et ma vie avait beaucoup changé. J'avais mon jardin, mes plantes. Le monde était devenu petit, comme on dit.

— J'ai toujours été étonné de voir le nombre de légumes différents que vous faisiez pousser dans une seule section, commenta Balan.

Decado gloussa.

— J'ai fait pousser des tomates dans des patates, dit-il.

J'ai mis des graines dans une patate et alors que les tomates poussent vers le haut, les patates, elles, poussent vers le bas. Le résultat m'a beaucoup plu.

— Votre jardin vous manque ? demanda Acuas.

— Non, pas du tout. Et c'est ça qui me rend triste.

— La vie de prêtre vous plaisait-elle ? s'enquit Katan.

Decado regarda le fin jeune homme au doux visage.

— Est-ce que tu aimes la vie de guerrier ? contra-t-il.

— Non. Pas le moins du monde.

— D'une certaine manière j'aimais ma vie. Cela m'a fait du bien de me cacher un moment.

— De quoi vous cachiez-vous ? demanda Balan.

— Je pense que tu le sais. Je distribue la mort, mes amis – je l'ai toujours fait. Certains hommes savent peindre, d'autres créer la beauté à partir de la pierre ou avec des mots. Moi je tue. Mais l'orgueil et la honte ne font pas bon ménage et ce genre de mésentente me décourage. Au moment où je tue, je connais la béatitude, mais après…

— Oui, qu'y a-t-il après ?

— Il n'y a pas une personne en vie qui soit de taille face à moi, avec des épées. Par conséquent, tous mes ennemis se sont vite retrouvés sans défense. Je n'étais plus un guerrier, mais un assassin. La joie diminua et les doutes grossirent. Quand le Dragon a été dissous, j'ai arpenté le monde à la recherche d'adversaires potentiels, mais je n'en ai pas trouvé. C'est alors que j'ai compris qu'il n'y avait qu'un homme qui pouvait rivaliser avec moi, et je me suis mis en tête de l'affronter. Alors que j'étais en route pour chez lui, en Ventria, j'ai été pris dans une tempête de sable durant trois jours. Cela m'a donné le temps de réfléchir. Voyez-vous, cet homme était mon ami et pourtant, s'il n'y avait pas eu la tempête, je l'aurais tué. C'est là que j'ai décidé de rentrer chez moi, en Drenaï, et de changer de vie.

— Et qu'est devenu votre ami ? demanda Katan.

Decado sourit.

— Il est devenu Porteur de torche.

Chapitre 9

La chambre du conseil avait connu des jours meilleurs ; des vers à bois avaient laissé des cicatrices sur toutes les boiseries en orme, et la mosaïque peinte représentant Druss la Légende et sa fameuse barbe blanche avait pelé sur toute sa surface, laissant le gris de la moisissure gagner du terrain sur le plâtre.

Une trentaine d'hommes et une dizaine de femmes et d'enfants étaient assis sur des bancs en bois. Ils écoutaient ce qu'avait à dire la femme assise dans la chaise sénatoriale. Elle avait une bonne carrure, des os épais et des épaules larges. Ses cheveux noirs ressemblaient à la crinière d'un lion, et ses yeux verts brillaient de colère.

— Mais écoutez-vous donc parler ! rugit-elle en se levant (elle défroissa les plis de sa jupe verte.) Parler, parler, parler ! Pour en arriver où ? Demander pitié à Ceska ? Mais par tous les diables, qu'est-ce que cela veut dire ? Se rendre. C'est ça ! Toi, Petar – debout !

Un homme se leva en traînant des pieds, tête baissée. Il était rouge de honte.

— Lève le bras ! gronda la femme, et il s'exécuta.

Il lui manquait la main et on voyait toujours sur le moignon le goudron qui avait servi à cautériser la plaie.

— Voilà la pitié de Ceska ! Par les dieux, vous avez suffisamment applaudi quand mes montagnards ont chassé les soldats de vos terres. À ce moment-là, vous ne pouviez nous remercier assez, pas vrai ? Mais maintenant qu'ils reviennent, vous couinez et ne pensez qu'à vous cacher. Eh bien, il n'y a pas d'endroit où se cacher. Les Vagrians ne nous laisseront pas traverser leur frontière, et vous pouvez être sûrs que Ceska ne vous oubliera pas et ne vous pardonnera pas non plus.

Un homme entre deux âges se leva à côté du malheureux Petar.

—Cela ne sert à rien de crier, Rayvan. Nous n'avons pas d'autre choix. Nous ne pouvons pas les battre. On va tous mourir.

—Tout le monde meurt, Vorak, répondit rageusement la femme. Tu ne le savais pas ? J'ai six cents hommes qui disent pouvoir battre la Légion. Et il y en a cinq cents de plus qui attendent que nous ayons trouvé d'autres armes pour nous rejoindre.

—Et alors ? Imagine que nous repoussions la Légion, fit Vorak, qu'est-ce qui se passera quand Ceska nous enverra ses Unis ? À quoi vont te servir tes combattants ?

—Nous verrons à ce moment-là, promit-elle.

—Nous ne verrons rien du tout. Repars d'où tu viens et laisse-nous faire la paix avec Ceska. On ne veut pas de toi ici ! cria Vorak.

—Voilà que tu parles pour tout le monde maintenant, hein, Vorak ?

Rayvan descendit de l'estrade et marcha d'un pas décidé vers l'homme. Elle le toisa de toute sa hauteur et il déglutit avec peine. Puis elle l'attrapa par le col et le projeta contre le mur.

—Lève les yeux et dis-moi ce que tu vois, lui ordonna-t-elle.

—C'est un mur, Rayvan, avec un portrait. Maintenant, lâche-moi !

— Ce n'est pas un simple portrait, espèce de bouse ! C'est Druss ! L'homme qui a tenu bon face aux hordes d'Ulric. Et il ne les a pas comptées. Tu me dégoûtes !

Elle le laissa et retourna sur l'estrade pour s'adresser à l'assemblée.

— Je pourrais écouter Vorak. Prendre mes six cents hommes et m'en retourner dans les montagnes. Mais je sais ce qui se passerait : vous seriez tous tués. Vous n'avez pas d'autre choix que de vous battre.

— Nous avons des familles, Rayvan, protesta un autre homme.

— Oui, et elles mourront aussi.

— C'est ce que tu dis, répliqua l'homme, mais si nous résistons à la Légion, nous mourrons aussi sec.

— Eh bien, faites ce que vous voulez, alors, rétorqua-t-elle sèchement. Mais que je ne vous voie plus – tous autant que vous êtes ! Dans le temps, il y avait des hommes dans ce pays, des vrais. Hors de ma vue !

Petar se retourna vers la porte et fut le dernier à sortir.

— Ne nous juge pas trop durement, Rayvan, lui lança-t-il.

— Dehors ! gronda-t-elle.

Elle alla jusqu'à la fenêtre et contempla la cité, toute blanche sous le soleil. Belle, mais indéfendable. Il n'y avait pas de muraille. Alors Rayvan lâcha un torrent de jurons bien salés. Ça allait mieux… un peu mieux.

Sous la fenêtre, les rues et les places, pourtant venteuses, étaient bondées de gens. Bien qu'elle ne les entende pas, Renya devinait leur sujet de conversation.

Se rendre. L'espoir de rester en vie. Et derrière toutes leurs paroles, le véritable moteur : la peur.

Mais qu'est-ce qui leur prenait tout d'un coup ? La période de terreur imposée par Ceska avait-elle sapé leur force ? Elle fit volte-face et regarda la mosaïque érodée.

Druss, la Légende, accroupi, puissant, la hache à la main avec, dans le fond, les montagnes de Skoda qui semblaient être l'écho des qualités de cet homme – le sommet blanchi mais indestructible.

Rayvan regarda ses mains : petites, potelées et toujours noircies par le travail à la ferme. Des années de labeur, d'un travail harassant, qui lui avaient volé sa beauté. Elle était contente qu'il n'y ait pas de miroir. Dans le temps, elle avait été élue « Princesse des Montagnes », taille fine et bien équipée là où il fallait. Mais les années – de bonnes années – ne lui avaient pas fait de bien. Ses cheveux noirs étaient maintenant parsemés d'argent et son visage était aussi dur que le granit de Skoda. Aujourd'hui, peu d'hommes la regardaient avec désir, et ce n'était pas plus mal. Après vingt ans de mariage et neuf enfants, elle avait perdu toute envie pour la bête à deux dos.

Elle retourna à la fenêtre et regarda la chaîne de montagnes par-delà la ville. Quand l'ennemi allait-il arriver ? Et comment l'accueillerait-elle ? Ses hommes avaient le moral. Ils venaient de vaincre plusieurs centaines de soldats et n'avaient perdu que quarante hommes dans le processus. Et ce n'était pas rien – mais ces soldats-là avaient été pris par surprise et leur troupe avait visiblement manqué de cran. Cette fois-ci ce serait différent.

Rayvan réfléchit longtemps à la bataille à venir.

Différent ?

Ils vont nous réduire en miettes. Elle jura en se remémorant le jour où des soldats avaient envahi leur terre et massacré son mari et deux de ses fils. La foule était restée sans rien dire, comme subjuguée, jusqu'à ce que Rayvan, armée d'un hachoir, se précipite sur l'officier pour le lui planter dans le corps.

Et puis le chaos.

Mais aujourd'hui… aujourd'hui elle allait devoir payer pour cette danse.

Elle traversa le hall pour s'arrêter devant la mosaïque, les mains sur les hanches.

—Je me suis toujours vantée d'être ta descendante, Druss, déclara-t-elle. Ce n'est pas vrai – à ce que je sais. Mais j'aurais bien aimé. Mon père me parlait beaucoup de toi. Il avait été soldat à Dros Delnoch et avait passé des mois à étudier les chroniques du Comte de Bronze. Il en savait plus sur toi que n'importe qui au monde. J'aimerais que tu sois avec nous… que tu descendes de ce mur ! Les Unis ne pourraient pas t'arrêter, pas vrai ? Tu marcherais sur Drenan pour arracher la couronne de la tête de Ceska. Moi, je ne peux pas le faire, Druss. Je ne connais rien à la guerre. Et, sacré bon sang, je n'ai pas le temps d'apprendre.

La porte du fond s'ouvrit en grinçant.

—Rayvan ?

Elle se retourna et vit son fils, Lucas, l'arc à la main.

—Qu'y a-t-il ?

—Des cavaliers – une cinquantaine, ils se dirigent vers la cité.

—Tonnerre ! Comment ont-ils pu passer à côté de nos éclaireurs ?

—Je ne sais pas. Lake est en train de réunir tous les hommes qu'il peut trouver.

—Pourquoi cinquante ?

—Apparemment ils ne nous estiment pas plus que ça, fit Lucas en souriant.

C'était un beau garçon, les cheveux noirs et les yeux gris ; avec Lake, ils étaient les meilleurs de sa couvée, elle en avait conscience.

—Eh bien, ils nous estimeront mieux lorsque nous les aurons affrontés, dit-elle. Allons-y.

Ils quittèrent la salle et longèrent le couloir en marbre pour finalement descendre les escaliers qui menaient dans la rue. Déjà, la nouvelle s'était répandue et Vorak les attendait, en compagnie d'une soixantaine de commerçants.

— Cette fois, c'est fini, Rayvan ! cria-t-il en la voyant sortir. Ta petite guerre est finie.

— Qu'est-ce que cela veut dire ? demanda-t-elle, essayant de ne pas s'énerver.

— Tu es à l'origine de tout ça – c'est ta faute. Alors nous allons te livrer à eux.

— Laisse-moi le tuer, murmura Lucas en prenant une flèche.

— Non ! siffla Rayvan, car elle avait eu le temps de regarder aux fenêtres de tous les bâtiments en face – à chacune d'elles il y avait un archer, l'arc bandé. Retourne dans la salle et sauve-toi par l'allée des Boulangers. Retrouve Lake et débrouillez-vous pour passer en Vagria. Un jour, si tu peux, venge-moi.

— Je ne vais pas te laisser, mère.

— Tu vas faire ce que je te dis !

Il jura, puis recula sous le porche. Rayvan finit de descendre lentement les marches, le visage impassible, ses yeux verts fixés sur Vorak. Il recula.

— Attachez-la ! cria-t-il, et plusieurs hommes se précipitèrent pour tenir les bras de Rayvan dans son dos.

— Je reviendrai, Vorak. Je reviendrai même de la tombe, promit-elle.

Il la gifla au visage du plat de la main. Elle n'émit pas un son, mais du sang perla à la commissure de ses lèvres. Ils la traînèrent à travers la foule jusqu'à la sortie de la ville. Les cavaliers arrivaient par la plaine. Leur chef était grand et son visage cruel. Il descendit de cheval et Vorak courut à sa rencontre.

— Nous avons arrêté la traîtresse, monsieur. C'est elle qui dirigeait la rébellion, si on peut appeler ça comme ça. Nous autres, nous sommes tous innocents.

L'homme acquiesça et s'approcha de Rayvan. Elle le regarda dans les yeux. Ils étaient violets et bridés.

— Eh bien, dit-elle doucement, même les Nadirs chevauchent avec Ceska, on dirait ?

— Quel est ton nom, femme ? dit-il.

— Rayvan. Souviens-t'en bien, barbare, car mes fils te le graveront sur le cœur.

Il se retourna vers Vorak.

— Que suggères-tu que nous fassions d'elle ?

— Tuez-la ! Faites un exemple. Mort aux traîtres !

— Mais toi, tu es loyal ?

— Je le suis. Je l'ai toujours été. C'est moi qui ai le premier dénoncé les rebelles dans Skoda. Vous devriez avoir entendu parler de moi – je suis Vorak.

— Et ces hommes avec toi, ils sont loyaux également ?

— Il n'y en a pas de plus loyaux. Tout le monde a prêté allégeance à Ceska.

L'homme acquiesça et se tourna vers Rayvan.

— Comment t'es-tu fait capturer, femme ?

— Nous faisons tous des erreurs.

L'homme leva la main et trente cavaliers à la cape blanche se déplacèrent pour encercler la foule.

— Que faites-vous ? demanda Vorak.

L'homme dégaina son épée et tâta le fil avec son pouce. Il pivota, la lame jaillit et la tête de Vorak se décrocha de son cou, les yeux grands ouverts d'horreur.

La tête rebondit aux pieds de l'homme et le corps de Vorak s'affaissa dans l'herbe. Le sang giclait à gros bouillon. La foule se mit à genoux, demandant grâce.

— Silence ! gronda un géant masqué à cheval sur un hongre.

Les plaintes s'arrêtèrent, mais çà et là on pouvait entendre des sanglots.

— Je n'ai pas envie de vous tuer tous, déclara Tenaka Khan. On va donc vous emmener dans la vallée où vous serez libres d'aller rejoindre la Légion. Je vous souhaite bonne chance – je pense que vous en aurez besoin. À présent, levez-vous et déguerpissez.

La petite foule se mit en marche vers l'est, encadrée par les Trente. Tenaka détacha les bras de Rayvan.

— Qui êtes-vous ? s'enquit-elle.

— Tenaka Khan, de la lignée du Comte de Bronze, répondit-il en s'inclinant.

— Je suis Rayvan – de la lignée de Druss la Légende, lui dit-elle, en mettant les mains sur ses hanches.

Scaler se baladait seul dans les jardins de Gathere, derrière la salle du conseil de ville. Il était resté assis pour écouter Tenaka et Rayvan parler de la bataille à venir, mais n'avait rien trouvé d'intéressant à ajouter à leurs propos. Alors il s'était éclipsé en silence, le cœur lourd. Il avait été stupide de se joindre à eux. Que pouvait-il leur apporter ? Il n'était pas un guerrier.

Il s'assit sur un banc en pierre et regarda un bassin dans lequel des poissons rouges se faufilaient entre les nénuphars. Scaler avait été un enfant solitaire. Ce n'était pas simple de vivre avec l'irascible Orrin, sachant que ce dernier misait tous ses espoirs sur les épaules de Scaler, espérant qu'il devienne un bon successeur. La famille avait le sort contre elle, et Scaler était le dernier de sa lignée – si on ne comptait pas Tenaka Khan. Et personne ne le comptait.

Mais Arvan – comme s'appelait alors Scaler – s'était entiché du jeune Nadir et il recherchait sa compagnie autant que possible ; il aimait entendre raconter des histoires sur les steppes. Son admiration s'était transformée en vénération, la nuit où l'assassin avait escaladé le mur jusqu'à sa chambre.

L'homme, habillé de noir et encapuchonné, était venu jusqu'à son lit et lui avait posé une main gantée sur la bouche. Arvan, un jeune enfant effrayé de six ans, s'était évanoui sous le coup. Ce fut la brise froide sur ses joues qui le réveilla. Quand il ouvrit les yeux, il constata qu'il était en haut des remparts, suspendu dans le vide à des dizaines de mètres au-dessus des pavés. Il se débattit dans la poigne de l'assassin et sentit que celui-ci relâchait sa prise.

— Si tu tiens à la vie, ne fais pas ça ! dit une voix.

L'assassin jura doucement et resserra son étreinte.

— Et si je le laisse vivre ? demanda-t-il, la voix étouffée.

— Alors tu vivras aussi, promit Tenaka Khan.

— Tu n'es qu'un enfant. Je pourrais te tuer également.

— Alors continue ta mission, répondit Tenaka. Et tente ta chance.

Pendant quelques secondes, l'assassin hésita. Puis, lentement, il ramena Arvan au-dessus des remparts et le déposa sur les marches en pierre. L'homme recula dans l'ombre et disparut. Arvan courut jusqu'à Tenaka qui rengaina son épée et le serra dans ses bras.

— Il allait me tuer, Tani.

— Je sais. Mais maintenant il est parti.

— Pourquoi est-ce qu'il voulait me tuer ?

Tenaka ne connaissait pas la réponse. Pas plus qu'Orrin. Mais par la suite, un garde fut placé devant la porte d'Arvan, et sa vie continua avec la peur comme seule compagne…

— Bonjour.

Scaler leva les yeux et vit qu'il y avait unc jeune femme habillée d'une robe de laine blanche à côté du bassin. Ses cheveux noirs ondulaient et des éclats dorés se reflétaient dans ses yeux verts. Scaler se leva et s'inclina.

— Pourquoi avez-vous l'air si triste ? demanda-t-elle.

Il haussa les épaules.

— Je préfère le terme mélancolique. Qui êtes-vous ?

— Ravenna, la fille de Rayvan. Pourquoi n'êtes-vous pas à l'intérieur avec tout le monde ?

Il sourit.

— Je ne connais rien à la guerre, aux campagnes ou aux batailles.

— Alors qu'est-ce que vous connaissez ?

— Les arts, la littérature, la poésie et toutes ces belles choses.

— Vous ne vivez pas à la bonne époque, mon ami.

— Scaler. Appelez-moi Scaler.

— Drôle de nom, Scaler. Vous escaladez des choses ?

— Des murs… la plupart du temps. (Il désigna le banc.) Voulez-vous vous joindre à moi ? osa-t-il.

— Un petit moment seulement. J'ai diverses tâches à accomplir.

— Oh, je suis sûr qu'elles peuvent attendre. Dites-moi, comment une femme en vient à diriger une rébellion ?

— Pour comprendre cela, il faut déjà connaître ma mère. Vous savez, c'est une descendante de Druss la Légende, et rien ne l'arrête. Une fois, elle a repoussé un lion des montagnes à l'aide d'un bâton.

— Une femme remarquable, apprécia Scaler.

— Elle l'est. Elle non plus ne connaît rien aux guerres, campagnes ou batailles. Mais elle apprendra. Et vous devriez apprendre aussi.

— Je préférerais en apprendre plus sur vous, Ravenna, dit-il en sortant son sourire du dimanche.

— Je vois qu'il y a des campagnes que vous connaissez, dit-elle en se levant de son siège. J'ai été ravie de faire votre connaissance.

—Attendez ! On ne pourrait pas se revoir ? Ce soir, par exemple ?

—Peut-être. Si vous portez bien votre nom…

Cette nuit-là, alors que Rayvan était couchée dans son grand lit à regarder les étoiles, elle se sentit plus en paix qu'elle ne l'avait été durant ces derniers mois mouvementés. Elle n'avait pas eu conscience que diriger pouvait être aussi agaçant. D'ailleurs, elle n'avait jamais pensé devenir un jour un chef. Tout ce qu'elle avait fait, c'était tuer l'homme qui venait de tuer son mari – et ensuite, elle avait eu l'impression de glisser le long d'une pente verglacée.

En quelques semaines de campagne, les maigres effectifs de Rayvan avaient pris le contrôle d'une grande partie de Skoda. C'étaient des jours de liesse, de franche camaraderie, où la foule les acclamait. Puis le bruit avait couru jusque dans les montagnes qu'on rassemblait une armée, et l'humeur avait changé. Rayvan s'était sentie assiégée dans la ville, avant même que cette armée n'arrive.

Et aujourd'hui, elle avait le cœur léger.

Tenaka Khan n'était pas un homme ordinaire. Elle sourit et ferma les yeux, se concentrant sur son image dans son esprit. Il se déplaçait comme un danseur, en contrôlant tous ses mouvements, et la confiance lui servait de manteau. Un guerrier né !

Ananaïs était plus énigmatique mais, par les dieux, on aurait dit un aigle. C'était le genre d'homme à surplomber les montagnes. Il avait offert d'entraîner les jeunes recrues et Lake l'avait emmené à l'endroit où elles campaient, dans les collines. Les deux frères, Galand et Parsal, avaient fait le chemin avec eux – des hommes solides, qui ne cédaient rien.

En revanche, elle n'était pas sûre du Noir. Il ressemblait à une de ces saletés d'Unis, pensa-t-elle. Mais malgré tout, c'était un beau diable. Et il n'y avait pas de doute, il savait se tenir.

Rayvan se retourna et donna un coup de poing dans son oreiller pour le rendre plus confortable.

Envoie donc ta Légion, Ceska. Nous allons lui limer les dents.

Au bout du couloir, dans une chambre orientée à l'est, Tenaka et Renya étaient allongés l'un à côté de l'autre, séparés seulement par un silence gênant.

Tenaka roula sur son coude et la regarda dans les yeux, mais Renya ne lui rendit pas son regard.

—Qu'est-ce qu'il y a ? demanda-t-il.

—Rien.

—C'est un gros mensonge. Je t'en prie, Renya, dis-moi ce qui ne va pas.

—Tu as tué un homme.

—Tu le connaissais ?

—Non. Mais il n'était pas armé – c'était inutile.

—Je vois, dit-il en balançant ses jambes en dehors du lit.

Il marcha jusqu'à la fenêtre, et elle regarda sa silhouette nue se découper sous la lune.

—Pourquoi as-tu fait ça ?

—C'était nécessaire.

—Explique-moi.

—Il dirigeait la foule et d'évidence travaillait pour Ceska. En le tuant sans crier gare, j'ai mis tout le monde au pas. Tu l'as bien vu – ils étaient tous armés, la plupart avec des arcs. Ils auraient pu se retourner contre nous, mais cette mort les a cloués sur place.

—Moi aussi – c'était une boucherie !

Il se retourna pour la regarder.

— Ce n'est pas un jeu, Renya. Beaucoup d'hommes vont mourir, avant même que cette semaine ne se termine.

— Ce n'est pas pour autant que c'était juste.

— Juste ? Ce n'est pas un poème, femme ! Je ne suis pas un héros en armure d'or qui vient rendre la justice. J'ai pensé que sa mort nous permettrait d'éradiquer une tumeur dans la ville sans risquer la vie de l'un d'entre nous. Et puis, de toute façon, il méritait de mourir.

— Ça ne te fait ni chaud ni froid, pas vrai ? Prendre une vie ? Tu te moques de savoir s'il avait une famille, des enfants, une mère.

— Tu as raison : je m'en moque. Il n'y a que deux personnes au monde que j'aime – tu es l'une d'entre elles, et Ananaïs est l'autre. Cet homme avait fait un choix. Il a choisi son camp, et il en est mort. Je ne regrette donc pas mon geste, et il fort probable que je l'aurai oublié d'ici quelques mois.

— Tu n'as pas honte de dire ça ?

— Tu préférerais que je te mente ?

— Non. Je pensais que tu étais… différent.

— Ne me juge pas. Je ne suis qu'un homme qui essaie de faire de son mieux. Et je ne sais pas faire autrement.

— Reviens te coucher.

— La dispute est terminée ?

— Si tu veux, mentit-elle.

Dans la chambre au-dessus d'eux, Païen sourit et abandonna la fenêtre.

Les femmes étaient décidément d'étranges créatures. Elles tombaient amoureuses d'un homme et s'empressaient aussitôt de le changer. La plupart du temps, elles y arrivaient – pour passer le reste de leur vie à se demander comment elles avaient bien pu épouser quelqu'un d'aussi ennuyeusement conformiste.

C'est dans l'ordre des choses, se persuada Païen. Il pensa à ses propres femmes, faisant défiler leurs visages devant son troisième œil, mais il n'arrivait pas à en visualiser plus de trente.

Tu deviens vieux, se dit-il. Il s'était souvent demandé comment il avait pu laisser leur nombre grandir à ce point. Il y avait plus de monde dans son palais que dans son bazar. Ego, quand tu nous tiens ! Il ne pouvait pas y échapper. Pas plus qu'à ses quarante-deux enfants d'ailleurs. Il frissonna. Et il gloussa.

Un léger bruit de froissement le fit sortir de ses pensés et il retourna à la fenêtre pour scruter l'obscurité.

À cinq mètres sur sa droite, un homme était en train d'escalader le mur – c'était Scaler.

—Qu'est-ce que tu fais ? lui demanda Païen à voix basse.

—Je plante du maïs, siffla Scaler. D'après toi, qu'est-ce que je fais ?

Païen leva les yeux vers la fenêtre sombre au-dessus.

—Pourquoi n'as-tu pas pris les escaliers ?

—On m'a demandé de passer par là. C'est pour un rendez-vous galant.

—Oh, je vois. Bien, bonne nuit !

—À toi aussi.

Païen baissa la tête et se retira de la fenêtre. C'est curieux comme les hommes sont capables de faire des efforts pour se mettre dans le pétrin.

—Qu'est-ce qui se passe ? demanda la voix de Tenaka Khan.

—Moins fort ! lâcha Scaler.

Païen retourna à la fenêtre et se pencha pour voir Tenaka qui regardait vers le haut.

— Il a un rendez-vous galant… ou quelque chose dans le genre, annonça Païen.

— S'il tombe, il va se briser le cou.

— Il ne tombe jamais, déclara Belder d'une fenêtre sur la gauche. Il est doué naturellement pour ne pas tomber.

— Est-ce que quelqu'un peut m'expliquer pourquoi il y a un homme en train d'escalader le mur ? cria Rayvan.

— Il a un rendez-vous galant ! hurla Païen.

— Pourquoi est-ce qu'il ne passe pas par les escaliers ? répondit-elle.

— On a déjà posé cette question. En fait, on lui a demandé de venir par ce chemin !

— Oh. Alors, c'est qu'il a rendez-vous avec Ravenna, dit-elle.

Scaler s'accrochait fermement au mur, en pleine discussion intérieure avec les Éternels Séniles.

Pendant ce temps, dans la chambre sombre au-dessus, Ravenna mordait l'oreiller pour ne pas rire.

Mais elle n'y parvint pas.

Pendant deux jours, Ananaïs circula parmi les combattants de Skoda afin de les organiser en groupes de combat, par vingt, mais aussi pour les entraîner. Il y avait cinq cent quatre-vingt-deux hommes, la plupart étaient des durs, en bonne forme physique. Des gaillards habitués à la montagne. Mais ils ne connaissaient pas la discipline et encore moins le combat organisé. Avec du temps, Ananaïs aurait pu en faire une force aussi redoutable que tout ce que Ceska pouvait envoyer face à eux. Mais il n'avait pas le temps.

Le premier matin avec Lake et ses yeux gris, il avait rassemblé les hommes et inspecté leurs armes. Il y avait moins d'une centaine d'épées en tout.

— Ce n'est pas l'arme d'un fermier, expliqua Lake. Mais nous avons beaucoup de haches et d'arcs.

Ananaïs acquiesça et continua son chemin. La sueur dégoulinait sous son masque et brûlait les cicatrices qui ne voulaient pas se refermer ; cela ne fit que l'irriter davantage.

— Trouve-moi vingt hommes qui peuvent jouer le rôle de chefs, dit-il.

Puis il retourna rapidement dans la petite ferme qui lui servait de chambrée. Galand et Parsal lui emboîtèrent le pas.

— Quel est le problème ? demanda Galand alors que les trois hommes s'asseyaient au frais dans la pièce centrale.

— Le problème ? Il y a près de six cents hommes là dehors qui seront morts dans quelques jours. Voilà le problème.

— Dites donc, vous ne seriez pas un peu défaitiste ? répondit Parsal d'un ton neutre.

— Pas encore. Mais ça ne va pas tarder, admit Ananaïs. Ils sont costauds et ils en veulent. Mais on n'envoie pas une clique face à la Légion. On n'a même pas de clairon. Et même si on en avait un, il n'y a pas une personne parmi eux capable de comprendre les sonneries.

— Eh bien il va falloir les harceler – on les attaque et on prend la fuite, proposa Galand.

— Tu n'as jamais été officier, pas vrai ? fit Ananaïs.

— Non. Je n'étais pas originaire de la bonne caste, répliqua hargneusement Galand.

— Je me moque de la raison, tout ce qui m'importe c'est que tu n'as pas été éduqué pour commander. Nous ne pouvons pas lancer plusieurs attaques éclairs, parce que cela diviserait nos forces. Alors, la Légion nous attaquerait petit à petit, et nous n'aurions aucune chance de savoir ce qui est arrivé au reste de l'armée. Pareillement, cela permettrait à la Légion d'entrer en Skoda et de commencer une razzia sur les villes et les villages.

— Alors qu'est-ce que vous proposez ? demanda Parsal.

Il prit une cruche en pierre et versa de l'eau dans des gobelets en argile qu'il tendit aux deux autres.

Ananaïs se détourna et souleva son masque, buvant l'eau fraîche à grand bruit. Puis il revint à eux.

— Pour dire la vérité, je n'en sais encore rien. Si nous restons ensemble, ils vont nous tailler en pièces en une seule journée. Si nous nous séparons, ce sont les villageois qu'ils vont tailler en pièces. Les choix ne sont pas très séduisants. J'ai demandé à Lake de me fournir des cartes approximatives de la région. Et nous avons deux jours devant nous pour entraîner les hommes, de façon qu'ils sachent répondre aux ordres rudimentaires – nous nous servirons de cors de chasse. Galand, je veux que tu sélectionnes les deux cents meilleurs d'entre eux – je veux des hommes qui tiendront face à des cavaliers. Parsal, occupe-toi des archers. Là aussi, je veux que les meilleurs soient réunis en une même unité. Il me faudra aussi savoir qui sont les meilleurs coureurs. Et envoyez-moi Lake.

Une fois qu'ils furent tous les deux partis, Ananaïs retira son masque de cuir noir. Puis il remplit un bol d'eau et tamponna légèrement ses vilaines cicatrices rouges. La porte s'ouvrit et il se retourna d'un coup, n'offrant ainsi que son dos au nouveau venu. Il remit son masque en place et offrit à Lake de s'asseoir. L'aîné de Rayvan était un beau garçon, fort et racé ; ses yeux avaient la couleur du ciel d'hiver et il se déplaçait avec une grâce animale. Il avait en lui cette confiance des gens qui connaissent leurs limites mais ne les ont pas encore atteintes.

— Vous n'êtes pas très impressionné par notre armée, dit-il.

— Non, mais je suis impressionné par leur courage.

— Ce sont des montagnards, répondit Lake en s'enfonçant dans sa chaise afin de poser les pieds sur la table. Mais vous n'avez pas répondu à ma question.

— Ce n'était pas une question, répliqua Ananaïs. Tu connaissais la réponse. Je ne suis pas impressionné ; mais ce n'est pas une armée.

— Est-ce que nous pourrons repousser la Légion ?

Ananaïs réfléchit à la question. Il y avait beaucoup d'hommes auxquels il aurait menti, mais pas à celui-ci. Il était trop fin.

— Ça m'étonnerait.

— Mais vous allez quand même rester ?

— Oui.

— Pourquoi ?

— C'est une bonne question, mais je ne peux pas y répondre.

— Elle est pourtant simple.

— Et toi, est-ce que tu vas rester ? le contra Ananaïs.

— C'est mon pays et c'est mon peuple. C'est ma famille qui les a conduits à cette situation.

— Ta mère, tu veux dire ?

— Si vous voulez.

— C'est une sacrée femme.

— Oui, vous pouvez le dire. Mais je veux toujours savoir pourquoi vous allez rester.

— Parce que c'est mon métier, mon garçon. Je suis un guerrier. Je suis un Dragon. Est-ce que tu peux comprendre ça ?

Lake fit signe que oui.

— Donc la guerre entre le bien et le mal ne vous concerne pas ?

— Bien sûr que si, mais pas plus que ça. La majorité des guerres sont faites pour des raisons d'argent, mais ici nous avons de la chance – nous nous battons pour notre vie et les gens que nous aimons.

— Pour notre terre aussi, ajouta Lake.

— Quelle idiotie ! rétorqua hargneusement Ananaïs. Aucun homme ne se bat pour de l'herbe et de la poussière. Non, pour des montagnes non plus. Ces montagnes étaient là avant la Chute et elles seront là après que le monde aura basculé de nouveau.

— Je ne vois pas les choses ainsi.

— Évidemment que non – tu es jeune, et tu brûles de combattre. Moi... j'ai plus d'années que la mer. Je suis allé de l'autre côté de la montagne pour regarder dans l'œil du Serpent. J'ai tout vu, jeune Lake. Et je ne suis pas trop impressionné.

— Bon ! Je vois qu'au moins, nous nous comprenons, fit Lake en souriant. Qu'est-ce que vous voulez que je fasse ?

— Je veux que des hommes soient tout de suite dépêchés à la ville. Nous n'avons que sept mille flèches et ce n'est pas suffisant. Nous n'avons pas d'armures – trouves-en. Je veux que la cité soit fouillée de fond en comble. Il nous faut de la nourriture : de l'avoine, de la farine, de la viande de bœuf séchée et des fruits. Et je veux également des chevaux – au moins cinquante. Plus si tu peux.

— Et comment paierons-nous pour tout ça ?

— Fais-leur des reconnaissances de dettes.

— Ils n'accepteront pas la promesse d'hommes morts.

— Sers-toi de ta tête, Lake. Ils accepteront – parce que s'ils ne le font pas, tu prendras ce dont tu as envie. Tout homme qui refuse sera accusé de trahison et traité en conséquence.

— Je ne vais pas tuer un homme qui refuse de se faire voler.

— Alors retourne dans les jupes de ta mère, et envoie-moi quelqu'un qui a envie de gagner, gronda Ananaïs.

Les armes et la nourriture arrivèrent au matin du troisième jour.

Lorsque le quatrième jour se leva, Galand, Parsal et Lake avaient sélectionné les deux cents hommes qu'Ananaïs avait demandés pour affronter la Légion. Parsal avait également formé un groupe d'archers d'un peu moins de cent personnes.

Comme le soleil passait au-dessus des pics orientaux, Ananaïs rassembla les hommes dans une prairie en aval du camp. À présent, la plupart d'entre eux portaient des épées, grâce à la gentillesse des armuriers de la ville. Tous les archers portaient deux carquois de flèches, et à l'occasion, on pouvait voir l'un des fantassins d'Ananaïs arborer un plastron. Flanqué de Parsal, Lake et Galand, Ananaïs grimpa à l'arrière d'un chariot et resta debout, les mains sur les hanches, pour examiner tous les guerriers assis autour de lui.

— Les gars, je ne vous ferai pas un beau discours, leur dit-il. La nuit dernière, nous avons appris que la Légion allait bientôt nous tomber dessus. Demain, nous serons en position de les accueillir. Ils se dirigent vers la vallée la plus basse que, d'après ce qu'on m'a dit, vous appelez le Sourire du Démon.

» Il y aura environ douze cents combattants, tous bien armés, sur de bons chevaux. Deux cents d'entre eux sont des archers – le reste sont des sabreurs ou des lanciers.

Il fit une pause pour que les chiffres rentrent bien dans le crâne des hommes qui commencèrent à échanger des regards ; il fut heureux de voir que la peur était absente de leurs visages.

— Je n'ai jamais cru bon de devoir mentir aux hommes sous mon commandement, donc je vous dirai ceci : nos chances de victoire sont minces. Très minces ! Et c'est important que vous le compreniez.

» Vous me connaissez de réputation. Mais vous ne connaissez pas l'homme que je suis. Néanmoins, je vais vous demander d'écouter ce que je vous dis, comme si c'étaient vos pères qui vous glissaient ces mots à l'oreille. Dans de nombreux cas, les batailles sont gagnées grâce aux actions d'un seul homme. Et chacun de vous pourrait bien représenter la différence entre la victoire et la défaite.

» Druss la Légende était l'un de ces hommes. Il a transformé la bataille de la Passe de Skeln en l'une des plus grandes victoires drenaïes. Et pourtant il n'était qu'un homme – un homme de Skoda.

» Le jour venu, l'un d'entre vous, dix d'entre vous, cent d'entre vous changeront le sens de la bataille. Par un moment de panique, ou une petite seconde d'héroïsme. (Il fit une deuxième pause et leva la main, pointant un doigt vers le ciel.) Une petite seconde !

» Et maintenant, je vais demander un premier acte de courage à certains d'entre vous. S'il y a des hommes ici qui pensent faillir à leurs amis dans la bataille de demain, qu'ils quittent le campement avant la fin de la journée.

» Je jure par tout ce qui m'est cher que je ne mépriserai aucun homme qui s'en ira. Car demain, il sera vital pour l'homme qui regarde la mort en face de ne pas flancher.

» Un peu plus tard dans la journée, nous serons rejoints par un guerrier qui n'a pas son pareil à la surface de la terre – le plus brillant général que j'aie connu et le plus dangereux combattant sous le soleil. Avec lui, il aura un groupe de guerriers avec des talents particuliers ; ces guerriers seront répartis parmi vous et il faudra obéir à leurs ordres sans hésitation. J'espère que je me fais bien comprendre !

» Enfin, je vous demanderai de faire une chose pour moi. J'étais le gan d'Escadrille du plus formidable corps d'armée au monde – le Dragon. Ils étaient ma famille, mes amis, mes frères. Et ils sont morts, trahis ; la nation les a perdus. Mais le Dragon était bien plus qu'une armée, c'était un idéal. Un rêve, si vous préférez. C'était une force qui devait s'opposer aux ténèbres, composée d'hommes prêts à marcher en Enfer avec un seau d'eau, sachant qu'elle allait éteindre les flammes.

» Mais il n'y a pas besoin d'avoir une armure étincelante ou de brandir un étendard pour être un Dragon. Il faut juste le vouloir.

» Les forces des ténèbres avancent sur nous comme un orage sur une lanterne. Ils s'attendent à nous trouver blottis dans la montagne, comme des moutons. Et je veux qu'on leur fasse sentir le souffle du Dragon sur la nuque, et les crocs du Dragon dans les entrailles ! Je veux que ces hommes en noir, ces fils de putes à cheval, brûlent sous le feu du Dragon !

À présent il hurlait, et les poings serrés, il battait l'air pour donner de l'emphase à ses propos. Il prit une forte respiration, puis une autre, et brusquement fit un geste circulaire du bras comme pour les englober tous.

— Je veux que vous soyez le Dragon. Je veux que vous pensiez Dragon. Et quand ils chargeront, je veux que vous vous battiez comme le Dragon !

» Pouvez-vous le faire ? Eh bien, POUVEZ-VOUS LE FAIRE ? beugla-t-il en montrant du doigt un homme au premier rang.

— Et comment ! répondit l'homme en criant.

— Peux-tu le faire ? demanda Ananaïs en désignant un guerrier quelques rangs plus loin.

L'homme opina du chef.

— Dis-le à voix haute ! gronda le général.

— Je peux le faire ! lança l'homme.

— Et connaissez-vous le rugissement du Dragon ?

L'homme secoua la tête.

— Quand il rugit, le Dragon fait « Mort ». Mort. MORT ! Je veux t'entendre le dire – toi tout seul !

L'homme s'éclaircit la voix et poussa un hurlement. Il était rouge de honte.

— Eh bien, vous autres, qu'attendez-vous pour l'aider ?

Ananaïs unit sa voix à celle de l'homme.

— Mort, Mort, MORT…

Et le son grossit : il roula à travers la prairie et résonna contre les parois des montagnes, prenant de plus en plus de force et de confiance ; les hommes étaient réunis de manière hypnotique.

Ananaïs sauta du chariot et agrippa Lake.

— Et maintenant, mon garçon, grimpe là-dessus. Tu peux leur faire ton discours à propos de la terre pour laquelle ils vont se battre. Par la foudre, ils sont prêts à l'écouter maintenant !

— Pas de beau discours, vous m'en direz tant, fit Lake en souriant.

— Monte là-dessus, Lake, et réchauffe-leur le sang !

Chapitre 10

Païen emmena la villageoise, Parise, dans une auberge du quartier sud de la ville. Là, il donna trois pièces d'or à l'aubergiste qui écarquilla les yeux devant la petite fortune qui brillait au creux de sa main.

—Je veux que la femme et son bébé soient bien traités, fit doucement Païen. Je laisserai une autre somme en or à des amis au cas où celle-ci serait insuffisante.

—Je la traiterai comme si c'était ma sœur, répondit l'homme.

—C'est bien, dit Païen avec un grand sourire, tout en surplombant l'homme. Parce que si tu ne le fais pas, je dévorerai ton cœur.

—Ce n'est pas la peine de me menacer, homme noir, déclara le petit aubergiste chauve et trapu, en roulant des épaules et en serrant les poings. Je n'ai pas besoin qu'on m'explique comment m'occuper d'une femme.

Païen opina.

—Ce n'est pas une bonne époque pour ne faire confiance qu'à la parole des gens.

—Non, c'est bien vrai ça. Est-ce que je peux t'offrir un verre ?

Les deux hommes s'assirent ensemble pour biberonner leur bière, pendant que Parise nourrissait son bébé dans l'intimité de sa nouvelle chambre. L'aubergiste se nommait Ilter et cela faisait vingt-trois ans qu'il vivait dans la cité, depuis qu'il avait perdu sa ferme après la grande sécheresse.

— Tu sais que tu m'as donné beaucoup d'argent, pas vrai ? dit-il.

— Je sais, répondit Païen.

Ilter acquiesça et finit le reste de sa bière.

— Je n'avais jamais vu de Noir auparavant.

— Dans mon pays, au-delà des jungles sombres et par-delà les Montagnes de la Lune, les gens n'ont jamais vu de Blanc, pourtant beaucoup de légendes en parlent.

— C'est un drôle de monde où nous vivons, non ? dit Ilter.

Païen contempla les profondeurs dorées de sa boisson et eut soudain le mal du pays : les steppes vallonnées, les couchers de soleil écarlates et le rugissement du lion.

Il se remémora le matin du Jour de la Mort. Pourrait-il un jour l'oublier ? Les navires aux voiles noires avaient accosté dans la Baie de l'Or Blanc et leurs occupants s'étaient rapidement aventurés dans les terres, jusqu'au village de son père. Le vieil homme avait aussitôt réuni ses guerriers, mais ils n'étaient pas assez nombreux, et ils furent tous massacrés devant le kraal du vieux roi.

Les pillards étaient venus attirés par l'or, car des légendes couraient chez eux, à propos de la Baie. Mais cela faisait longtemps que les mines étaient épuisées, et de l'extraction de l'or, les habitants étaient passés à la culture du maïs et du blé. De colère, les pillards capturèrent les femmes et en torturèrent un grand nombre, avant de les violer et de les tuer. Ce jour-là, ce sont quatre cents âmes qui passèrent de l'autre côté – et parmi elles, le père de Païen, sa mère, ses trois sœurs, un jeune frère et quatre de ses filles.

Un enfant avait réussi à s'échapper au début des hostilités ; il courut aussi vite que le vent et trouva Païen en compagnie de sa garde personnelle, qui chassait dans les Hautes Collines.

Avec soixante hommes, il avait traversé les Steppes au pas de course, avec sa lance à longue lame pour toute arme sur l'épaule. Ils avaient atteint le village peu de temps après le départ des pillards. En un regard, Païen avait analysé la scène et avait lu dans leurs traces. Un peu plus de trois cents hommes avaient attaqué le kraal de son père – cela faisait un peu trop pour lui. Il avait pris sa lance et l'avait brisée sur son genou ; il s'était débarrassé de la hampe et avait gardé la partie dotée de la lame pour s'en servir comme d'une épée courte. Ses hommes l'avaient imité.

—Je veux que beaucoup meurent – mais j'en veux un vivant, avait dit Païen. Toi, Bopa, tu en captureras un et tu me l'amèneras. Les autres, allons boire du sang !

—Nous entendons et nous obéissons, Kataskicana, avaient-ils crié, et il les guida dans la jungle jusqu'à la Baie.

Ils s'étaient déplacés comme des fantômes noirs et avaient rejoint les pillards qui chantaient et riaient sur le chemin du retour. Païen et ses soixante hommes leur tombèrent dessus tels des démons sortis des enfers, taillant et piquant à tout rompre. Et puis, aussi vite qu'ils étaient venus, ils repartirent dans la jungle.

Suite à cette attaque, quatre-vingts pillards avaient trouvé la mort et l'un d'eux manquait à l'appel, sans doute mort lui aussi, avaient cru les autres. Et pendant les trois jours qui avaient suivi, cet homme aurait bien aimé que ce soit le cas.

Païen l'avait emmené au village en ruine. Là, il s'était servi de tous les talents barbares de son peuple jusqu'à ce que la dernière chose que lui confie l'homme soit son âme. Puis Païen avait fait brûler sa dépouille.

Il était retourné à son palais, avait fait appeler ses conseillers et leur avait parlé de l'attaque.

— Le sang de mes ancêtres demande vengeance, leur avait-il déclaré, mais nos nations sont trop éloignées pour que nous nous fassions la guerre. Les tueurs viennent d'une terre appelée Drenaï, ils ont été envoyés par leur roi pour trouver de l'or. Je suis le roi ici, et je porte le cœur de mon peuple dans ma main. Par conséquent, moi seul porterai la guerre chez nos ennemis. Je trouverai leur roi et je le tuerai. Mon propre fils, Katasi, s'assiéra sur mon trône jusqu'à mon retour. Si je suis absent plus de trois ans… (Il s'était alors tourné vers le guerrier à côté de lui :) Il est temps que tu gouvernes, Katasi. À ton âge, j'étais déjà roi.

— Laissez-moi y aller à votre place, père, avait supplié le jeune homme.

— Non. Tu représentes l'avenir. Si je ne reviens pas, je ne veux pas que mes femmes soient brûlées. C'est une chose de suivre un roi le jour de sa mort, sur le lieu du passage, mais c'en est une autre de m'attendre trois ans pour finir en fumée. Qu'elles vivent.

— Entendre est obéir.

— Bien ! Je vois que mon enseignement a été bon, Katasi. Il fut un temps où tu me haïssais pour t'avoir envoyé en Ventria faire des études – autant que j'avais haï mon père. Aujourd'hui je pense que tu vas comprendre à quel point ces années vont t'être bénéfiques.

— Que l'âme du Seigneur Shem protège votre épée, avait dit Katasi en donnant l'accolade à son père.

Cela avait pris une année à Païen pour atteindre Drenaï et cela lui avait coûté la moitié de l'or qu'il avait sur lui. Il avait vite saisi l'ampleur de la tâche. Mais aussi que les dieux lui avaient donné une chance.

Tenaka Khan était la clé de tout.

Mais d'abord, il fallait vaincre la Légion.

Cela faisait quarante heures que Tenaka campait au Sourire du Démon, parcourant tout le terrain à pied ou à cheval, examinant chaque courbe, chaque cuvette, mémorisant le moindre détail, les abris et les angles d'attaque possibles.

Et à présent, il était assis en compagnie de Rayvan et de son fils Lucas sur le point culminant de la vallée. Il contemplait la plaine derrière les montagnes.

— Eh bien ? fit pour la troisième fois Rayvan. Vous avez trouvé quelque chose ?

Tenaka frotta ses yeux fatigués et jeta le plan sur lequel il avait travaillé, pour regarder la femme en souriant. Sa carrure massive était maintenant cachée par une longue cotte de mailles et ses cheveux noirs étaient tressés sous un heaume noir et rond.

— J'ose espérer que vous ne comptez pas prendre part au combat, Rayvan, dit-il.

— Vous ne pourrez m'en dissuader, rétorqua-t-elle. Je suis bien décidée.

— N'essayez pas de discuter, mon vieux, lui conseilla Lucas. Vous vous essouffleriez pour rien.

— C'est moi qui les ai mis dans le pétrin, dit-elle, et que je sois damnée si je les laissais mourir sans être parmi eux.

— Ne vous faites pas d'illusions, Rayvan, il y aura un sacré paquet de morts. Ce ne sera pas une victoire facile ; et nous aurons de la chance si nous ne perdons pas les deux tiers de notre force.

— Autant que ça ? souffla-t-elle.

— Au minimum. Il y a trop de terrain vague.

— Ne peut-on pas les cribler de flèches depuis les hauteurs dès qu'ils entreront dans la vallée ? demanda Lucas.

— Si. Mais ils ne laisseraient alors que la moitié de leurs forces ici, pour nous occuper, pendant que l'autre moitié irait attaquer la cité et les villages environnants. Cela causerait une grande effusion de sang.

— Alors que proposez-vous ? dit Rayvan.

Il le lui dit et elle devint livide. Lucas ne prononça pas un mot. Tenaka plia à l'aide d'une lanière de cuir les parchemins où se trouvaient ses notes et ses dessins. Le silence s'intensifia.

— Malgré le fait que vous soyez un sang-mêlé, finit par dire Rayvan, j'ai confiance en vous, Tenaka. Si c'était venu de quelqu'un d'autre, j'aurais pensé qu'il était fou. Et franchement, même de vous...

— Il n'y a pas d'autre moyen pour gagner. Mais je vous accorde que c'est lourd de dangers. J'ai tracé des marques un peu partout sur le sol pour que vous puissiez agir, et je vous ai également dessiné des cartes et indiqué les distances que les archers doivent mémoriser. Mais c'est vous qui voyez, Rayvan. C'est vous le chef, ici.

— Qu'en penses-tu, Lucas ? demanda-t-elle à son fils.

Il battit des mains.

— Ne me demande pas ! Je ne suis pas un soldat.

— Tu crois que j'en suis un ? rétorqua Rayvan. Donne-moi ton avis.

— Je n'aime pas l'idée. Mais je n'ai pas d'alternative à proposer. Comme dit Tenaka, si nous ne faisons que les harceler, nous leur ouvrons les portes de Skoda. Et ce n'est pas ainsi que nous gagnerons. Mais les deux tiers...

Rayvan se leva et grogna : un de ses genoux avait manqué de lâcher à cause d'un rhumatisme. Elle descendit la corniche jusqu'à un ruisseau où des galets brillaient comme des perles sous la surface de l'eau.

Elle fouilla dans la poche de sa cotte de mailles et trouva un biscuit. Il s'était cassé en trois morceaux contre les mailles de fer.

Elle se sentait bête.

Mais qu'est-ce qu'elle faisait là ? Qu'est-ce qu'elle connaissait à la guerre ?

Elle avait bien éduqué ses fils, et son mari avait été un prince parmi les hommes, grand, doux et tendre. Quand les soldats l'avaient tué, elle avait réagi aussitôt. Mais à partir de ce moment-là, elle avait vécu dans le mensonge – elle s'était prise au jeu de la reine guerrière, prenant des décisions et commandant une armée. Mais c'était une imposture, comme son prétendu lien de parenté avec Druss. Elle courba l'échine et se mordit l'articulation du pouce pour arrêter ses larmes.

Qu'es-tu donc, Rayvan ? se demanda-t-elle.

Rien d'autre qu'une grosse femme entre deux âges dans la cotte de mailles d'un homme.

Demain, ou au mieux le jour d'après, quatre cents jeunes hommes allaient mourir pour elle… Elle aurait leur sang sur ses mains. Et parmi eux, il y aurait ses fils. Elle plongea les mains dans le ruisseau et se lava le visage.

— Oh, Druss, que dois-je faire ? Que ferais-tu, toi ?

Il n'y eut pas de réponse. Elle n'en attendait pas. Les morts le restaient – il n'y avait pas d'ombres dorées dans des palais fantomatiques pour venir en aide à leurs descendants. Il n'y avait personne pour l'entendre appeler à l'aide, du moins personne qui soit en vie. À moins que le ruisseau lui-même et les pierres semblables à des perles qui y étaient puissent l'entendre ; ou l'herbe verte ; ou la bruyère. Elle était bien seule.

Et d'une certaine manière, elle l'avait toujours été. Son mari, Laska, avait été d'un grand soutien et elle l'avait vraiment aimé. Mais jamais de cet amour qui consume tout sur son passage dont elle avait tant rêvé. Il avait été solide comme un roc, une montagne impassible, un homme auquel elle avait pu se raccrocher quand aucun autre ne la regardait. Il avait une force intérieure, et il ne le prenait pas mal quand elle lui donnait des ordres en public et semblait finalement porter la culotte. En vérité, elle écoutait tous ses conseils quand ils étaient seuls dans leur chambre, et la plupart du temps elle agissait en conséquence.

Et maintenant, Laska n'était plus, et avec lui son autre fils, Geddis ; elle était toute seule, ridicule, engoncée dans une cotte de mailles. Elle regarda en direction des montagnes, vers l'entrée du Sourire du Démon. Elle se représenta les cavaliers de la Légion dans leur uniforme noir en train de déferler sur la vallée, puis le souvenir du coup qu'avait reçu Laska lui revint en mémoire. Il ne s'était pas attendu à cette attaque ; il était tranquillement assis au bord du puits et parlait avec Geddis. Il devait bien y avoir deux cents hommes de Skoda dans le coin qui attendaient que la vente aux enchères du bétail démarre. Elle n'avait pas entendu les propos qu'il avait échangés avec l'officier, parce qu'elle était à une dizaine de mètres de là, en train de découper de la viande pour le barbecue. Mais elle avait vu la lame briller dans les airs et venir transpercer son mari. C'est alors qu'elle s'était mise à courir, avec son hachoir dans les mains.

Et maintenant, la Légion revenait se venger – pas seulement sur elle, mais sur tous les innocents de Skoda. La colère monta en elle – ils croyaient pouvoir venir dans ses montagnes pour tacher l'herbe du sang de son peuple !

Elle se hissa sur ses pieds et retourna lentement voir Tenaka Khan. Il était assis, immobile, telle une statue. Il la regardait de ses yeux violets vides de toute émotion. Et puis il se leva. Elle dut cligner des yeux, tant son mouvement fut vif et fluide ; un instant il était là sans bouger, la seconde d'après il était en mouvement. Il y avait une sorte de perfection dans ce geste et cela lui rendit confiance, même si elle ne voyait pas pourquoi.

— Vous avez pris votre décision ? demanda-t-il.

— Oui. Nous ferons comme vous l'avez conseillé. Mais je resterai au milieu de mes hommes.

— Comme vous voulez, Rayvan. Je serai à l'embouchure de la vallée.

— Est-ce bien prudent ? s'enquit-elle. Est-ce que ce n'est pas dangereux pour notre général ?

— Ananaïs prendra le centre, Decado le flanc droit. Je reviendrai pour couvrir le gauche. Si je tombe, Galand le couvrira pour moi. Et maintenant, je dois trouver Ananaïs, car je veux que ses hommes travaillent toute la nuit.

Les chefs des Trente se rassemblèrent dans un vallon abrité sur le versant est du Sourire du Démon. En contrebas, éclairés par la lune, quatre cents hommes travaillaient d'arrache-pied : ils déblayaient la tourbe et creusaient des canaux dans la terre molle.

Les cinq prêtres s'assirent en cercle serré ; sans rien dire, Acuas voyagea pour recevoir les rapports de dix guerriers qui supervisaient les préparatifs. Acuas s'éleva haut dans le ciel nocturne, jouissant de la liberté qu'on éprouvait dans les airs. Ici, il n'y avait pas de gravité, pas besoin de respirer, on n'avait ni muscle, ni os pour vous retenir. Ici, au-dessus du monde, le regard portait à l'infini et l'on pouvait entendre la douce mélodie des vents solaires. C'était une drogue et son esprit enfla sous l'extravagante beauté de l'univers.

Il lui fallut faire un effort pour retourner à ses tâches, mais Acuas était habitué à la discipline. Par la pensée, il vola jusqu'aux postes d'éclaireurs les plus avancés où se trouvait la barrière qui repoussait les Templiers Noirs. Il pouvait sentir le mal au-delà de la barrière.

— *Comment ça se passe, Oward ?* émit-il.

— *Difficilement, Acuas. Leur force grandit progressivement. Nous ne pourrons plus les retenir bien longtemps.*

— *Il est impératif que les Templiers ne voient rien de nos préparatifs.*

— *Nous avons presque atteint nos limites, Acuas. Encore un peu et ils passeront à travers. Et les morts commenceront.*

— *Je sais. Retenez-les !*

Acuas fonça de l'autre côté de la vallée, où campait la Légion. Au-dessus d'eux flottait le guerrier Astin.

— *Salutations, Acuas !*

— *Salutations. Du nouveau ?*

— *Je ne crois pas, Acuas, les Templiers nous ont bloqués : nous ne pouvons plus intercepter les pensées du chef. Mais il est confiant. Il ne s'attend pas à une opposition sérieuse.*

— *Est-ce que les Templiers ont essayé de remonter jusqu'à toi ?*

— *Pas encore. Notre bouclier tient. Comment vont Oward et les autres ?*

— *Ils sont dans leurs derniers retranchements. Ne reste pas trop longtemps, Astin. Je ne voudrais pas que tu sois séparé.*

— *Acuas*, pulsa Astin alors qu'il allait partir.

— *Oui ?*

— *Les hommes que nous avons escortés en dehors de la cité…*

— *Oui ?*

— *Ils ont été massacrés par la Légion, jusqu'au dernier. C'était affreux.*

— *Je redoutais cela.*

— *Sommes-nous responsables de leur mort ?*

— *Je ne sais pas, mon ami ; j'en ai bien peur. Sois prudent.*

Acuas retourna à son corps et ouvrit les yeux. Il résuma la situation aux autres et attendit que Decado prenne la parole.

— Nous ne pouvons plus rien faire d'autre, dit ce dernier, tout est prêt. L'aube se lèvera dans moins de trois heures et la Légion passera à l'attaque. Comme vous savez, Tenaka demande que cinq d'entre nous rejoignent ses forces. Je te laisse le soin de choisir ces hommes, Acuas. Les autres seront au centre, avec Ananaïs. La femme Rayvan sera également avec nous – Ananaïs souhaite que nous la protégions à tout prix.

— Ça ne va pas être facile, déclara Balan.

— Je n'ai pas dit que cela le serait, répondit Decado. Essayons, en tout cas. Psychologiquement, elle est d'une importance vitale, car c'est aussi pour elle que se battent les hommes de Skoda, et pas seulement pour leurs terres.

— Je comprends, Decado, dit doucement Balan. Mais nous ne pouvons rien garantir. Nous serons sur un terrain dégagé, sans chevaux, sans nulle part où nous réfugier.

— Est-ce que tu as une critique à faire du plan de Tenaka ? demanda Abaddon.

— Non, fit Balan. Nous avons tous étudié l'art de la guerre, et tactiquement, sa stratégie est bien pensée – en fait, techniquement, c'est génial. Néanmoins, au mieux, il n'y a que trente pour cent de chance que cela fonctionne.

— Soixante, répliqua Decado.

Balan haussa un sourcil.

— Vraiment ? Expliquez-moi.

— J'accepte que vous ayez des talents au-delà du commun des mortels. J'accepte également que votre compréhension de la stratégie soit exceptionnelle. Mais attention à la fierté, Balan.

— Comment ça ? demanda Balan, un soupçon de raillerie sur le visage.

— Parce que ton entraînement n'a été que ça – un entraînement. Si nous avions planifié la bataille comme un jeu de hasard, alors trente pour cent serait correct. Mais ce n'est pas un jeu. En bas, il y a Ananaïs, le Guerrier Doré. Sa force est grande et son habileté encore plus. Mais au-delà, il a un pouvoir sur les hommes qui rivalise avec votre talent psychique. Là où il tient, les autres tiennent – il les motive par le pouvoir de sa volonté. C'est ce qui fait de lui un chef naturel. Toute estimation de victoire selon ce schéma doit tenir compte de la volonté qu'auront les hommes de maintenir la ligne de défense, ou de mourir. Ils seront peut-être vaincus, ou tués, mais une chose est sûre, ils ne s'enfuiront pas.

» Ajoutez à cela la rapidité de pensée de Tenaka Khan. Comme Ananaïs, il a un grand talent et sa compréhension de la stratégie est sans pareille. Mais c'est sa gestion du temps qui est sans faille. Il n'a pas les qualités de meneur d'Ananaïs, parce qu'il est de sang-mêlé. Les Drenaïs doivent réfléchir à deux fois avant d'obéir à un Nadir.

» Et pour finir, il y a cette femme, Rayvan. Ses hommes se sentiront plus forts parce qu'elle sera avec eux. Revois tes estimations, Balan.

— Je vais le faire, et revoir mes calculs après avoir digéré toutes ces données, fit le prêtre.

Decado opina du chef et se retourna vers Acuas.

— À quelle distance se trouvent les Templiers ?

— Ils ne seront pas là pour la bataille de demain, remercions la Source ! Ils sont une centaine de cavaliers, à deux jours d'ici. Les autres sont à Drenan, pendant que leurs chefs, les Six, conversent avec Ceska.

— Bien, ce sera donc le problème d'un autre jour, dit Decado. Je crois que je vais pouvoir me reposer un peu.

Katan aux yeux sombres parla pour la première fois.

— Tu ne dirigeras pas nos prières, Decado ?

Decado sourit gentiment. Il n'y avait pas l'once d'un reproche dans la question du jeune prêtre.

— Non, Katan. Tu es bien plus proche de la Source que moi, et tu es l'âme des Trente. Prie, toi.

Katan s'inclina et le groupe ferma les yeux pour communier en silence. Decado relâcha son esprit et se concentra sur la mer sonore et distante. Il dériva ainsi, jusqu'à ce que la « voix» de Katan devienne plus présente, et il se dirigea vers elle. La prière fut courte mais parfaite de sincérité, et Decado fut touché d'entendre le jeune prêtre l'appeler par son nom, et demander au Seigneur des Cieux de le protéger.

Plus tard, alors que Decado était allongé et contemplait les étoiles, Abaddon vint s'asseoir à ses côtés. Le fin guerrier se redressa et s'étira.

— Est-ce que tu attends demain avec impatience ? lui demanda l'Abbé.

— J'ai bien peur que oui.

Le vieil homme s'adossa contre un arbre et ferma les yeux. Il avait l'air fatigué, vidé de ses forces. Les rides sur son visage – autrefois fines comme les fils d'une toile d'araignée – semblaient avoir été creusées profondément.

— Je t'ai compromis, Decado, murmura l'Abbé. Je t'ai attiré dans un monde qu'autrement tu n'aurais jamais découvert. J'ai prié pour toi sans cesse. J'aimerais tant ne pas m'être trompé. Malheureusement j'ai bien peur que si.

— Je ne peux pas vous aider, Abaddon.

— Je le sais. Tous les jours, je te regardais dans ton jardin et je me posais la question. En fait, j'avais plus d'espoir que de certitudes. Nous ne sommes pas de vrais Trente – et nous ne l'avons jamais été. L'Ordre a été dissous à l'époque de mon père, mais j'ai cru – par arrogance – que le monde avait encore besoin de nous. Alors j'ai arpenté le continent, à la recherche d'enfants doués de talents spéciaux. J'ai fait de mon mieux pour les éduquer, en priant que la Source me vienne en aide.

— Peut-être avez-vous bien fait, suggéra gentiment Decado.

— Je ne sais plus. Je les ai bien regardés ce soir, je les ai rejoints dans leurs pensées. Là où il ne devrait y avoir que de la tranquillité, j'ai vu de l'excitation, et même l'envie de se battre. Cela a commencé quand tu as tué Padaxes et qu'ils se sont réjouis de ta victoire.

— Qu'attendiez-vous de leur part ? Il n'y a pas un homme parmi eux qui ait plus de vingt-cinq ans ! Et ils n'ont jamais vécu de vie normale… ils ne se sont jamais saoulés… et n'ont jamais embrassé de femme. On a réprimé leur humanité.

— Tu crois ça ? Je préférerais penser que leur humanité a été exacerbée…

— C'est une conversation qui me dépasse, dut admettre Decado. Je ne sais pas ce que vous attendez d'eux. Ils vont mourir pour vous – n'est-ce pas suffisant ?

— Non. C'est loin de l'être. Cette petite guerre crasseuse est insignifiante comparée à l'étendue gigantesque des possibilités humaines. Est-ce que tu ne crois pas que ces montagnes ont déjà tout vu ? Est-ce que cela a une quelconque importance que nous mourions demain ? Est-ce que le monde va s'arrêter de tourner ? Est-ce que les étoiles brilleront moins ? Dans cent ans, pas un homme qui est ici aujourd'hui ne sera en vie. Est-ce que cela a une importance ? Il y a bien des années, Druss la Légende s'est battu et est mort sur les murs de Dros Delnoch pour empêcher l'invasion nadire. Quelle importance aujourd'hui ?

—Cela en avait pour Druss. Et aujourd'hui cela en a pour moi!

—Mais pourquoi?

—Parce que je suis un homme, prêtre. C'est aussi simple que cela. Je ne sais pas si la Source existe et je m'en moque. Tout ce que j'ai, c'est moi, et mon amour-propre.

—Il doit y avoir autre chose. La Lumière doit triompher. L'homme est en proie à l'avidité, à la luxure et à la poursuite de l'éphémère. Mais la bonté, la compréhension et l'amour font tout autant partie de notre humanité.

—Est-ce que vous essayez de me dire que nous devrions aimer la Légion?

—Oui. Et nous devons également la combattre.

—C'est trop profond pour moi, fit Decado.

—Je sais. J'espère qu'un jour tu comprendras. Je ne serai plus là pour le voir. Mais je vais prier pour que cela arrive.

—Vous êtes en train de devenir morbide. C'est courant à la veille d'une bataille.

—Je ne suis pas morbide, Decado. Demain sera ma dernière journée sur cette terre, je le sais. Je l'ai vu. Cela n'a pas d'importance... J'espérais juste que cette nuit tu arriverais à me convaincre que j'ai eu raison – au moins pour toi.

—Qu'est-ce que vous voulez que je vous dise?

—Il n'y a rien que tu puisses dire.

—Alors je ne peux pas vous aider. Vous savez à quoi ressemblait ma vie avant que je vous rencontre. J'étais un tueur et je me complaisais dans la mort. Je ne veux pas avoir l'air de me plaindre, mais je n'ai jamais demandé à être comme ça – c'est ce que je suis, c'est tout. Je n'ai eu ni la force, ni l'envie de changer. Vous comprenez? Et puis, j'ai failli tuer un homme que j'aime. C'est pour cela que je suis venu vous voir. Vous m'avez donné un endroit où j'ai pu me cacher et je vous ai été reconnaissant. À présent, je suis de retour chez moi, avec une épée à portée de la main et un ennemi en vue.

» Je ne renie pas la Source. Je ne sais juste pas à quel jeu joue votre Dieu – et pourquoi Il permet aux Ceska de ce monde de continuer à vivre. Et je ne veux pas le savoir. Tant qu'il y aura de la force dans mon bras, je m'opposerai au mal et à Ceska, et au bout du compte, si la Source me dit : « Decado, tu ne mérites pas l'immortalité », alors je lui répondrai : « Qu'il en soit ainsi. » Je ne regretterai rien.

» Vous avez peut-être raison. Vous allez peut-être mourir demain. Si le reste d'entre nous survit, je m'occuperai de vos jeunes guerriers. J'essaierai de les garder sur le bon chemin. Je crois qu'ils ne vous décevront pas. Mais lorsque vous serez avec votre Source, demandez-Lui de nous donner un coup de main.

— Et si je me trompais du tout au tout ? demanda l'Abbé en se penchant pour attraper le bras de Decado. Si j'avais ressuscité les Trente uniquement par arrogance ?

— Je n'en sais rien, Abaddon. En tout cas, vous avez agi par foi et pas pour un bénéfice quelconque. Même si vous vous êtes trompé, votre Dieu devra vous pardonner. S'Il ne le fait pas, alors c'est qu'Il ne mérite pas qu'on l'adore. Si l'un de vos prêtres commet une indiscrétion, est-ce que vous ne lui pardonnez pas ? Êtes-vous plus miséricordieux que votre Dieu ?

— Je ne sais pas. Je ne suis plus sûr de rien.

— Un jour, vous m'avez dit que la certitude et la foi ne faisaient pas bon ménage. Ayez donc la foi, Abaddon.

— Ce n'est pas facile, Decado, d'être confiant le jour de sa mort.

— Pourquoi êtes-vous venu me raconter tout ça ? Je ne peux pas vous aider avec votre foi. Pourquoi n'êtes-vous pas allé voir Katan, ou Acuas ?

— J'ai cru que tu me comprendrais.

— Eh bien, non. Vous m'avez toujours paru si sûr de vous – il émanait de vous de l'harmonie, de la sérénité. Il y avait des étoiles dans vos cheveux et toutes vos paroles étaient emplies de sagesse. N'était-ce qu'une façade ? Ou est-ce que ces doutes sont soudains ?

— Je me souviens de t'avoir accusé de te cacher dans ton jardin. Eh bien moi aussi, je me suis caché. Il était facile de dissiper les doutes quand les murs du monastère étaient autour de moi. J'avais mes livres, mes disciples ; cela me semblait alors un grand projet lumineux. Mais à présent, des hommes sont morts et la réalité est tout autre. Ces cinquante hommes qui voulaient capturer Rayvan : ils étaient apeurés et tout ce qu'ils voulaient, c'était survivre. Mais nous les avons expulsés de la cité et ils se sont fait massacrer dans les plaines. On ne leur a même pas laissé le temps de dire au revoir à leurs femmes et à leurs enfants. On les a conduits comme du bétail à l'abattoir.

— Maintenant, je comprends, dit Decado. Vous nous imaginiez comme des Templiers Blancs pourfendant le mal, adulés par les foules : une petite bande de héros en armure d'argent et en cape blanche. Eh bien, ça n'aurait jamais pu être le cas, Abaddon. Le mal vit dans une fosse. Si on veut le combattre, il faut descendre dans la fange pour l'affronter. On voit mieux les taches sur une cape blanche que sur une cape noire, et l'argent, ça ternit. À présent, laissez-moi et allez communier avec votre Dieu – Il a plus de réponses que moi.

— Est-ce que tu prieras pour moi, Decado ? implora l'Abbé.

— Pourquoi est-ce que la Source m'écouterait, moi, si Elle ne veut pas vous écouter, vous ? Priez pour vous, mon vieux !

— Par pitié ! Fais ça pour moi.

— Très bien. Et maintenant, allez vous reposer.

Decado regarda le vieil homme se fondre dans l'obscurité. Puis il leva les yeux : le ciel s'éclaircissait.

Chapitre 11

C'était un soleil sanguin qui se levait avec l'aube. Tenaka Khan se tenait sur les hauteurs qui surplombaient la plaine. Avec lui, une centaine d'hommes armés d'arcs, de flèches et d'épées. Seuls une trentaine d'entre eux avaient des boucliers, et Tenaka les avait placés en plein milieu de la pente qui menait à la plaine. Les montagnes dominaient de toute leur hauteur le petit bataillon, de chaque côté. Derrière eux, le Sourire du Démon s'élargissait sur les flancs pour devenir des collines boisées.

Les hommes avaient du mal à rester calmes et Tenaka ne trouvait pas les mots. Inquiets, ils bougeaient sans cesse autour du guerrier nadir, lui lançant des regards emplis de suspicion ; ils se battraient à ses côtés, mais seulement parce que Rayvan le leur avait demandé.

Tenaka leva la main pour se couvrir les yeux et il nota que la Légion s'était mise en mouvement. Il discernait l'éclat du soleil sur les lances lustrées et les plastrons polis.

Après le Dragon, la Légion réunissait les meilleurs combattants des forces drenaïes. Tenaka dégaina son épée et testa le fil avec son pouce. Il prit une pierre à aiguiser et affûta la lame une fois de plus.

Galand vint à sa hauteur.

— Bonne chance, général ! dit-il.

Tenaka esquissa un sourire et promena son regard sur sa petite troupe. Leurs visages étaient déterminés ; ils tiendraient bon. Depuis un nombre incalculable de siècles, des hommes comme eux avaient maintenu l'empire drenaï, repoussant les plus grandes armées du monde : les hordes d'Ulric, les Immortels de Gorben et les féroces pillards de Vagria lors des Guerres du Chaos.

Et aujourd'hui encore, ils étaient confrontés à une force disproportionnée.

Le martèlement des sabots dans la plaine monta jusqu'aux montagnes et résonnèrent comme des tambours funestes. À la gauche des hommes aux boucliers, Lucas, le fils de Rayvan, encocha sa première flèche. Il avait du mal à déglutir et s'essuya le front avec sa manche ; il transpirait abondamment – étrange : comment pouvait-il accumuler autant d'humidité sur son visage alors que sa bouche était sèche ? Il porta son regard sur le général nadir et vit que celui-ci attendait tranquillement, l'épée à la main. Ses yeux violets étaient posés sur la charge de cavalerie. Il n'y avait pas une goutte de sueur sur son front.

Bâtard, pensa Lucas. *Bâtard inhumain !*

Les cavaliers avaient atteint le bas de la pente, à l'embouchure du Sourire du Démon, et leur charge ralentissait légèrement.

Une seule flèche partit à leur rencontre et tomba trente mètres devant les cavaliers.

— Attendez les ordres, beugla Galand en posant son regard sur Tenaka, toujours impassible.

Les cavaliers avançaient dans un véritable vacarme, lances baissées.

— Maintenant ? demanda Galand, comme les premiers cavaliers dépassaient l'endroit où était tombée la première flèche.

Tenaka secoua la tête.

— Regardez devant vous ! dut hurler Galand, car les hommes se tordaient le cou pour voir si l'ordre venait ou pas.

La Légion chargeait sur vingt-cinq rangs de cinquante chevaux. Tenaka jaugea l'écart entre chaque rang : six longueurs. Quelle superbe discipline.

— Maintenant ! dit-il.

— Envoyez-les en Enfer ! hurla Galand, et une centaine de flèches brillèrent sous le soleil.

La première rangée de cavaliers disparut dès que les flèches eurent touché leur but : les montures. Les hommes furent jetés la tête la première sur les cailloux ; les chevaux hennissaient, ruaient puis tombaient. La deuxième rangée fléchit un peu, mais l'espace entre elles lui permit de prendre la mesure de ceux qui étaient tombés et de sauter par-dessus. Mais ils furent cueillis en plein vol par une deuxième bordée de flèches qui tua, paralysa ou mutila leurs montures. Lorsque les cavaliers se relevèrent, étourdis, ils reçurent une nouvelle pluie de flèches ; ils moururent transpercés. Pourtant, la charge continuait toujours, et à présent les cavaliers étaient presque au contact.

Lucas, qui était à genoux, se releva. Il n'avait plus qu'une seule flèche. Un lancier quitta sa ligne et Lucas relâcha la flèche sans même viser. Elle rebondit sur le crâne du cheval, qui se cabra de douleur, mais le cavalier ne fut pas désarçonné. Lucas lâcha son arc et courut vers lui, en prenant en main son couteau de chasse. Il sauta sur le dos du cheval et poignarda le cavalier en pleine poitrine, mais l'homme essaya de se dégager par la droite et le poids combiné des deux combattants fit s'écrouler la monture. Lucas atterrit sur son adversaire, ce qui, ajouté à son poids, finit d'enfoncer le couteau jusqu'à la garde. L'homme grogna et mourut ; Lucas se démena pour dégager son couteau, mais il était trop enfoncé. Il dégaina son épée et se lança à l'attaque d'un deuxième lancier.

Tenaka esquiva un coup d'estoc et bondit sur son assaillant, le faisant tomber de sa selle. Un revers de lame dans la gorge eut raison du cavalier qui s'étouffa dans son propre sang.

Tenaka se mit en selle à son tour. Les archers restaient derrière l'embouchure de la vallée tout en continuant à cribler de flèches les cavaliers qui progressaient vers le sommet. Hommes et chevaux encombraient la bouche du Sourire du Démon. C'était le chaos général. Ici et là, des cavaliers s'étaient frayés un chemin au milieu des guerriers de Skoda qui les martelaient et les découpaient au sol avec leurs épées et leurs haches.

—Galand ! cria Tenaka.

Le guerrier à la barbe noire, qui se battait à côté de son frère, acheva son adversaire et se retourna dans la direction de la voix. Tenaka désigna du doigt la masse des guerriers et Galand agita son épée pour indiquer qu'il avait compris.

—À moi, Skoda ! gronda-t-il. À moi !

Avec son frère et une vingtaine de guerriers, il chargea dans la masse grouillante. Les cavaliers durent abandonner leurs lances et se dépêtrer avec leurs épées car ils étaient coincés dans la bataille. Tenaka éperonna son cheval et chargea lui aussi dans la mêlée.

La bataille continua ainsi pendant quelques minutes sanglantes, puis un clairon retentit dans la plaine ; la Légion tourna bride et quitta le carnage.

Galand, dont le scalp saignait, victime d'une coupure assez profonde, courut jusqu'à Tenaka.

—Ils vont faire demi-tour tout de suite et tenter une nouvelle charge, dit-il. Cette fois nous ne pourrons pas les retenir.

Tenaka rengaina son épée. Il avait perdu à peu près la moitié de ses forces.

Lucas les rejoignit.

— Ramenons nos blessés vers l'arrière, supplia-t-il.

— Pas le temps ! rétorqua Tenaka. Prenez vos positions – mais soyez prêts à courir quand je vous le dirai.

Il éperonna son cheval qui partit au galop. La Légion avait effectivement fait demi-tour en bas de la colline et les cavaliers se reformaient en rangées de cinquante.

Derrière lui, les archers de Skoda cherchaient désespérément des flèches ; ils durent les retirer des cadavres. Tenaka leva le bras pour les faire avancer, et ils obéirent sans hésitation.

Le clairon retentit une nouvelle fois et les cavaliers noirs déferlèrent. Cette fois-ci, ils n'avaient pas de lance, mais le sabre au clair. Une fois de plus le martèlement des sabots résonna dans les montagnes comme le tonnerre.

À une trentaine de pas, Tenaka leva le bras de nouveau.

— Maintenant ! hurla-t-il.

Des centaines de traits se plantèrent dans leurs cibles.

— En arrière ! cria-t-il.

Les guerriers de Skoda s'enfuirent en direction des collines boisées et de leur sécurité éphémère. Tenaka estima que la Légion avait perdu trois cents hommes dans la bataille, et davantage de chevaux. Il tourna bride et galopa vers les collines. Galand et Parsal le devançaient, aidant le fils de Rayvan qui était blessé. Lucas était en train d'ôter une flèche du corps d'un ennemi quand celui-ci, qui n'était pas mort, lui avait donné un coup d'épée dans la jambe gauche.

— Laissez-le-moi ! cria Tenaka qui arrivait à leur hauteur.

Il se pencha et tira Lucas en travers de sa selle ; puis il jeta un coup d'œil en arrière. La Légion avait franchi la côte et donnait la chasse aux guerriers en déroute. Galand et Parsal se précipitèrent vers le nord.

Tenaka fit un crochet en direction du nord-ouest et les cavaliers de la Légion lancèrent leurs montures à sa poursuite.

Devant lui, il y avait la première colline derrière laquelle Ananaïs attendait avec toutes ses forces. Tenaka fouetta son cheval, mais avec ce double poids sur elle, la pauvre bête ne pouvait pas avancer plus vite. Arrivé en haut de la colline, Tenaka n'avait que quinze longueurs d'avance sur ses poursuivants, mais heureusement, Ananaïs et ses quatre cents hommes l'attendaient. Bien que fatiguée, la monture de Tenaka continua sa course. Ananaïs avança et fit signe à Tenaka sur la gauche. Celui-ci tira sur les rênes et orienta le cheval à travers tous les obstacles qu'il avait lui-même organisés pendant la nuit.

Derrière lui, une centaine de cavaliers de la Légion tirèrent à leur tour sur leurs rênes et attendirent les ordres. Tenaka aida Lucas à descendre de selle et mit pied à terre.

—Comment ça s'est passé ? demanda Ananaïs.

Tenaka leva trois doigts.

—J'aurais préféré cinq, dit-il.

—C'est une charge bien disciplinée, Ani, une rangée à la fois.

—Il faut leur reconnaître ça – ils ont toujours été très portés sur la discipline. Enfin, la journée ne fait que commencer.

Rayvan se fraya un chemin.

—Avons-nous perdu beaucoup de monde ?

—À peu près quarante hommes durant la charge. Mais d'autres se feront prendre dans les bois, répondit Tenaka.

Decado et Acuas s'avancèrent.

—Général, fit Acuas, le chef de la Légion connaît maintenant nos positions. Il fait revenir ses cavaliers des positions avancées pour une charge frontale.

— Merci. C'est ce que nous espérions.

— J'espère qu'il va le faire vite, fit Acuas en grattant sa barbe jaune. Les Templiers ont percé nos défenses et ils seront bientôt au courant de tous nos préparatifs. Et ils les communiqueront au chef de la Légion.

— Si ça arrive, nous sommes morts, grommela Ananaïs.

— Avec tous vos pouvoirs, vous n'arrivez pas à dresser un bouclier autour du chef ? s'enquit Tenaka.

— Nous pourrions le faire, rétorqua rapidement Acuas, mais cela serait très risqué pour les hommes chargés de cette mission.

— Ouais, grogna Ananaïs, mais il me semble bien que nous prenons également de sacrés risques, non ?

— Nous allons le faire, déclara Decado. Charge-toi de ça, Acuas.

Acuas acquiesça et ferma les yeux.

— Eh bien vas-y, mon garçon, le pressa Ananaïs.

— Il est en train de le faire, répondit doucement Decado. Laissez-le tranquille.

Les clairons de la Légion déchirèrent le ciel de leurs sonneries criardes, et en l'espace de quelques secondes, une rangée de cavaliers noirs coiffèrent la colline en face.

— Retournez au centre ! dit Ananaïs à Rayvan.

— Ne me parlez pas comme si j'étais une fermière !

— Je vous parle comme à un chef, femme ! Si vous mourez pendant la première charge, alors nous aurons perdu la bataille.

Rayvan s'en alla et les hommes de Skoda tendirent leurs arcs.

Une sonnerie unique donna l'ordre de charger et les cavaliers se déversèrent le long de la colline. La peur commença à poindre dans les rangs des défenseurs. Ananaïs le ressentit plus qu'il ne le vit.

— Tenez-vous prêts, les garçons, lança-t-il d'une voix neutre.

Tenaka tendit le cou pour observer la formation : une centaine de front et une seule longueur entre les rangs. Il étouffa une malédiction. La première rangée atteignit le fond de la cuvette et commença l'ascension vers les défenseurs, réduisant progressivement leur vitesse à cause de la pente. Ce qui rapprocha le deuxième rang. Tenaka sourit. À une trentaine de pas des défenseurs, la première ligne de cavaliers tomba dans les tranchées recouvertes par des branchages et de la tourbe. La rangée s'enfonça d'un coup, comme si un géant l'avait piétinée. La deuxième rangée, trop proche, plongea à son tour dans un enchevêtrement de chevaux se tordant de douleur.

— Chargez ! cria Ananaïs, et trois cents guerriers de Skoda foncèrent en avant, tranchant et taillant de toutes parts.

Les cent autres envoyèrent des volées de flèches par-dessus les têtes de leurs camarades, directement sur les lanciers de l'autre côté des tranchées – ces derniers avaient stoppé leurs chevaux et les archers les tiraient comme des lapins. Des collines d'en face, le général de la Légion, Karespa, poussa un juron et les maudit tant qu'il put. Il se renversa sur sa selle et ordonna au clairon de sonner la retraite. Les notes stridentes parvinrent aux soldats et la Légion quitta le champ de bataille. Karespa agita le bras vers la gauche pour indiquer aux lanciers qui se trouvaient là d'attaquer sur le flanc. Ananaïs fit reculer ses troupes jusqu'au sommet de la colline.

La Légion chargea de nouveau – mais cette fois, leurs chevaux se prirent les sabots dans des cordes tendues entre les hautes herbes. Karespa fit sonner la retraite une fois de plus. Comme il n'avait pas d'autre choix, il fit descendre ses hommes de cheval et les fit marcher à l'attaque, laissant les archers en retrait. Ils avancèrent prudemment : les hommes des premiers rangs semblaient hésitants, ils avaient manifestement peur. Ils ne portaient pas de bouclier et ne voulaient pas se trouver à portée de tir des archers de Skoda. Juste avant d'y être, le premier rang s'arrêta un instant, se préparant à une course effrénée. C'est à ce moment précis que Lake et ses cinquante hommes surgirent du sol derrière eux, rejetant leurs couvertures entremêlées de hautes herbes ; jusque-là, ils étaient restés cachés entre les tranchées et les rochers de granit, et maintenant ils gravissaient la pente. De son point d'observation, en haut de la colline, Karespa cligna des yeux, incrédule. Ces hommes semblaient sortir de nulle part.

Lake banda rapidement son arc et ses hommes l'imitèrent. Leurs cibles étaient les archers ennemis. Cinquante flèches sifflèrent vers leur but, puis cinquante autres. C'était la panique générale. Ananaïs mena ses quatre cents hommes dans une attaque soudaine et la Légion cilla sous la pluie de coups. Karespa se retourna sur sa selle pour demander une fois de plus à son clairon de sonner la « retraite », mais au lieu de cela, sa mâchoire tomba grande ouverte. Son clairon avait été descendu de sa selle par un guerrier à la barbe noire, qui venait maintenant vers lui avec un sourire et une dague à la main. Il y avait d'autres guerriers autour de lui, qui souriaient sans joie.

Galand porta le clairon à ses lèvres et lança la triste sonnerie de la reddition. Par trois fois, le clairon retentit avant que les derniers légionnaires déposent leurs armes.

— C'est fini, général, dit Galand. Soyez gentil de mettre pied à terre.

— Que je sois damné si je descends ! promit le général.

— Et mort si vous ne descendez pas, promit Galand.

Karespa descendit de cheval.

Dans la cuvette en contrebas, six cents guerriers de la Légion étaient assis sur l'herbe. Les guerriers de Skoda passaient entre leurs rangs, confisquant les armes et les plastrons.

Decado rengaina son épée et rejoignit Acuas ; il se tenait au côté d'Abaddon, qui était tombé. Il n'y avait pas une marque sur le corps de l'Abbé.

— Que lui est-il arrivé ? demanda Decado.

— C'était l'esprit le plus fort parmi nous. Ses talents étaient supérieurs à tous les autres. Il s'est porté volontaire pour dresser un bouclier autour de Karespa pour empêcher les Templiers de le joindre.

— Il savait qu'il allait mourir aujourd'hui, fit Decado.

— Il ne mourra pas aujourd'hui, rétorqua hargneusement Acuas. N'avais-je pas dit qu'il y avait des risques ?

— Eh bien ? Il est mort, mais beaucoup de gens sont morts aujourd'hui.

— Je ne parle pas de la mort, Decado. Oui, son corps est détruit, mais les Templiers ont capturé son âme.

Scaler était assis sur les grands murs des jardins suspendus. Il regardait au loin vers les montagnes pour voir si quelque chose indiquait l'arrivée de la Légion. Quel soulagement quand Tenaka lui avait demandé de rester en arrière ! Quoique, maintenant, il n'était plus sûr que l'idée ait été bonne. Évidemment, il n'était pas un guerrier et n'aurait pas servi à grand-chose sur le champ de bataille. Mais au moins, il aurait été aux premières loges pour connaître l'issue du combat.

De gros nuages noirs s'amoncelaient au-dessus des jardins, cachant le soleil ; Scaler remit son manteau bleu sur ses épaules et quitta le mur pour aller marcher au milieu des plantes bourgeonnantes. Il y avait environ soixante ans, un sénateur sur le déclin avait fait construire ce jardin. Ses serviteurs avaient dû amener plus de trois tonnes de terre jusqu'à la tour. Aujourd'hui, des arbres y poussaient, mais également des plantes et des buissons de toutes sortes. Dans un coin il y avait du laurier, et des fleurs de sureau poussaient au milieu de houx et d'ormes, tandis que de l'autre côté des cerisiers fleuris jetaient des taches roses et blanches sur les murs de pierre grise. Un chemin bien bordé traversait tout le jardin, serpentant au milieu de lits de fleurs. Scaler l'emprunta et jouit des senteurs.

Renya gravit l'escalier circulaire et pénétra dans le jardin au moment même où le soleil perçait à travers les nuages. Elle vit Scaler tout seul, immobile, ses cheveux noirs maintenus par un bandeau de cuir au niveau du front. C'était un bel homme, pensa-t-elle… et bien seul. Il ne portait pas d'épée et étudiait une fleur jaune dans des rocailles.

— Bonjour, lança-t-elle, et il leva les yeux.

Renya était vêtue d'une tunique de laine d'un vert pâle et une écharpe en soie couleur rouille couvrait ses cheveux. Elle avait les jambes nues et ne portait pas de sandales.

— Bonjour, ma dame. Avez-vous bien dormi ?

— Non. Et vous ?

— J'ai peur que non. Quand pensez-vous que nous aurons des nouvelles ?

Renya haussa les épaules.

— Bien assez tôt.

Il opina du chef. Ensemble ils déambulèrent dans le jardin pour finir, comme attirés, sur le mur sud, qui faisait face au Sourire du Démon.

— Pourquoi n'êtes-vous pas allé avec eux ? demanda-t-elle.

— Tenaka m'a demandé de rester.

— Pourquoi ?

— Il a une tâche pour moi, et il ne veut pas que je meure avant d'essayer !

— Ce doit être une tâche très dangereuse ?

— Pourquoi dites-vous ça ?

— Vous avez dit « essayer ». Cela donne l'impression que vous n'êtes pas sûr d'arriver à l'accomplir.

Il eut un rire sombre.

— Pas sûr ? Ce n'est pas que je ne sois pas sûr – au contraire, je suis certain d'échouer. Mais ce n'est pas grave. Personne ne vit éternellement. Enfin, si ça se trouve, je n'aurai jamais à le faire. Parce qu'avant toute chose, ils doivent battre la Légion.

— Ils vont les battre, fit Renya, s'asseyant sur un banc en pierre et ramenant ses longues jambes dessus.

— Comment pouvez-vous en être sûre ?

— Ce ne sont pas des hommes qu'on peut battre. Tenaka trouvera un moyen de gagner. Et s'il vous a demandé de l'aider, alors c'est qu'il est certain de pouvoir vous donner une chance.

— Comme les femmes voient le monde des hommes de manière simple, commenta Scaler.

— Pas du tout. Ce sont les hommes qui rendent complexes les choses les plus simples.

— Une riposte mortelle, ma dame. Je me rends !

— On vous bat si facilement que ça, Scaler ?

Il s'assit à côté d'elle.

— On me bat facilement, Renya, car je me moque de gagner. Je veux juste vivre ! Je passe mon temps à fuir pour rester en vie. Quand j'étais plus jeune, j'étais entouré d'assassins. Ils ont tué toute ma famille. C'était sur les ordres de Ceska – aujourd'hui je le comprends, mais à l'époque je croyais qu'il était l'ami de mon grand-père ou le mien. Pendant des années, il y avait des gardes dans ma chambre pendant mon sommeil, on goûtait ma nourriture, mes jouets étaient examinés pour voir s'ils ne cachaient pas une aiguille empoisonnée. Ce n'est pas ce qu'on peut appeler une enfance heureuse.

— Mais aujourd'hui vous êtes un homme, dit-elle.

— Drôle d'homme. Je m'effraie pour un rien. Enfin, il y a au moins une consolation. Si j'étais plus costaud, je serais mort à l'heure qu'il est.

— Ou victorieux.

— Oui, admit-il, peut-être victorieux. Mais quand ils ont tué Orrin – mon grand-père – je me suis enfui. J'ai abandonné le Comté et je me suis caché. Belder est venu avec moi – mon dernier serviteur. Je l'ai bien déçu.

— Comment avez-vous survécu tout ce temps ?

Il sourit.

— Je suis devenu un voleur. D'où mon nom. Je grimpe dans les chambres des gens et je leur vole ce qui a de la valeur. On raconte que c'est ainsi que le Comte de Bronze a commencé sa carrière. Je ne fais donc que reprendre une tradition familiale.

— Ça demande du courage d'être un voleur. On aurait pu vous attraper et vous pendre.

— Vous ne m'avez jamais vu courir – je me déplace à la vitesse du vent.

Renya sourit et se leva pour regarder par-dessus le mur, en direction du sud. Elle se rassit de nouveau.

— Qu'est-ce que Tenaka attend de vous ?

— Rien de compliqué. Il veut simplement que je redevienne un comte et que je reprenne possession de Dros Delnoch, en subjuguant dix mille soldats et en ouvrant les portes de la forteresse pour faire passer une armée nadire. C'est tout !

— Non, sérieusement – qu'est-ce qu'il veut que vous fassiez ? Scaler se pencha en avant.

— Je viens de vous le dire.

— Je ne vous crois pas. C'est insensé !

— Néanmoins…

— C'est impossible.

— C'est vrai, Renya, c'est vrai. Pourtant, il y a de l'ironie dans ce projet. Regardez : le descendant du Comte de Bronze, qui a défendu la forteresse contre les hordes d'Ulric, a pour mission de s'emparer de la forteresse afin de permettre au descendant d'Ulric de la traverser avec son armée.

— Mais où va-t-il trouver cette armée ? Les Nadirs le détestent encore plus que les Drenaïs.

— Ah, c'est vrai également, mais il est Tenaka Khan, fit sèchement Scaler.

— Et comment allez-vous vous emparer de la forteresse ? demanda-t-elle.

— Je n'en ai pas la moindre idée. Je vais certainement entrer dans la forteresse, clamer mon identité et leur demander de se rendre.

— C'est un bon plan – simple et direct, dit-elle, impassible.

— Les meilleurs plans le sont toujours, répondit-il. Et vous, racontez-moi comment vous vous êtes retrouvée mêlée à cet imbroglio ?

— Je suis née sous une bonne étoile, fit Renya en se relevant. Bon sang ! Mais pourquoi ne reviennent-ils pas ?

— Comme vous l'avez dit tout à l'heure, nous le saurons bien assez tôt. Voulez-vous déjeuner avec moi ?

— Je ne crois pas. Valtaya est dans les cuisines – elle vous préparera quelque chose.

Comprenant qu'elle souhaitait demeurer seule, Scaler descendit les escaliers, guidé par le délicieux arôme du bacon frit.

Il croisa Valtaya qui montait et entra dans les cuisines où Belder faisait un sort à un plat composé de bacon, d'œufs et de haricots verts.

— J'aurais pensé qu'un homme de ton âge aurait depuis longtemps perdu l'appétit, remarqua Scaler, s'installant en face du guerrier noueux.

Belder prit un air renfrogné.

— On aurait dû aller avec eux, dit-il.

— Tenaka m'a demandé de rester, fit remarquer Scaler.

— Je me demande pourquoi, lâcha Belder avec un sarcasme pesant. Pourtant on aurait vraiment pu les aider.

Scaler perdit patience.

— Je ne te l'ai peut-être pas encore dit, fit-il remarquer, mais je commence à en avoir sérieusement marre de toi, Belder. Soit tu la fermes, soit tu dégages !

— La deuxième option me plairait mieux, fit le vieux guerrier, les yeux brillants.

— Eh bien, fais-le ! Et oublie tes sermons et ton air supérieur. Cela fait des années que tu me rebats les oreilles avec ma débauche, mes peurs et mes échecs. Mais tu n'es pas resté avec moi par loyauté – tu es resté parce que toi aussi tu es en fuite. Je t'ai juste servi d'excuse pour te cacher. Tenaka m'a demandé de le faire, mais il ne te l'a pas demandé, à toi – tu aurais pu y aller.

Scaler se leva et quitta la pièce. Le vieil homme poussa son assiette et posa sa tête sur la table, entre ses bras.

— Et pourtant c'est par loyauté que je suis *resté*, soupira-t-il.

Après la bataille, Tenaka s'aventura tout seul dans les montagnes, le cœur lourd : un profond sentiment de mélancolie s'était emparé de lui.

Rayvan le regarda s'en aller et fit mine de le suivre, mais Ananaïs l'arrêta.

—Il est toujours comme ça, déclara le géant. Laissez-le.

Rayvan haussa les épaules et retourna s'occuper des blessés. Des brancards de fortune avaient été construits en se servant des lances et des capes de la Légion. Les Trente, qui avaient ôté leurs armures, allaient d'un blessé à l'autre, se servant de leurs pouvoirs pour atténuer la douleur quand on les recousait.

Sur le champ de bataille, on alignait les morts, lanciers de la Légion aux côtés des guerriers de Skoda. Six cent onze lanciers avaient trouvé la mort en ce jour ; deux cent quarante-six hommes de Skoda étaient allongés avec eux.

Rayvan se déplaça au milieu des rangées de morts pour examiner les corps. Elle essaya de se rappeler du nom de tous ces hommes et fit une prière pour chacun. Beaucoup avaient des fermes et des champs, des veuves et des enfants, des sœurs, des mères. Rayvan les connaissait tous. Elle appela Lake et lui demanda d'apporter un parchemin et un morceau de charbon pour dresser la liste des morts.

Ananaïs lava le sang qui maculait ses vêtements et convoqua le général de la Légion, Karespa. L'homme était abattu et ne semblait pas d'humeur à la conversation.

—Je vais devoir vous tuer, Karespa, dit Ananaïs sur un ton d'excuse.

—Je comprends.

—Bien ! Voulez-vous manger un morceau avec moi ?

—Non, merci. Je crois que je viens de perdre l'appétit.

Ananaïs acquiesça.

—Avez-vous une préférence ?

L'homme haussa les épaules.

—Qu'est-ce que ça change ?

— Alors ce sera un coup d'épée. À moins que vous vouliez le faire vous-même ?

— Allez au diable !

— Je le ferai, donc. Vous avez jusqu'à l'aube pour vous préparer.

— Je n'ai pas besoin d'attendre l'aube. Faites-le maintenant, pendant que j'ai la tête à ça.

— Très bien.

Ananaïs opina une fois du chef et une douleur pire que tous les feux de l'Enfer déchira le dos de Karespa. Il essaya de se retourner, mais les ténèbres l'enveloppèrent.

Galand retira son épée et l'essuya sur la cape du général. Il s'avança et s'assit derrière Ananaïs.

— Ce n'est pas très glorieux, fit le guerrier à la barbe noire.

— Nous ne pouvions pas le laisser partir avec ce qu'il savait.

— C'est vrai. Mais par les Dieux, général, nous avons gagné ! Incroyable, non ?

— Pas avec Tenaka comme stratège.

— Allons donc, il aurait pu arriver n'importe quoi. Ils n'étaient pas obligés de charger – ils auraient pu descendre de cheval et nous envoyer leurs archers afin de nous repousser.

— Ils auraient pu. Peut-être. Mais non. Ils ont suivi le manuel. D'après le Manuel de la Cavalerie, l'action normale à entreprendre lorsque des cavaliers sont aux prises avec des fantassins sans entraînement, c'est la charge. La Légion est disciplinée, et par conséquent ils suivent le Manuel. Tu veux que je te cite le chapitre et le verset ?

— Ce n'est pas nécessaire, grommela Galand. Je parie que c'est vous qui l'avez écrit.

— Non. Mais c'est Tenaka qui y a introduit les principales modifications il y a de cela dix-huit ans.

— Mais imaginez que…

— À quoi bon, Galand ? Il a eu raison.

— Mais il ne pouvait pas savoir où Karespa allait se poster avec son clairon. Or, il nous a demandé à Parsal et à moi d'atteindre cette colline.

— D'où Karespa aurait-il pu observer la bataille, autrement ?

— Il aurait pu charger avec ses hommes.

— Et laisser son clairon prendre seul les décisions ?

— Vous avez l'air de trouver cela simple, mais les batailles, c'est beaucoup plus compliqué, enfin ! La stratégie est une chose, le cœur et le talent une autre.

— Je ne dis pas le contraire. La Légion n'était pas au mieux de sa forme. Il y a d'excellents éléments parmi eux et je ne pense pas qu'ils avaient réellement envie d'accomplir ce travail. Mais c'est du passé. Car à présent, je vais demander aux légionnaires de rejoindre nos rangs.

— Et s'ils refusent ?

— Je les renverrai dans la vallée – où tu les attendras avec une centaine d'archers. Personne ne doit en sortir vivant.

— Vous êtes un homme dur, général !

— Je suis en vie, Galand. Et je veux le rester.

Galand se força à se lever.

— J'espère que ça va durer, général. Et j'espère que Tenaka Khan pourra accomplir un nouveau miracle quand les Unis arriveront.

— Ça, c'est demain, répondit Ananaïs. Profitons déjà d'aujourd'hui.

Chapitre 12

Tenaka trouva l'endroit idéal pour s'isoler : une petite cascade à l'abri dans les montagnes où l'air était vif et pur, et la neige seulement apparente par endroits, sur les versants. Lentement, avec délicatesse, il fit un feu dans un cercle de pierres et s'assit pour regarder les flammes. Il ne se sentait pas grandi par cette victoire. En fait, toute émotion était lavée par le sang des tués. Après un long moment il se rendit vers le torrent, en se remémorant les paroles d'Asta Khan, l'ancien chaman des Têtes-de-Loup.

« Dans ce monde, chaque chose a été créée pour l'Homme, et pourtant elles ont toutes deux fonctions. L'eau coule pour que nous puissions la boire, mais elle est le symbole de la futilité des hommes. L'eau est le reflet de notre vie, dans tout son glorieux mouvement ; elle est née dans la pureté des montagnes. Bébés, les cours d'eau babillent et se mettent à courir, pour se transformer avec le temps en jeunes fleuves. Puis ils s'élargissent et ralentissent pour ne plus devenir que des méandres, comme de vieux hommes, afin de se jeter dans la mer. Comme l'âme des hommes dans le Vide Inférieur, ils se confondent et se mélangent jusqu'à ce que le soleil les fasse s'envoler et retomber en gouttes d'eau sur les montagnes. »

Tenaka plongea ses mains dans l'eau courante. Il ne se sentait ni au bon endroit, ni au bon moment. Sans lui prêter attention, un oiseau sautilla sur un rocher voisin à la recherche de nourriture ; il était petit et marron. Soudain, il plongea et Tenaka se redressa d'un bond. Il se pencha au-dessus de l'eau : l'oiseau nageait sous la surface ; une vision étrange. Il émergea, sauta sur un rocher et agita ses plumes ; puis il repartit dans l'eau. D'une certaine façon, Tenaka fut apaisé par la scène. Il continua à observer l'oiseau pendant un moment, puis il s'allongea sur l'herbe et regarda passer les nuages dans le ciel bleu.

Un aigle volait très haut sur les courants ascendants, les ailes écartées, et paraissait presque statique.

Un lagopède sortit des buissons, les plumes marbrées de blanc – le camouflage parfait, avec la neige qui tachetait encore les montagnes. Tenaka examina l'oiseau. Pendant l'hiver il était entièrement blanc pour se fondre avec la neige. Au printemps il n'était blanc que par endroits, tandis que l'été la marbrure devenait grisâtre afin de se confondre avec les rochers. Ses plumes étaient une défense.

Le lagopède prit son envol et l'aigle plongea brusquement, se laissant tomber comme une pierre. Mais il passa devant le soleil et son ombre avertit le petit oiseau, qui fit une embardée juste avant que les serres de l'aigle le déchirent. Le lagopède tacheté retourna dans ses buissons.

L'aigle finit par se poser sur une branche d'arbre non loin de l'endroit où se trouvait Tenaka, froissé dans sa dignité. Le guerrier nadir s'allongea et ferma les yeux.

Pour cette bataille, il s'en était fallu de peu, et la stratégie ne pourrait pas resservir. Il n'avait gagné qu'un répit. Ceska avait envoyé sa Légion pour maîtriser quelques rebelles – s'ils avaient su que Tenaka Khan était là, ils auraient adopté une autre tactique. Et maintenant, ils devaient le savoir… À présent tous les talents stratégiques de Ceska allaient se concentrer sur Tenaka.

Combien d'hommes Ceska allait-il aligner contre eux cette fois ?

Il y avait le reste de la Légion – quatre mille hommes. L'armée régulière, soit une dizaine de milliers d'hommes. Les piquiers de l'armée drenaïe, deux mille hommes au dernier recensement. Mais plus terrifiants que toutes ces troupes réunies, il y avait les Unis. Combien en avait-il créé ? Cinq mille ? Dix mille ?

Et combien pouvaient-ils valoir d'hommes ordinaires ? Un Uni pour cinq hommes ? Même si peu, cela faisait vingt-cinq mille soldats.

Ceska n'allait pas refaire l'erreur de sous-estimer la rébellion de Skoda.

La fatigue tomba sur Tenaka comme un suaire. Son plan d'origine avait été si simple : tuer Ceska et mourir. À présent, la complexité de son projet tournoyait dans son esprit comme le brouillard.

Il y avait déjà tant de morts, et tant à venir…

Il retourna mettre du bois dans le feu, s'allongea à côté et s'enveloppa dans sa cape. Il pensait à Illae et à sa maison en Ventria. Quelles bonnes années cela avait été !

Et puis le visage de Renya se forma dans son esprit et il se mit à sourire. Il avait vraiment eu de la chance, toute sa vie. Triste, seul, mais chanceux. Avoir une mère aussi dévouée que Shillat, c'était de la chance. Trouver un homme comme Ananaïs pour se tenir à ses côtés. Être avec le Dragon. Aimer Illae. Trouver Renya.

Autant de bonne fortune était un don qui compensait largement la solitude et la douleur du rejet. Tenaka fut pris d'un tremblement. Il rajouta du bois et s'allongea, attendant la nausée qui, il le savait, ne tarderait pas. Cela commençait toujours par la migraine, avec des points blancs qui clignaient devant ses yeux. Il respira bruyamment, et essaya de se calmer après cette attaque. La douleur s'intensifia, lui labourant le cerveau avec des doigts de feu.

Pendant quatre heures, la douleur le déchira tant qu'il faillit pleurer. Puis elle disparut progressivement et il s'endormit…

Il était dans un tunnel noir, froid et en pente. À ses pieds, se trouvaient de nombreux squelettes de rats. Il les enjamba et les squelettes bougèrent, le cliquetis de leurs os résonna dans le silence. Ils se mirent à courir dans l'obscurité. Tenaka secoua la tête, essayant de se rappeler où il était. Devant lui, un mort était suspendu à des chaînes, la peau décomposée.

— Aide-moi ! fit l'homme.

— Tu es mort, je ne peux pas t'aider.

— Pourquoi ne veux-tu pas m'aider ?

— Tu es mort.

— Nous sommes tous morts. Et personne ne nous aide jamais.

Tenaka continua son chemin, toujours vers le bas, à la recherche d'une porte.

Le couloir s'agrandit pour devenir une salle où des piliers noirs jaillissaient dans le vide. Des silhouettes enveloppées d'ombre apparurent, une épée noire dans les mains.

— Maintenant, nous te tenons, Porteur de torche, dit une voix.

Ils ne portaient pas d'armure, et le visage de leur chef était familier. Tenaka se creusa la tête pour se souvenir du nom de cet homme, mais rien à faire.

— Padaxes, fit l'homme. Même ici je peux lire dans ton esprit apeuré. Padaxes, qui est mort sous les coups d'épée de Decado. Et pourtant, suis-je vraiment mort ? Eh bien non ! Mais toi, Porteur de torche – tu vas mourir car tu es entré dans le domaine de l'Esprit. Où sont donc tes Templiers ? Où sont ces enfoirés de Trente ?

— C'est un rêve, déclara Tenaka. Vous ne pouvez pas me toucher.

— Ah, tu crois ça ?

Du feu jaillit de la lame de Padaxes et brûla les épaules de Tenaka. Il se jeta en arrière, la peur grandissant en lui. Le rire de Padaxes était strident.

— Et *maintenant*, qu'en penses-tu ?

Tenaka commença à se déplacer, dégainant son épée.

— Je pense que tu devrais venir jusqu'à moi, que je te voie mourir une seconde fois.

Les Templiers Noirs s'écartèrent en demi-cercle autour de lui. Soudain, Tenaka eut conscience qu'il n'était pas seul. L'espace d'un instant, comme lors du précédent rêve, il crut que les Trente étaient venus l'aider, mais lorsqu'il jeta un coup d'œil sur sa gauche, il ne vit qu'un guerrier nadir aux épaules très larges, vêtu d'une tunique en peau de chèvre, et dont il émanait une aura de puissance. D'autres Nadirs apparurent à ses côtés.

Les Templiers hésitèrent et le Nadir à côté de Tenaka Khan leva son épée.

— Repoussez-moi ces ombres, dit-il à ses guerriers.

Silencieusement, une centaine de guerriers aux yeux vides avancèrent sur les Templiers qui s'enfuirent à leur approche.

Le Nadir se tourna vers Tenaka. Il avait le visage épais, le regard perçant et les yeux violets. De toute sa vie, Tenaka n'avait jamais rencontré un être avec une telle aura de force et de puissance. Dès lors, il sut qui était cet homme. Il tomba à genoux devant lui et se prosterna.

— Tu sais donc qui je suis, sang de mon sang ?

— Oui, mon Seigneur Khan, répondit Tenaka. Ulric, Seigneur des Hordes !

— Je t'ai observé, mon garçon. Je t'ai regardé grandir, car mon vieux chaman, Nosta Khan, est toujours avec moi. Je n'ai pas à me plaindre de toi… Mais c'est normal, car ton sang est des plus purs.

— Tout le monde ne l'a pas ressenti comme cela, dit Tenaka.

— Le monde est plein d'imbéciles, lâcha Ulric. Je me suis battu contre le Comte de Bronze et c'était un grand homme. Un homme avec ses doutes, et qui les a surmontés. Il était debout sur les murs de Dros Delnoch, et il m'a défié avec sa pitoyable bande de guerriers ; et je l'ai aimé pour ça. C'était un guerrier et un rêveur. C'est rare. Tellement rare !

— Vous l'avez donc rencontré ?

— Il y avait un autre guerrier avec lui – un vieil homme, Druss. Marche-Mort, comme nous l'appelions. Quand il est tombé, j'ai fait porter son corps dans mon camp et nous avons construit un bûcher funéraire en son honneur. Imagine ça. Pour un ennemi ! Nous étions à la veille de la victoire. Et cette nuit-là, le Comte de Bronze – mon plus grand ennemi – est entré dans mon camp avec ses généraux et il s'est joint à moi pour les funérailles.

— Il était fou ! s'exclama Tenaka. Vous auriez pu le capturer et la forteresse serait tombée.

— Tu l'aurais capturé, toi, Tenaka ?

Tenaka réfléchit à la question.

— Non, finit-il par dire.

— Moi non plus. Ne t'inquiète donc pas de ton pedigree. Laisse aux médiocres le soin de te dénigrer.

— Je ne suis donc pas mort ? demanda Tenaka.

— Non.

— Mais alors qu'est-ce que je fais ici ?

— Tu dors. Ces vermisseaux de Templiers ont attiré ton esprit dans ce lieu, mais je vais t'aider à rejoindre ton corps.

— Dans quel enfer suis-je donc, et que faites-vous ici ?

— Mon cœur m'a lâché pendant la guerre contre la Ventria. Et je suis arrivé ici. Dans le Vide Inférieur, niché entre le monde de l'Esprit et celui de la Source. Il semblerait qu'aucun des deux mondes ne me réclame, j'existe donc ici, avec mes suivants. Je n'ai jamais vénéré autre chose que mon épée et mon intelligence – et aujourd'hui je paie pour cela. Mais je le supporte, car ne suis-je pas un homme ?

— Vous êtes une légende.

— Ce n'est pas difficile de devenir une légende, Tenaka. Ce qui est difficile, c'est ce qui arrive quand on doit vivre comme une légende.

— Pouvez-vous voir le futur ?

— En partie.

— Est-ce que je… mes amis réussiront ?

— Ne me demande rien. Je ne dois pas altérer ton destin, plus que je ne le souhaite. C'est ton chemin, Tenaka, et tu dois y marcher seul, comme un homme. Tu es né pour marcher sur ce chemin.

— Je comprends, Seigneur. Je n'aurais pas dû vous demander cela.

— Il n'y a pas de mal à demander, répondit Ulric en souriant. Viens, ferme les yeux – il est temps que tu retournes dans ton monde de sang.

Tenaka se réveilla. C'était la nuit, et pourtant le feu brûlait toujours ; une couverture chaude avait été placée sur son corps endormi. Il grogna, roula sur le côté et se releva sur un coude. Ananaïs était assis de l'autre côté de l'âtre, et les flammèches dansaient sur le cuir de son masque.

— Comment te sens-tu ? demanda le géant.

— Bien. J'avais besoin de me reposer.

— La douleur est partie ?

— Oui. Tu as apporté à manger ?

— Évidemment. Je me suis quand même fait du souci, l'espace d'un instant. Tu es devenu d'une pâleur cadavérique et ton pouls s'est ralenti, si bien qu'on t'aurait cru mort.

— Je vais mieux à présent.

Tenaka s'assit et Ananaïs lui lança un sac en toile qui contenait de la viande séchée et des fruits. Ils mangèrent en silence. La cascade brillait dans le clair de lune comme des diamants sur du sable. Finalement, Ananaïs prit la parole.

— Quatre cents légionnaires nous ont rejoints. Decado dit qu'ils se battront jusqu'au bout – il prétend que ses prêtres ont lu leurs esprits. Ils n'en ont refusé que trois. Les deux cents autres ont préféré retourner vers Ceska.

Tenaka se frotta les yeux.

— Et ?

— Et quoi ?

— Qu'est-il arrivé à ceux qui ont choisi de s'en retourner ?

— Je les ai renvoyés dans la vallée.

— Ani, mon ami, je suis de retour. Je vais bien. Tu peux me le dire.

— Je les ai fait tuer dans la vallée. C'était nécessaire, car ils auraient pu divulguer des informations sur nos effectifs.

— Ils sont connus de toute façon, Ani – les Templiers nous surveillent.

— Très bien. Mais quand même – cela fera toujours deux cents hommes de moins qui nous tomberont dessus ces prochains jours.

Le silence tomba de nouveau et Ananaïs souleva délicatement son masque pour inspecter ses cicatrices avec les doigts.

— Enlève donc ce truc, dit Tenaka. Un peu d'air fera du bien à ta peau.

Ananaïs hésita, puis dans un soupir, il retira le cuir. Dans le rougeoiement des flammes il ressemblait à un démon, inhumain et féroce. Il fixa ses yeux bleus sur Tenaka, un regard perçant, comme s'il essayait de lire un quelconque signe de répulsion sur le visage de son ami.

— Donne-moi ton sentiment sur la bataille, dit Tenaka.

— Tout s'est passé comme prévu. Je suis content des hommes de Rayvan, et son fils, Lake, est un atout indéniable. L'homme noir s'est bien battu. En une année, je pourrais reformer le Dragon sur la base de ces hommes.

— Nous n'avons pas une année.

— Je sais, répondit Ananaïs. Deux mois au plus.

— Nous ne pourrons pas les battre ainsi, Ani.

— Tu as un plan ?

— Oui. Mais tu ne vas pas l'aimer.

— S'il signifie que nous allons gagner, je l'aimerai, promit Ananaïs. Alors, c'est quoi ?

— Je vais faire venir les Nadirs.

— Tu as raison – je ne l'aime pas. En fait, je pense que ce plan pue autant que de la viande avariée. Si Ceska est mauvais, les Nadirs sont pires. Par tous les Dieux, bonhomme, au moins avec Ceska nous nous battons entre Drenaïs. As-tu perdu la raison ?

— C'est notre seule chance, mon ami. Nous n'avons qu'un millier d'hommes au plus. Nous ne tiendrons pas Skoda et ne pourrons pas faire mieux que de tenir une charge.

— Écoute-moi, Tani ! Tu sais que je ne t'ai jamais jugé pour ton sang. Enfin, pas personnellement. Je t'aime plus qu'un frère. Mais il n'y a rien que je haïsse plus que les Nadirs sur cette terre. Et je ne suis pas le seul. Personne ici ne se battra à leurs côtés. Et même si tu amènes une armée jusqu'ici, que se passera-t-il si nous gagnons ? Ils vont simplement rentrer chez eux ? Ils auront tout juste battu l'armée drenaïe ; le pays sera à eux et nous nous retrouverons avec une nouvelle guerre civile sur les bras.

— Je ne le vois pas comme ça.

— Et puis, comment les feras-tu venir ? Il n'y a pas de passage secret dans les montagnes, pas même dans les passes sathulies. Aucune armée ne peut venir du Nord sans passer par Delnoch, et même Ulric a échoué.

— J'ai demandé à Scaler de s'emparer de Dros Delnoch.

— Oh, Tani, tu es devenu fou ! C'est un dilettante et un lâche qui ne nous a pas rejoints dans une seule bataille jusqu'ici. Quand nous avons secouru la villageoise, il s'est jeté dans l'herbe et s'est caché la tête dans les mains. Quand nous avons trouvé Païen, il est resté avec les femmes. Quand nous avons planifié la sortie d'hier, il tremblait comme une feuille et tu as dû lui dire de rester derrière. Et c'est *lui* qui devrait s'emparer de Delnoch ?

Tenaka jeta du bois dans le feu et retira la couverture de ses épaules.

— Je sais tout cela, Ani. Mais il peut y arriver. Scaler est comme son ancêtre, le Comte de Bronze. Il doute de lui et il est rongé par la peur. Mais derrière ses peurs, et j'espère qu'il le verra, il y a un homme de valeur – un homme noble et courageux. En plus il est intelligent et il réfléchit vite.

— Alors c'est sur lui que reposent nos espoirs ? s'enquit Ananaïs.

— Non. Ils reposent sur le jugement que je porte sur cet homme.

— Ne joue pas sur les mots. C'est la même chose.

— J'ai besoin de ton soutien, Ananaïs.

Ananaïs acquiesça.

— Pourquoi pas ? Après tout, il ne s'agit que de mourir. Je te suivrai, Tani. Quelle drôle de vie ce serait si un homme ne pouvait compter sur ses amis quand il devient fou ?

— Merci, Ani, franchement.

—Je sais. Je suis épuisé. Je vais dormir un peu.

Ananaïs s'allongea et reposa sa tête sur son manteau. La brise nocturne faisait du bien à sa peau. Il était fatigué – plus fatigué qu'il ne se rappelait l'avoir jamais été. C'était la lassitude due à la déception. Le plan de Tenaka était un vrai cauchemar, mais il n'y avait pas d'alternative. Ceska contrôlait ce pays grâce aux serres de ses Unis et peut-être, peut-être seulement, qu'une conquête nadire nettoierait la nation. Mais Ananaïs en doutait.

Dès demain, il entraînerait ses guerriers comme ils ne l'avaient jamais été de leur vie. Ils courraient jusqu'à épuisement, combattraient jusqu'à ce que leurs bras leur fassent mal. Il les exercerait de manière intensive, pour en faire une force non seulement capable de résister aux légions de Ceska, mais, si tout se passait bien, capable de survivre pour se battre contre un nouvel ennemi.

Les Nadirs de Tenaka Khan.

Au centre de la vallée, les corps des morts furent placés dans des fosses creusées à la va-vite, et recouverts de terre et de cailloux. Rayvan dit une prière et les survivants s'agenouillèrent devant la fosse commune, murmurant des adieux personnels à leurs amis, frères, pères et parents.

Après la cérémonie, les Trente partirent dans les collines, laissant Decado en compagnie de Rayvan et de ses fils. Il ne remarqua pas tout de suite leur absence.

Decado s'éloigna du feu et se mit à leur recherche, mais la vallée était vaste et il constata vite l'énormité de la tâche. La lune était haute dans le ciel quand il arriva à la conclusion qu'ils l'avaient laissé volontairement derrière : ils ne voulaient pas qu'on les trouve.

Il s'assit sur un rocher de marbre blanc, relâcha son esprit et essaya de flotter dans le murmure des royaumes du subconscient.

Silence.

La colère monta en lui, lui faisant perdre sa concentration. Il se calma et chercha de nouveau à atteindre le sanctuaire.

C'est alors qu'il entendit le cri. Au début sourd et doux, il se transforma en l'expression d'agonie d'une âme qu'on déchire. Decado écouta attentivement pour identifier l'origine du son. Puis l'évidence le frappa. Abaddon.

Et il sut aussitôt où étaient les Trente : ils voyageaient à la rescousse de l'Abbé des Épées, pour le libérer et qu'il puisse enfin mourir. Il sut également que c'était de la folie, la pire de toutes. Il avait promis à Abaddon qu'il s'occuperait de ses disciples, et à peine une journée après la mort du vieil homme, il les avait laissés s'embarquer dans un voyage sans espoir, en plein cœur du royaume des damnés.

Une grande tristesse s'empara de Decado, car il ne pouvait pas les suivre. Alors il pria, mais aucune réponse ne vint à lui, comme il s'y attendait.

— Quel genre de dieu es-tu ? demanda-t-il par désespoir. Qu'attends-tu de tes adeptes ? Tu leur demandes tout et ne leur donnes rien en échange. Au moins, avec l'esprit des ténèbres, une sorte de communion existe. Abaddon est mort pour toi et il continue à en souffrir. Et maintenant, ce sont ses acolytes qui vont souffrir. Pourquoi ne me réponds-tu pas ?

Silence.

— Tu n'existes pas ! Il n'y a pas de force pour la pureté. Tout ce qu'a un homme, c'est sa volonté de faire le bien. Je te rejette. Je ne veux plus rien avoir à faire avec toi !

Decado se relâcha et sonda le fond de son esprit, recherchant les mystères qu'Abaddon lui avait promis durant toutes ces années d'étude. Il avait déjà essayé par le passé, mais jamais poussé par le désespoir comme aujourd'hui. Il voyagea plus profondément, roulant et tournant à travers tous ses souvenirs – revoyant toutes les batailles, tous les affrontements, ses peurs et ses échecs. Et il remonta ainsi à travers toute l'amertume de son enfance, jusqu'à ses premiers mouvements dans le ventre de sa mère et même avant, lorsqu'il était deux : graine et œuf, l'un avançant, l'autre attendant.

Ténèbres.

Mouvement. Le bruit des chaînes qui cassent, le vent de liberté qui souffle.

Lumière.

Decado flottait librement, attiré par la lumière argentée de la pleine lune. Il s'arrêta dans son ascension de sa propre volonté et baissa les yeux vers la beauté courbe du Sourire du Démon. Mais un nuage sombre vint à passer en dessous, lui bouchant la vue. Alors il regarda son corps, blanc et nu dans le clair de lune, et la joie submergea son âme.

Quand un cri le paralysa. Il se rappela sa mission et ses yeux brillèrent d'un feu glacé. Mais il ne pouvait quand même pas voyager tout nu et sans arme. Il ferma ses yeux éthérés et se représenta l'armure, noire et argentée, du Dragon.

Et elle fut là. Mais il n'avait pas d'épée au côté ni de bouclier à son bras.

Il essaya de nouveau. Rien.

Les paroles prononcées longtemps auparavant par Abaddon traversèrent les âges pour revenir jusqu'à lui. *« En esprit, un guerrier de la Source ne porte que l'épée de sa foi, et son bouclier est la force de cette foi. »*

Decado n'avait ni l'un ni l'autre.

—Maudit sois-tu ! cria-t-il au vide cosmique. Même quand je suis à ton service, tu continues à me contrarier. (Il ferma les yeux une fois de plus.) Si c'est de foi dont je dois avoir besoin, alors j'ai la foi. En moi-même. En Decado, le Tueur Glacé. Je n'ai pas besoin d'épée, car mes mains sont létales.

Il vola comme un éclat de lune, en direction du cri. Il quitta le monde des hommes à une vitesse prodigieuse, accéléra encore en passant par-dessus des montagnes sombres et des plaines inquiétantes. Deux planètes bleues planaient au-dessus du sol et les étoiles semblaient froides, elles brillaient moins.

Sous lui, un château d'ébène occupait une petite colline. Il fit une pause dans son vol, et se laissa flotter au-dessus des remparts de pierre. Une ombre noire bondit sur lui et il dut faire un écart car la lame d'une épée brillait près de sa tête. Sa main droite jaillit, il saisit le poignet de l'attaquant et le fit tournoyer violemment. Sa main gauche partit à son tour, et frappa du tranchant ; le cou de l'adversaire craqua, et celui-ci disparut aussitôt. Decado fit volte-face au moment où un deuxième ennemi lui fonçait dessus. L'homme arborait la tenue noire des Templiers. Decado fit un saut périlleux arrière pour éviter l'épée de l'ennemi qui venait de passer en demi-cercle devant son ventre. Alors que d'un vif revers de poignet le Templier lançait un nouveau coup de taille vers le cou de Decado, ce dernier plongea sous l'attaque et remonta très vite, en donnant un grand coup de tête dans le menton du bretteur. Le Templier tituba.

Decado lui lança un coup, les doigts tendus, directement dans la gorge, où ils s'enfoncèrent. Et de nouveau, l'adversaire disparut.

Devant lui, il y avait une porte à moitié ouverte avec des escaliers qui descendaient. Decado s'y rendit en courant, mais ralentit soudain, ses sens lui préconisant d'être prudent. Il sauta les deux pieds en avant dans la porte qui sortit de ses gonds, et un homme tomba au sol en grognant.

Decado fit une roulade, se releva et frappa l'homme du plat du pied dans la poitrine, lui enfonçant la cage thoracique.

Il se remit à courir et descendit les marches quatre à quatre jusqu'à ce qu'il arrive dans une grande salle circulaire. Au milieu, les Trente se tenaient en cercle serré, entourés de tous côtés par des Templiers Noirs. Les épées s'entrechoquaient en silence et aucun son ne sortait de la bataille. Deux fois moins nombreux, les Trente se battaient pour défendre leur vie.

Et ils perdaient !

Il ne leur restait qu'une solution. S'envoler. Au moment où il le comprenait, Decado s'aperçut pour la première fois qu'il ne pouvait plus flotter – dès qu'il avait touché les sombres remparts, ses pouvoirs l'avaient quitté. Pourquoi ? À cet instant précis, il sut la réponse ; elle se trouvait dans des paroles qu'il avait dites à Abaddon : « Le mal vit dans une fosse. Si tu veux le combattre, il faut descendre dans la fange pour l'affronter. »

Ils étaient dans la fosse et les pouvoirs de la Lumière étaient amoindris, tout comme ceux des Ténèbres faiblissaient face aux hommes de cœur.

—À moi ! hurla Decado. À moi les Trente !

L'espace d'un instant la bataille cessa car les Templiers cherchaient d'où venait la voix. Six d'entre eux quittèrent la mêlée principale pour foncer sur lui. Acuas se tailla un chemin dans l'intervalle qui venait de se créer et il mena les guerriers prêtres vers les escaliers.

Les Trente coupaient et taillaient de tous bords pour avancer, leurs épées d'argent brillaient comme des torches dans les ténèbres. Il n'y avait aucun cadavre sur le sol – dans cette bataille exsangue, quiconque était touché par une lame disparaissait comme s'il n'avait jamais existé. Seuls dix-neuf prêtres étaient encore debout.

Decado regarda la mort fondre sur lui. Son talent avait beau être grand, personne ne pouvait lutter face à six hommes en même temps et survivre sans arme. Mais il allait quand même essayer. Un grand calme l'envahit et il leur sourit.

Deux épées étincelantes de lumière apparurent dans ses mains et il attaqua à la vitesse de l'éclair. Un coup tranchant à gauche, parade, riposte, un coup de taille à droite, estoc à gauche. Trois en moins, partis en fumée. Les trois autres Templiers reculèrent – en plein sur les lames des Trente.

— Suivez-moi ! cria Decado.

Il se retourna et grimpa les escaliers en courant pour déboucher sur les remparts. Il sauta sur le mur et jeta un coup d'œil vers les rochers pointus au pied du château. Les Trente arrivèrent à l'air libre.

— Envolez-vous ! leur ordonna Decado.

— Mais nous allons tomber ! cria Balan.

— Pas tant que je ne te l'ordonne pas, fils de pute ! Et maintenant allez-y !

Balan se jeta des remparts, rapidement suivi des seize autres survivants. Decado sauta en dernier.

Au début ils tombèrent, mais une fois dégagés de l'emprise du château, ils s'envolèrent dans la nuit et réintégrèrent la dure réalité de Skoda.

Decado retourna à son corps et ouvrit les yeux. Lentement, il marcha vers les bois à l'est, guidé par les pulsations de désespoir qui émanaient des jeunes prêtres.

Il les trouva dans une clairière entre deux collines. Ils avaient aligné les onze corps de ceux qui étaient tombés, et à présent ils priaient, la tête baissée.

— Debout ! ordonna Decado. Debout ! (En silence, ils lui obéirent.) Vous êtes ridicules ! Malgré tous vos talents, vous n'êtes que des enfants. Racontez-moi donc comment s'est passée votre opération de sauvetage ? Vous avez libéré Abaddon ? On va faire une fête pour célébrer cela ? Regardez-moi dans les yeux, nom d'un chien ! (Il se campa devant Acuas.) Eh bien, barbe-jaune, tu t'es surpassé. Tu as réussi ce que ni les Templiers, ni les forces de Ceska n'avaient accompli. Tu as détruit onze de tes camarades.

— Ce n'est pas juste ! hurla Katan, les larmes aux yeux.

— Silence ! gronda Decado. Juste ? Je vous parle de la réalité. Avez-vous trouvé Abaddon ?

— Non, répondit doucement Acuas.

— Est-ce que vous savez pourquoi ?

— Non.

— Parce qu'ils n'ont jamais capturé son âme – ils ne sont pas assez forts pour ça. Ils vous ont appâtés pour que vous tombiez dans leur piège ; voilà leur force. Maintenant, onze de vos camarades sont morts. C'est vous qui porterez ce fardeau.

— Et vous ? demanda Katan dont le visage habituellement serein tremblait de colère. Où étiez-vous quand nous avions besoin de vous ? Quel genre de chef êtes-vous donc ? Vous n'avez pas notre foi. Vous n'êtes qu'un assassin ! Il n'y a pas de cœur en vous, Decado. Vous êtes le Tueur Glacé. Eh bien nous, au moins, nous nous sommes battus pour nos croyances, et nous avons voyagé au péril de notre vie pour un homme que nous aimons. D'accord, nous avons eu tort – mais une fois qu'Abaddon était mort, nous n'avions plus de chef.

— Vous auriez dû venir me voir, répliqua Decado, sur la défensive.

— Pourquoi ? Vous étiez le chef et vous auriez dû être là. Nous vous avons cherché. Souvent. Mais même quand vous avez découvert vos talents – talents pour lesquels nous avions prié – vous planiez à l'écart de nos prières. Vous n'avez jamais fait le premier pas. Quand êtes-vous jamais venu manger avec nous, ou parler avec nous ? Vous dormez seul, loin du feu. Vous êtes un asocial. Nous sommes ici pour mourir pour la Source. Et vous, pourquoi êtes-vous ici ?

— Je suis ici pour gagner, Katan. Si vous voulez mourir, vous n'avez qu'à tomber sur vos épées. Ou me le demander – je le ferai pour vous, je mettrai un terme à votre vie en un instant. Vous êtes ici pour vous battre au nom de la Source, pour faire en sorte que le mal ne triomphe pas dans ce pays. Mais je n'ai plus envie de parler. Je suis le chef, vous m'avez choisi, mais je ne vous demande pas de serment. Ni de promesse. Ceux qui veulent m'obéir viendront me voir demain matin. Nous mangerons ensemble – mais oui, et nous prierons ensemble. Ceux qui veulent suivre leur propre route peuvent le faire. Et maintenant, je vais vous laisser enterrer vos morts.

Pendant ce temps, dans la cité, la population acclama l'armée victorieuse du moment où elle traversa les champs, à un kilomètre au sud, jusqu'à ce qu'elle atteigne le centre-ville et les casernes improvisées. Mais l'acclamation était muette, car une pensée occupait tous les esprits : Et maintenant ? Quand Ceska allait-il envoyer ses Unis ?

Tenaka, Rayvan, Ananaïs, Decado et d'autres chefs de la nouvelle armée se réunirent dans la Salle du Sénat, tandis que Lake et Lucas, les fils de Rayvan, dressaient des cartes du terrain à l'est et au sud.

Après un après-midi de discussions fiévreuses, il devint évident que la majorité de Skoda n'était pas défendable. La passe du Sourire du Démon serait murée et des hommes seraient postés, mais il en faudrait au moins un millier pour la garder suffisamment longtemps, d'autant plus qu'au nord comme au sud il y avait six autres cols qui menaient dans la vallée et les prairies de Skoda.

— C'est comme essayer de défendre un terrier de lapin, déclara Ananaïs. Ceska – même sans ses Unis – peut nous attaquer avec cinquante fois plus d'hommes. Et ils peuvent attaquer au choix sur seize fronts différents. On ne peut pas couvrir tout ce terrain.

— Notre armée va grossir, affirma Rayvan. En ce moment même, des hommes descendent des montagnes pour se joindre à nous. La nouvelle va se répandre en dehors de Skoda et bientôt tous les rebelles se joindront à nous.

— Oui, admit Tenaka, mais c'est ça le problème. Ceska va envoyer des espions, des agents, des alarmistes – il va falloir filtrer.

— Les Trente pourront aider de temps en temps pour dénicher les traîtres, dit Decado. Mais si on en laisse passer trop, nous ne pourrons plus nous en sortir.

— Alors il faut que nous fassions garder les cols dès maintenant et que les Trente se mêlent aux hommes, dit Tenaka.

Et ainsi de suite. Certains hommes voulurent retourner à leurs fermes pour s'occuper des champs, et d'autres voulurent rentrer pour raconter leur victoire à leurs familles. Lake se plaignit que les réserves de nourriture étaient inadéquates. Galand rapporta des bagarres entre des hommes de Skoda et les nouveaux volontaires de la Légion.

Et tout l'après-midi, jusque tard dans la soirée, les chefs cherchèrent des réponses à tous leurs problèmes. Il fut finalement décidé que la moitié des hommes pourraient retourner chez eux s'ils acceptaient de travailler également aux fermes de ceux qui restaient ici. À la fin du mois, la première moitié reviendrait et la deuxième irait aux champs à son tour.

Ananaïs avait les poils hérissés par la colère.

— Et l'entraînement ? hurla-t-il. Comment est-ce que vous voulez que je les prépare à la guerre ?

— Ce n'est pas une armée régulière, dit doucement Rayvan. Ce sont des ouvriers, avec des femmes et des enfants à nourrir.

— Qu'en est-il des caisses de la cité ? demanda Scaler.

— Comment ça ? s'enquit Rayvan.

— Combien y a-t-il ?

— Je ne sais pas.

— Eh bien, nous devrions regarder. Puisque nous gouvernons Skoda, cet argent nous appartient. Nous pourrions l'utiliser pour acheter de la nourriture aux marchands vagrians. Ils ne veulent pas nous laisser passer leur frontière, mais ils ne refuseront pas notre argent.

— Vous pouvez franchement me traiter d'imbécile ! s'exclama Rayvan. Bien sûr que nous devons faire ça. Lake va inspecter les finances – avec un peu de chance, il reste quelque chose.

— Nous avons mis les coffres sous bonne garde, mère, dit Lake.

— Quand bien même, descends et va compter ce qu'il y a.

— Mais ça va me prendre toute la nuit !

Elle lui lança un regard méchant et il soupira.

— Très bien, Rayvan, dit-il. J'y vais. Mais je te préviens, dès que j'ai fini, je viens te réveiller pour te donner le total !

Rayvan lui sourit et se retourna vers Scaler.

— Vous en avez dans la cervelle – est-ce que vous voulez bien partir en Vagria pour acheter ce dont nous avons besoin ?

— Il ne peut pas, intervint Tenaka. Il a une autre mission.

— Sans blague ! grommela Ananaïs.

— Eh bien alors, dit Rayvan en s'interposant, je propose que nous nous arrêtions là pour ce soir et que nous allions manger. Je pourrais dévorer la majeure partie d'un cheval. Est-ce que l'on peut se réunir demain ?

— Non, fit Tenaka. Demain, je quitte Skoda.

— Vous quittez Skoda ? fit Rayvan, étonnée. Mais vous êtes notre général.

— Je dois partir, ma dame – j'ai une armée à trouver. Mais je reviendrai.

— Où trouverez-vous une armée ?

— Parmi mon peuple.

Le silence dans la Salle du Sénat fut dévastateur. Les hommes échangèrent des regards nerveux et seul Ananaïs ne sembla pas s'émouvoir ; il s'enfonça davantage dans sa chaise et posa ses bottes sur la table.

— Expliquez-vous, murmura Rayvan.

— Vous avez très bien compris ce que je veux dire, fit froidement Tenaka. Le seul peuple avec suffisamment de guerriers pour ennuyer Ceska sont les Nadirs. Si j'ai de la chance, je lèverai une armée.

— Vous feriez venir ces sauvages sanguinaires dans notre pays ? Ils sont pires que les Unis de Ceska, fit Rayvan en se levant. Je ne le permettrai pas – je mourrai avant de voir un de ces barbares poser le pied sur le sol de Skoda.

Tous les hommes autour d'elle tapèrent du poing sur la table pour la soutenir. Puis Tenaka se leva et il leva les mains pour demander le silence.

— J'apprécie votre opinion à tous. J'ai été élevé parmi les Nadirs et je connais leurs coutumes. Mais ils ne mangent pas de bébés et ne forniquent pas avec les démons. Ce sont des hommes, des combattants qui vivent pour guerroyer. C'est leur style de vie. Et ce sont des gens d'honneur. Mais je ne suis pas ici pour défendre mon peuple – je suis ici pour vous donner une chance de survivre à cet été.

» Vous croyez que vous avez remporté une grande victoire ? Ce n'était rien qu'une échauffourée. Cet été, Ceska va nous envoyer cinquante mille soldats. Avec quoi répondrez-vous ?

» Et si vous perdez, qu'arrivera-t-il à vos familles ? Ceska fera de Skoda un désert, et là où il y avait des arbres il n'y aura plus que des gibets : une terre de cadavres, désolée et tourmentée.

» Il n'y a aucune garantie que je puisse lever une armée parmi les Nadirs. Pour eux, je suis contaminé par le sang des yeux-ronds – maudit, et moins qu'un homme. Car ils ne sont pas différents de vous. On élève les enfants nadirs en leur racontant des histoires sur votre débauche, et nos légendes sont remplies des atrocités de vos génocides.

» Je ne demande pas votre permission pour ce que je m'apprête à faire. Pour être honnête, je m'en fous ! Je pars demain.

Il s'assit et se tut ; Ananaïs se pencha vers lui.

— Ce n'était pas la peine de tourner autour du pot, dit-il. Tu n'avais qu'à dire ça directement.

Le commentaire fit grogner Rayvan malgré elle, puis elle éclata d'un rire guttural.

Autour de la table, la tension laissa la place au rire. Tenaka avait les bras croisés, le visage rouge et sévère.

Finalement, Rayvan prit la parole :

— Je n'aime pas votre plan, mon ami. Et je pense parler pour tout le monde, ici. Mais vous vous êtes montré loyal avec nous, et sans vous les corbeaux festoieraient sur nos cadavres. (Elle soupira et s'inclina sur la table pour poser la main sur le bras de Tenaka.) Vous ne vous en foutez pas, sinon vous ne seriez pas ici, et si vous vous trompez – que le sort en décide. Je me tiendrai à vos côtés. Amenez vos Nadirs, si vous le pouvez, et j'embrasserai le premier de ces bâtards mangeurs de chèvres qui chevauchera avec vous.

Tenaka se détendit et regarda longtemps dans ses grands yeux verts.

— Vous êtes une sacrée femme, Rayvan, murmura-t-il.

— Soyez assez intelligent pour ne pas l'oublier, général !

Chapitre 13

Lorsque le soleil se coucha, Ananaïs quitta la ville à cheval, impatient de se retrouver à l'abri des contraintes bruyantes qui y régnaient. Dans le temps il avait aimé la vie en ville, avec ses interminables soirées et les chasses organisées. Il y avait eu des femmes magnifiques à aimer, des hommes à battre à la lutte ou avec des épées en bois. Il y avait des faucons, des tournois et des bals, et tout cela se superposait, car la plus civilisée des nations occidentales aimait se faire plaisir.

Mais à cette époque-là, il était le Guerrier Doré, un vrai personnage de légende.

Il ôta le masque noir de son visage afin que le vent puisse apaiser ses vilaines blessures. Il trotta jusqu'au sommet d'une colline avoisinante, entourée de sorbiers. Là, il descendit de cheval et s'assit un moment pour regarder les montagnes. Tenaka avait raison – il était inutile de tuer les hommes de la Légion. C'était normal qu'ils souhaitent rentrer chez eux – c'était même leur devoir. Mais la haine était une force puissante, et Ananaïs avait de la haine incrustée dans le cœur. Il haïssait Ceska pour ce qu'il avait fait au pays et à ses habitants, et il haïssait les habitants pour l'avoir laissé faire. Il haïssait les fleurs pour leur beauté et l'air autour de lui pour lui permettre de respirer.

Mais plus que tout, il se haïssait lui-même pour ne pas avoir le courage de mettre un terme à sa souffrance.

Qu'est-ce que les paysans de Skoda pouvaient bien comprendre à ses raisons d'être parmi eux ? Ils l'avaient applaudi le jour de la bataille, et de nouveau quand il était entré dans la cité. Ils l'appelaient « Masque Noir » : un héros sortit tout droit du passé, construit à l'image de l'immortel Druss.

Que savaient-ils de sa souffrance ?

Il regarda son masque. Même là il y avait de la vanité, car un nez avait été sculpté sur le devant. Il aurait tout aussi bien pu y creuser deux trous pour les narines.

Il était devenu un homme sans visage, un homme sans futur. Il n'y avait que le passé qui lui amenait du bonheur – et donc il souffrait. Car tout ce qu'il lui restait, c'était sa force prodigieuse… et celle-ci diminuait. Il avait quarante-six ans et son temps était compté.

Pour la millième fois il revit son combat dans l'arène avec l'Uni. Est-ce qu'il aurait pu tuer la bête autrement ? Est-ce qu'il aurait pu s'épargner ce tourment ? Il regarda le combat une fois de plus à travers le prisme de sa mémoire. Il n'y avait pas d'autre moyen – la bête était trois fois plus forte que lui et au moins deux fois plus rapide. En fin de compte, c'était un miracle qu'il ait réussi à la tuer.

Son cheval poussa un hennissement, et ses oreilles se dressèrent lorsqu'il tourna la tête. Ananaïs remit son masque et attendit. Quelques secondes plus tard, son ouïe fine détecta les pas d'un cheval.

— Ananaïs ! appela Valtaya dans les ténèbres. Vous êtes là ?

Il étouffa un juron. Il n'avait pas envie de compagnie.

— Par ici ! En haut de la colline.

Elle chevaucha jusqu'à lui et se laissa glisser de sa selle. Elle jeta les rênes autour du cou de son cheval. Sous le clair de lune, ses cheveux dorés avaient des reflets argentés et les étoiles se réfléchissaient dans ses yeux.

— Qu'est-ce que vous voulez ? demanda-t-il en s'éloignant pour s'asseoir dans l'herbe.

Elle retira son manteau et l'étendit sur le sol pour s'asseoir à son tour.

— Pourquoi êtes-vous venu jusqu'ici tout seul ?

— Pour être seul, justement. Je dois penser à beaucoup de choses.

— Dites-le et je m'en retourne, fit-elle.

— Je crois que ce serait mieux, répondit-il, mais elle ne bougea pas comme il l'avait prévu.

— Moi aussi, je suis seule, murmura-t-elle. Mais je ne veux pas le rester. Je suis seule et je n'ai nulle part où aller.

— Je ne peux rien vous offrir, femme ! dit-il rageusement.

Sa voix était aussi dure que les mots qu'il venait de prononcer.

— Vous pourriez au moins m'offrir votre compagnie, dit-elle avant de fondre en larmes.

Elles coulèrent le long de ses joues et sa tête tomba ; les sanglots débutèrent.

— Chut, femme, il n'y a aucune raison de verser des larmes. Pourquoi pleurez-vous ? Vous n'avez pas à rester seule. Vous êtes très jolie et Galand a l'air très attiré par vous. C'est un homme bon.

Comme les sanglots continuaient de plus belle, il se rapprocha d'elle, lui passa son bras énorme autour des épaules et l'attira à lui.

Elle colla sa tête contre son torse, et ses sanglots devinrent des cris de désespoir. Il lui tapa dans le dos et lui caressa les cheveux ; elle glissa son bras autour de sa taille et le poussa pour qu'il s'allonge sur le manteau. Un désir violent s'empara d'Ananaïs et il la désira plus que tout au monde. Comme son corps était pressé contre le sien, il sentait la chaleur de ses seins contre sa poitrine.

Elle avança sa main vers le masque, mais il lui attrapa le poignet avec une vitesse qui la surprit.

— Ne fais pas ça ! supplia-t-il en relâchant sa main.

Mais lentement, elle souleva le masque et comme l'air frais passait sur ses cicatrices, il ferma les yeux. Elle posa ses lèvres sur son front, puis sur ses paupières, et enfin ses deux joues en charpie. Il n'avait plus de bouche pour lui rendre ses baisers, aussi pleura-t-il ; elle l'étreignit jusqu'à ce que les pleurs s'arrêtent.

— J'avais juré que je mourrais, finit-il par dire, plutôt que de laisser une femme me regarder ainsi.

— Une femme aime un homme. Un visage n'est pas un homme, pas plus qu'une jambe n'est un homme, ou une main. Je t'aime, Ananaïs ! Et tes cicatrices font partie de toi. Est-ce que tu comprends ?

— Il y a une différence, répondit-il, entre l'amour et la gratitude. Je t'ai sauvée, mais tu ne me dois rien. Tu ne me devras jamais rien.

— C'est vrai – je te suis reconnaissante. Mais je ne m'offre pas à toi par gratitude. Je ne suis plus une enfant. Je sais bien que tu ne m'aimes pas. Pourquoi m'aimerais-tu ? Tu avais le choix entre les plus belles femmes de Drenan et tu n'en as choisi aucune. Mais moi je t'aime, et je te veux – même pour le court temps qu'il nous reste.

— Alors tu sais ?

— Bien sûr que je sais ! Nous ne battrons pas Ceska – nous n'avons jamais eu la moindre chance. Mais ça n'a pas d'importance. Il finira par mourir. Tous les hommes meurent un jour.

— Tu penses que ce que nous faisons n'a pas de sens ?

— Non. Il y aura toujours ceux… il faut qu'il y ait… des gens, toujours, pour s'opposer aux Ceska du monde entier. Comme ça, dans les siècles à venir, les gens sauront qu'il existe des héros prêts à combattre les ténèbres. Nous avons besoin d'hommes tels que Druss et le Comte de Bronze, comme Egel et Karnak, comme Bild ou Ferloquet. Ils nous rendent notre fierté et notre sens du devoir. Et puis nous avons besoin d'hommes tels qu'Ananaïs et Tenaka Khan. Ce n'est pas grave si le Porteur de torche ne peut pas gagner – l'important c'est que la flamme brille un instant.

— Tu es cultivée, Val, dit-il.

— Je ne suis pas une sotte, Ananaïs.

Elle s'allongea sur lui et embrassa de nouveau son visage. Gentiment, elle appuya sa bouche contre la sienne. Il grogna et ses bras puissants l'enlacèrent.

Rayvan n'arrivait pas à trouver le sommeil ; l'air était oppressant, chargé d'orage. Elle repoussa ses couvertures et quitta son lit, se couvrant le corps d'un châle en laine. Elle ouvrit grand la fenêtre, mais il n'y avait pas une once de vent en provenance des montagnes.

Le ciel avait l'apparence d'une soie noire et de petites chauves-souris voletaient aux environs de la tour et dans les arbres fruitiers du jardin. Un blaireau, pris dans un rayon de lune, regarda vers sa fenêtre et se traîna jusqu'aux fourrés. Elle soupira… La nuit était si belle. Un léger mouvement attira son attention et, de la fenêtre, elle put discerner la forme d'un homme à la cape blanche agenouillé devant un rosier. Il se leva, et dans ce geste fluide elle reconnut Decado.

Rayvan quitta sa fenêtre et s'en alla sans faire de bruit dans les longs couloirs. Elle descendit les escaliers en colimaçon jusqu'au jardin. Decado était appuyé à un petit mur et il regardait les montagnes éclairées par la lune. Il entendit Rayvan approcher et se retourna pour l'accueillir, un fantôme de sourire chaleureux sur ses fines lèvres.

— Perdu dans vos rêveries ? lui demanda-t-elle.

— Non, je pensais, simplement.

— C'est un bon endroit pour réfléchir. C'est paisible.

— Oui.

— Je suis née là-haut, dit-elle en désignant un point à l'est. Mon père avait une petite ferme avec des poneys, principalement. La vie y était douce.

— Nous ne pourrons pas protéger tout ça, Rayvan.

— Je sais. Quand le temps sera venu, nous nous replierons dans les hauteurs, là où les cols sont plus étroits.

Il acquiesça.

— Je ne crois pas que Tenaka reviendra.

— Ne l'enterrez pas encore, Decado. C'est un homme rusé.

— Pas la peine de me le dire – j'ai servi sous ses ordres pendant six ans.

— Vous l'aimez bien ?

Un sourire soudain vint illuminer son visage, consumant les années qui pesaient sur lui.

— Bien sûr que je l'aime. Il est ce que j'ai de plus proche comme ami.

— Et vos hommes, les Trente ?

— Quoi, les Trente ? demanda-t-il, sur ses gardes.

— Vous les considérez comme vos amis ?

— Non.

— Alors pourquoi vous suivent-ils ?

— Qui sait ? Ils ont un rêve : le désir de mourir. Ça me dépasse. Mais parlez-moi plutôt de votre ferme. Vous y étiez heureuse ?

— Oui. Un bon mari, de beaux enfants et une terre bien grasse sous le soleil. Qu'est-ce qu'une femme pourrait demander de plus dans son voyage entre la vie et la mort ?

— Vous aimiez votre mari ?

—Quel genre de question est-ce là? répliqua-t-elle sèchement.

—Je ne voulais pas vous offenser. Mais vous ne l'avez jamais appelé par son nom.

—Cela n'a rien à voir avec un manque d'amour. En fait, ce serait plutôt l'inverse. Quand je dis son nom, cela me rappelle ce que j'ai perdu. Mais je porte son image en permanence dans mon cœur – vous comprenez?

—Oui.

—Alors pourquoi ne vous êtes-vous jamais marié?

—Je ne l'ai jamais voulu; je n'ai jamais eu le désir de partager ma vie avec une femme. Je ne suis pas à l'aise avec les gens, sauf s'ils sont comme moi.

—Alors vous avez été sage, dit Rayvan.

—Vous croyez?

—Oui. Vous et vos amis, vous vous ressemblez beaucoup, vous savez. Vous êtes des hommes incomplets – terriblement tristes et seuls. Ce n'est pas étonnant que vous soyez attirés les uns par les autres! Nous, nous partageons nos vies, nous échangeons des plaisanteries et des grandes histoires, nous rions et pleurons ensemble. Nous vivons, aimons et grandissons. Nous nous offrons de petites consolations tous les jours, ce qui nous aide à survivre. Mais vous, vous n'avez rien de tel à vous offrir. Et c'est pour cela que vous offrez vos vies – ou vos morts.

—Ce n'est pas aussi simple, Rayvan.

—La vie l'est rarement, Decado. Mais encore une fois, je ne suis qu'une simple montagnarde et je ne décris que ce que je vois.

—Allons donc, ma dame, il n'y a rien de simple en vous. Mais supposons – un instant – que vous ayez raison. Est-ce que vous croyez que Tenaka, ou Ananaïs, ou moi-même, avons choisi d'être comme nous sommes? Mon grand-père avait un chien. Il a fait en sorte que ce chien haïsse les Nadirs. Il a engagé un vieil homme, dans sa tribu, pour venir chaque soir dans le jardin battre le chiot avec une cravache.

» Le chiot a grandi en haïssant le vieil homme et tous ceux de sa race aux yeux bridés. Est-ce que vous pensez que c'est la faute du chien ? Tenaka Khan a été élevé dans la haine, et même s'il n'a pas répondu à l'identique, l'absence d'amour lui a laissé des séquelles. Il s'est acheté une femme et lui a prodigué tous ses soins. Aujourd'hui elle est morte et il n'a plus rien.

» Ananaïs ? Il n'y a qu'à le regarder pour connaître le poids de sa peine. Mais ce n'est pas la seule histoire. Son père est mort de folie après avoir tué sa mère devant lui. Et encore avant, son père avait couché avec la sœur d'Ani… elle est morte en couches.

» En ce qui me concerne, l'histoire est encore plus triste et plus sordide. Alors épargnez-moi vos homélies montagnardes, Rayvan. Si n'importe lequel d'entre nous avait grandi sur les pentes de ces montagnes, je ne doute pas qu'il serait devenu un homme meilleur.

Elle sourit et se hissa sur le mur, puis se dévissa le cou pour le regarder.

— Gros benêt ! dit-elle. Je n'ai pas dit que vous aviez besoin d'être de meilleurs hommes. Vous êtes les meilleurs des hommes et je vous aime tous les trois. Vous n'êtes pas comme le chien de votre grand-père, Decado – vous êtes un homme. Et un homme peut surmonter ses origines de la même manière qu'il surclasse un adversaire. Vous devriez regarder plus souvent autour de vous : regardez comme les gens se touchent et se témoignent leur amour. Mais ne regardez pas cela froidement, comme un simple observateur. Ne planez pas au-dessus de la vie – participez.

Il y a des gens autour de vous qui attendent de vous aimer. Ce n'est pas quelque chose à prendre à la légère.

— Nous sommes ce que nous sommes, ma dame ; nous ne demandons rien de plus. Je suis un bretteur. Ananaïs est un guerrier. Tenaka est un général sans égal. Notre passé a fait de nous ce que nous sommes. Et vous avez besoin de nous tels que vous nous voyez.

— Peut-être. Mais peut-être pourriez-vous être plus grands encore.

— Eh bien, le temps arrive où nous allons tenter notre chance. Venez – je vous raccompagne jusqu'à votre chambre.

Scaler était assis sur son grand lit, le regard rivé à la porte tachetée de noir. Tenaka était parti, mais il pouvait toujours voir le grand guerrier nadir lui donnant ses ordres à voix basse.

Tout cela était une farce – il était prisonnier ici, empêtré dans une aventure de héros.

S'emparer de Dros Delnoch ?

Ananaïs pouvait le faire, en chargeant tout seul dans le soleil de l'aube, une épée d'argent à la main. Tenaka aussi pouvait le faire, en improvisant un plan, le genre de coup de génie qui nécessite seulement un bout de ficelle et trois cailloux. C'étaient des hommes taillés pour la légende, créés par les dieux, dont on fait les sagas.

Mais quelle place pouvait prendre Scaler dans tout cela ?

Il alla se regarder dans le long miroir près de la fenêtre. Un grand jeune homme aux cheveux noirs jusque sur les épaules, maintenus par un bandeau de cuir, lui rendit son regard. Les yeux étaient clairs et intelligents, le menton carré, ce qui faisait déjà mentir les poètes des sagas. Son gilet à franges, en daim, tombait parfaitement, et était serré à la taille par un épais baudrier. Une dague pendait sur le côté gauche. Ses jambières étaient faites d'un cuir souple noir et ses bottes lui remontaient jusqu'aux cuisses, à la façon de la Légion. Il prit son épée et la rangea dans son fourreau de cuir à son côté.

— Pauvre idiot ! lui lança le guerrier du miroir. Tu aurais mieux fait de rester chez toi.

Il avait essayé de dire à Tenaka à quel point il ne se sentait pas bien équipé pour ce genre de mission, mais le Nadir lui avait souri et l'avait ignoré.

« Le sang qui coule dans tes veines te fera réussir, Arvan », lui avait-il dit. Des mots ! Rien que des mots. Le sang n'était qu'un liquide noirâtre – il ne transportait ni secret, ni mystère. Le courage venait de l'âme, ce n'était pas un don qui se transmettait de génération en génération.

La porte s'ouvrit et Scaler se retourna pour voir entrer Païen. L'homme noir le salua d'un sourire et s'assit dans un grand fauteuil en cuir. Dans la lumière de la lanterne, il avait l'air dangereusement énorme ; d'ailleurs ses épaules remplissaient tout le fauteuil. *Il est comme tous les autres,* pensa Scaler, *un homme capable de déplacer des montagnes.*

— Vous venez me voir partir ? demanda-t-il pour rompre le silence.

L'homme noir secoua la tête.

— Je viens avec toi.

Le soulagement fut presque physique, mais Scaler cacha cette émotion.

— Pourquoi ?

— Pourquoi pas ? J'aime aller à cheval.

— Vous connaissez ma mission ?

— Tu dois t'emparer d'un fort et ouvrir les portes pour les guerriers de Tenaka.

— Ce n'est pas aussi simple que vous le laissez entendre, fit Scaler en retournant s'asseoir sur le lit.

L'épée se tortilla entre ses jambes et il dut l'ajuster.

— Ne t'inquiète donc pas, tu trouveras quelque chose, déclara Païen en souriant. Quand veux-tu que nous partions ?

— Dans deux ans, à peu près.

— Ne sois pas si dur avec toi-même, Scaler ; cela ne fait jamais de bien. Je sais que ta mission est difficile. Dros Delnoch est une cité avec six murs et une forteresse. Il y a plus de sept mille guerriers en garnison là-bas – et une cinquantaine d'Unis. Mais nous ferons de notre mieux. Tenaka dit que tu as un plan.

Scaler gloussa.

— C'est gentil de sa part. C'est lui qui l'a conçu il y a des jours de cela et il a attendu que je le trouve à mon tour !

— Eh bien, explique-le-moi.

— Les Sathulis – c'est un peuple du désert et des montagnes, féroce et indépendant. Pendant des siècles, ils ont combattu les Drenaïs pour la possession des montagnes de Delnoch. Pendant la Première Guerre nadire, ils ont aidé mon ancêtre, le Comte de Bronze. En échange, il leur a donné leur pays. Je ne sais pas combien ils sont – peut-être dix mille, peut-être moins. Mais Ceska a annulé le traité d'origine et les affrontements ont repris aux frontières.

— Tu vas donc chercher de l'aide auprès de ce peuple ?

— Oui.

— Mais sans grand espoir de succès ?

— C'est le moins qu'on puisse dire. Les Sathulis ont toujours détesté les Drenaïs. Nous ne nous faisons pas confiance. Pire encore, ils méprisent les Nadirs. Et même s'ils nous aident, comment ferai-je pour qu'ils quittent ensuite la forteresse ?

— Un problème à la fois, Scaler !

Scaler se leva, et l'épée se tordit une fois de plus, manquant de le faire tomber ; il arracha le fourreau de sa ceinture et le jeta sur le lit.

— Un problème à la fois ? Très bien ! Passons les problèmes en revue. Je ne suis pas un guerrier, je ne sais pas manier l'épée. Je n'ai jamais été un soldat. J'ai peur des batailles et je n'ai jamais brillé question tactique. Je ne suis pas un chef et j'aurais déjà du mal à convaincre des gens affamés de me suivre à la cuisine. Alors, par quel problème commence-t-on ?

— Assieds-toi, mon garçon, fit Païen en s'avançant, les mains posées sur les bras du fauteuil.

Scaler se rassit, sa colère s'estompant.

— Et maintenant, écoute-moi bien ! Dans mon pays, je suis un roi. Je suis monté sur le trône par le sang et la mort, je suis le premier de ma race à avoir porté l'Opale. Quand j'étais jeune et plein d'orgueil, un vieux prêtre est venu me dire que je brûlerai dans les flammes de l'Enfer pour mes crimes. J'ai demandé à l'un de mes régiments de construire un feu de joie avec beaucoup d'arbres. Personne ne pouvait approcher du feu à moins de trente pas et les flammes allaient lécher la voûte des cieux. Puis j'ai demandé à ce régiment d'éteindre les flammes. Dix mille hommes se sont jetés dans le feu pour l'éteindre. « Si je dois aller en Enfer », ai-je alors dit au prêtre, « mes hommes m'accompagneront et éteindront les flammes. » Je règne sur un royaume qui s'étend de la mer des Âmes aux montagnes de la Lune. J'ai survécu au poison dans mes coupes, à des coups de dague dans mon dos, à des faux amis et à de nobles ennemis, à des fils traîtres et même à des épidémies. Et pourtant, je te suivrai, Scaler.

Scaler déglutit en regardant les flammèches danser sur les traits d'ébène de l'homme assis dans le fauteuil.

— Pourquoi ? Pourquoi veux-tu me suivre ?

— Parce que cette chose doit être accomplie. Et maintenant, je vais t'avouer un grand secret, et si tu es sage, tu le garderas dans ton cœur. Tous les hommes sont stupides. Ils sont rongés par la peur et l'insécurité – ils sont faibles. Celui d'en face a toujours l'air d'être plus fort que toi, plus confiant, plus capable. C'est le pire des mensonges, car c'est à nous-mêmes que nous mentons.

» Toi, par exemple. Quand je suis entré dans cette pièce, j'étais ton ami noir, Païen – grand, fort et amical. Mais maintenant, qu'est-ce que je suis ? Ne suis-je pas un roi sauvage, bien au-dessus de toi ? Est-ce que tu n'as pas honte d'avoir confié tes petites angoisses à quelqu'un comme moi ?

Scaler acquiesça.

— Et pourtant, suis-je un roi ? Est-ce que j'ai vraiment ordonné à ce régiment de se jeter dans le feu ? Comment peux-tu en être sûr ? Tu ne peux pas ! Tu as écouté la voix de ton incompétence, et aussi parce que tu crois être en mon pouvoir. Car si je dégaine mon épée, tu es un homme mort !

» Et pourtant, quand je te regarde, je vois un jeune homme courageux, bien bâti et dans sa prime jeunesse. Tu pourrais être le prince des assassins, le plus terrible guerrier sous le soleil. Tu pourrais être un empereur, un général, un poète...

» Pas un chef, Scaler ? N'importe qui peut être chef parce que tout le monde a besoin d'un chef.

— Je ne suis pas Tenaka Khan, répondit Scaler. Je ne suis pas de la même race.

— Reparle-moi de ça dans un mois. Mais pour l'instant, remplis ton rôle. Tu seras étonné par le nombre de personnes qu'on peut tromper. Ne partage jamais tes doutes ! La vie est un jeu, Scaler. Vis en conséquence.

Scaler sourit.

— Pourquoi pas ? Mais dis-moi – as-tu vraiment envoyé ces gens dans le feu ?

— D'après toi ? répondit Païen, dont le visage se durcissait, les yeux brillants dans la lumière de la chandelle.

— Non, tu ne l'as pas fait !

Païen sourit.

— Non ! Les chevaux seront prêts à l'aube – à tout à l'heure.

— Assure-toi que nous avons suffisamment de gâteaux au miel – Belder en est très friand.

Païen secoua la tête.

— Le vieil homme ne viendra pas. Sa présence n'est pas bonne pour toi, et il a perdu son esprit combatif. Il vaut mieux qu'il reste derrière nous.

— Si tu dois me suivre, alors tu feras comme je te l'ordonne, rétorqua hargneusement Scaler. Trois chevaux, et Belder nous accompagnent !

Les sourcils du Noir se levèrent et il écarta les mains.

— Très bien.

Il ouvrit la porte.

— J'étais comment ? demanda Scaler.

— C'est pas mal pour un début. À demain matin.

En retournant dans sa chambre, Païen était maussade. Il posa son barda sur le lit et étala toutes les armes qu'il emmènerait le lendemain : deux couteaux de chasse, aiguisés comme des rasoirs ; quatre couteaux de lancer à ranger dans sa ceinture à bandoulière ; une épée courte aux bords tranchants et une hache à double lame qu'il glisserait sous sa selle.

Il se déshabilla et se passa sur le corps une huile qu'il sortit de son sac. Il massa fermement les muscles froissés de ses épaules. L'air humide de l'ouest pénétrait jusque dans ses os.

Son esprit remonta dans le temps. Il sentait toujours la chaleur du brasier sur sa peau, et les cris de ses guerriers courant dans les flammes résonnaient encore…

Tenaka descendit des montagnes pour chevaucher dans les plaines vagriannes. Le soleil venait de se lever derrière son épaule gauche et les nuages s'accumulaient au-dessus de sa tête. La brise soufflait dans ses cheveux et il se sentait en harmonie ; pourtant, il y avait plus d'un problème qui l'attendait, mais il se sentait léger et libre de toute contrainte.

Il se demanda si son héritage nadir n'était pas responsable de son mal-être dès qu'il était entouré de citoyens, avec leurs grands murs et leurs fenêtres closes. La brise redoubla et Tenaka sourit.

Demain, la mort pourrait lui sauter dessus à la vitesse d'une flèche – mais aujourd'hui… il allait bien.

Il rejeta toute pensée de Skoda – Ananaïs pouvait gérer les problèmes avec Rayvan. Scaler aussi était seul à présent, il chevauchait vers son propre destin. Tout ce que Tenaka pouvait faire, c'était remplir sa part de l'histoire.

Son esprit remonta jusqu'à son enfance parmi les tribus. Lances, Têtes-de-Loup, Singes-Verts, Montagne-Funèbre, Voleurs-d'Âme. Tant de factions, tant de territoires à couvrir.

Les Têtes-de-Loup, la tribu d'Ulric, étaient reconnus comme les combattants d'élite : les Seigneurs des Steppes, les Porteurs de Guerre. Ils pensaient comme des loups, et leur férocité en temps de guerre était légendaire. Mais qui dirigeait ces Loups aujourd'hui ? Jongir était certainement mort.

Tenaka essaya de se remémorer les contemporains de sa jeunesse :

Langue-de-Couteau, rapide à la colère et lent au pardon. Intelligent, plein de ressources et ambitieux.

Abadaï Boit-la-Foi, retors et fervent croyant des traditions chamaniques.

Tsuboy, plus connu sous le nom de Selle-de-Crâne, depuis qu'il avait tué un pillard et orné le pommeau de sa selle du crâne de son ennemi.

Ces trois-là étaient les petits-fils de Jongir. Tous descendaient d'Ulric.

En revoyant leur visage, les yeux violets de Tenaka prirent une teinte sinistre et froide. Ils avaient tous les trois témoigné de leur haine envers le sang-mêlé.

Abadaï avait été le plus vicieux de tous, et il avait même eu recours au poison durant la Fête des Longs Couteaux. Heureusement, Shillat, en mère attentive, l'avait vu verser la poudre dans la coupe de son fils.

Mais personne n'avait jamais défié Tenaka en face, car à peine âgé de quatorze ans, il avait déjà hérité du surnom de Danse-Lames. Et il était aguerri dans toutes les armes de bataille.

Il passait des heures et des heures, toutes les nuits, autour des feux où les vieillards racontaient les guerres passées, et il apprit là les premières règles de tactique et de stratégie. À quinze ans, il connaissait tous les conflits de l'histoire des Têtes-de-Loup.

Tenaka tira sur les rênes et regarda les lointaines montagnes de Delnoch.

Nadirs nous,
Jeunes nés,
Massacreurs
À la hache,
Vainqueurs toujours.

Il rit et donna un coup de talons dans les flancs de son hongre. La bête grogna et partit au triple galop à travers la plaine, ses sabots faisant un bruit de tambour dans le silence du petit matin.

Tenaka laissa le cheval courir ainsi quelques minutes, avant de le faire ralentir et finalement trotter. Ils avaient encore beaucoup de kilomètres à parcourir, et même si la bête était d'attaque il était inutile de l'épuiser trop vite.

Par tous les dieux, cela faisait du bien d'être libéré de tout ce monde ! Même de Renya.

Elle était belle et il l'aimait, mais c'était aussi un homme qui avait besoin de solitude – il fallait qu'il soit seul pour concocter ses plans.

Elle l'avait écouté sans dire un mot lorsqu'il lui avait appris qu'il allait voyager seul. Il s'attendait qu'elle lui donne du fil à retordre, mais elle n'avait pas protesté. Au lieu de cela, elle l'avait pris dans ses bras et ils avaient fait l'amour, sans passion mais avec tendresse.

S'il survivait à cette aventure de fous, il l'emmènerait chez lui, et dans son cœur. S'il survivait ? Il calcula ses chances et estima qu'elles étaient à cent contre une… peut-être mille contre une. Une pensée soudaine lui traversa l'esprit. Était-il idiot ? Il avait Renya et une fortune qui l'attendait en Ventria. Pourquoi risquer de tout perdre ?

Est-ce qu'il aimait Drenaï ? Il soupesa la question, sachant bien que non, mais quand même, ses sentiments l'intriguaient. Les gens ne l'avaient jamais accepté, même en tant que général du Dragon. Et la terre, aussi belle soit-elle, n'avait pas la splendeur sauvage des Steppes. Alors quels étaient ses vrais sentiments ?

La mort d'Illae, survenue presque en même temps que la destruction du Dragon, l'avait rendu un peu dérangé. La honte qu'il avait ressentie d'avoir méprisé ses amis s'était mélangée au sentiment d'agonie qu'il avait vécu avec la mort d'Illae. Et, d'une certaine manière, il s'était mis à penser que sa mort était sa punition pour avoir manqué à son devoir. Seule la mort de Ceska – et donc la sienne – pouvait laver cette honte. Mais aujourd'hui, tout était différent.

Ananaïs se battrait seul s'il le fallait, croyant jusqu'au bout en la parole de Tenaka et sa promesse de retour. L'amitié était quelque chose d'infiniment plus solide et plus motivant que l'amour de la terre. Tenaka Khan chevaucherait dans le plus profond des puits de l'Enfer, et endurerait les pires tourments sur cette terre, pour pouvoir tenir sa promesse envers Ananaïs.

Il jeta un regard en arrière, vers les montagnes de Skoda. C'est là que les premières morts surviendraient. La bande de Rayvan était sur l'enclume de l'histoire, faisant face de manière insolente au marteau de Ceska.

Ananaïs avait fait un bout de chemin avec lui jusqu'à la sortie de la ville, avant l'aube. Ils s'étaient arrêtés au sommet d'une colline.

— Prends soin de toi, espèce de serpillière nadire !

— Et toi, Drenaï, prends garde à tes vallées !

— Sérieusement, Tani, fais attention. Va chercher ton armée et reviens vite. Nous ne tiendrons pas longtemps. Je suppose qu'ils vont d'abord nous envoyer une force de Delnoch afin de nous éprouver avant le véritable assaut.

Tenaka acquiesça.

— Ils vont vous harceler. Utilisez les Trente à bon escient ; ils vous seront d'une aide inestimable ces prochains jours. Est-ce que tu as déjà prévu ton point de repli ?

— Oui, nous acheminons en ce moment des provisions vers l'intérieur du pays, au sud. Il y a là-bas deux cols assez étroits pour que nous puissions les défendre. Mais s'ils nous repoussent là aussi, alors c'en est fini de nous. Il n'y a pas d'autre endroit où se replier.

Les deux hommes se serrèrent les mains, puis se donnèrent l'accolade.

— Je veux que tu saches…, commença Tenaka, mais Ananaïs lui coupa la parole.

— Je sais, mon gars ! Dépêche-toi. Tu peux faire confiance à ce bon vieux Masque Noir pour défendre le fort.

Tenaka sourit et s'en alla au galop vers les plaines vagriannes.

Chapitre 14

Durant six jours, il n'y eut pas le moindre signe d'activité hostile sur la frontière est de Skoda. Les réfugiés descendaient en grand nombre des montagnes, colportant des récits de tortures, de famine et de terreur. Les Trente sondèrent les réfugiés du mieux qu'ils purent, refoulant aussitôt ceux qui mentaient ou qui cachaient leur sympathie pour Ceska.

Mais, jour après jour, le nombre de réfugiés augmentait et la terre se vidait de son sang. Des camps furent montés dans plusieurs vallées et d'un seul coup Ananaïs se retrouva confronté à des problèmes sanitaires, mais aussi de ravitaillement. Rayvan l'en déchargea d'une bonne partie, en organisant les réfugiés en pelotons, afin de creuser des latrines ou construire des abris pour les personnes âgées ou les infirmes.

Toutes les heures, des jeunes gens venaient se porter volontaires pour rejoindre l'armée. Galand, Parsal et Lake durent faire le tri et leur trouver des tâches à accomplir dans la milice de Skoda.

Mais ils voulaient tous se battre pour Masque Noir, le géant à l'uniforme sombre, celui qu'ils surnommaient déjà « le Fléau de Ceska ». Parmi les nouveaux venus il y avait des poètes dont les premières chansons flottaient dans la vallée, le soir, autour des feux de camp.

Cela eut tendance à agacer Ananaïs, mais il le cacha bien, sachant à quel point ces légendes seraient nécessaires dans les jours à venir.

Tous les matins, il chevauchait dans les montagnes pour étudier les vallées et les collines, afin de jauger les distances et les angles d'attaque. Il chargea des hommes de creuser des tranchées et de construire des murs de terre, de bouger des rochers afin de faire des abris. On cacha des flèches et des lances à différents endroits, ainsi que des sacs de victuailles qu'on accrocha aux branches des arbres et qu'on camoufla avec du feuillage. Chaque chef de section connaissait trois planques au minimum.

Quand le soleil se couchait, Ananaïs réunissait les chefs de section autour d'un feu et leur posait des questions sur leur journée d'entraînement, et il les encourageait à proposer des idées, des stratégies et des plans. Il notait soigneusement le nom de ceux qui le faisaient, et il restait avec eux après avoir fait rompre les autres. Lake, malgré son côté idéaliste, était un fin penseur qui répondait toujours de manière intelligente. Sa connaissance du terrain était vaste, aussi Ananaïs le mettait-il beaucoup à contribution. Galand aussi était un guerrier intelligent, et les hommes le respectaient ; il était solide, loyal : on pouvait compter sur lui. Son frère Parsal, lui, n'était pas un penseur, mais son courage était remarquable. À ceux-là, qui formaient son cercle, il ajouta deux autres personnes : Turs et Irit. Des solitaires un peu taciturnes, d'anciens pillards qui gagnaient leur vie en passant la frontière vagrianne pour y voler du bétail et des chevaux qu'ils vendaient ensuite dans les vallées occidentales. Turs était jeune et avait du feu dans les veines ; son frère et deux de ses sœurs avaient été tués dans la razzia durant laquelle Rayvan s'était rebellée. Irit était plus âgé, élancé comme un loup, et avait la peau dure comme du cuir tanné. Les hommes de Skoda les respectaient tous les deux et écoutaient en silence quand ils parlaient.

C'était Irit qui avait annoncé la venue du héraut, le septième jour après le départ de Tenaka.

Ananaïs était en train de reconnaître le versant occidental des montagnes de Carduil lorsque Irit le trouva. Ils cravachèrent côte à côte en direction de l'est.

Leurs chevaux étaient couverts d'écume quand ils atteignirent finalement la vallée à l'aube. Là, Decado et six des Trente attendaient Ananaïs pour le saluer. Autour d'eux, il y avait deux cents hommes de Skoda, déjà en position, dominant la plaine.

Ananaïs escalada un affleurement escarpé. En dessous, six cents guerriers arboraient le rouge de Delnoch. Au centre de ces hommes, se trouvait un cheval blanc avec un vieil homme en robe bleue. Sa barbe était longue et blanche. Ananaïs le reconnut et sourit sombrement.

—Qui est-ce ? demanda Irit.

—Breight. On le surnomme le Survivant. Je ne suis pas surpris – il a été conseiller pendant plus de quarante ans.

—C'est certainement un homme de main de Ceska, dit Irit.

—Non, il n'est l'homme de personne. Mais ce fut une sage décision de l'envoyer, car c'est un patricien et un diplomate. Il pourrait te faire croire que les loups pondent des œufs.

—Doit-on aller chercher Rayvan ?

—Non, je vais parler avec lui.

À ce moment, six hommes arrivèrent à cheval pour se porter aux côtés du conseiller. Leurs armures et leurs capes étaient noires. Ananaïs les regarda lever la tête vers lui, et il sentit leur regard sur sa peau ; de la glace coulait dans ses veines.

— Decado ! hurla-t-il comme la peur le submergeait.

Instantanément, la chaleur de l'amitié l'enveloppa car Decado et ses guerriers utilisaient leurs pouvoirs mentaux pour le protéger.

À présent en colère, Ananaïs beugla à Breight de s'approcher. Le vieil homme hésita, mais un de ses Templiers se pencha vers lui et il éperonna son cheval, gravissant maladroitement la pente.

— C'est suffisant ! fit Ananaïs en avançant à son tour.

— Est-ce toi, Guerrier Doré ? demanda Breight, la voix grave et résonnante.

Ses yeux marron étaient trop amicaux.

— C'est bien moi. Dis ce que tu as à dire.

— La rudesse n'a pas sa place entre nous, Ananaïs. N'étais-je pas le premier à t'applaudir quand tu revenais triomphant de tes batailles ? N'est-ce pas moi qui t'ai permis d'avoir ton poste dans le Dragon ? N'étais-je pas le tuteur de ta mère ?

— Et bien plus encore, vieil homme ! Mais aujourd'hui, tu n'es plus que le vil laquais d'un tyran, et le passé est mort.

— Tu fais une erreur de jugement sur mon seigneur Ceska – il n'a que le bien de Drenaï dans son cœur. Les temps sont durs, Ananaïs. Durs et amers. Nos ennemis mènent une guerre silencieuse contre nous, et ils nous affament. Il n'y a pas un royaume autour de nous qui souhaite que Drenaï prospère, car cela signifierait la fin de leur corruption.

— Épargne-moi ces sottises, Breight ! Je n'ai pas de temps à perdre à discuter avec toi. Que veux-tu ?

— Je vois que tes affreuses blessures t'ont aigri, mon ami, et j'en suis désolé. Je t'offre le pardon royal ! Mon seigneur est gravement courroucé par tes actions contre lui, néanmoins tes actes passés t'ont gagné une place dans son cœur. En ton honneur, il a pardonné à tous ceux qui se sont opposés à lui dans Skoda. De plus, il promet d'étudier personnellement chacun de tes griefs, réels ou imaginaires. Peut-on être plus honnête que cela ?

Breight avait fait porter sa voix de manière à être entendu par les défenseurs et il observa leur réaction.

— Ceska ne connaîtrait pas la signification du mot « honnête », même si on le lui marquait au fer sur les fesses, déclara Ananaïs. Ce n'est pas un homme, c'est un serpent !

— Je comprends ta haine, Ananaïs : regarde-toi… défiguré, difforme, inhumain. Mais il doit bien rester une once d'humanité en toi ? Pourquoi ta haine devrait-elle condamner des milliers d'innocents ? Tu ne peux pas gagner ! Les Unis sont en train de se rassembler, et il n'y a pas une armée à la surface de la terre qui puisse leur tenir tête. Est-ce que tu veux être responsable de l'anéantissement de ton peuple ? Regarde au fond de ton cœur, mon ami !

— Je ne discuterai pas avec toi, vieillard. Des hommes t'attendent en bas, et parmi eux il y a des Templiers – ceux-là même qui se nourrissent de la chair des enfants. Tes bêtes à moitié humaines se rassemblent à Drenan, et pourtant, chaque jour, des milliers d'innocents viennent nous rejoindre dans ce dernier bastion de la liberté. Tout cela prouve que tes paroles ne sont que mensonges. Je ne suis même pas en colère contre toi, Breight le Survivant ! Tu as vendu ton âme pour un lit avec des draps de soie. Mais je peux te comprendre – tu es un vieil homme apeuré qui n'a jamais osé vivre, parce que tu avais trop peur de vivre.

» Dans ces montagnes, il y a la vie, et l'air a goût de vin. Tu as raison de dire que nous ne pouvons pas tenir tête aux Unis. Nous le savons bien, car nous ne sommes pas stupides. Il n'y a pas de gloire à gagner ici ; mais nous sommes des hommes, et les fils des hommes, et nous ne plions devant personne. Pourquoi ne te joins-tu pas à nous pour apprendre les joies de la liberté ?

— La liberté ? Tu vis dans une cage, Ananaïs. Les Vagrians ne vous laisseront jamais passer à l'est, et nous, nous vous attendons à l'ouest. Tu te fais des illusions. La liberté à quel prix ? Dans quelques jours, les armées de l'Empereur se rassembleront ici, et elles rempliront la plaine. Tu as vu les Unis de Ceska – eh bien, il y en a de nouveaux. Des bêtes énormes, mélangées à des singes de l'Est, de grands ours du Nord, des loups du Sud. Ils frappent comme l'éclair, et se nourrissent de chair humaine. Ta minable petite troupe sera balayée comme de la poussière. Alors parle-moi de ta liberté, Ananaïs. Moi, je ne veux pas être libre et dans une tombe.

— Et pourtant la tombe se rapproche de toi, Breight, par chacun de tes cheveux blancs, chacune de tes rides. La mort te fait de l'ombre et bientôt elle posera ses mains glacées sur tes yeux. Tu ne peux pas y échapper ! Va-t'en, petit homme, tes jours sont comptés.

Breight regarda les défenseurs et ouvrit ses bras.

— Ne laissez pas cet homme vous tromper ! cria-t-il. Mon seigneur Ceska est un homme d'honneur et il tiendra sa promesse.

— Rentre chez toi, et va mourir ! fit Ananaïs en tournant les talons pour repartir au milieu de ses hommes.

— La mort te trouvera avant moi, hurla Breight, et sa venue sera terrible.

Puis le vieil homme tourna bride et descendit la colline.

— Je pense que la guerre va commencer demain, grommela Irit.

Ananaïs acquiesça et fit un geste à Decado.

— Qu'en penses-tu ?

Decado haussa les épaules.

— Nous n'avons pas pu percer les défenses des Templiers à cheval.

— Est-ce qu'ils ont percé les nôtres ?

— Non.

— Donc nous commençons à égalité, apprécia Ananaïs. Mais ils ont essayé de nous gagner avec des mots. À présent, c'est l'heure des épées et ils vont essayer de nous porter un coup au moral par une attaque surprise. La question est : où ? et qu'allons-nous pouvoir faire ?

— Eh bien, dit Decado, on a un jour posé au grand Tertullian la question de savoir ce qu'il ferait s'il était attaqué par un homme plus fort, plus rapide et infiniment plus adroit que lui.

— Qu'est-ce qu'il a répondu ?

— Il a dit qu'il lui couperait la tête, ça lui apprendrait à mentir.

— Pas mal, intervint Irit, mais aujourd'hui les mots ne valent pas un pet de lapin.

— C'est vrai, admit Ananaïs en souriant. Alors que suggères-tu, montagnard ?

— Allons leur couper la tête !

La hutte était baignée d'une douce lumière rougeoyante ; la bûche se consumait lentement. Ananaïs était allongé sur le lit, la tête contre le bras. Valtaya était assise à ses côtés et lui passait de l'huile sur les épaules et dans le dos – elle dénouait ses muscles et tous les points de tension autour de la colonne vertébrale. Ses doigts étaient puissants, et le rythme lent qu'elle imposait à ses mains reposait Ananaïs. Il soupira et tomba dans un demi-sommeil où il fit les rêves des jours meilleurs.

Comme ses doigts commençaient à brûler de fatigue, elle arrêta et utilisa un instant ses paumes. La respiration d'Ananaïs s'intensifia. Elle l'enveloppa alors d'une couverture et tira une chaise à côté du lit, où elle s'assit pour contempler son visage détruit. La profonde cicatrice sous son œil semblait aller mieux, elle commençait à sécher ; elle passa un peu d'huile apaisante sur la peau. Sa respiration devint un reniflement car l'air passait par deux petits trous ovales, là où aurait dû se trouver son nez. Valtaya se renfonça dans sa chaise, la tristesse la dévorant de l'intérieur. C'était un homme bon et il ne méritait pas ce destin. Cela lui avait sapé presque tout son courage que de l'embrasser, et même à présent elle avait du mal à regarder son visage sans éprouver de répulsion. Et pourtant elle l'aimait.

La vie était cruelle et infiniment triste.

Elle avait couché avec beaucoup d'hommes dans sa vie. Cela avait été une vocation, une profession même. Durant cette dernière période, elle avait dû coucher avec des hommes très laids, mais elle avait appris à cacher ses sentiments. Aujourd'hui, elle était contente que cela lui serve à quelque chose, car lorsqu'elle avait retiré le masque d'Ananaïs, deux sentiments l'avaient frappée simultanément. Le premier, ce fut l'horreur provoquée par ce visage mutilé. Le deuxième, ce fut la terrible angoisse qu'elle perçut dans ses yeux. Il avait beau être fort, à ce moment précis il n'était pas plus solide que du cristal. Et là, elle avait fait glisser son regard sur ses cheveux – des mèches dorées et bouclées, entrecroisées d'argent. Le Guerrier Doré ! Comme il avait dû être beau… comme un dieu. Elle passa une main dans sa propre chevelure, la dégageant de ses yeux.

Fatiguée, elle se leva et étira son dos. La fenêtre était entrebâillée, elle l'ouvrit en grand. Dehors, la vallée était silencieuse sous le quartier de lune.

— J'aimerais tellement être jeune de nouveau, murmura-t-elle. J'aurais épousé ce poète.

Katan fonçait au-dessus des montagnes. Si seulement son corps se déplaçait aussi vite que son esprit ! Il avait envie de goûter l'air, de sentir le vent sec sur sa peau. En dessous de lui, les montagnes de Skoda ressemblaient à une rangée de lances. Il vola encore plus haut et les montagnes changèrent de forme. Katan sourit.

Skoda était devenue une rose de pierre aux pétales acérés, sur fond vert. Des anneaux imposants de granit qui s'entremêlaient pour créer une fleur gigantesque.

Au nord-est, Katan pouvait discerner la forteresse de Delnoch, tandis qu'au sud-est brillaient les cités drenaïes. Tout cela était si joli. D'ici, il n'y avait pas de cruauté, pas de tortures, pas de terreur. Il n'y avait pas de place pour des hommes étroits d'esprit et à l'ambition illimitée.

Il se retourna vers la rose de Skoda. Les pétales extérieurs recelaient neuf vallées où une armée pouvait passer. Il les inspecta toutes, mesurant leurs contours et leurs pentes, tentant de se représenter des rangées de combattants, de cavaliers, d'infanterie. Et puis, après avoir mémorisé l'ensemble, il passa au deuxième cercle montagneux. Là, il n'y avait que quatre vallées, mais trois cols particulièrement traîtres qui s'étendaient jusque dans les pâturages et les bois au-delà.

Au centre de la rose, les montagnes se rejoignaient pour ne permettre que deux points d'accès, à l'est – les vallées connues sous les noms de Tarsk et Magadon.

Sa mission terminée, Katan réintégra son corps et fit son rapport à Decado. Il n'était pas porteur d'espoir.

— Il y a neuf vallées et une dizaine de cols un peu plus étroits sur l'anneau extérieur. Même dans l'anneau intérieur, autour de Carduil, il y a deux lignes d'attaque. Nos forces ne pourraient même pas en stopper une. Il est impossible de planifier une stratégie de défense avec une chance sur vingt de réussite. Et par réussite, j'entends simplement résister à la première attaque.

— Ne dis rien à personne, lui ordonna Decado. Je parlerai à Ananaïs.

— Comme vous voulez, fit froidement Katan.

Decado sourit gentiment.

— Je suis désolé, Katan.

— De quoi ?

— De ce que je suis, répondit le guerrier, remontant la colline jusqu'à ce qu'il atteigne le haut plateau qui surplombait plusieurs vallées.

C'était une bonne région – abritée, calme. Le sol n'était pas riche, comme les plaines sentrannes au nord-est, mais si on le traitait correctement, les fermes pouvaient prospérer et le bétail engraisser avec l'herbe forestière.

Decado était issu d'une famille de fermiers, loin à l'est, et il était persuadé que son amour des plantes et ses doigts verts lui avaient été greffés au moment de sa conception. Il s'agenouilla et creusa la terre avec ses doigts puissants. Il y avait de l'argile par ici, et l'herbe y était épaisse et luxuriante.

— Puis-je me joindre à vous ? demanda Katan.

— Je t'en prie.

Les deux hommes s'assirent en silence un moment, et contemplèrent le bétail qui broutait sur les pentes fertiles.

— Abaddon me manque, dit soudainement Katan.

— Oui, il était bon.

— C'était un visionnaire. Mais il était impatient, et sa foi était limitée.

— Comment peux-tu dire cela ? demanda Decado. Il a eu suffisamment la foi pour réunir les Trente.

—Précisément ! Il est parti du principe qu'on devait s'opposer au mal par la force brute. Et pourtant, notre foi demande que nous conquérions le mal par l'amour.

—C'est insensé. Comment veux-tu traiter avec tes ennemis ?

—Quel meilleur moyen de les traiter que d'en faire ses amis ? contra Katan.

—Ce sont de jolis mots, mais l'argument est trompeur. On ne fait pas ami avec Ceska – on devient son esclave, ou on meurt.

Katan sourit.

—Qu'importe ? La Source gouverne toutes choses et l'éternité se moque de la vie humaine.

—Tu penses que ce n'est pas grave si nous mourons ?

—Non, bien sûr que ce n'est pas grave. La Source nous recueille et nous vivons en elle pour toujours.

—Et si la Source n'existait pas ? demanda Decado.

—Alors la mort est d'autant plus la bienvenue. Je ne hais pas Ceska. J'ai pitié de lui. Il a construit un empire fondé sur la terreur. Et qu'a-t-il accompli ? Chaque jour le rapproche un peu plus de la tombe. Est-il satisfait ? Est-ce qu'il porte un regard plein d'amour sur ne serait-ce qu'une seule chose ? Il s'entoure de guerriers pour se protéger des assassins, et puis il a des guerriers pour surveiller ces guerriers et débusquer les traîtres. Mais qui guette les guetteurs ? Quelle existence pathétique !

—Bien, fit Decado, donc les Trente ne sont pas des guerriers de la Source ?

—Ils le sont s'ils le croient.

—Tu ne peux pas avoir le beurre et l'argent du beurre, Katan.

Le jeune homme gloussa.

—Peut-être pas. Comment êtes-vous devenu un guerrier ?

—Tous les hommes sont des guerriers, car la vie est une bataille. Les fermiers se battent contre la sécheresse, les inondations, la maladie et le mildiou. Les marins se battent contre la mer et la tempête. Je n'avais pas leur force, alors je me suis battu contre les hommes.

—Et contre qui le prêtre se bat-il ?

Decado se retourna pour faire face à ce jeune homme à l'air sérieux.

—Le prêtre se bat contre lui-même. Il ne peut pas regarder une femme avec désir sans sentir la honte lui brûler les entrailles. Il ne peut pas se saouler et oublier. Il ne peut pas prendre une journée pour se plonger dans les beautés de ce monde sans se demander s'il ne devrait pas s'engager dans une quête digne de ce nom.

—Pour un prêtre, vous avez une piètre opinion de vos frères.

—Au contraire, j'ai pour eux le plus grand respect qui soit, répondit Decado.

—Vous avez été très dur avec Acuas. Il croyait tellement aller libérer l'âme d'Abaddon.

—Je sais bien, Katan. Et je l'admire pour cela – vous tous, en fait. J'étais en colère après moi. Cela n'a pas été facile, car je n'ai pas votre foi. Pour moi, la Source est un mystère que je ne peux pas résoudre. Et pourtant, j'ai promis à Abaddon que je continuerai sa mission. Tu es un brave petit gars, et je ne suis qu'un vieux guerrier, amoureux de la mort.

—Ne soyez pas trop dur avec vous-même. Vous êtes l'élu. C'est un grand honneur.

—Un pur hasard ! Je suis venu au Temple et Abaddon a vu plus qu'il n'aurait dû.

—Non, répondit Katan. Réfléchissez deux secondes à ceci : vous êtes arrivé le jour où l'un de nos frères est mort.

Plus encore – vous n'êtes pas qu'un simple guerrier, vous êtes sans doute le plus fin bretteur de notre temps. Vous avez battu les Templiers à mains nues. Et si ça ne suffisait pas, vous avez réussi à développer des talents avec lesquels nous, nous sommes nés. Vous êtes venu à notre aide dans le Château du Vide. Comment ne pourriez-vous pas être notre chef naturel ? Si vous l'êtes bel et bien… alors qui vous a mené jusqu'à nous ?

Decado se pencha en arrière et regarda les nuages qui s'accumulaient.

—Je pense qu'il va bientôt pleuvoir, remarqua-t-il.

—Avez-vous essayé de prier, Decado ?

—Il pleuvrait quand même.

—Avez-vous essayé ? insista le prêtre.

Decado s'assit mieux et soupira profondément.

—Bien sûr que j'ai essayé. Mais je n'obtiens pas de réponse. J'ai essayé la nuit où j'ai voyagé dans le Vide… mais Elle ne m'a pas répondu.

—Comment pouvez-vous dire ça ? N'avez-vous pas appris à quitter votre corps cette nuit-là ? Ne nous avez-vous pas trouvés dans les brumes du non-temps ? Vous pensez avoir réussi ça tout seul ?

—Bien sûr.

—Donc vous avez répondu à vos propres prières ?

—Oui.

Katan sourit.

—Alors continuez à prier. Qui sait quels sommets vous atteindrez ainsi ?

Ce fut au tour de Decado de glousser.

—Tu te moques de moi, jeune Katan ! Je ne le tolérerai pas. Pour la peine, tu mèneras les prières ce soir – je crois qu'Acuas a besoin de se reposer un peu.

—Avec plaisir.

Ananaïs lança son hongre noir au galop à travers les champs. Il se pencha en avant et força la bête à accélérer encore ; les sabots résonnaient sur le sol sec. Pendant ces quelques secondes, la vitesse lui fit oublier ses problèmes, et il se réjouit de la liberté de sa race. Derrière lui, Galand et Irit étaient au coude à coude, mais leurs montures n'étaient pas de taille à rivaliser avec le hongre. Ananaïs atteignit le ruisseau avec vingt longueurs d'avance sur eux deux. Il sauta sur le sol et flatta le cheval, l'empêchant de boire et le faisant d'abord marcher pour qu'il se calme. Les autres mirent pied à terre.

— C'est pas juste ! dit Galand. Votre monture est plus grande que les nôtres et il est clair qu'elle a été élevée pour la vitesse.

— Mais je pèse plus que vous deux réunis, dit Ananaïs.

Irit ne dit rien, il se fendit d'un sourire tordu et secoua la tête. Il aimait Ananaïs et appréciait la façon dont il avait changé depuis que la femme blonde partageait sa hutte. Il avait l'air plus vivant – plus en accord avec le monde.

C'était ça, l'amour. Irit avait souvent été amoureux, et bien qu'il soit arrivé à soixante-deux ans, il espérait encore vivre deux ou trois amourettes. Il y avait une veuve qui avait une ferme sur les hauteurs du nord ; il s'y arrêtait souvent pour déjeuner. Elle ne s'était pas encore offerte à lui, mais elle le ferait bientôt – Irit connaissait les femmes. Ce n'était pas la peine de presser les choses... Parler gentiment, c'était cela la clé. Poser des questions sur elles... Sembler intéressé. La plupart des hommes traversaient la vie déterminés à forniquer aussitôt qu'une femme était consentante. Quel intérêt ! D'abord, parlez. Apprenez. Et puis ensuite, touchez, doucement, avec amour. Soyez attentionné. Et puis aimez et savourez. Irit avait appris très tôt dans la vie qu'il était et serait toujours hideux. Les autres hommes le détestaient pour son succès auprès des femmes, mais ils ne se donnaient pas la peine de comprendre. Les imbéciles !

— Une autre caravane est arrivée de Vagria ce matin, fit Galand en se grattant la barbe. Mais nous commençons à manquer d'or dans les caisses. Ces maudits Vagrians ont doublé leurs prix.

— C'est la loi du marché, répondit Ananaïs. Qu'ont-ils apporté ?

— Des pointes de flèches, du fer, quelques épées. Mais principalement de la farine et du sucre. Oh, oui – et puis aussi une grande quantité de cuir et de peaux. C'est Lake qui l'avait demandé. Il y aura assez de nourriture pour tenir un mois… mais pas plus.

Irit eut un rire sec qui laissa Galand interdit.

— Qu'est-ce qui te fait rire comme ça ?

— Si nous sommes toujours en vie dans un mois, je serai content d'avoir faim !

— Est-ce que les réfugiés continuent à arriver ? demanda Ananaïs.

— Oui, répondit Galand, mais cette fois, leur nombre réduit. Je crois que nous pourrons gérer cela, finalement. Notre armée avoisine les deux mille hommes à présent, mais nous sommes toujours étalés sur une trop grande distance. Je n'aime pas rester assis à attendre pour réagir. Le Dragon opérait d'après l'idée que la première attaque était vitale.

— Nous n'avons pas le choix, répondit Ananaïs, vu que nous devrons nous défendre sur la plus grande ligne possible dans les semaines à venir. Si nous nous retirons d'un endroit, ils passeront par là. Pour l'instant, ils ne sont pas trop sûrs de la marche à suivre.

— Les hommes deviennent nerveux, dit Irit. Ce n'est pas facile pour eux non plus de rester assis – ça leur laisse le temps de réfléchir, de se poser des questions, d'imaginer. Rayvan fait vraiment des miracles, elle se rend de vallée en vallée pour leur insuffler du courage, elle les appelle des héros. Mais cela risque de ne pas être suffisant.

» La première victoire était grisante, Ananaïs, mais ceux qui n'y étaient pas sont aujourd'hui deux fois plus nombreux que ceux qui y étaient. Ils n'ont pas d'expérience du combat. Ils sont nerveux.

— Que suggères-tu ?

Irit offrit de nouveau son sourire tordu.

— Je ne suis pas général, Masque Noir. À *vous* de me le dire !

Chapitre 15

Caphas s'éloigna des tentes et étala son manteau noir sur le sol desséché afin de s'en servir comme couverture. Il retira son heaume noir et s'installa confortablement. On voyait bien les étoiles ce soir, pourtant Caphas ne les regardait pas. La nuit était fraîche et le ciel dégagé, mais il avait horreur du vide. Il était impatient de retrouver ce sanctuaire qu'était le Temple et les orgies sous l'influence des drogues. La musique de la salle de torture, le son mélodieux des appels à l'aide des victimes. C'étaient des plaisirs qui lui manquaient dans cette région aride. Cela le fit rire.

Une relation particulière s'établissait entre le tortionnaire et sa victime. Tout d'abord la méfiance et la haine. Ensuite les cris et les pleurs. Puis les supplications. Et finalement, une fois que l'esprit avait été brisé, il y avait comme une sorte d'amour. Caphas jura à voix haute et se leva. L'excitation faisait naître en lui de la colère. Il ouvrit la petite bourse en cuir à sa hanche et en sortit une grande feuille de lorassium. Il la roula en boule, la mit dans sa bouche et commença à la mâcher lentement. Au fur et à mesure que le jus diffusait, sa tête se mit à tourner, et il perçut les rêves des soldats endormis et les pensées, lentes et affamées, d'un blaireau dans les buissons sur sa droite. Il dressa une barrière mentale pour les arrêter et força sa mémoire à revivre la scène récente où ils avaient amené une fillette dans la salle de torture…

Il fut envahi par un sentiment de malaise, et son âme fut brusquement tirée vers le présent, les yeux vacillants, fixés sur les ombres des arbres.

Une lumière vive grandit devant lui, scintillante, et fusionna en un guerrier à l'armure d'argent. Il avait une cape blanche sur ses épaules, dont les rebords étaient battus par les vents de l'Esprit.

Caphas ferma les yeux et bondit hors de son corps, une épée-d'âme noire dans la main, un bouclier noir sur le bras. Le guerrier para le premier coup et fit un pas en arrière.

—Avance, que je te tue, lui lança Caphas. Douze d'entre vous sont déjà morts. Viens les rejoindre !

Le guerrier ne disait rien, on ne pouvait discerner que ses yeux bleus à travers la visière de son casque argenté. Les yeux étaient calmes, la confiance muette qui en émanait s'engouffra dans le cœur de Caphas. Son bouclier rétrécit.

—Tu ne peux pas me toucher ! hurla-t-il. L'Esprit est plus fort que la Source. Face à moi tu es sans défense !

Le guerrier secoua la tête

—Sois maudit ! cria Caphas au moment où son bouclier disparaissait.

Il chargea son adversaire tout en lui donnant un grand coup d'épée.

Acuas para l'attaque facilement et transperça le Templier en pleine poitrine, enfonçant sa lame jusqu'à la garde. L'homme poussa une exclamation car l'épée glacée venait de fendre son corps spirituel. Son âme se vida et mourut. Plus loin son corps s'effondra sur le sol.

Acuas disparut. Deux cents pas plus loin dans les bois, son corps ouvrit les yeux et s'écroula dans les bras de Katan et Decado.

—Tous les Templiers de garde sont morts, souffla-t-il.

— Bon travail ! le félicita Decado.

— Le mal qui émane d'eux m'a complètement souillé. Le simple fait de les toucher fait de moi un démon.

Decado se déplaça silencieusement vers Ananaïs qui attendait avec une centaine de guerriers. Irit était accroupi à sa gauche, Galand à sa droite. Cinquante de ces combattants étaient des Légionnaires dont Ananaïs n'était pas sûr. Même s'il faisait confiance à l'instinct de Decado et au talent des Trente, il était sceptique. Ce soir, il verrait enfin si ces hommes étaient de son côté. Les voir armés autour de lui le rendait nerveux.

Ananaïs mena ses forces à la lisière des arbres. Au-delà, il y avait les tentes de l'armée de Delnoch – une centaine –, chacune d'elles abritait six hommes. Derrière les tentes se trouvait la clôture de cordes où étaient parqués les chevaux.

En atteignant les tentes, sa troupe de divisa en petits groupes. Des hommes armés levèrent discrètement le rabat des tentes et pénétrèrent silencieusement à l'intérieur. Ils passèrent leur dague sur la gorge des hommes endormis, qui moururent sans un bruit. À la lisière du camp, un soldat se réveilla sous la pression de sa vessie ; il roula hors de ses couvertures et sortit à l'air libre. La première chose qu'il vit fut un géant avec un masque noir lui tomber dessus, suivi de vingt hommes armés d'épées. Il poussa un cri… et mourut.

Aussitôt ce fut le chaos. Des hommes surgirent de leurs tentes l'épée à la main. Ananaïs en abattit deux qui s'étaient mis en travers de son chemin. Il poussa un juron. La tente de Breight était juste devant lui ; elle était en soie bleue et arborait l'emblème du Cheval Blanc, comme il se devait pour un ambassadeur drenaï.

— À moi, la Légion ! beugla-t-il en allant de l'avant.

Un soldat courut vers lui une lance à la main, mais

Ananaïs repoussa l'arme du plat de l'épée et, d'un vicieux arc de cercle, brisa les côtes de l'homme en mille morceaux. Ananaïs continua sa course, arracha le battant de la tente et pénétra à l'intérieur. Breight était caché sous son lit. Ananaïs le tira par les cheveux et le balança dehors.

Le vieil Irit courut vers Ananaïs quand ce dernier émergea de la tente.

— Nous avons un petit problème, Masque Noir, dit-il.

Les cinquante Légionnaires avaient resserré leurs rangs autour de la tente de Breight, mais ils étaient encerclés par les combattants de Delnoch qui n'attendaient plus que l'ordre de passer à l'attaque. Ananaïs releva Breight et le poussa devant lui, en première ligne.

— Dis à tes hommes de déposer leurs armes ou je tranche ta misérable gorge, siffla-t-il.

— Oui, oui, gémit l'homme à la barbe grise en levant les mains. Hommes de Ceska, jetez vos armes. Ma vie est trop précieuse pour être gâchée de cette manière. Je vous ordonne de les laisser partir !

Un Templier Noir sortit des rangs.

— Tu ne vaux rien, vieillard ! Tu avais une simple mission – faire sortir ces chiens de leurs collines. Et tu as échoué.

Il leva le bras et l'abattit très vite. Une dague noire se planta dans la gorge de Breight. Le vieil homme tituba puis s'écroula.

— Et maintenant, attrapez-les ! hurla le Templier.

Les hommes de Delnoch se précipitèrent au contact. Ananaïs alterna coups de taille et coups d'estoc : ses ennemis semblaient attirés vers lui comme des papillons de nuit vers une flamme. Son épée tailladait trop vite pour la suivre des yeux. Autour de lui, la Légion se battait vaillamment et le vieil Irit esquivait pour mieux frapper avec ruse.

Tout à coup, un tonnerre de sabots vint supplanter le

bruit de l'acier qui s'entrechoquait. Les lignes de défense de Delnoch subirent un effet de houle car beaucoup de leurs combattants se retournèrent pour voir une nouvelle force entrer dans la bataille.

Le groupe de Galand percuta l'arrière des forces de Delnoch avec la puissance d'un coup de marteau, si bien que les ennemis furent dispersés. Ananaïs reprit sa progression en hurlant pour que les hommes se rallient à lui. Mais une épée lui perça le flanc. Il grogna et envoya un revers de lame qui balaya net l'assaillant. Decado guida son cheval jusqu'à Ananaïs, lui tendant le bras gauche. Ananaïs l'attrapa et sauta en selle, derrière le prêtre. Les Légionnaires lui emboîtèrent le pas et les guerriers de Skoda sortirent du campement au galop. Ananaïs jeta un coup d'œil en arrière, cherchant Irit des yeux. Il était avec Galand.

— C'est un dur, ce vieil homme ! fit Ananaïs.

Decado ne répondit rien. Il venait de recevoir un rapport de Balan, dont la mission était d'inspecter les alentours de Drenan afin d'étudier le rassemblement du gros de la troupe de Ceska. Les nouvelles n'étaient pas bonnes.

Ceska n'avait pas perdu de temps.

Les Unis s'étaient déjà mis en marche et jamais Tenaka Khan ne pourrait revenir à temps avec une force d'intervention nadire.

D'après Balan, l'armée camperait dans les vallées de Skoda d'ici quatre jours.

Tout ce que Tenaka pourrait faire serait de les venger, car il n'existait pas de force sur terre capable d'arrêter les monstruosités de Ceska.

Ananaïs entra à cheval dans la cité, se forçant à se tenir droit en dépit de l'immense fatigue qui lui pesait dessus comme un roc. Il venait de passer un jour et deux nuits en compagnie de ses lieutenants et leurs chefs de section, pour les informer que Ceska s'était mis en marche plus vite que prévu. De nombreux chefs auraient préféré camoufler cette menace, de peur que la nouvelle ne provoque des désertions et n'attaque le moral des troupes, mais Ananaïs n'avait jamais été partisan de cette pratique. Des hommes sur le point de mourir méritaient de savoir ce qui les attendait.

Mais aujourd'hui, il était vraiment épuisé.

Deux heures après l'aube, la cité était encore muette, bien que des enfants se soient réunis pour jouer dans les rues. Ils s'arrêtèrent pour regarder passer Masque Noir. Son cheval manqua de trébucher sur les pavés brillants. Ananaïs ramena sa tête en arrière et lui flatta le cou.

— Tu es presque aussi fatigué que moi, pas vrai, mon garçon ?

Un vieil homme, maigre et chauve, sortit du jardin à sa droite. Son visage était rouge de colère.

— Toi ! cria-t-il en désignant le cavalier.

Ananaïs arrêta sa monture et l'homme s'avança, une vingtaine d'enfants agglutinés derrière lui.

— Tu veux me parler, l'ami ?

— Je ne suis pas ton ami, boucher ! Je voulais juste que tu voies ces enfants.

— Eh bien, ça y est, je les ai vus. C'est une petite bande sympathique.

— Sympathique, hein ? Leurs parents étaient sympathiques, mais à présent, leurs corps pourrissent dans le Sourire du Démon. Et pourquoi ? Pour que tu puisses t'amuser avec ta jolie épée !

— C'est tout ce que tu avais à dire ?

— Non, je suis loin d'avoir fini ! Que va-t-il arriver à ces enfants quand les Unis seront là ? Dans le temps, j'étais un soldat, et je sais pertinemment qu'on ne peut pas arrêter ces bestioles – elles vont entrer dans la cité et détruire tout ce qui vit. Et là, qu'adviendra-t-il des enfants, hein ?

Ananaïs éperonna son cheval, qui se remit en route.

— C'est ça ! hurla l'homme. Fuis tes problèmes. Mais souviens-toi de leurs visages – tu m'entends ?

Ananaïs continua sans se retourner. Il passa à travers un dédale de rues venteuses jusqu'à ce qu'il atteigne le bâtiment du Conseil. Un jeune homme s'approcha pour prendre son cheval et il put monter les marches de marbre.

Rayvan était assise toute seule dans la grand-salle, les yeux dans le vide – comme elle le faisait souvent – face à un mur. Elle avait perdu du poids en quelques jours. Elle avait remis sa cotte de mailles et son grand ceinturon. Ses cheveux noirs étaient tirés en arrière, attachés à hauteur du cou.

Elle sourit en voyant entrer Ananaïs et lui fit signe de s'asseoir à côté d'elle.

— Bienvenue, Masque Noir, dit-elle. Si vous avez de mauvaises nouvelles à m'annoncer, gardez-les pour le moment. J'en ai déjà bien assez avec les miennes.

— Que se passe-t-il ? demanda Ananaïs.

Elle agita la main et ferma les yeux, incapable de parler. Puis elle prit une profonde respiration et expira lentement.

— Est-ce que le soleil brille ? demanda-t-elle.

— Oui, ma dame.

— Bon ! J'aime voir le soleil sur les montagnes. C'est une vision porteuse de vie. Avez-vous mangé ?

— Non.

— Alors allons à la cuisine et trouvons-nous quelque chose. Nous mangerons dans le jardin suspendu.

Ils s'assirent à l'ombre d'un gros arbuste en fleur. Rayvan avait pris du fromage et un pain noir, mais finalement ni l'un ni l'autre ne mangèrent. Le silence leur faisait du bien.

— On m'a dit que vous avez eu de la chance de vous en sortir vivant, finit par dire Rayvan. Comment vont vos côtes ?

— Je guéris vite, ma dame. La blessure n'était pas profonde et les sutures ont tenu.

— Mon fils, Lucas, est mort la nuit dernière. On a dû lui couper la jambe… la gangrène.

— Je suis désolé, dit Ananaïs sans conviction.

— Il a été très courageux. À présent, il ne reste plus que Lake et Ravenna. Bientôt, il n'y aura plus personne. Comment en sommes-nous arrivés là, Masque Noir, dites-le-moi ?

— Je ne sais pas. Nous avons laissé un fou arriver au pouvoir.

— Vraiment ? Il me semble qu'un homme n'a jamais que le pouvoir qu'on lui laisse. Est-ce que Ceska peut déplacer des montagnes ? Peut-il éteindre les étoiles ? Peut-il faire pleuvoir ? Ce n'est qu'un homme, et si tout le monde lui désobéissait, c'en serait fini de lui. Mais personne ne le fait, je me trompe ? On dit qu'il a une armée de quarante mille hommes. DES HOMMES ! Des hommes de Drenaï ! Prêts à marcher sur d'autres Drenaïs. Au moins, durant les Guerres nadires, on savait qui était notre ennemi. Aujourd'hui, il n'y a plus d'ennemi. Seulement des amis manqués.

— Que puis-je ajouter ? demanda Ananaïs. Je n'ai pas de réponse. Vous auriez dû demander à Tenaka. Je ne suis qu'un guerrier. Je me souviens d'un tuteur qui avait dit un jour que tous les prédateurs avaient les yeux sur la face : les lions, les faucons, les loups, les hommes. Et que les proies avaient les yeux sur le côté pour leur donner une chance de repérer le chasseur. Il disait que l'homme était semblable au tigre. Nous sommes naturellement des tueurs et nous aimons ça. Les héros que l'on commémore sont la preuve de notre amour de la guerre. Druss, la plus grande machine à tuer de tous les temps – c'est son image qu'on contemple dans la chambre du Conseil.

— C'est vrai, fit Rayvan. Mais il y a une différence entre Druss et Ceska. La Légende se battait toujours pour que les autres soient libres.

— Allons, ne vous leurrez pas, Rayvan. Druss se battait parce qu'il adorait ça – et il était bon à ça. Étudiez l'histoire. Il est parti à l'est pour se battre dans l'armée de Gorben, le tyran ; celle-ci a rasé des villages, des villes, des nations entières. Druss en faisait partie et il n'avait aucune excuse. Et vous non plus.

— Est-ce que vous êtes en train de dire que les héros n'existent pas ?

— Je ne pourrais pas reconnaître un héros, même s'il me mordait les fesses ! Écoutez, Rayvan, la bête est en chacun de nous. Nous essayons tous de faire de notre mieux dans la vie, mais le plus souvent nous sommes méchants, mesquins et inutilement cruels. Ce n'est pas toujours volontaire, on n'y peut rien, c'est comme ça que nous sommes. Nous nous souvenons de la majorité des héros parce que ce sont des vainqueurs. Mais pour gagner, il faut être sans pitié. Déterminé. Druss était comme ça, et c'est pour cela qu'il n'avait pas d'amis – rien que des admirateurs.

— Pouvons-nous gagner, Ananaïs ?

— Non. Mais ce qu'on peut faire, c'est infliger de telles pertes à Ceska que quelqu'un d'autre puisse le vaincre par la suite. Nous ne vivrons pas suffisamment pour assister au retour de Tenaka. Ceska est déjà en marche. Nous devons le paralyser et lui infliger des pertes – et par tous les dieux, nous allons le faire souffrir !

— Lake a conçu des armes qu'il aimerait bien que vous

voyiez.

— Où est-il ?

— Dans les vieilles écuries du quartier sud. Mais d'abord reposez-vous, vous avez l'air éreinté.

— J'y vais. (Il se hissa sur ses pieds et chancela légèrement, ce qui le fit rire.) Je deviens vieux, Rayvan. (Il fit quelques pas, puis se retourna pour poser son énorme main sur l'épaule de la femme.) Je ne suis pas doué pour partager les sentiments, ma dame. Mais je suis sincèrement désolé pour Lucas. C'était un homme bon – c'est à mettre à votre crédit.

— Partez vous reposer. Les jours raccourcissent et vous aurez besoin de toutes vos forces. Je compte sur vous – nous comptons tous sur vous.

Après son départ, elle déambula jusqu'au mur et regarda au-delà, en direction des montagnes.

La mort semblait si proche.

Et elle s'en moquait.

Tenaka Khan était ivre de rage. Ses mains étaient fermement retenues dans son dos par des lanières de cuir et son corps était attaché à un fin tronc d'orme. Devant lui, cinq hommes étaient assis autour d'un feu de camp, fouillant dans ses sacoches. Ils avaient trouvé sa petite réserve d'or qui était maintenant posée à côté du chef – une canaille borgne, trapue et revêche. Tenaka cligna des yeux pour se débarrasser du mince filet de sang qui gouttait dans son œil droit. Il essaya de ne plus penser à la douleur.

Il avait été trop préoccupé en entrant dans cette forêt. Une pierre lancée d'une fronde l'avait heurté derrière le crâne et il était tombé de cheval à moitié inconscient. Pourtant, alors que les brigands se ruaient vers lui, il avait réussi à dégainer son épée et à tuer l'un d'entre eux avant qu'ils le plaquent au sol et le rouent de coups de gourdin et de bâton. Les derniers mots qu'il avait entendus avant de sombrer dans les ténèbres furent : « Il a tué mon frère. Ne le tuez pas – je le veux vivant. »

Et voilà qu'il était attaché à un arbre, à quatre jours à peine de Skoda et à quelques instants d'une mort affreuse. La frustration lui rongea les entrailles et il tenta de se libérer, mais les nœuds avaient été faits par des experts.

Le borgne se leva et marcha vers l'arbre. L'amertume se lisait sur son visage.

— Espèce de porc en chaleur – tu as tué mon frère, barbare !

Tenaka ne répondit rien.

— Tu vas payer pour ça. Je vais te découper en petits morceaux que je vais faire frire à petit feu pour te les faire manger ensuite. Qu'est-ce que tu dis de ça ?

Tenaka l'ignora et l'homme lui donna un coup de poing. Tenaka contracta ses abdominaux juste au moment où le coup le touchait, mais la douleur fut tout de même intense. Sa tête retomba, et l'homme en profita pour le frapper en plein visage.

— Réponds-moi, pourriture nadire ! siffla l'homme.

Tenaka cracha du sang par terre et lécha sa lèvre endolorie.

— Tu vas parler ; avant l'aube, je te promets que tu chanteras comme une vieille pie.

— Crève-lui les yeux, Baldur ! lança l'un des brigands.

— Non. Je veux qu'il puisse voir.

— Alors un seul, l'encouragea l'homme.

— Oui, répondit Baldur. Un seul, pourquoi pas ? (Il sortit sa dague et fit un pas en avant.) Qu'est-ce que t'en dis, Nadir ? Ça te plairait d'avoir un œil qui pendouille sur ta joue ?

Un cri spectral résonna dans la nuit, aigu et angoissant.

— Par les sept Enfers, qu'est-ce que c'était ? fit Baldur en se retournant d'un bond.

Les autres firent le signe des cornes protectrices et se précipitèrent sur leurs armes.

— Je sais pas, mais c'était proche, répondit un petit avec une barbe couleur sable.

— Un chat, peut-être. On aurait dit un chat, proposa Baldur. Rajoutez du bois dans le feu. (Deux hommes ramassèrent du bois à toute vitesse et Baldur en profita pour se retourner vers Tenaka.) Tu as déjà entendu ce son-là, Nadir ?

Tenaka acquiesça.

— Eh bien, qu'est-ce que c'est ?

— Un démon de la forêt, répondit Tenaka.

— Ne raconte pas n'importe quoi ! J'ai vécu dans les forêts toute ma vie.

Tenaka haussa les épaules.

— Quoi que ce soit, j'aime pas ça, fit Baldur. Donc, tu ne vas pas mourir aussi lentement que prévu. Je vais t'ouvrir le ventre et tu vas te vider de ton sang. Ou peut-être même que le démon de la forêt s'occupera de toi !

Il arma son bras…

Une flèche à pennes noires apparut dans sa gorge et, l'espace d'un moment, il resta immobile, comme assommé. Puis il lâcha son couteau et tâta lentement, du bout des doigts, le trait de bois. Ses yeux s'écarquillèrent, ses genoux cédèrent. Il heurta le sol. Une deuxième flèche traversa toute la clairière pour se ficher directement dans l'œil du bandit aux cheveux sable. Il tomba en hurlant. Les trois derniers prirent leurs jambes à leur cou et s'enfuirent dans la forêt en oubliant leurs armes. Pendant un moment, ce fut le silence total, puis une petite silhouette sortit des arbres, un arc à la main.

Elle était vêtue d'une tunique et de braies en cuir marron. Un burnous vert lui couvrait les cheveux. Une fine épée courte pendait à sa taille.

— Comment va, Tenaka ? demanda tendrement Renya.

— Eh bien, on peut dire que je suis content de te voir, répondit-il. Détache-moi.

— Te détacher ? s'exclama-t-elle en allant s'asseoir près du feu. Un grand bonhomme fort comme tout ? Allons, allons ! Je suis sûre que tu n'as pas besoin de l'aide d'une femme, je me trompe ?

— Ce n'est pas le bon moment pour avoir cette conversation, Renya. Détache-moi.

— Et ensuite, je peux t'accompagner ?

— Bien sûr, dit-il, sachant qu'il n'avait pas le choix.

— Tu es sûr que je ne vais pas te gêner ?

Tenaka serra les dents pour contrôler sa colère. Renya fit le tour de l'arbre et trancha les lanières de cuir avec son épée courte. Tenaka tituba et s'écroula comme les cordes s'affaissaient. Elle l'aida à se traîner jusqu'au feu.

— Comment m'as-tu trouvé ?

— Ce n'était pas dur, précisa-t-elle. Comment te sens-tu ?

— Vivant. C'est tout ! Il faudra que je sois plus prudent de l'autre côté des montagnes.

Renya leva la tête, les narines dilatées.

— Ils reviennent, dit-elle.

— Bon sang ! Donne-moi mon épée.

Il regarda autour de lui, mais elle avait disparu entre les arbres. Il jura et, chancelant, se mit debout pour aller saisir l'épée qui se trouvait de l'autre côté du feu. Il ne se sentait pas en condition pour se battre.

Le terrible hurlement retentit de nouveau et son sang se figea. C'est alors que Renya réapparut dans la clairière, un grand sourire sur le visage.

— À présent, ils courent tellement vite que je ne crois pas qu'ils s'arrêteront avant d'avoir atteint la mer, dit-elle. Si tu dormais un peu ?

— Comment fais-tu ça ?

— C'est un talent inné, répondit Renya.

— Je t'ai sous-estimée, femme, avoua Tenaka en s'étirant près du feu.

— C'est ce que disent les hommes depuis la nuit des temps, marmonna Renya.

La nuit tombait lorsque Renya et Tenaka furent en vue de la forteresse abandonnée de Dros Corteswain, nichée dans l'obscurité de la chaîne de Delnoch. Construite pour se défendre en cas d'invasion vagrianne à l'époque d'Egel, le premier Comte de Bronze, la forteresse n'avait pas servi depuis plus de quarante ans. La ville qui s'était développée autour était également vide.

— Angoissant, pas vrai ? fit Renya en guidant sa jument grise pour qu'elle se rapproche de Tenaka.

— Corteswain était une folie, dès le début, répondit Tenaka en regardant les bâtiments sinistres. Ce fut la seule erreur d'Egel. C'est la seule forteresse de tout Drenaï qui n'ait jamais vu de guerre.

Les sabots de leurs chevaux résonnaient dans la nuit alors qu'ils approchaient des portes. Le bois avait été ôté et l'entrée de pierre ressemblait ainsi à une bouche édentée.

— Et si nous campions plutôt à l'extérieur ? suggéra Renya.

— Trop de démons des forêts, répondit Tenaka en se baissant pour esquiver le coup que venait d'envoyer Renya.

— Halte ! fit une voix tremblotante.

Tenaka plissa les yeux.

Sous le porche se tenait un vieil homme dans une cotte de mailles usée. Dans ses mains, il tenait une lance à la pointe brisée. Tenaka tira sur les rênes de son cheval.

— Quel est ton nom, cavalier ? demanda le vieil homme.

— Je suis Danse-Lames. Et voici ma femme.

— Venez-vous en amis ?

— Nous ne sommes pas un danger pour les hommes qui ne nous menacent pas.

— Alors vous pouvez entrer, fit le vieil homme. Le gan a dit que vous pouviez.

— Êtes-vous le gan de Dros Corteswain ? demanda Tenaka.

— Non. Voici le gan, répondit le vieil homme en désignant le vide à côté de lui. Vous ne le voyez pas ?

— Évidemment, veuillez m'excuser ! Mes compliments à votre officier en chef.

Tenaka passa les portes et descendit de cheval. Le vieil homme boita jusqu'à lui. Il paraissait avoir plus de quatre-vingts ans. Ses cheveux fins s'accrochaient à un crâne jaune comme la brume des montagnes. Son visage était enfoncé et des taches bleues étaient visibles sous ses yeux vitreux.

— Ne faites pas de geste brusque, les prévint-il. Regardez sur les remparts. Il y a des archers qui vous tiennent en joue.

Tenaka leva les yeux – les remparts étaient déserts, à part quelques pigeons endormis.

— Très efficace, dit-il. Vous avez à manger ?

— Oh oui. Pour ceux qui sont les bienvenus.

— Sommes-nous les bienvenus ?

— Le gan dit que vous ressemblez à un Nadir.

— Je suis nadir, mais j'ai l'honneur de servir dans l'armée de Drenaï. Je suis Tenaka Khan du Dragon.

Pouvez-vous me présenter à votre gan ?

— Il y a deux gans, fit le vieil homme. Voici Gan Orrin – c'est le premier gan. Hogun est notre éclaireur.

Tenaka salua respectueusement.

— J'ai entendu parler de Gan Orrin. Mes compliments pour votre défense à Dros Delnoch.

— Le gan dit que vous êtes les bienvenus si vous voulez le rejoindre dans ses quartiers. Je suis son aide. Mon nom est Ciall – Dun Ciall.

Le vieil homme posa sa lance brisée et s'en alla dans les profondeurs de la forteresse. Tenaka défit la selle de son cheval et le laissa gambader dans la nature. Renya le suivit et ils se mirent en quête de Dun Ciall.

— Il est fou ! dit Renya. Il n'y a personne ici.

— Il m'a l'air inoffensif. Il doit avoir des réserves de nourriture. En ce qui me concerne, je préfère qu'on économise sur les nôtres au maximum. Écoute – les hommes dont il parle sont les gans de Dros Delnoch à l'époque où mes ancêtres combattaient Ulric. Orrin et Hogun étaient les commandants avant que Rek devienne le Comte de Bronze. Joue le jeu – ça lui fera plaisir.

Dans les quartiers du gan, Ciall avait mis la table pour trois personnes. Une carafe de vin avait été placée au centre et un ragoût mijotait dans une casserole sur le feu. Les mains tremblantes, le vieil homme remplit leurs assiettes, adressa une prière à la Source et attaqua le plat à l'aide d'une cuiller en bois. Tenaka goûta le ragoût ; il était amer, mais pas mauvais.

— Ils sont tous morts, fit Ciall. Je ne suis pas fou – je sais qu'ils sont morts, mais ils sont quand même ici.

— Si vous les voyez, alors ils sont bien là, dit Renya.

— Ne vous moquez pas de moi, femme ! Je les vois et ils me racontent des histoires… de merveilleuses histoires.

Ils m'ont pardonné. Pas les gens. Mais les fantômes sont plus gentils que les gens. Ils savent plus de choses. Ils savent qu'un homme ne peut pas être fort tout le temps. Ils savent qu'il y a des fois où il ne peut faire autrement que de fuir. Ils m'ont pardonné – ils m'ont dit que je pouvais être un soldat. Ils m'ont confié la garde de cette forteresse.

Ciall grimaça de douleur et se tint le côté. Renya baissa les yeux et vit du sang qui coulait entre les mailles et qui perlait sur le banc.

— Vous êtes blessé, dit-elle.

— Ce n'est rien. Je ne sens rien. Je suis un bon soldat à présent – ils me l'ont dit.

— Enlevez votre cotte de mailles, fit doucement Tenaka.

— Non, je suis de garde.

— Enlevez-la, j'ai dit ! gronda Tenaka. Ne suis-je pas un gan ? Il n'y aura pas de manquement à la discipline tant que je serai là.

— À vos ordres, fit Ciall en essayant maladroitement d'ôter les vieilles courroies.

Renya vint l'aider et lentement, la cotte de mailles céda. Le vieil homme n'émit pas un son. Il avait le dos à vif, lacéré par des marques de fouet. Renya fouilla dans les placards, les tiroirs et trouva une vieille chemise.

— Je vais chercher de l'eau, dit-elle.

— Qui vous a fait ça, Ciall ? demanda Tenaka.

— Des pillards… hier. Ils cherchaient quelqu'un. (Les yeux du vieil homme brillèrent.) C'est vous qu'ils cherchaient, Prince nadir.

— Je veux bien le croire.

Renya revint avec un bol en cuivre rempli d'eau à ras bord. Doucement, elle lava le dos du vieillard puis déchira la chemise en lamelles pour les déposer sur les plus vilaines blessures.

— Pourquoi vous ont-ils fouetté ? Ils croyaient que vous

saviez où j'étais ?

— Non, fit tristement Ciall. Je crois que ça les amusait, voilà tout. Les fantômes n'ont rien pu faire pour m'aider. Mais ils étaient désolés pour moi – ils ont dit que j'avais été très brave.

— Pourquoi restez-vous ici, Ciall ? demanda Renya.

— Je me suis enfui, ma dame. Quand les Nadirs ont attaqué, je me suis enfui. Il n'y avait nulle part ailleurs où aller.

— Depuis combien de temps êtes-vous ici ?

— Longtemps, très longtemps. Des années sans doute. C'est calme ici, et j'ai plein de personnes à qui parler. Voyez-vous, ils m'ont pardonné. C'est ça le plus important.

— Qu'est-ce que vous faites ? demanda Tenaka.

— Je garde la pierre d'Egel. Elle est à côté des portes. On raconte que si plus personne ne garde Corteswain, l'Empire drenaï s'écroulera. Egel savait ce genre de choses. Il est venu ici, vous savez, mais je n'ai pas eu le droit de le voir quand il est venu ; cela ne faisait pas assez longtemps que j'étais en poste. Les fantômes ne me faisaient pas encore confiance.

— Allez vous coucher, Ciall, dit Tenaka. Vous avez besoin de repos.

— D'abord, je dois cacher vos chevaux, fit Ciall. Les pillards vont revenir.

— Je vais le faire, promit Tenaka. Renya, aide-le à se mettre au lit.

— Je n'ai pas le droit de dormir là – c'est le lit du gan.

— Orrin dit que tu peux – il va retrouver Hogun et partagera ses quartiers pour cette nuit.

— C'est un homme de bien, dit Ciall. Je suis fier de servir sous ses ordres. Ce sont tous des hommes de bien – même s'ils sont morts.

— Repose-toi, Ciall. Nous parlerons demain matin.

— Êtes-vous le prince nadir qui a mené la charge contre

les pillards ventrians, près de Purdol ?

— C'est bien moi.

— Est-ce que vous me pardonnez ?

— Je te pardonne, fit Tenaka Khan. Et maintenant, dors !

Le bruit de sabots au galop sur les pierres froides de la cour réveilla Tenaka. Il repoussa sa couverture d'un coup de pied, réveilla Renya et ils rampèrent tous les deux jusqu'à la fenêtre. En bas, une vingtaine de cavaliers étaient regroupés ; ils arboraient les capes rouges de Delnoch et le heaume de bronze avec le panache de crin noir. Le chef était un homme assez grand et portait une barbe en forme de trident. À côté de lui se trouvait l'un des bandits qui avaient capturé Tenaka.

Ciall sortit dans la cour en boitant, sa lance brisée à la main.

— Halte ! dit-il.

Son arrivée brisa la tension et les cavaliers se mirent à rire.

Le chef leva la main pour demander le silence et se pencha au-dessus de la crinière de son cheval.

— Nous cherchons deux cavaliers, vieillard. Sont-ils ici ?

— Vous n'êtes pas les bienvenus dans la forteresse. Le gan exige que vous quittiez ces lieux.

— La leçon d'hier ne t'a pas suffit, imbécile ?

— Devrons-nous vous forcer à partir ? rétorqua Ciall.

Le bandit se pencha pour murmurer quelque chose et le chef acquiesça. Il se retourna sur sa selle.

— Le pisteur dit qu'ils sont ici. Attrapez le vieil homme et faites-le parler.

Deux cavaliers mirent pied à terre. Ciall hurla un cri de guerre et fonça sur le groupe ; l'officier était toujours retourné quand la lance brisée lui rentra dans les côtes. Il hurla et tomba à moitié de son cheval. Ciall dégagea la lance et l'enfonça une nouvelle fois, mais un cavalier sur sa gauche abaissa la sienne et le souleva de terre en le transperçant. La lance cassa et le vieil homme tomba par terre.

L'officier se hissa en selle.

— Emmenez-moi loin d'ici, je pisse le sang! dit-il.

— Et les cavaliers? demanda le pisteur.

— Qu'ils aillent au diable! Nous avons des hommes qui patrouillent dans toute la région jusqu'à Delnoch, ils ne peuvent pas nous échapper. Emmenez-moi loin d'ici!

Le pisteur prit les rênes de l'officier et la troupe passa sous les portes au petit galop. Tenaka courut dans la cour et s'agenouilla aux côtés de Ciall, mortellement blessé.

— Tu as bien agi, Dun Ciall, dit-il en soulevant sa tête.

Ciall sourit.

— Ils ont réussi leur coup, cette fois, fit-il. La pierre...

— Tu seras toujours ici, avec le gan et les autres.

— Oui. Le gan a un message pour vous, mais je ne le comprends pas.

— Que dit-il?

— Il vous dit de chercher le Roi sur le Seuil. Vous comprenez quelque chose?

— Tout à fait.

— Dans le temps, j'étais marié..., soupira Ciall.

Il mourut.

Tenaka lui ferma les yeux, puis souleva le frêle corps pour l'emmener dans l'ombre de la tour de garde, et le déposa aux pieds de la pierre d'Egel. Il plaça la lance brisée dans la main du vieil homme.

— La nuit dernière, il a prié la Source. Je ne suis pas assez savant pour dire s'il existe un dieu auquel croire, mais s'il y en a un ici, alors c'est Toi que je prie pour prendre l'âme de cet homme à Ton service. Ce n'était pas un être malfaisant.

Quand il revint dans la cour, Renya l'attendait.

— Pauvre homme, dit-elle.

Il la prit dans ses bras et l'embrassa sur le front.

— Il est temps de partir.

— Tu as entendu ce qu'ils ont dit – il y a des cavaliers un peu partout.

— D'abord, il faudrait qu'ils nous voient. Ensuite ils devront nous attraper. Nous ne sommes qu'à une heure de cheval des montagnes, et là où je me rends, ils ne nous suivront pas.

Pendant toute la matinée, ils chevauchèrent en longeant les arbres, ne se déplaçant à terrain découvert qu'avec d'infinies précautions, évitant de se retrouver sur la ligne d'horizon. Par deux fois, ils aperçurent des cavaliers au loin. À midi, ils avaient atteint la base de la chaîne de Delnoch et Tenaka les mena dans le haut pays. À la tombée de la nuit, chevaux et cavaliers étaient exténués. Le couple mit pied à terre et chercha un endroit où camper.

— Tu es sûr qu'on peut traverser ici ? demanda Renya en s'enveloppant dans son manteau.

— Oui. Mais nous ne pourrons sans doute pas emmener les chevaux.

— Il fait froid.

— Il va faire encore plus froid. Il va nous falloir encore grimper sur mille mètres.

Toute la nuit, ils se serrèrent l'un contre l'autre sous les couvertures. Tenaka dormit par intermittence. La tâche qu'il avait entreprise était démesurée. Pourquoi les Nadirs le suivraient-ils ? Ils le détestaient plus que les Drenaïs. Le guerrier de deux mondes ! Il ouvrit ses yeux violets et regarda les étoiles, attendant l'aube.

Celle-ci arriva dans toute sa splendeur tapageuse, baignant le ciel de pourpre – on aurait dit une blessure géante qui suintait à l'est. Après un rapide petit déjeuner, ils se remirent en route, gravissant toujours les sommets.

Durant la matinée, ils descendirent trois fois de leurs chevaux pour les laisser se reposer, en les emmenant sur de petites étendues enneigées. En dessous, Renya repéra les uniformes rouges des cavaliers de Delnoch.

— Ils nous ont trouvés ! cria-t-elle.

Tenaka se retourna.

— Ils ont trop de retard sur nous. Ne t'inquiète pas.

Une heure avant la tombée de la nuit, ils arrivèrent au sommet. Devant eux, le sol tombait abruptement. Sur leur gauche un étroit passage longeait un glacier. À aucun endroit, la largeur du sentier ne dépassait deux mètres.

— On ne va pas passer par là ? s'inquiéta Renya.

— Si.

Tenaka éperonna son cheval. Immédiatement, celui-ci manqua de trébucher, mais réussit à se rétablir. Tenaka redressa la tête du cheval et lui parla d'une voix douce et basse. Sa jambe gauche caressait le glacier tandis que la droite était au-dessus du vide ; il n'osa déplacer son poids afin de voir si Renya suivait toujours. Le cheval avança lentement, les oreilles rabattues sur le crâne et ses yeux grands ouverts de terreur. À la différence des poneys nadirs ou sathulis, il n'avait pas été élevé pour les hauteurs.

La piste faisait le tour des montagnes, s'élargissant par endroits, rétrécissant d'une façon alarmante à d'autres. Ils arrivèrent sur une plaque de verglas en pente. Tenaka avait juste assez de place pour descendre de selle. Il avança prudemment et s'agenouilla pour examiner la glace. La surface était recouverte de poudreuse toute fraîche, mais en dessous, c'était poli et brillant.

— Peut-on faire demi-tour ? appela Renya.

— Non, il n'y a aucun endroit où faire tourner les chevaux. En plus, les cavaliers de Delnoch ont dû atteindre la piste à l'heure qu'il est. Nous devons continuer.

— Traverser ça !

— Il faut qu'on guide les chevaux, fit Tenaka. Mais s'ils glissent, il ne faut pas essayer de les retenir. Tu as compris ?

— C'est stupide, répondit-elle en regardant les rochers quelques centaines de mètres plus bas.

— Je suis on ne peut plus d'accord, dit-il en faisant la grimace. Reste face à la falaise et n'enroule pas les rênes autour de ta main – tiens-les juste. Prête ?

Tenaka avança sur la pente glacée, posant délicatement le pied sur la surface poudreuse.

Il tira sur les rênes, mais le cheval refusa de bouger ; ses yeux s'arrondissaient de peur et il était sur le point de céder à la panique. Tenaka recula d'un pas, il enroula son bras autour du cou de l'animal et lui susurra dans l'oreille :

— Il n'y a pas à t'inquiéter, noble cœur. Ton âme est courageuse. Ce n'est qu'un sentier difficile. Je serai avec toi. (Il parla ainsi au cheval pendant quelques minutes, le caressant, le flattant.) Fais-moi confiance, mon grand. Marche un peu avec moi.

Il avança sur la pente et tira les rênes. Le cheval suivit. Lentement et avec précaution, ils quittèrent la sécurité du sentier.

Le cheval de Renya glissa, mais se rétablit. Tenaka perçut son émoi mais ne pouvait pas se retourner. La roche solide n'était plus qu'à quelques centimètres et lorsque Tenaka finit par poser le pied dessus, son cheval glissa soudainement et hennit de terreur. Tenaka attrapa fermement les rênes de la main droite et s'accrocha à la paroi de la gauche.

Comme le cheval tombait vers le précipice, Tenaka

sentit les muscles de son dos se contracter puis se déchirer. Il avait l'impression qu'on lui arrachait les bras. Il voulait lâcher les rênes, mais ne pouvait pas; instinctivement, il avait enroulé la lanière de cuir autour de son poignet, et si le cheval tombait il allait être entraîné dans sa chute.

Aussi soudainement qu'il avait perdu pied, le cheval trouva une section de roche pour prendre appui, et avec l'aide de Tenaka il remonta avec effort sur la piste. Tenaka s'effondra contre la paroi. Le cheval frotta son museau contre lui et Tenaka le caressa. Son poignet le brûlait: il saignait là ou le cuir avait pénétré la chair.

— Stupide! dit Renya, qui amenait à son tour son cheval en sécurité sur la piste.

— Je ne peux pas le nier, répondit-il, mais nous avons réussi. À partir d'ici, la piste devient plus praticable et il y aura moins de danger. Et puis, je ne crois pas que les Drenaïs nous suivront de ce côté.

— Je pense que tu es né sous une bonne étoile, Tenaka Khan. Mais garde un peu de ta chance pour le moment où tu verras les Nadirs.

Ils montèrent leur campement dans une grotte et donnèrent à manger aux chevaux avant même d'allumer un feu avec des brindilles qu'ils avaient accrochées à leurs selles. Tenaka retira sa veste en cuir et s'étala sur une couverture à côté du feu pendant que Renya massait son dos meurtri. Il payait pour avoir empêché le cheval de tomber: il ne pouvait presque plus bouger son bras droit. Renya examina doucement le bras porteur et les muscles avoisinants.

— Tu es dans un sale état. Ton corps est une mosaïque d'ecchymoses.

— Et encore, si tu étais à ma place pour les sentir!

— Tu deviens trop vieux pour ça, dit-elle malicieusement.

— Un homme est aussi vieux qu'il veut l'être, femme!

répondit-il hargneusement.

— Et quel âge as-tu ?

— Environ quatre-vingt-dix ans, admit-il.

Elle le recouvrit d'une couverture et s'assit pour regarder la nuit. C'était tranquille ici, loin de la guerre et des discours sur la guerre. À dire vrai, elle se moquait de destituer Ceska – mais elle voulait être avec Tenaka Khan. Les hommes étaient vraiment stupides ; ils ne comprenaient rien à la réalité de la vie.

C'est l'amour qui comptait. L'amour d'un être pour un autre. Les mains qui se touchent, les cœurs qui se touchent. La chaleur d'appartenir à quelqu'un, la joie de partager. Il y aurait toujours des tyrans. Les hommes semblaient incapables de vivre sans. Parce que sans tyran, il ne pouvait pas y avoir de héros. Et un homme avait besoin de héros pour vivre.

Renya s'enveloppa dans son manteau et jeta le reste du bois dans le feu. Tenaka s'endormit, la tête posée sur sa selle.

— Où serais-tu, mon amour, s'il n'y avait pas Ceska ? lui demanda-t-elle, sachant qu'il ne pouvait l'entendre. Je crois que tu as plus besoin de lui que de moi.

Ses yeux violets s'ouvrirent et, tout ensommeillé, il lui sourit.

— Ce n'est pas vrai, dit-il.

Et il se rendormit.

— Menteur, murmura-t-elle en se calfeutrant contre lui.

Chapitre 16

Scaler, Belder et Païen étaient allongés sur le ventre pour observer le campement drenaï. Il y avait vingt soldats assis autour de cinq feux. Les prisonniers étaient assis dos à dos, au centre du campement, et des sentinelles patrouillaient près d'eux.

— Tu es sûr que c'est nécessaire ? demanda Belder.

— Certain, lui répondit Scaler. Si nous sauvons deux guerriers sathulis, cela nous donnera un avantage considérable lorsque nous irons chercher leur aide.

— Ils ont l'air trop bien gardés à mon avis, grommela le vieil homme.

— Je suis d'accord, dit Païen. Il y a un garde à moins de dix pas des prisonniers. Deux autres patrouillent à la lisière des arbres et un quatrième est en faction dans la forêt.

— Tu pourrais le retrouver ?

Païen sourit.

— Bien sûr. Mais pour les trois autres ?

— Trouve celui qui est dans la forêt et ramène-moi son armure, dit Scaler.

Païen s'éclipsa et Belder rampa à côté de Scaler.

— Tu ne vas pas descendre là-bas ?

— Mais si. Je te déçois – je suis doué pour décevoir les gens.

— Tu ne pourras pas t'en sortir. Nous serons pris.

— S'il te plaît, Belder, inutile de faire un discours pour me remonter le moral – je deviendrais prétentieux.

— Eh bien moi, je ne descendrai pas.

— Je ne me rappelle pas te l'avoir demandé.

Païen revint au bout d'une demi-heure. Il portait les habits de la sentinelle enveloppés dans sa cape rouge.

— J'ai caché le corps du mieux que j'ai pu, dit-il. Dans combien de temps vont-ils relever les gardes ?

— Une heure – peut-être moins, fit Belder. Nous n'aurons jamais assez de temps.

Scaler ouvrit le paquet, examina le contenu et enfila le plastron. Il nageait un peu dedans, mais il valait mieux cela que l'inverse, pensa-t-il.

— De quoi ai-je l'air ? demanda-t-il en plaçant le heaume empanaché sur sa tête.

— Ridicule, fit Belder. Tu ne les tromperas pas une minute.

— Vieil homme, siffla Païen, tu me fais suer ! Cela ne fait que trois jours que nous sommes ensemble et j'en ai déjà assez de toi. Maintenant, tais-toi.

Belder était prêt à lancer une répartie cinglante, mais quelque chose dans le regard de l'homme noir l'en dissuada. Ce dernier était sur le point de le tuer ! Son sang ne fit qu'un tour : il s'en alla.

— Quel est ton plan ? demanda Païen.

— Il y a trois gardes, mais un seul à côté des prisonniers. C'est lui que je vais relever.

— Et les deux autres ?

— Je n'ai pas encore planifié jusque-là.

— C'est un début, dit Païen. Si ça fonctionne, il ira se coucher sous ses couvertures. Dans ce cas, déplace-toi vers les deux autres. Garde ton couteau à portée, et dès que tu me verras agir, agis à ton tour.

Scaler humidifia ses lèvres. « Garde ton couteau à portée » ? Il ne croyait pas avoir suffisamment de courage pour enfoncer une lame dans le corps de qui que ce soit.

Les deux hommes rampèrent ensemble dans l'herbe jusqu'au camp. La lune était pleine, mais des nuages passagers la masquaient, jetant un voile d'obscurité sur la clairière. Les feux mouraient petit à petit et les guerriers dormaient à poings fermés.

Païen approcha sa bouche de l'oreille de Scaler et murmura :

— Nous sommes à une dizaine de pas du premier soldat endormi. La prochaine fois qu'un nuage passe devant la lune, avance et couche-toi. Quand le nuage s'en ira, lève-toi et étire-toi. Assure-toi que la sentinelle te voit.

Scaler acquiesça.

Les minutes passèrent dans un silence tendu, jusqu'à ce que finalement l'obscurité revienne. Immédiatement, Scaler se releva et se mit en mouvement. Il se jeta à terre juste au moment où la lune émergeait de nouveau.

Il s'assit et s'étira, les bras écartés. Il fit un geste à la sentinelle avant de se redresser. Puis il regarda autour de lui, ramassa une lance à côté d'un des guerriers endormis. Prenant une profonde inspiration, il traversa la clairière en bâillant.

— Je n'arrive pas à dormir, dit-il à l'homme. Le sol est trempé.

— Ben, attends d'être à ma place et tu verras, grommela la sentinelle.

— Pourquoi pas ? offrit Scaler. Vas-y, va dormir. Je prends ta garde.

— C'est extrêmement généreux de ta part, fit l'homme. On doit me relever bientôt.

— Comme tu veux, répondit Scaler avec un nouveau bâillement.

— Je ne t'ai jamais vu auparavant, déclara l'homme. Tu es avec qui ?

Scaler sourit.

— Imagine un homme avec une tête de cochon pleine de verrues et le cerveau d'un pigeon retardé.

— Dun Gideus, répondit l'homme. Pas de chance !

— J'ai connu pire, commenta Scaler.

— Pas moi, fit l'homme. À mon avis, il existe un endroit spécial où l'on élève ce genre de débiles. Enfin je veux dire, à quoi bon attaquer les Sathulis ? Comme si on n'avait déjà pas suffisamment de problèmes avec Skoda. Ça me dépasse !

— Moi aussi, dit Scaler. Enfin bon, du moment qu'on reçoit notre solde…

— Tu as reçu la tienne ? Moi ça fait quatre mois que je l'attends, répliqua l'homme outragé.

— C'était une blague, fit Scaler. Évidemment que je ne l'ai pas reçue.

— Plaisante pas avec ça, mon vieux. Il y a assez de mécontentement en ce moment.

Une deuxième sentinelle les rejoignit.

— Cal, c'est la relève ?

— Non, il ne pouvait pas dormir, c'est tout.

— Eh bien moi, je vais les réveiller. J'en ai assez d'être debout dans le froid, dit le deuxième soldat.

— Ne sois pas idiot, lui conseilla-t-il. Si tu réveilles Gideus, on est bons pour se faire fouetter.

— Pourquoi tu ne vas pas te reposer ? proposa Scaler. Je peux rester de garde – je suis réveillé maintenant.

— Eh bien, bon sang, je crois que je vais accepter, fit le premier. Je suis mort de fatigue. Merci, l'ami, dit-il en donnant une grande claque sur l'épaule de Scaler.

Puis il partit s'allonger avec les autres.

— Si tu veux te poser un peu dans la forêt, je te réveillerai quand la relève arrivera, suggéra Scaler.

—Non, merci quand même. La dernière fois qu'un garde s'est fait pincer en train de dormir, Gideus l'a fait pendre. Le salaud ! Je vais pas courir ce risque.

—Comme tu veux, répondit indifféremment Scaler, le cœur battant la chamade.

—Ces salauds nous ont encore supprimé nos permissions, dit la sentinelle. Je n'ai pas vu ma femme, ni mes enfants, depuis quatre mois. (Scaler fit passer le couteau dans sa main.) Ça ne va pas très bien à la ferme non plus. Saloperies d'impôts ! Mais bon, au moins je suis toujours en vie… enfin je crois.

—Oui, c'est déjà ça, lui accorda Scaler.

—La vie est une truie, y a pas à se tromper !

—Grave.

Scaler tenait toujours le couteau derrière son dos. Il ajusta sa prise, prêt à enfoncer la lame dans la gorge de l'homme.

Soudain, ce dernier jura.

—Oh, et puis je vais accepter ton offre, dit-il. C'est la troisième nuit d'affilée que je suis de garde. Mais promets-moi de me réveiller, d'accord ?

—Promis, répondit Scaler, soulagé.

C'est alors que Païen sortit de l'ombre et trancha la gorge de l'autre sentinelle d'un geste vif. Scaler réagit immédiatement – il frappa de sa lame vers le haut ; elle pénétra dans le cou de l'homme, juste sous la mâchoire, et remonta jusqu'au cerveau. Il tomba sans un son, mais Scaler eut le temps de croiser son regard et détourna le sien.

Païen courut jusqu'à lui.

—Bon travail. Libérons les prisonniers et partons d'ici.

—C'était un brave type, murmura Scaler.

Païen l'attrapa par les épaules.

—Il y a plein de braves types qui sont morts à Skoda. Reprends-toi… Allons-y.

Les deux prisonniers avaient regardé les meurtres en silence. Ils portaient la robe des Sathulis, et leur visage était caché par un turban. Païen trancha leurs liens le temps que Scaler vienne les rejoindre ; il s'agenouilla à côté du premier guerrier qui retirait le burnous de devant sa bouche pour pouvoir respirer. Il avait le visage brun et fort, un nez courbé au-dessus d'une barbe noire ; ses yeux étaient profonds et dans le clair de lune ils semblaient noirs.

— Pourquoi ? demanda-t-il.

— Nous parlerons plus tard, chuchota Scaler. Nos chevaux sont par là. Avancez en silence.

Les deux Sathulis les suivirent dans la pénombre de la forêt. Quelques minutes plus tard, ils trouvèrent Belder et les montures.

— Maintenant, expliquez-moi, répéta le Sathuli.

— Je veux que vous m'emmeniez à votre campement. Je dois parler aux Sathulis.

— Vous n'avez rien à dire que nous souhaitions entendre.

— Vous ne pouvez pas le savoir, dit Scaler.

— Je sais que vous êtes drenaï, et ça me suffit.

— Vous ne savez rien, répliqua Scaler en enlevant son heaume et en le jetant dans les broussailles. Mais je ne vais pas en discuter maintenant. Grimpez sur un cheval et conduisez-moi à votre peuple.

— Pourquoi le ferais-je ?

— À cause de ce que je suis. Vous êtes mon débiteur.

— Je ne vous dois rien. Je ne vous ai pas demandé de me libérer.

— Je ne parle pas de cette dette. Écoute-moi bien, fils d'homme ! Je reviens de l'autre côté des Montagnes des Morts, j'ai traversé les brumes des siècles. Regarde-moi dans les yeux. Ne vois-tu pas les horreurs de Sheol ? C'est là que j'ai dîné avec Joachim, le plus grand de tous les princes sathulis. Tu vas me conduire dans les montagnes et laisser tes chefs décider de la marche à suivre. Par l'âme de Joachim, tu me dois au moins ça !

— C'est facile de parler du grand Joachim, fit l'homme, mal à l'aise, vu qu'il est mort depuis plus de cent ans.

— Il n'est pas mort, répondit Scaler. Son esprit vit encore, et il est écœuré par la lâcheté des Sathulis. Il m'a demandé de vous donner une chance de rédemption – mais cela ne tient qu'à vous.

— Qui prétendez-vous être ?

— Tu trouveras quelqu'un qui me ressemble dans ta salle funéraire, au côté de Joachim. Regarde mon visage, garçon, et dis-moi qui je suis.

Le Sathuli se lécha les lèvres, dubitatif, et pourtant le regard empli de crainte respectueuse.

— Vous êtes le Comte de Bronze ?

— Je suis Regnak, le Comte de Bronze. *Maintenant*, emmène-moi dans tes montagnes !

Ils chevauchèrent toute la nuit, coupant à travers la chaîne montagneuse de Delnoch, se faufilant au cœur de la montagne. Quatre fois ils furent interceptés par des éclaireurs sathulis, mais chaque fois on les laissa continuer. Finalement, alors que le soleil matinal approchait du zénith, ils entrèrent dans la ville intérieure – un millier de bâtiments en pierre blanche qui remplissait toute la cuvette de la vallée secrète. Un bâtiment surplombait tous les autres : le palais de Sathuli.

Scaler n'était jamais venu ici. En fait peu de Drenaïs étaient venus. Les enfants s'amassèrent pour les regarder passer, et lorsqu'ils approchèrent du palais, quelque cinquante guerriers en robe blanche, armés de tulwars, les encadrèrent des deux côtés. Aux portes du palais, un homme attendait, les bras croisés sur la poitrine. Il était grand et large d'épaules. Son visage était fier.

Scaler arrêta son cheval devant les portes et attendit. L'homme décroisa les bras et avança, ses yeux marron foncé rivés sur ceux de Scaler.

— Tu prétends être un homme mort ? demanda le Sathuli. (Scaler attendit, sans dire un mot.) Si c'est le cas, ça ne te dérangera pas si je te passe mon épée au travers du corps ?

— Je peux mourir, comme tout le monde, fit Scaler. Je l'ai déjà fait. Mais tu ne me tueras pas, alors arrêtons de jouer. Obéis plutôt aux lois de l'hospitalité et offre-nous à manger.

— Tu joues bien ton rôle, Comte de Bronze. Descendez de cheval et suivez-moi.

Il les mena dans l'aile occidentale du palais et les laissa se laver dans des bains de marbre. Des serviteurs versaient des parfums dans l'eau. Belder ne prononça pas un mot.

— Nous ne pouvons pas demeurer ici trop longtemps, Seigneur Comte, fit Païen. Combien de temps leur accordez-vous ?

— Je n'ai pas encore décidé.

Païen s'enfonça de toute sa carrure dans l'eau, la tête sous la surface. Scaler appela un serviteur et demanda du savon. L'homme s'inclina et s'en alla, pour revenir avec une jarre en cristal. Scaler en versa le contenu sur sa tête et se lava les cheveux ; puis il demanda un rasoir et une glace pour se raser le menton. Bien que fatigué, il se sentait plus humain grâce au bain. Comme il remontait les marches de marbre, un serviteur courut vers lui avec un peignoir qu'il passa par-dessus ses épaules. Puis, on le conduisit dans une chambre à coucher, et Scaler s'aperçut que ses vêtements avaient été nettoyés. Il prit une chemise propre dans l'une de ses sacoches, s'habilla rapidement, se brossa les cheveux et plaça délicatement son serre-tête en cuir sur le front. Puis, sur une impulsion, il le retira pour mettre à la place celui d'argent, avec l'opale au centre, qu'il avait également emporté. Il le fixa et un serviteur lui apporta un miroir. Il remercia le serviteur, notant avec satisfaction l'admiration dans ses yeux.

Il souleva le miroir et se regarda.

Est-ce qu'il pourrait se faire passer pour Rek, le Comte guerrier ?

Païen lui en avait donné l'idée en lui racontant que les hommes voulaient toujours croire que d'autres hommes étaient plus forts, plus rapides, plus capables qu'eux-mêmes. C'était une question d'interprétation. Il avait dit que Scaler pouvait passer pour un prince, un assassin, un général.

Alors pourquoi pas un héros décédé ?

Après tout, qui pouvait prouver le contraire ?

Scaler quitta la chambre ; un Sathuli armé d'une lance s'inclina et lui demanda de le suivre. Il le conduisit dans une salle immense dans laquelle le jeune homme des portes était assis, ainsi que les deux qu'il avait sauvés et un vieillard dans une robe marron passé.

— Bienvenue, fit le chef sathuli. Il y a ici quelqu'un qui était impatient de te rencontrer. (Il désigna le vieillard.) Voici Raffir, c'est un saint homme. C'est un descendant de Joachim Sathuli, doublé d'un grand historien. Il a beaucoup de questions à te poser concernant le siège de Dros Delnoch.

— Je serai ravi de répondre à ses questions.

— J'en suis sûr. Il a également un autre talent que nous trouvons très pratique – il parle avec l'esprit des morts. Ce soir, il entrera dans une transe à laquelle tu seras ravi, j'en suis sûr, de participer.

— Cela va de soi.

— En ce qui me concerne, dit le Sathuli, je suis impatient. J'ai très souvent écouté la voix d'esprit de Raffir, et je l'ai souvent interrogée. Mais avoir le privilège de réunir de tels amis… eh bien, je me sens envahi d'une grande fierté.

— Parle clairement, Sathuli ! lança Scaler. Je ne suis pas d'humeur pour ces jeux d'enfants.

— Mille excuses, noble invité. Je ne faisais qu'essayer de te dire que le guide spirite de Raffir n'est nul autre que ton ami, le grand Joachim. Je sens que votre conversation va être fascinante.

— Arrête de paniquer ! dit Païen à Scaler qui marchait de long en large dans la pièce.

Les serviteurs avaient été renvoyés et Belder, effaré par la nouvelle, déambulait dans le jardin de roses, en bas.

— Il y a un temps pour la panique, fit Scaler, c'est quand il n'y a rien d'autre à faire. Là, c'est le cas – donc je panique !

— Es-tu sûr que ce vieil homme possède les pouvoirs qu'il prétend ?

— Quelle différence est-ce que cela peut faire ? Si c'est un escroc, le prince lui aura demandé de me discréditer. Et si c'est un vrai médium, c'est l'esprit de Joachim qui me reniera. Je suis pris au piège !

— Tu pourrais prétendre que le vieil homme est un imposteur, proposa Païen, sans grande conviction.

— Dénoncer leur saint homme dans leur propre temple ? Je ne préfère pas. Je ne suis pas sûr que les lois de l'hospitalité y résistent.

— Cela m'ennuie de parler comme Belder, mais c'était ton idée, tu aurais pu y penser avant.

— Je déteste t'entendre parler comme Belder.

— Tu vas arrêter de marcher en rond ? Tiens, prends des fruits.

Païen lui lança une pomme de l'autre côté de la pièce, mais Scaler la laissa tomber.

La porte s'ouvrit et Belder entra.

— On est vraiment dans le pétrin, ou je ne m'y connais pas, dit-il d'un air morose.

Scaler se laissa tomber dans un grand fauteuil en cuir.

— Ça promet une nuit mémorable.

— Sommes-nous autorisés à y aller armés ? s'enquit Païen.

— Si tu veux, répondit Scaler, mais je ne vois pas comment tu pourrais te tailler un chemin à travers un millier de Sathulis !

— Je ne veux pas mourir sans une arme à la main.

— Bien parlé ! dit Scaler. Moi, je vais prendre cette pomme. Je ne veux pas mourir sans un fruit à la main. Non mais tu vas arrêter de parler de mourir, oui ? C'est très agaçant !

La conversation continua ainsi, inutilement, jusqu'à ce qu'un serviteur frappe à la porte, entre et leur demande de le suivre. Scaler demanda à l'homme d'attendre le temps qu'il se regarde dans un miroir sur pied, qui était de l'autre côté de la chambre ; il fut surpris de se voir en train de sourire. Il rejeta d'un geste dramatique sa cape sur ses épaules et ajusta l'opale sur son front.

— Reste avec moi, Rek, dit-il. Je vais avoir besoin de toutes les aides possibles.

Le trio suivit le serviteur à travers le palais jusqu'à ce qu'ils atteignent le porche du temple ; là, l'homme les salua et s'en alla. Scaler continua dans la froideur des ombres jusqu'au cœur du temple. De chaque côté se trouvaient des sièges où des Sathulis étaient assis en silence. Le prince et Raffir se tenaient côte à côte sur une estrade improvisée. Une troisième chaise était placée à droite de Raffir. Scaler se tint droit et descendit l'allée, retirant sa cape pour la déposer sur le dos de la chaise.

Le prince se leva et s'inclina devant Scaler. Il y avait une lueur maligne dans ses yeux noirs, pensa Scaler.

— Je souhaite la bienvenue à notre noble invité de ce soir. Aucun Drenaï ne s'est jamais tenu dans ce temple. Mais cet homme prétend être le Fléau des Nadirs, l'esprit vivant du Comte de Bronze, frère de sang du grand Joachim. Par conséquent, il est normal qu'en ce lieu béni il puisse revoir Joachim.

» Que la paix soit sur vos âmes, mes frères, et que vos cœurs s'ouvrent à la musique du Vide. Que Raffir entre en communion avec les ténèbres…

Scaler frissonna en voyant la grande congrégation baisser la tête. Raffir se renfonça sur sa chaise ; ses yeux étaient grands ouverts et ils se mirent à rouler dans leurs orbites. Scaler se sentit un peu malade.

— Je t'invoque, ami esprit ! cria Raffir, d'une voix aiguë et chevrotante. Viens jusqu'à nous depuis ton lieu sacré. Apporte-nous ta sagesse.

Les flammes des chandelles du temple s'inclinèrent toutes d'un seul coup, comme si un souffle était né en plein milieu du bâtiment.

— Viens à nous, ami esprit ! Guide-nous.

De nouveau, les flammes dansèrent – et cette fois-ci beaucoup s'éteignirent. Scaler se lécha les lèvres ; Raffir n'était pas un charlatan.

— Qui invoque Joachim Sathuli ? gronda une voix, profonde et résonnante.

Scaler sursauta sur sa chaise, car la voix sortait de la gorge décharnée de Raffir.

— Le Sang de ton Sang t'appelle, grand Joachim, fit le prince. Il y a ici un homme qui prétend être ton ami.

— Alors, qu'il parle, dit l'esprit, car j'ai trop souvent entendu ta voix geignarde.

— Parle ! ordonna le prince en se tournant vers Scaler. Tu as entendu mon ordre.

— Tu n'as pas d'ordre à me donner, misérable ! cingla Scaler. Je suis Rek, le Comte de Bronze, et j'ai vécu à une époque où les Sathulis étaient des hommes. Joachim était un homme – et mon frère. Dis-moi, Joachim, que penses-tu des fils de tes fils ?

— Rek ? Je ne peux pas voir. Est-ce bien toi ?

— Oui, c'est moi, frère. Je suis ici, au milieu des ombres de ce que tu fus. Pourquoi ne peux-tu pas être ici avec moi ?

— Je ne sais pas… Cela fait si longtemps. Rek ! Notre première rencontre. Tu te souviens de tes mots ?

— Oui. « À combien estimes-tu ta vie, Joachim Sathuli ? », et tu as répondu : « Une lame brisée. »

— Oui, oui, je me souviens. Mais surtout, je me souviens des mots importants. Les mots qui m'ont fait venir à Dros Delnoch.

— Je chevauchais vers ma mort en allant à la forteresse, et je te l'ai dit. Et puis j'ai ajouté : « Devant moi, je n'ai que des ennemis et la guerre. J'aimerais croire que je laisse derrière moi au moins quelques amis. » Je t'ai alors demandé d'accepter ma main, en signe d'amitié.

— Rek, c'est toi ! Mon frère ! Comment se fait-il que tu puisses jouir de nouveau d'une vie de sang ?

— Le monde n'a pas changé, Joachim. Le mal pullule comme le pus dans un furoncle. Je mène une guerre sans alliés et avec peu d'amis. Je suis venu chez les Sathulis comme par le passé.

— De quoi as-tu besoin, mon frère ?

— J'ai besoin d'hommes.

— Les Sathulis ne te suivront pas. Ils n'ont pas à le faire. Je t'aimais, Rek, car tu étais un grand homme. Mais ce serait obscène qu'un Drenaï mène le peuple élu. Tu dois être désespéré pour venir faire une telle demande. Aussi, vu la grande nécessité dans laquelle tu te trouves, je t'offre les Cheiam, tu peux en user comme bon te semble. Oh ! Rek, mon frère, si seulement je pouvais être à tes côtés, le tulwar à la main ! Je vois encore les Nadirs qui franchissent les murailles, j'entends encore leurs cris de haine. Nous étions des hommes, pas vrai ?

— Nous étions des hommes, répondit Scaler. Même avec ta blessure au côté, tu étais indomptable.

— Mon peuple se conduit mal aujourd'hui, Rek. Des moutons dirigés par des chèvres. Utilise les Cheiam à bon escient. Et que le Seigneur de Toute Chose te bénisse.

Scaler déglutit avec peine.

— Est-ce qu'il t'a béni, mon ami ?

— J'ai ce que je mérite. Au revoir, mon frère.

Une infinie tristesse s'empara de Scaler et il tomba à genoux. Des larmes coulaient sur ses joues. Il essaya de refréner ses sanglots, mais ils eurent raison de lui. Païen courut pour le remettre debout.

— Il y avait tellement de tristesse dans sa voix, dit Scaler. Emmène-moi loin d'ici.

— Un instant ! ordonna le prince. La cérémonie n'est pas encore finie.

Mais Païen l'ignora et porta à moitié Scaler en pleurs hors du temple. Pas un Sathuli ne lui barra le passage alors que le trio retournait dans sa chambre. Païen aida Scaler à s'allonger sur un lit recouvert de draps en satin et alla lui chercher de l'eau dans une cruche en pierre ; elle était fraîche et douce.

— Est-ce que tu as déjà entendu une telle tristesse ? lui demanda Scaler.

— Non, admit Païen. Cela m'a fait comprendre à quel point la vie est sacrée. Mais comment as-tu réussi ? Par tous les dieux, ce fut une interprétation sans précédent.

— Ce ne fut qu'une duperie de plus. Et elle m'a rendu malade ! Quel talent y a-t-il à duper une âme aveugle et tourmentée ? Dieux, Païen, cela fait plus d'un siècle qu'il est mort. Lui et Rek ne se revirent que très rarement après la bataille – ils étaient de cultures très différentes.

— Mais tu connaissais toutes leurs paroles…

— Elles étaient dans le journal intime du Comte. Pas plus, pas moins. Je ne suis qu'un apprenti historien. Ils se sont rencontrés lorsque les Sathulis ont tendu une embuscade à mon ancêtre, et Rek a défié Joachim en combat singulier. Ils se sont battus pendant des heures, et finalement l'épée de Joachim s'est brisée. Mais Rek l'a épargné et ce fut le début de leur amitié.

— Tu as choisi un rôle difficile à jouer. Tu n'es pas doué à l'épée.

— Non, mais je n'ai pas besoin de l'être. La comédie est suffisante. Je crois qu'à présent je vais dormir. Dieux que je suis fatigué… et j'ai tellement honte.

— Tu n'as aucune raison d'avoir honte. Mais dis-moi, que sont les Cheiam ?

— Les fils de Joachim. C'est un culte, je crois ; je ne suis pas sûr. Laisse-moi dormir maintenant.

— Repose-toi, Rek, tu l'as mérité.

— Il n'y a aucune raison d'utiliser ce nom entre nous.

— Il y a toutes les raisons – nous devons tous jouer nos rôles, à présent. Je ne sais rien de ton ancêtre, mais je suis sûr qu'il aurait été fier de toi. Il fallait des nerfs d'acier pour traverser cette épreuve.

Mais Scaler passa à côté du compliment, car il s'était endormi.

Païen s'en retourna dans la chambre mitoyenne.

— Comment va-t-il ? demanda Belder.

— Il va très bien. Mais un conseil, vieil homme : ne fais

plus de remarque cassante ! À partir de maintenant, il est le Comte de Bronze et doit être traité comme tel.

— Tu sais vraiment peu de chose, homme noir ! répliqua hargneusement Belder. Il ne joue pas un rôle, il *est* le Comte de Bronze. De droit et de sang. Il croit jouer un rôle. Eh bien laisse-le le croire. Ce que tu vois aujourd'hui est la réalité. Mais elle a toujours été là – je le savais. C'est ce qui faisait de moi quelqu'un de si amer. Des remarques cassantes ? Je suis fier de ce garçon – tellement fier que je pourrais chanter !

— Évite, rétorqua Païen en souriant. Tu as la voix d'une hyène malade !

Scaler fut réveillé par une main fermement plaquée sur sa bouche. Ce n'était pas ce qu'on appelle un réveil agréable. Le clair de lune projetait un rayon argenté à travers la fenêtre ouverte et la brise faisait osciller le rideau en dentelles. Mais l'homme qui se tenait au-dessus de lui n'était qu'une silhouette.

— Ne fais pas un bruit, prévint une voix. Tu es en grand danger !

Il retira sa main et s'assit sur le lit.

Scaler se redressa lentement.

— En danger ? souffla-t-il.

— Le prince a ordonné ta mort.

— Charmant !

— Je suis ici pour t'aider.

— Je suis ravi de l'entendre.

— Ce n'est pas une farce, Seigneur Comte. Je suis Magir, chef des Cheiam, et si tu ne te bouges pas un peu, tu vas te retrouver une fois de plus dans le Grand Hall des Morts.

— Que je me bouge pour aller où ?

—Hors de la ville. Cette nuit. Nous avons un campement un peu plus haut dans les montagnes où tu seras à l'abri. (Un léger grattement se fit entendre de l'autre côté de la fenêtre, comme une corde contre de la pierre.) Trop tard ! souffla Magir. Ils sont ici. Prends ton épée !

Scaler se leva en sursaut pour aller chercher son épée et l'extraire de son fourreau. Une ombre noire sauta à travers la fenêtre mais Magir l'intercepta, sa dague à lame courbée remontant à la vitesse de l'éclair. Un cri affreux déchira le silence de la nuit. Deux nouveaux assassins grimpèrent dans la chambre. Scaler poussa un cri à se décrocher les poumons et bondit en avant, allongeant un grand coup d'épée. Celle-ci fendit la chair et l'un des hommes tomba sans un bruit. Scaler trébucha sur le corps, juste au moment où une dague lui passait au-dessus de la tête, et fit une roulade pour pouvoir donner un coup d'estoc dans le ventre de son adversaire. Dans un grognement de douleur, ce dernier recula, tituba et passa par la fenêtre.

—Magnifique ! s'exclama Magir. Je n'avais jamais vu cette roulade enchaînée aussi parfaitement exécutée. Tu pourrais presque faire partie du Cheiam.

Scaler s'assit le dos au mur, son épée tombant de ses doigts inertes.

Païen défonça la porte.

—Ça va, Rek ?

Scaler tourna la tête pour voir le géant noir remplir l'embrasure de la porte comme une statue d'ébène, alors que la porte était sortie de ses gonds.

—Tu aurais pu simplement l'ouvrir, dit Scaler. Dieux, tout ce théâtre me tue littéralement !

—À ce propos, dit Païen, je viens de tuer deux hommes dans ma chambre. Belder est mort – ils lui ont tranché la gorge.

Scaler se força à se relever.

— Ils l'ont tué, *lui* ? Mais, pourquoi ?

— Tu as humilié le prince, répondit Magir. Il doit te tuer – il n'a pas le choix.

— Et l'esprit de Joachim ? Pourquoi l'avoir invoqué, alors ?

— Je ne peux pas répondre à ça, Seigneur Comte. Mais à présent, il faut partir.

— Partir ? Il a tué mon ami – probablement le seul ami que j'aie jamais eu. Il était comme un père pour moi. Sortez, laissez-moi seul – tous les deux !

— Ne fais rien d'insensé, le prévint Païen.

— Insensé ? Rien n'a de sens. La vie est une farce – une stupide farce écœurante à laquelle jouent des imbéciles. Eh bien, voilà un imbécile qui en a juste assez. Sortez !

Scaler s'habilla prestement, boucla son baudrier et empoigna son épée. Il se rendit à la fenêtre et se pencha. Une corde était suspendue et voletait dans la brise du soir. Scaler la saisit et sauta par la fenêtre pour se laisser glisser jusque dans la cour.

Quatre gardes le regardaient sans rien dire alors qu'il venait d'atterrir avec légèreté sur les pavés. Il marcha au centre de la cour et leva les yeux vers les fenêtres de la chambre du prince.

— Prince des lâches, viens donc ! hurla-t-il. Prince des mensonges et de la tromperie, montre-toi. Joachim a dit que tu étais un mouton. Vas-tu sortir ?

Les sentinelles échangèrent des regards mais ne bougèrent pas.

— Je suis vivant, prince. Le Comte de Bronze est vivant ! Tous tes assassins sont morts et tu vas bientôt les rejoindre. Sors – ou je ferai flétrir ton âme où qu'elle se cache. *Sors* !

Les rideaux de la fenêtre s'ouvrirent et le prince était là, le visage rouge de colère. Il se pencha sur le rebord de la fenêtre en pierre taillée et hurla en direction des sentinelles :

— Tuez-le !

— Sors et viens le faire toi-même, espèce de chacal ! cria Scaler. Joachim m'a appelé son ami et je le suis. Dans ton propre temple, tu l'as entendu et pourtant tu as envoyé des assassins dans ma chambre. Espèce de porc désossé ! Tu es une insulte à tes ancêtres et tu as enfreint tes propres lois de l'hospitalité. Pourriture ! Descends donc !

— Vous m'avez entendu – tuez-le ! cria le prince.

Les sentinelles avancèrent, lances baissées.

Scaler baissa son épée et fixa ses yeux bleus sur celui qui semblait être le chef.

— Je ne me battrai pas avec toi, dit-il. Mais que devrai-je dire à Joachim la prochaine fois que je le verrai ? Et que lui diras-tu quand tu seras sur la route de Sheol ?

L'homme hésita, car derrière Scaler, Païen arrivait au pas de charge, une épée dans chaque main. À côté de lui se tenait Magir.

Les sentinelles se préparèrent à réceptionner la charge.

— Laissez-le ! beugla Magir. Il est le Comte et il a lancé un défi.

— Allez, descends, prince des lâches, hurla Scaler, ton heure est venue !

Le prince grimpa par-dessus le rebord de la fenêtre et sauta trois mètres plus bas, sur les pavés, sa robe blanche virevoltant dans la brise. Il marcha jusqu'à une sentinelle et lui prit son tulwar ; il en testa la balance.

— Et maintenant, je vais te tuer, dit le prince. Je sais que tu es un menteur. Tu n'es pas le Comte, qui est mort depuis longtemps – tu es un imposteur.

—Prouve-le ! répliqua Scaler. Avance. Je suis le plus grand bretteur que la terre ait jamais porté. J'ai repoussé les hordes nadires. J'ai brisé la lame de Joachim Sathuli. Avance, que je te crève !

Le prince s'humecta les lèvres et le regarda de ses yeux enflammés. La sueur lui coulait le long des joues, et à ce moment il sut qu'il était perdu. Sa vie devint d'un coup très précieuse, il était un homme trop important pour permettre à un démon des profondeurs de le leurrer dans un combat. Sa main se mit à trembler.

Il sentit le regard de ses hommes sur lui et leva les yeux pour voir que la cour était entourée par des guerriers sathulis. Et pourtant il était seul ; aucun d'entre eux ne viendrait à son aide. Il devait attaquer, mais s'il le faisait, il allait forcément mourir. Il poussa un cri sauvage et se lança en avant, le tulwar dressé. Scaler lui enfonça son épée dans le cœur, et la retira d'un coup sec. Le corps tomba sur les pavés.

Magir se plaça à côté de Scaler.

—Maintenant, tu dois partir. Ils te laisseront aller jusque dans les montagnes, puis ils se lanceront à ta poursuite pour venger ce meurtre.

—Je m'en moque, dit Scaler. Je suis venu ici pour les conquérir. Sans eux, je n'ai plus aucune chance de réussite.

—Tu as encore les Cheiam, mon ami. Nous te suivrons jusqu'en Enfer s'il le faut.

Scaler baissa les yeux sur le prince mort.

—Il n'a même pas essayé de se battre – il s'est précipité sur ma lame.

—C'était un chien, et le fils d'un chien. Je lui crache dessus ! dit Magir. Il n'était pas digne de toi, Seigneur Comte, bien qu'il soit le plus grand épéiste de tous les Sathulis.

— Pardon ? fit Scaler, ébahi.

— C'était le meilleur. Mais il savait que tu étais encore meilleur et ce savoir l'a tué avant que ton épée le fasse.

— Cet homme était idiot. Si seulement il…

— Rek, intervint Païen, il est temps de partir. Je vais chercher les chevaux.

— Non. Je veux qu'on enterre Belder avant de quitter cet endroit.

— Mes hommes s'en occuperont, dit Magir. Ton ami parle sagement et je vais faire venir les chevaux dans la cour. Il n'y a qu'une heure d'ici au camp, là nous pourrons nous reposer et parler de tes plans.

— Magir !

— Oui, mon Seigneur.

— Je te remercie.

— Je ne fais que mon devoir, Seigneur Comte. Je pensais que je détesterais ce travail, car les Cheiam n'ont aucun amour pour les guerriers drenaïs. Mais tu es un homme.

— Dis-moi, qui sont les Cheiam, exactement ?

— Nous sommes les Buveurs de Sang, les fils de Joachim. Nous n'adorons qu'un seul dieu : Shalli, l'esprit de la Mort.

— Combien êtes-vous ?

— Seulement une centaine, Seigneur Comte. Mais ne te fie pas à notre nombre. Regarde plutôt celui des morts que nous laissons derrière nous.

Chapitre 17

L'homme était enterré jusqu'au cou dans de la terre sèche très compacte. Des fourmis lui couraient sur le visage et le soleil tapait fort sur son crâne rasé. Il entendit le son de chevaux qui approchaient, mais il ne pouvait pas se retourner.

— Soyez maudits, toi et ta famille ! cria-t-il.

Puis il entendit quelqu'un descendre de cheval et le recouvrir d'une ombre bienveillante. Il leva les yeux : devant lui se tenait une grande silhouette vêtue d'une tunique de cuir noir et de bottes d'équitation ; il n'arriva pas à voir son visage. Une femme amena les chevaux vers eux et l'homme s'accroupit.

— Nous cherchons les tentes des Loups, dit-il.

L'homme enterré cracha une fourmi de sa bouche.

— Grand bien te fasse ! dit-il. Mais qu'est-ce que ça peut bien me faire, à moi ? Tu crois qu'on m'a laissé ici comme panneau indicateur ?

— J'envisageais de te déterrer.

— Ne te donne pas cette peine. Les collines derrière toi grouillent de Meute-de-Rats, et ils ne prendraient pas bien ton intrusion.

« Meute-de-Rats » était le surnom donné à certains membres de la tribu des Singes-Verts suite à une bataille deux cents ans auparavant : on avait volé leurs poneys et ils avaient dû porter leurs possessions sur leur dos. Les autres tribus n'oublièrent jamais cette humiliation, et ne permirent pas aux Singes de l'oublier.

— Combien sont-ils ? demanda Tenaka.

— Qui sait ? Ils se ressemblent tous.

Tenaka porta une outre en cuir pleine d'eau aux lèvres de l'homme qui but goulûment.

— De quelle tribu es-tu ?

— Je suis content que tu me le demandes après m'avoir offert de l'eau, répondit l'homme. Je suis Subodaï, des Lances.

Tenaka acquiesça. Les Lances étaient les ennemis jurés des Têtes-de-Loup, pour la simple raison que leurs guerriers étaient tout aussi féroces et efficaces que les leurs.

Pour les Nadirs, il n'y avait presque jamais de respect pour un ennemi. Les plus faibles devaient être traités avec mépris, et les plus forts avec de la haine. Les Lances, bien qu'ils ne soient pas foncièrement plus forts, tombaient quand même dans cette dernière catégorie.

— Et comment un homme des Lances a-t-il pu se faire capturer par les Meute-de-Rats ? demanda Tenaka.

— De la chance, répondit Subodaï, en recrachant des fourmis de sa bouche. Mon poney s'est brisé la patte, et ils m'ont sauté dessus à quatre.

— Seulement quatre ?

— Je n'étais pas en forme !

— Je vais te libérer.

— Ce ne serait pas sage, Tête-de-Loup ! Je serai peut-être forcé de te tuer.

— Je ne vais pas me soucier d'un homme qui a été capturé par quatre Meute-de-Rats seulement. Renya, déterre-le !

Tenaka recula et s'assit, jambes croisées, sur le sol, observant les collines. Il n'y avait pas un mouvement, mais il savait qu'ils l'observaient. Il étira son dos blessé – il avait eu le temps de se rétablir en grande partie ces cinq derniers jours.

Renya déblaya la terre et libéra l'homme dont les bras étaient attachés dans le dos. Une fois libre, il la repoussa et finit de se dégager seul. Sans dire un mot à Renya, il marcha droit sur Tenaka et s'accroupit devant lui.

— J'ai décidé de ne pas te tuer, déclara Subodaï.

— Tu es très sage pour un Lances, fit Tenaka sans perdre les collines de vue.

— C'est vrai. Je vois que ta femme est une Drenaïe. Elles sont douces !

— J'aime les femmes douces.

— C'est vrai qu'elles ont leurs avantages, concéda Subodaï. Acceptes-tu de me vendre une épée ?

— Comment la paieras-tu ?

— Je te donnerai un poney des Meute-de-Rats.

— Ta générosité n'a d'égale que ton assurance, remarqua Tenaka.

— Tu es Danse-Lames, le sang-mêlé drenaï, déclara Subodaï en retirant sa veste de poils pour se débarrasser des fourmis qui couraient sur son corps puissant.

Tenaka ne prit pas la peine de répondre ; il regardait la poussière qui montait de derrière les collines. On rassemblait des chevaux.

— Plus de quatre, fit Subodaï. À propos de cette épée… ?

— Ils s'en vont, déclara Tenaka. Ils reviendront avec des renforts. (Il se releva, alla jusqu'à son cheval et sauta en selle.) Au revoir, Subodaï !

— Attends ! appela le Nadir. L'épée ?

— Tu ne m'as pas remis le poney.

— Je le ferai – j'ai besoin d'un peu de temps.

— Je n'ai pas de temps à perdre. Que peux-tu m'offrir d'autre ?

Subodaï était pris au piège. S'il se retrouvait seul et sans arme, il serait mort dans moins d'une heure. Un instant, il pensa sauter sur Tenaka, mais il repoussa l'idée – les yeux violets étaient déconcertants de confiance.

—Je n'ai rien d'autre, répondit-il. Mais tu as une idée, j'en suis sûr.

—Sois mon serf pendant dix jours et conduis-moi aux Loups, suggéra Tenaka.

Subodaï renifla et cracha.

—Ça ne m'enchante pas plus que de mourir ici. Dix jours, tu dis ?

—Dix jours.

—Aujourd'hui compte pour un ?

—Oui.

—Alors je suis d'accord. (Subodaï leva sa main, Tenaka la prit et le hissa en selle derrière lui.) Je suis content que mon père ne soit pas vivant pour voir ça, grommela le Nadir.

Et tandis qu'ils chevauchaient, il pensa à son père. Un homme fort, excellent cavalier – mais un sale caractère.

C'était ce caractère qui lui avait coûté la vie. Après une course de chevaux, que Subodaï avait gagnée, son père l'avait accusé d'avoir desserré la sangle de la selle de sa jument. La discussion s'était vite transformée en bataille avec poings et couteaux.

Subodaï se souvenait toujours du regard de surprise sur le visage de son père, lorsque son fils lui avait planté son couteau dans la poitrine. Un homme devrait toujours se contrôler.

Le Nadir se retourna sur la selle et posa ses yeux noirs sur Renya. Ça, c'était une femme ! Peut-être pas idéale, pour les Steppes – mais en tout cas bonne pour plein d'autres choses.

Pendant encore neuf jours il servirait Danse-Lames. Après quoi, il le tuerait et prendrait sa femme.

Il porta cette fois son regard sur les montures. C'étaient de belles bêtes. Il sourit soudainement, car les joies de la vie le submergeaient.

Il prendrait la femme.

Il garderait les chevaux.

Car eux vaudraient encore quelque chose, après s'être fait monter dessus.

Lake transpirait abondamment en tournant la grosse manivelle en bois qui ramenait le bras en forme d'arc, recouvert de cuir, jusqu'au crochet. Un jeune homme en tablier de cuir lui passa un paquet de cinquante flèches vaguement attachées entre elles qu'il plaça dans la cuvette de la machine. Dix mètres plus loin, dans la pièce, deux assistants soulevèrent une épaisse porte en bois et la calèrent contre un mur.

Ananaïs était assis dans un coin, le dos contre la paroi grise et froide qui servait de mur aux anciennes écuries. Jusqu'ici, il avait fallu dix minutes rien que pour charger la machine. Il souleva légèrement son masque et se gratta le menton. Dix minutes pour cinquante flèches ! N'importe qui pouvait en tirer deux fois plus dans le même laps de temps. Mais Lake se donnait du mal et Ananaïs ne voyait aucune raison de le démoraliser.

— Prêts ? demanda Lake à ses assistants au fond de la pièce.

Les deux hommes opinèrent du chef et se précipitèrent à l'abri, derrière de grands sacs remplis d'avoine et de farine.

Lake jeta un coup d'œil vers Ananaïs pour avoir son accord et relâcha la corde. Le bras massif bondit en avant et cinquante flèches se fichèrent dans la porte en chêne, certaines même passant à travers, projetant des étincelles en touchant le mur. Ananaïs s'avança, impressionné par la puissance meurtrière de l'engin. La porte était en miettes. Elle avait cédé en son milieu, là où plus d'un tiers des flèches étaient plantées.

— Qu'en pensez-vous ? demanda anxieusement Lake.

— Il faudrait que les flèches se dispersent un peu plus, répondit Ananaïs. Si cela avait été tiré sur une masse d'Unis en train de charger, la majorité des traits n'auraient touché que deux d'entre eux. Il faut pouvoir les étaler latéralement – est-ce que tu peux faire ça ?

— Je crois. Mais ça vous plaît ?

— Est-ce que tu as des billes ?

— Oui.

— Charges-en la cuvette.

— Mais cela risque d'abîmer le haut de la machine, protesta Lake. C'est conçu pour lancer des flèches.

Ananaïs posa les mains sur les épaules du jeune homme.

— C'est conçu pour tuer, Lake. Essaie pour voir.

Un assistant amena un paquet de billes en plomb et en versa plusieurs centaines de la taille d'un galet dans la cuvette en cuivre. Ananaïs s'occupa de la manivelle et en moins de quatre minutes l'appareil fut en place.

Puis Ananaïs se posta sur le côté, prenant la manette dans une main.

— Dégagez ! ordonna-t-il. Vous pouvez oublier les sacs. Allez dehors !

Les assistants se dépêchèrent de se mettre à l'abri et Ananaïs tira sur la manette. Le bras gigantesque décrivit un arc de cercle et les billes éclatèrent contre la porte en chêne dans un bruit de tonnerre. Le son fut assourdissant. Le bois se fendit en plusieurs morceaux qui s'abattirent en grinçant. Ananaïs regarda la protection en cuir et le haut de l'appareil – il était tordu et le reste était déchiré.

— C'est mieux que des flèches, jeune Lake, dit-il alors que celui-ci courait vers sa machine pour vérifier les différents éléments.

— Je vais fabriquer une protection en bronze, assura-t-il. Et je vais augmenter la largeur du bol. On aura besoin de deux manivelles, une de chaque coté.

— Quand est-ce que l'appareil sera prêt ? demanda Ananaïs.

— L'appareil ? J'en ai déjà trois de prêts. Faire les ajustements ne prendra qu'une journée. Comme ça, nous en aurons quatre.

— Beau travail, mon garçon !

— C'est les acheminer dans la vallée qui me pose des soucis.

— Ne t'inquiète pas pour ça – nous ne devons pas les utiliser sur notre première ligne de défense. Il faut les emmener dans les montagnes ; Galand te dira où les positionner.

— Mais elles pourraient être utiles pour défendre la première ligne, argumenta Lake, haussant le ton.

Ananaïs le prit par le bras et l'emmena à l'extérieur, à l'air libre de la nuit.

— Comprends ceci, mon garçon : rien ne sera utile pour défendre la première ligne. Nous n'avons pas suffisamment d'hommes. Il y a trop de cols et de pistes. Si l'on y reste trop longtemps, nous serons pris à revers, et encerclés. Ces armes sont efficaces, nous les utiliserons – mais plus loin.

La colère de Lake retomba, pour être remplacée par un triste sentiment de résignation. Cela faisait trop de jours qu'il travaillait sans relâche : toujours à la recherche de quelque chose, n'importe quoi, qui pourrait inverser le cours des événements. Mais il n'était pas idiot, et au fond de lui il savait ce qui les attendait.

— Nous ne pouvons pas protéger la cité, dit-il.

— Les cités peuvent être reconstruites, répondit Ananaïs.

— Mais beaucoup de gens vont refuser de partir. La majorité, à coup sûr.

— Alors ils mourront, Lake.

Le jeune homme retira son tablier de cuir et s'assit sur un tonneau. Il roula son tablier en boule et le laissa tomber à ses pieds. Ananaïs eut de la peine pour lui, car Lake voyait tous ses rêves s'écrouler.

— Bon sang, Lake, j'aimerais pouvoir dire quelque chose pour te remonter le moral. Je sais ce que tu ressens… Je le ressens moi aussi. C'est une offense au sens inné de la justice chez un homme de voir qu'un ennemi à tous les avantages de son côté. Je me souviens d'un de mes anciens professeurs qui disait que derrière chaque nuage sombre, le soleil attendait pour te faire frire.

Lake fit un sourire.

— J'ai eu un professeur comme ça dans le temps. Un drôle de personnage qui vivait dans un taudis sur la colline ouest. Il disait que dans la vie, il y avait trois genres de personnes : les gagnants, les perdants et les guerriers. Les gagnants le rendaient malade avec leur arrogance, les perdants avec leurs jérémiades et les guerriers avec leur stupidité.

— Dans quelle catégorie se rangeait-il ?

— Il disait qu'il avait essayé les trois et qu'aucune ne lui convenait.

— Eh bien, au moins il aura essayé. C'est tout ce qu'un homme peut faire, Lake. Et nous allons essayer. Nous allons les frapper avec tout ce qu'on a et nous allons les faire souffrir. Nous allons les paralyser dans une guerre contre le temps. Phalanges et crâne, acier et feu. Et avec un peu de chance, quand Tenaka reviendra, il les balaiera avec ses cavaliers nadirs.

— La chance ne semble pas être trop de notre côté, fit remarquer Lake.

— Il faut la forcer. Je n'ai pas foi dans les dieux, Lake. Je ne l'ai jamais eue. S'ils existent, ils se moquent un peu – voire beaucoup – de nous autres, les mortels. Je n'ai foi qu'en moi – et tu sais pourquoi ? Parce que je n'ai jamais perdu ! J'ai reçu des coups de lance, de poignard et j'ai même été empoisonné. J'ai été traîné par un cheval sauvage, éventré par un taureau et mordu par un ours. Mais je n'ai jamais perdu. J'ai même eu le visage arraché par un Uni, mais je suis toujours là. Gagner est devenu une habitude.

— Je vais avoir du mal à vous égaler, Masque Noir. Une fois, j'ai gagné une course à pieds, et j'ai fait troisième en lutte ouverte, aux Jeux. Oh… et une abeille m'a piqué quand j'étais petit, et j'ai pleuré pendant des jours et des jours.

— Ça fera l'affaire, Lake ! Je me souviens t'avoir enseigné comment être un bon menteur ! Et à présent, retournons à nos moutons, et travaillons sur les armes que tu as conçues.

Pendant trois jours, de l'aube au coucher du soleil, Rayvan et des dizaines d'assistants firent le tour de la cité pour préparer la population à l'évacuation dans les profondeurs de la montagne. La tâche était ingrate. Ils étaient nombreux à refuser de bouger, et certains rirent même devant la menace que dépeignait Rayvan. Pourquoi Ceska attaquerait-il la cité ? demandaient-ils. C'était pour cela qu'il n'y avait pas de murailles, ici – pas besoin de la piller. Les discussions s'envenimèrent et les portes claquèrent. Rayvan endura les pires insultes et humiliations, et pourtant elle continua à arpenter les rues.

Le matin du quatrième jour, les réfugiés se réunirent dans la prairie à l'est de la ville ; leurs possessions étaient entassées dans des chariots – certains tirés par des mules, d'autres par des poneys ou même des bœufs. Les moins fortunés portaient leurs affaires sur le dos, dans des baluchons en canevas. En tout, il y avait un peu moins de deux mille personnes – plus du double avait choisi de rester.

Galand et Lake les menèrent le long du dur sentier jusque dans les hauteurs, où déjà trois cents hommes construisaient des abris sommaires dans des vallées cachées.

Les machines de guerre de Lake, recouvertes de cuir nourri, avaient été installées sur six wagons qui précédaient la colonne.

Rayvan, Decado et Ananaïs regardèrent les réfugiés se mettre en marche. Puis Rayvan secoua la tête, jura et retourna à pied dans la Salle du Conseil sans dire un mot. Les deux hommes la suivirent. Une fois à l'intérieur, sa colère éclata.

—Au nom du Chaos, qu'ont-ils dans le crâne ? dit-elle rageusement. N'ont-ils pas assisté à suffisamment d'atrocités de la part de Ceska ? Certains sont mes amis depuis des années. Ils sont costauds, intelligents, ce sont des gens raisonnables. Alors pourquoi veulent-ils mourir ?

—Ce n'est pas aussi simple, Rayvan, répondit doucement Decado. Ils ne sont pas habitués au mal et n'arrivent pas à concevoir pourquoi Ceska massacrerait la population de toute une ville. Cela n'a pas de sens à leurs yeux. Et puisque tu demandes s'ils n'ont pas assisté à suffisamment d'atrocités de la part de Ceska, la réponse est non ! Ils ont vu des hommes se faire trancher le bras, mais en tant que spectateurs ils se sont juste demandés s'ils le méritaient ou pas. Ils ont entendu parler de famine et de peste dans d'autres régions, mais Ceska a toujours eu une réponse toute prête. Il écarte toute responsabilité avec un talent remarquable. Et franchement, ils ne *veulent* pas savoir. Pour la plupart des hommes, la vie se résume à leur femme et leur maison, à regarder grandir les enfants, et à se demander si l'année d'après sera meilleure que celle-ci.

» Dans le sud de la Ventria, une communauté entière vit sur une île volcanique. Tous les dix ans environ, le volcan crache des cendres, de la poussière et quelques rochers qui tuent des centaines d'habitants. Et pourtant ils restent, arrivant toujours à se persuader que le pire est passé.

» Alors ne te tourmente pas, Rayvan. Tu as fait tout ce que tu as pu. Plus que ce qu'on aurait pu te demander.

Elle se laissa tomber sur une chaise et secoua la tête.

— J'aurais pu réussir. Quatre mille personnes vont mourir ici. Atrocement ! Et tout cela parce que j'ai commencé une guerre perdue d'avance.

— Sottises ! intervint Ananaïs. Pourquoi vous infliger cela, femme ? La guerre a débuté parce que Ceska est arrivé dans les montagnes pour y massacrer des innocents. Vous n'avez fait que défendre les vôtres. Où irions-nous, par tous les diables, si nous laissions faire de telles atrocités sans réagir ? Je n'aime pas cette situation ; elle pue davantage qu'un cochon mort depuis dix jours en été, mais je n'y suis pour rien. Vous non plus. Vous voulez porter le chapeau ? Faites-le porter à ceux qui ont voté pour lui. Aux soldats qui continuent à le suivre. Au Dragon, pour ne pas l'avoir arrêté quand il en a eu l'occasion. À sa mère, pour lui avoir donné le jour. À présent, ça suffit ! Chaque homme et chaque femme ici a eu le choix, et la liberté de choisir. Leur destin est entre leurs mains. Vous n'êtes pas responsable.

— Je ne veux pas discuter avec vous, Masque Noir. Mais quelque part, sur la durée, il y a bien quelqu'un qui doit revendiquer une responsabilité quelconque. La guerre n'est pas de mon fait, comme vous l'avez dit. Mais je me suis autoproclamée chef de ces gens et j'aurai donc leur mort sur la conscience. Et je ne le veux pas. Parce que ces gens comptent pour moi. Est-ce que vous pouvez le comprendre ?

— Non, fit franchement Ananaïs. Mais je peux l'accepter.

— Moi je comprends, dit Decado. Mais vous devez vous concentrer sur le bien de ceux qui vous ont fait confiance et qui sont en route pour les montagnes. Avec les réfugiés qui ne sont pas de Skoda et les gens de la ville, ce sont presque sept mille personnes dont il va falloir s'occuper. Il va y avoir des problèmes de nourriture, de sanitaires, de santé. On doit installer un réseau de communication. Des entrepôts doivent être construits et remplis de réserves et de médicaments. Tout cela demande de l'organisation et de la main-d'œuvre. Et tout homme que nous perdrons de ce côté-là de la guerre sera un guerrier de moins à opposer à Ceska.

— Je serai là pour organiser les choses, annonça Rayvan. Il y a une vingtaine de femmes sur lesquelles je pourrai compter.

— Malgré tout le respect que je vous dois, intervint Ananaïs, vous aurez aussi besoin d'hommes. Parqués comme vous allez l'être, les esprits risquent de s'échauffer, et certains pourraient croire qu'ils reçoivent moins de rations que d'autres. Parmi les hommes qui font partie des réfugiés, il y a beaucoup de lâches – et cela en fait souvent des brutes. Il y aura aussi des voleurs. Et au milieu de toutes ces femmes, se trouveront forcément des hommes prêts à en profiter.

Les yeux verts de Rayvan s'enflammèrent.

— Je peux m'occuper de tout ça, Masque Noir. Croyez-moi ! Personne ne contestera mon autorité.

Sous son masque, Ananaïs sourit. Il y avait quelque chose de furieux dans sa voix, comme un grondement, et son menton carré saillait avec pugnacité. Elle avait sans doute raison, pensa-t-il. Il devrait être brave, celui qui s'opposerait à elle. Et les braves seraient occupés à affronter un ennemi encore plus terrible.

Durant les jours qui suivirent, Ananaïs répartit son temps entre la petite armée qui gardait le cercle extérieur de la montagne, et l'organisation d'une forteresse de qualité convenable dans le cercle intérieur. Des pistes secondaires furent bloquées et les entrées principales – les vallées de Tarsk et Magadon – rapidement murées avec des rochers. Pendant les longues heures du matin, les montagnards de Skoda firent des ajouts à ces fortifications, faisant rouler de gros rochers depuis le haut des collines et les positionnant de façon à bloquer les entrées. Lentement, les murs gagnèrent en taille. Des poulies et des tours de bois furent érigées par des experts en bâtiment et les rochers les plus lourds furent ainsi hissés à l'aide de cordes et posés au sommet des murs, cimentés ensuite avec un mélange d'argile et de pierre moulue.

Le chef des bâtisseurs – et architecte du mur – était un émigrant vagrian nommé Leppoe. Il était grand, basané, chauve et infatigable. Les hommes qui marchaient autour de lui étaient méfiants, car il avait la désagréable habitude de regarder les gens en face, sans les voir, perdu qu'il était dans un problème d'angle ou de structure. Ensuite, une fois le problème résolu, il se mettait soudainement à sourire, redevenant amical et chaleureux. Peu de travailleurs arrivaient à rivaliser avec son rythme, et souvent il continuait tard dans la nuit, affinant ses plans, remplaçant un contremaître dans un groupe, et poussant ses hommes à l'effort sous le clair de lune.

Alors que les murs allaient bientôt être terminés, Leppoe y ajouta une dernière amélioration. On fixa astucieusement des planches sur le mur afin d'en faire des remparts, tandis que, sur la façade extérieure, on étalait du mortier qu'on lissa ensuite, rendant l'ensemble difficile à escalader pour l'ennemi.

Leppoe fit placer deux des arcs géants de Lake au centre de chaque mur ; leur portée fut testée et Lake les disposa en personne, de même que les douze hommes qu'il avait formés pour s'en occuper. Des sacs entiers de billes de plomb furent placés à côté des machines, ainsi que plusieurs milliers de flèches.

— Ça m'a l'air de tenir, confia Irit à Ananaïs. Mais ce n'est pas Dros Delnoch !

Ananaïs parcourut les remparts de Magadon, évaluant des lignes d'attaque possibles. Les murs arrêteraient la cavalerie de Ceska, mais les Unis n'auraient pas trop de problèmes à les escalader. Leppoe avait accompli des miracles en les faisant monter jusqu'à près de cinq mètres, mais ce n'était quand même pas suffisant. Les armes de Lake allaient tout dévaster dans un rayon de dix mètres au-delà des murs, mais au contact, elles ne servaient pas à grand-chose.

Ananaïs envoya Irit parcourir à cheval les trois kilomètres de la vallée de Tarsk. Puis il envoya deux autres hommes courir la même distance. Il fallut à Irit moins de cinq minutes pour faire le trajet, mais pas moins de douze aux coureurs.

Le général était confronté à un sérieux problème. Ceska allait certainement attaquer les deux vallées simultanément et si l'une tombait, la deuxième était perdue. Par conséquent, une troisième force devait être postée quelque part entre les deux, prête à se mettre en route aussitôt qu'une brèche semblerait imminente. Mais celle-ci pouvait survenir en quelques secondes, et le mur n'en aurait alors plus que pour quelques minutes, ce qui ne suffirait pas. Des feux de signalement ne serviraient à rien, puisque la chaîne montagneuse de Skoda s'élevait entre les deux vallées.

Néanmoins, Leppoe résolut le problème en suggérant un système de communication triangulaire. De jour, des miroirs et des lanternes pouvaient être utilisés pour envoyer des messages dans la vallée, où un groupe d'hommes ferait le guet en continu. Une fois le message reçu, le groupe le relaierait vers la deuxième vallée de la même manière. Une force de cinq cents hommes camperait entre les deux vallées, et une fois le message reçu, ils pourraient chevaucher à bride abattue. Le système fut testé plusieurs fois, dans la journée mais aussi dans la pénombre, jusqu'à ce qu'Ananaïs soit convaincu que son efficacité maximum avait été atteinte. Une demande d'aide pouvait être transmise et les secours arriver en moins de quatre minutes. Ananaïs aurait bien aimé réduire ce temps par deux, mais il s'en contenta.

Valtaya était repartie dans les montagnes avec Rayvan pour s'occuper des réserves de médicaments. Elle manquait terriblement à Ananaïs ; il avait un étrange pressentiment dont il n'arrivait pas à se débarrasser. Ce n'était pas le genre d'homme à réfléchir sur la mort ; et là, l'idée le harcelait. Quand Valtaya lui avait dit au revoir la nuit précédente, il s'était senti plus abattu que jamais. Il l'avait prise dans ses bras et s'était battu pour trouver les mots, désespéré de ne pouvoir lui faire savoir à quel point il l'aimait.

— Tu… tu vas me manquer.

— Je ne serai pas partie longtemps, dit-elle en l'embrassant sur sa joue lacérée, évitant de poser le regard sur sa bouche ravagée.

— Prends… euh… soin de toi.

— Toi aussi.

Comme il l'aidait à monter sur son cheval, d'autres voyageurs trottèrent à côté de leur cabane, et il se dépêcha de remettre son masque. Mais elle était partie. Il la regarda jusqu'à ce que la nuit l'avale entièrement.

— Je t'aime, finit-il par dire, trop tard.

Il arracha le masque de son visage et hurla de sa voix la plus forte :

— JE T'AIME !

Les mots résonnèrent dans toutes les montagnes. Il tomba à genoux et frappa le sol de ses poings.

— Bon sang, de bon sang, de bon sang ! Je t'aime.

Chapitre 18

Tenaka, Subodaï et Renya avaient une heure d'avance sur les Meutes-de-Rats, mais ces derniers gagnaient progressivement du terrain car, en dépit de la force des montures drenaïes, le cheval de Tenaka portait une double charge. En haut d'une colline poussiéreuse, Tenaka se protégea les yeux d'une main et essaya de compter le nombre de cavaliers qui leur donnaient la chasse. Mais un nuage de poussière tourbillonnant rendait la chose difficile.

— Je dirais une dizaine, pas plus, finit par annoncer Tenaka.

Subodaï haussa les épaules.

— Peut-être même beaucoup moins, dit-il.

Tenaka remonta en selle et examina les environs afin de trouver un endroit propice pour une embuscade. Il les mena dans les collines jusqu'à un affleurement rocheux qui passait au-dessus de la piste comme un poing tendu. Là, elle partait vers la gauche. Tenaka se leva sur sa selle et sauta sur le rocher. Surpris, Subodaï passa à l'avant et saisit les rênes du cheval.

— Chevauche jusqu'à cette colline noire, et fais lentement le tour pour revenir jusqu'ici, lui dit Tenaka.

— Que vas-tu faire ? demanda Renya.

— Je vais procurer un poney à mon serf, fit Tenaka, tout sourire.

— Viens, femme ! lâcha Subodaï avant de partir au petit galop.

Renya et Tenaka échangèrent des regards.

— Je pense que je ne vais pas apprécier longtemps d'être une docile femme des Steppes, murmura-t-elle.

— Je te l'avais dit, lui rappela-t-il avec un grand sourire.

Elle acquiesça et éperonna son cheval pour rattraper Subodaï.

Tenaka s'allongea sur le rocher et observa les hommes qui approchaient ; ils n'étaient qu'à huit minutes derrière Subodaï. Quand ils furent suffisamment près, Tenaka put les détailler : neuf cavaliers, vêtus des traditionnels gilets en peau de chèvre des Steppes. Ils avaient des heaumes en cuir à rebords en fourrure. Leur visage était plat et cireux, leurs yeux noirs comme la nuit et d'une cruauté glaciale. Chacun d'entre eux portait une lance, des épées et des couteaux passés à la ceinture.

Ils descendirent en trombe la piste étroite et ne ralentirent qu'en arrivant dans le virage du rocher. Lorsqu'ils passèrent devant, Tenaka se suspendit dans le vide, en gardant les jambes relevées ; lorsque le dernier cavalier arriva sous lui, il se laissa tomber comme une pierre, les deux pieds bottés dans le visage de l'homme. Il le catapulta de sa selle. Tenaka toucha le sol, fit un roulé-boulé, se redressa et sauta pour attraper les rênes du poney. La bête resta immobile, les narines dilatées, sous le choc. Tenaka le caressa gentiment et le tira jusqu'au guerrier étendu par terre. L'homme était mort et Tenaka put lui ôter son gilet qu'il enfila par-dessus le sien. Puis il prit le heaume et la lance du guerrier et sauta en selle pour rejoindre les autres.

La piste continuait, tournant à droite et à gauche, tant et si bien que les cavaliers n'arrivaient pas à rester groupés. Tenaka se rapprocha du cavalier en queue juste avant un nouveau virage.

— Holà ! appela-t-il. Attends !

L'homme tira sur ses rênes tandis que ses camarades disparaissaient.

— Qu'est-ce qu'il y a ? demanda le cavalier.

Tenaka vint se placer à sa hauteur en désignant le ciel. L'homme regarda vers le haut, et Tenaka le frappa d'un coup de poing dans le cou ; l'homme tomba de selle sans un mot. Plus loin, des cris de victoire retentirent. Tenaka poussa un juron et éperonna son poney qui partit au galop. Au détour du virage il découvrit Subodaï et Renya, qui faisaient face aux sept cavaliers, l'épée à la main.

Tenaka leur rentra dedans comme la foudre. D'un coup de lance, il désarçonna l'un des cavaliers. Puis son épée surgit et un deuxième homme tomba en poussant un cri.

Subodaï lança son cri de guerre. D'un coup de talons, il força sa monture à l'assaut. Il bloqua un coup de taille et baissa son épée qui trancha la clavicule de son adversaire. L'homme grogna, mais il était encore d'attaque. Subodaï dut donc esquiver l'épée du Nadir qui siffla dans les airs, avant de l'éventrer de façon experte.

Deux des cavaliers chargèrent Renya, déterminés à remporter une part du butin. Néanmoins, ils furent accueillis par un grondement sauvage, comme elle sautait de sa selle sur le premier, faisant tomber à terre le cavalier et sa monture. Avec sa dague, elle lui trancha la gorge si rapidement qu'il n'eut pas le temps d'avoir mal et ne comprit pas d'où venait cette soudaine faiblesse. Renya se releva instantanément, poussant un hurlement à glacer le sang, identique à celui qui avait terrifié les hors-la-loi dans la forêt de Skultik. Les poneys se cabrèrent d'effroi et son adversaire le plus proche en lâcha sa lance pour attraper ses rênes des deux mains. Renya sauta et le frappa du poing à la tempe ; il vola littéralement de sa selle, et tenta de se relever, pour finalement s'écrouler, inconscient.

Les deux derniers Nadirs se désengagèrent du combat et quittèrent le champ de bataille à vive allure. Subodaï galopa vers Tenaka.

— Ta femme…, souffla-t-il en se tapant du doigt sur la tempe. Elle est aussi folle qu'un chien de prairie !

— Je les aime un peu folles, répondit Tenaka.

— Tu bouges bien, Danse-Lames ! Tu es plus nadir que drenaï, d'après moi.

— Il y en a qui ne prendraient pas ça comme un compliment.

— Des imbéciles ! Je n'ai pas de temps à perdre avec des imbéciles. Combien de ces chevaux puis-je garder ? demanda le Nadir en examinant les six poneys.

— Tous, répondit Tenaka.

— Pourquoi une telle générosité ?

— Cela m'évitera d'avoir à te tuer, lui expliqua Tenaka.

Les mots pénétrèrent Subodaï comme des pics de glace, mais il se força à sourire et retourna son regard impassible à Tenaka. Subodaï lut la compréhension dans les yeux violets, et cela lui fit peur. Tenaka avait deviné qu'il avait projeté de le voler et de le tuer – aussi sûr que les chèvres ont des cornes, il avait deviné.

Subodaï haussa les épaules.

— J'aurais attendu d'être libéré de mon serment, dit-il.

— Je le sais. Viens, à cheval.

Subodaï frissonna ; cet homme n'était pas humain. Il jeta un coup d'œil aux poneys – enfin, humain ou pas, depuis qu'il était avec Tenaka, il était devenu beaucoup plus riche.

Pendant quatre jours ils se dirigèrent vers le nord, longeant les villages et les communautés, mais le cinquième jour ils se retrouvèrent à court de nourriture et se résolurent à pénétrer dans un village de tentes, niché près d'un fleuve.

La communauté était petite, pas plus de quarante hommes. À l'origine ils faisaient partie des Double-Cheveux, une tribu qui se trouvait plus au nord-est, mais il y avait eu une scission, et maintenant, ils s'appelaient « Notas » – les « Sans-Tribu », et étaient indépendants. Ils accueillirent les voyageurs avec prudence, ne sachant pas s'ils faisaient partie ou non d'une troupe plus importante. Tenaka pouvait voir leurs esprits travailler – les lois de l'hospitalité nadires voulaient qu'aucun mal ne soit fait à des visiteurs tant qu'ils restaient dans le camp. Mais une fois dans les Steppes…

— Es-tu loin de ton peuple ? demanda le chef Notas, un guerrier trapu au visage couvert de cicatrices.

— Je ne suis jamais loin de mon peuple, répondit Tenaka, acceptant un bol de raisins et de fruits secs.

— Ton serviteur est un Lances, déclara le chef.

— Nous étions poursuivis par des Meute-de-Rats, répondit Tenaka. Nous les avons tués et avons pris leurs poneys. Il est dommage qu'un Nadir doive tuer un Nadir.

— C'est ainsi que va le monde, commenta le chef.

— Pas du temps d'Ulric.

— Ulric est mort depuis longtemps.

— Certains disent qu'il reviendra, fit remarquer Tenaka.

— Les hommes diront toujours cela à propos des grands rois. Malheureusement, Ulric n'est plus que de la viande et des os oubliés.

— Qui dirige les Têtes-de-Loup ? s'enquit Tenaka.

— Tu es donc Tête-de-Loup ?

— Je suis qui je suis. Qui dirige les Têtes-de-Loup ?

— Tu es Danse-Lames.

— Oui, c'est vrai.

— Pourquoi es-tu revenu dans les Steppes ?

— Pourquoi le saumon remonte-t-il la rivière ?

— Pour mourir, fit le chef, souriant pour la première fois.

— Toute chose doit mourir, déclara Tenaka. Autrefois, à la place du désert que nous occupons, il y avait un océan. Même les océans meurent quand le monde s'écroule. Qui dirige les Têtes-de-Loup ?

— Selle-de-Crâne est le nouveau Khan. Enfin, c'est ce qu'il dit. Langue-de-Couteau a une armée de huit mille hommes. La tribu est divisée.

— Alors, à présent, ce ne sont plus seulement les Nadirs qui tuent les Nadirs, les Loups se déchirent entre eux ?

— Ainsi va le monde, répéta le chef.

— Lequel est le plus près ?

— Selle-de-Crâne. Deux jours au nord-est.

— Je passerai la nuit ici. Demain, j'irai le voir.

— Il te tuera, Danse-Lames !

— Je suis un homme dur à tuer. Dis-le à tes jeunes.

— J'entends. (Le chef se leva pour sortir de la tente, mais il s'arrêta sur le seuil.) Tu es revenu pour prendre le pouvoir ?

— Je suis revenu chez moi.

— Je suis fatigué d'être Notas, expliqua l'homme.

— Mon voyage est périlleux, lui dit Tenaka. Comme tu le dis, Selle-de-Crâne voudra certainement ma mort. Et tu n'as que très peu d'hommes.

— Dans la prochaine guerre, nous serons détruits par l'une ou l'autre des factions, répondit l'homme. Mais toi – tu as un air de grandeur. Je te suivrai, si tu le souhaites.

Un sentiment de calme envahit Tenaka. Une paix intérieure semblait émaner de la terre sous lui, en provenance des montagnes bleues, et qui allait souffler sur toutes les Steppes. Il ferma les yeux et ouvrit ses oreilles à la musique du silence. Chaque nerf de son corps était sensible : la terre lui parlait.

Foyer !

Après quarante ans Tenaka Khan venait enfin de comprendre le sens de ce mot.

Il ouvrit les yeux. Le chef le regardait, immobile ; il avait souvent vu des hommes en transe, et chaque fois il avait été sous le charme avant d'être saisi par un profond sentiment de tristesse qu'il n'avait jamais pu s'expliquer.

Tenaka sourit.

— Suis-moi, dit-il à l'homme, et je t'offrirai le monde.

— Serons-nous des Loups ?

— Non. Nous sommes le Renouveau nadir. Nous sommes le Dragon.

À l'aube, les quarante hommes Notas, moins trois éclaireurs à cheval, étaient assis sur deux rangées devant la tente de Tenaka. Derrière eux, il y avait les enfants : dix-huit garçons et trois filles. Et enfin, les femmes, au nombre de cinquante-deux.

Subodaï se tenait à l'écart du groupe, ébahi par la tournure des événements. Cela ne rimait à rien. Qui voudrait créer une nouvelle tribu à l'aube d'une guerre civile ? Et qu'est-ce que Tenaka pourrait bien gagner en récupérant cette bande d'éleveurs de chèvres mal dégrossis ? Cela dépassait le guerrier Lances ; il se promena dans une tente vide et se servit du fromage crémeux et du pain noir.

Quelle importance ?

Quand le soleil serait haut dans le ciel, il demanderait à Tenaka d'être relevé de son serment, il prendrait ses six poneys et rentrerait chez lui. Avec quatre des poneys, il pourrait s'acheter une femme, et il se reposerait un petit peu dans les collines occidentales. Il se gratta le menton et se demanda ce qu'il allait advenir de Tenaka Khan.

Subodaï se sentit soudain mal à l'aise à l'idée de partir. Il n'y avait que très peu de moments excitants dans le dur monde des Steppes. Se battre, aimer, élever des chèvres, manger. Il y avait une limite au niveau d'excitation que pouvaient atteindre ces quatre activités. Subodaï avait trente-quatre ans et il avait quitté ses frères Lances pour une raison que personne ne comprenait dans sa tribu.

Il s'ennuyait !

Il sortit au soleil. Les chèvres broutaient à la limite du camp, près de l'enclos à poneys, et, haut dans le ciel, un épervier qui tournoyait plongea brusquement.

Tenaka sortit à son tour sous le soleil et se tint devant les Notas – les bras croisés sur la poitrine, le visage impassible.

Le chef marcha vers lui, se mit à genoux, s'inclina et baisa les pieds de Tenaka. Un par un, tous les membres des Notas l'imitèrent.

Renya regarda la scène depuis sa tente. Toute cette cérémonie la dérangeait, comme le changement subtil qu'elle avait ressenti chez son amant.

La nuit précédente, alors qu'ils étaient allongés sous les couvertures, Tenaka lui avait fait l'amour. C'est là qu'avait jailli la première étincelle de peur dans son subconscient. La passion était toujours au rendez-vous, ainsi que les frissons au toucher et l'excitation à couper le souffle. Mais Renya sentit quelque chose de nouveau chez Tenaka, qu'elle n'arrivait pas à décrypter. Quelque part, à l'intérieur de lui, une porte s'était ouverte et une autre s'était fermée. L'amour avait été enfermé à double tour. Mais qu'est-ce qui avait bien pu le remplacer ?

À présent, elle contemplait l'homme qu'elle aimait pendant la cérémonie. Elle ne pouvait pas voir son visage, mais elle voyait ceux de ses nouveaux partisans : ils étaient radieux.

Quand la dernière femme s'éloigna de lui, Tenaka Khan fit demi-tour et, sans un mot, repartit dans sa tente. C'est alors que les étincelles dans l'esprit de Renya devinrent un feu, car son visage reflétait ce qu'il était devenu. Il n'était plus le guerrier de deux mondes. Son sang drenaï avait été aspiré par les Steppes et il ne restait que du pur nadir.

Renya détourna les yeux.

Vers midi, les hommes avaient fait démonter les tentes par les femmes, puis ces dernières les avaient rangées dans des wagons. Les chèvres avaient été réunies et la nouvelle tribu ainsi rassemblée s'était mise en route vers le nord-est. Subodaï n'avait pas encore demandé à être libéré de son serment et chevauchait entre Tenaka et le chef des Notas, Gitasi.

La nuit venue, ils dressèrent leur campement sur la pente sud d'une chaîne de collines boisées. Vers minuit, alors que Gitasi et Tenaka étaient en train de parler autour du feu, un martèlement de sabots tira les guerriers de leurs couvertures pour se munir d'arcs et d'épées. Tenaka resta là où il était, assis jambes croisées devant le brasier. Il murmura quelque chose à Gitasi et celui-ci courut calmer ses guerriers. Le bruit des sabots s'amplifia et une centaine de guerriers chevauchèrent à travers le campement, en direction du feu. Tenaka les ignora et continua tranquillement à mâcher une tranche de viande séchée.

Les cavaliers tirèrent sur leurs rênes.

— Vous êtes sur le territoire des Têtes-de-Loup, fit leur chef en descendant de selle.

Il portait un heaume de bronze à bords en fourrure et un plastron noir, laqué, bordé d'or.

Tenaka leva les yeux vers lui. L'homme devait approcher les cinquante ans, ses bras massifs étaient couverts de cicatrices. Tenaka désigna vaguement une place à côté de lui.

— Bienvenue dans mon camp, dit-il doucement. Assieds-toi et mange.

— Je ne mange pas avec les Notas, répondit l'homme. Tu es sur le territoire des Têtes-de-Loup.

— Assieds-toi et mange, répéta Tenaka, ou je te tuerai là où tu es.

— Es-tu fou ? demanda le guerrier en refermant sa main sur son épée.

Tenaka Khan l'ignora et, furieux, l'homme dégaina son épée. La jambe de Tenaka jaillit et balaya le guerrier qui s'écroula lourdement. Tenaka roula sur sa gauche, un couteau dans sa main. La pointe était tranquillement posée contre la gorge du guerrier.

Un rugissement de colère monta du groupe de cavaliers.

— Silence devant vos maîtres ! gronda Tenaka. Et maintenant, Ingis, t'assiéras-tu pour manger ?

Ingis cligna des yeux. Le couteau avait disparu. Il s'assit et récupéra son épée.

— Danse-Lames ?

— Dis à tes hommes de mettre pied à terre et de se détendre, fit Tenaka. Il n'y aura pas de sang versé ce soir.

— Pourquoi es-tu ici ? C'est de la folie.

— Où veux-tu que je sois, sinon ici ?

Ingis secoua la tête et ordonna à ses hommes de descendre de cheval, puis il se retourna vers Tenaka.

— Selle-de-Crâne va être perturbé par la nouvelle. Il ne saura pas s'il doit te tuer ou faire de toi son général.

— Selle-de-Crâne a toujours été perturbé, répondit Tenaka. Je m'étonne que tu le serves.

Ingis haussa les épaules.

— Au moins, c'est un guerrier. Alors tu n'es pas revenu pour lui prêter allégeance ?

— Non.

— Je vais devoir te tuer, Danse-Lames. Tu es un homme trop puissant pour t'avoir comme ennemi.

— Je ne suis pas venu servir Langue-de-Couteau non plus.

— Alors pourquoi ?

— À toi de me le dire, Ingis.

Le guerrier regarda Tenaka au fond des yeux.

— Maintenant je sais que tu es fou. Comment espères-tu prendre le pouvoir ? Selle-de-Crâne a plus de quatre-vingt mille guerriers. Langue-de-Couteau, lui, est faible, il n'en a que six mille environ. Et toi, tu en as combien ?

— Ceux que tu vois ici.

— Et cela fait combien ? Cinquante ? Soixante ?

— Quarante.

— Et tu penses pouvoir t'emparer de la tribu ?

— Est-ce que j'ai l'air d'un fou, Ingis ? Tu me connais ; tu m'as vu grandir. Est-ce que j'étais fou à l'époque ?

— Non. Tu aurais pu devenir… (Ingis jura et cracha dans le feu.) Mais tu es parti. Tu es devenu un seigneur drenaï.

— Est-ce que les chamans se sont déjà réunis ? demanda Tenaka.

— Non. Asta Khan a demandé une réunion du conseil demain au coucher du soleil.

— Où ?

— Au tombeau d'Ulric.

— J'y serai.

Ingis se rapprocha de lui.

— J'ai l'impression que tu ne comprends pas, souffla-t-il. C'est mon devoir de te tuer.

— Pourquoi ? s'enquit Tenaka calmement.

— Pourquoi ? Parce que je sers Selle-de-Crâne. Rien que de parler ici avec toi est un acte de trahison.

— Comme tu l'as fait remarquer, Ingis, ma troupe est de petite taille. Tu ne trahis donc personne. Mais réfléchis à ceci : tu es forcé de suivre le Khan des Loups, mais il ne sera élu que demain.

— Je ne jouerai pas sur les mots, Tenaka. J'ai juré allégeance à Selle-de-Crâne dans sa lutte contre Langue-de-Couteau. Je ne reviendrai pas sur ma promesse.

— Tu as raison, fit Tenaka. Tu ne serais pas un homme, sinon. Mais moi aussi, je suis contre Langue-de-Couteau, ce qui fait de nous des alliés.

— Non, non, non ! Tu es contre les deux, ce qui fait de nous des ennemis.

— Je suis un homme qui a un rêve, Ingis – le rêve d'Ulric. Avant, ces hommes étaient des Double-Cheveux. Maintenant, ils sont à moi. Le costaud à côté de la tente la plus éloignée est un Lances. Et maintenant, il est à moi. Les quarante réunis ici représentent trois tribus. Si nous nous unissons, le monde sera à nous. Je ne suis l'ennemi de personne. Pas encore.

— Tu as toujours eu de la cervelle, et un bras solide. Si j'avais su que tu venais, j'aurais peut-être attendu avant de prêter serment.

— Tu verras demain. Ce soir, mange et repose-toi.

— Je ne peux pas manger avec toi, fit Ingis en se levant. Mais je ne te tuerai pas. Pas ce soir.

Il se dirigea vers son poney et grimpa en selle. Ses hommes coururent à leurs montures et, d'un geste de la main, Ingis les mena dans les ténèbres.

Subodaï et Gitasi se précipitèrent vers le feu où Tenaka Khan finissait tranquillement son repas.

— Pourquoi ? demanda Subodaï. Pourquoi ne nous ont-ils pas tués ?

Tenaka se fendit d'un large sourire et partit dans un bâillement théâtral.

— Je suis fatigué. Je vais aller dormir.

Au loin, dans la vallée, Ingis se voyait poser la même question par son fils, Sember.

— Je ne peux pas te l'expliquer, répondit Ingis. Tu ne comprendrais pas.

— Fais-moi comprendre ! C'est un sang-mêlé avec pour seuls suivants une bande de Notas pouilleux. Et il ne t'a même pas demandé de le suivre.

— Félicitations, Sember ! La plupart du temps, tu n'arrives pas à saisir la moindre subtilité, mais cette fois-ci tu es en train de te surpasser.

— Comment ça ?

— C'est pourtant simple. Tu viens de trébucher sur toutes les raisons qui font que je ne l'ai pas tué. Voilà un homme qui n'a pas l'ombre d'une chance de réussir, face à un maître de guerre avec plus de quatre-vingt mille guerriers sous ses ordres. Et cependant, il ne m'a même pas demandé de le suivre. Tu ne te demandes pas pourquoi ?

— Parce que c'est un imbécile.

— Parfois, Sember, je me dis que ta mère aurait pu avoir un amant. Et en te regardant, je me demande si ce n'était pas un de mes boucs.

Chapitre 19

Tenaka attendit en silence dans les ténèbres que tous les bruits de mouvement s'arrêtent dans le campement. Puis il souleva le rabat de sa tente et regarda les sentinelles. Leurs yeux scrutaient les arbres aux alentours du campement, et elles ne s'intéressaient pas à ce qui se passait à l'intérieur. Tenaka se glissa hors de sa tente, se déplaçant dans l'ombre des arbres projetée par la lune, et s'enfonça silencieusement dans les profondeurs de la forêt.

Il marcha avec prudence pendant plusieurs kilomètres, escaladant les diverses collines boisées. Il sortit de la forêt trois heures avant l'aube et continua son ascension. Loin en dessous, sur sa droite, se trouvaient le tombeau en marbre d'Ulric – et les armées de Selle-de-Crâne et de Langue-de-Couteau.

La guerre civile semblait inévitable, or Tenaka avait espéré convaincre celui qui serait Khan qu'il s'avérerait profitable de venir en aide aux rebelles nadirs. L'or était une denrée assez rare dans les Steppes. À présent, il allait falloir trouver autre chose.

Il continua à grimper et vit une falaise criblée de cavernes. Il était déjà venu ici dans le temps, il y avait bien des années, lorsque Jongir Khan avait participé à un conseil des chamans. Alors, Tenaka s'était assis au milieu des enfants et des petits-enfants de Jongir, à l'extérieur des cavernes, pendant que le Khan voyageait dans les ténèbres. On racontait que dans ces anciennes cavernes, des rites affreux avaient lieu et qu'aucun homme ne pouvait y entrer sans avoir été invité. D'après les chamans, les cavernes étaient les portes même de l'Enfer, et un démon était tapi dans chaque recoin.

Tenaka atteignit la bouche de la plus grande caverne ; il hésita un instant et essaya de faire le vide en lui.

Il n'y a pas d'autre solution, se dit-il.

Il entra.

L'obscurité était totale. Tenaka trébucha. Il continua, les mains tendues devant lui.

Tandis qu'il s'enfonçait davantage dans la caverne – avec ses tournants, ses spirales, ses couloirs qui se croisaient et s'entrecroisaient – Tenaka étouffa la panique qui montait en lui. Il avait l'impression d'être dans une ruche. Il pouvait continuer à errer en aveugle dans ces ténèbres jusqu'à mourir de faim ou de soif.

Pourtant, il continua, en se guidant de la main le long de la paroi glacée. Soudain, le mur disparut, s'arrêtant net en angle droit sous sa main. Tenaka se remit en marche, les mains toujours devant lui. Il sentit de l'air frais sur son visage. Il s'arrêta et tendit l'oreille. Il avait l'impression d'être au milieu d'un grand espace vide, mais surtout, il sentait la présence de quelqu'un.

— Je cherche Asta Khan, dit-il.

Et sa voix résonna dans toute la caverne.

Silence.

Le son d'un traînement de pieds se fit entendre sur sa droite, aussi resta-t-il immobile, bras croisés sur la poitrine. Des mains le touchèrent, des dizaines de mains. Il sentit qu'on retirait son épée de son fourreau et sa dague de sa gaine. Puis les mains se retirèrent.

— Quel est ton nom ? demanda une voix aussi hostile et sèche que le vent du désert.

— Tenaka Khan.

— Tu nous as quittés il y a des années.

— Je suis de retour.

— Il semblerait bien.

— Je ne suis pas parti de mon plein gré. On m'a renvoyé.

— Pour ta propre sécurité. Tu aurais été tué.

— Peut-être.

— Pourquoi es-tu revenu ?

— Ce n'est pas facile à expliquer.

— Tu as tout ton temps.

— Je suis venu aider un ami. Je suis venu lever une armée.

— Un ami drenaï ?

— Oui.

— Et puis ?

— Et puis la terre m'a parlé.

— Quels furent ses mots ?

— Il n'y eut pas de mots. Elle m'a parlé en silence, de son cœur à mon âme. Elle m'a accueilli en fils.

— Venir ici sans avoir été convoqué est passible de mort.

— Qui décide de ce qu'est une convocation ? demanda Tenaka.

— Moi.

— Alors dis-moi, Asta Khan – ai-je été convoqué ?

Les ténèbres s'enfuirent devant les yeux de Tenaka et il découvrit qu'il était dans une grande salle. Des torches brillaient sur tous les murs. Ils étaient lisses et parsemés de cristaux de toutes les couleurs. Il y avait des stalactites ressemblant à des lances lumineuses qui descendaient du plafond. La caverne était bondée, tous les chamans de toutes les tribus étaient présents.

Tenaka cligna des yeux le temps de s'habituer à la lumière.

Les torches ne s'étaient pas allumées instantanément. Elles étaient allumées depuis le début – c'est lui qui avait été aveugle.

—Laisse-moi te montrer quelque chose, Tenaka, dit Asta Khan en le menant hors de la salle. Voici le chemin que tu as emprunté pour venir jusqu'à moi.

Devant lui se trouvait un gouffre béant, traversé par un pont en pierre très étroit.

—Tu as traversé ce pont en aveugle. Et par conséquent, oui, je crois que tu as été convoqué. Suis-moi !

Le vieux chaman le fit retraverser le pont et l'emmena dans une petite pièce qui n'était pas très loin de l'entrée principale. Là, les deux hommes s'assirent sur un tapis en peau de chèvre.

—Qu'est-ce que tu attends de moi ? demanda Asta Khan.

—Que tu lances la Quête Chamanique.

—Selle-de-Crâne n'a pas besoin de la Quête. Ses forces sont plus nombreuses que ses ennemis et il peut gagner rien que par la bataille.

—Oui, mais des milliers de frères mourront.

—Comme le veut la tradition nadire, Tenaka.

—La Quête Chamanique signifierait la mort de deux hommes seulement, répondit Tenaka.

—Parle franchement, jeune homme ! Sans la Quête, tu n'as aucune chance d'accéder au pouvoir. Avec la Quête, tes chances passent à une sur trois. Est-ce qu'une guerre civile t'inquiète à ce point ?

—Oui. J'ai le rêve d'Ulric. Je veux construire une nation.

—Et qu'en sera-t-il de tes amis drenaïs ?

—Ils seront toujours mes amis.

—Je ne suis pas un imbécile, Tenaka Khan. J'ai vécu beaucoup, beaucoup d'années et je peux lire dans le cœur des hommes. Donne-moi ta main et laisse-moi lire dans ton cœur. Mais sache ceci – s'il y a de la tromperie en toi, je te tuerai.

Tenaka tendit sa main et le vieil homme la prit.

Pendant plusieurs minutes ils demeurèrent ainsi, puis Asta Khan le relâcha.

— Le pouvoir des chamans est maintenu de différentes façons. Nous ne manipulons directement l'orientation des tribus que très rarement. Est-ce que tu comprends ?

— Oui.

— Exceptionnellement, je vais accéder à ta requête. Mais quand Selle-de-Crâne aura vent de cela, il t'enverra son exécuteur. Il y aura un défi – c'est tout ce qu'il peut faire.

— Je comprends.

— Est-ce que tu veux que je te parle de lui ?

— Non. C'est sans importance.

— Tu es sûr de toi.

— Je suis Tenaka Khan.

La Vallée du Tombeau s'étendait entre les deux chaînes de montagnes d'un gris ferreux ; on les appelait les Rangs des Géants, et c'est Ulric en personne qui avait décidé que ce lieu serait son tombeau. Ce grand seigneur de guerre s'amusait beaucoup à l'idée que cela ferait bien d'avoir des sentinelles éternelles pour surveiller sa dépouille mortelle. La tombe était taillée dans du grès blanc recouvert de marbre. Quarante mille esclaves étaient morts pendant la construction du monolithe, taillé pour ressembler à la couronne qu'Ulric n'avait jamais portée. Six tours pointues cernaient le dôme blanc et des runes gigantesques recouvraient toute sa surface ; elles racontaient au monde et aux générations futures qu'ici reposait Ulric le Conquérant, le plus grand chef de guerre nadir de tous les temps.

Et pourtant, typiquement, l'humour d'Ulric transpirait de ce colosse d'une blancheur cadavérique. La seule sculpture du Khan le représentait à cheval sur son poney, portant sur sa tête la couronne des rois. Placée dix mètres au-dessus du sol, derrière une entrée en forme d'arche, la statue était censée représenter Ulric sur le seuil de Dros Delnoch, sa seule défaite. Sur sa tête se trouvait la couronne, posée là par les sculpteurs ventrians qui n'avaient pas compris qu'un homme pouvait commander une armée de plusieurs millions d'hommes sans être un roi. C'était une plaisanterie subtile, mais une plaisanterie qu'Ulric aurait appréciée.

À l'est et à l'ouest de la tombe étaient campées les deux armées des frères ennemis : Shirrat Langue-de-Couteau et Tsuboy Selle-de-Crâne. Plus de cent cinquante mille hommes attendaient l'issue de la Quête Chamanique.

Tenaka mena son peuple dans la vallée. Il était assis sur un étalon, se tenant droit comme un piquet, et à ses côtés, Gitasi éprouva une bouffée d'orgueil. Il n'était plus Notas – il était de nouveau un homme.

Tenaka Khan se rendit à cheval jusqu'au sud de la tombe et descendit. L'annonce de sa venue avait fait le tour des deux camps et des centaines de guerriers se rapprochaient de son campement.

Les femmes de Gitasi s'affairèrent à dresser les tentes, tandis que les hommes s'occupaient en vitesse des poneys pour s'asseoir ensuite autour de Tenaka Khan. Celui-ci s'assit jambes croisées sur le sol, fixant du regard la grande tombe. Ses yeux étaient distants et son esprit fermé aux curieux.

Une ombre tomba sur lui. Il attendit de longues secondes, laissant ainsi l'insulte se développer, puis il se remit doucement sur ses pieds. Ce moment devait arriver – c'était le mouvement d'ouverture d'une partie qui ne serait pas vraiment subtile.

— Tu es le sang-mêlé ? demanda l'homme.

Il était jeune, la vingtaine passée, et assez grand pour un Nadir. Tenaka Khan le regarda froidement, remarquant le bon équilibre de sa posture, ses hanches fines et ses larges épaules. L'homme était un bretteur, et il irradiait la confiance. Il devait être l'exécuteur.

— Et toi, qui es-tu, mon enfant ? demanda Tenaka Khan.

— Je suis un guerrier nadir de pure souche, fils d'un guerrier nadir. Cela m'exaspère de savoir qu'un bâtard se tient devant la tombe d'Ulric.

— Alors va-t'en glapir ailleurs, répondit Tenaka Khan.

L'homme sourit.

— Arrêtons les idioties, dit-il doucement. Je suis ici pour te tuer. C'est évident. Alors commençons.

— Tu es bien jeune pour vouloir mourir, fit remarquer Tenaka. Mais je ne suis pas assez vieux pour te refuser ce plaisir. Quel est ton nom ?

— Purtsaï. Pourquoi veux-tu savoir mon nom ?

— Si je dois tuer un frère, je veux connaître son nom. Comme cela, il y aura quelqu'un pour se souvenir de lui. Dégaine ton épée, mon enfant.

La foule s'écarta pour former un cercle géant autour des combattants. Purtsaï dégaina un sabre courbe et une dague. Tenaka Khan sortit son épée courte et attrapa adroitement le couteau que lui lança Subodaï.

Et le duel commença.

Purtsaï était bon, plus doué que la vaste majorité des Nadirs. Son déplacement était extraordinaire et il avait une souplesse inhabituelle pour la morphologie nadire. Sa vitesse était foudroyante et son calme olympien.

Il mourut en moins de deux minutes.

Subodaï avança jusqu'au cadavre en se pavanant, et se tint au-dessus de lui, les mains sur les hanches. Il lui donna un grand coup de pied et lui cracha dessus. Puis il regarda les spectateurs et cracha de nouveau. Il glissa ses orteils sous le cadavre et, d'une poussée, le renversa sur le dos.

— C'était le meilleur d'entre vous ? demanda-t-il à la foule. (Il secoua la tête comme pour indiquer qu'il était navré.) Mais qu'allez-vous donc devenir ?

Tenaka rentra dans sa tente en se faufilant sous le rabat. À l'intérieur, Ingis l'attendait, assis jambes croisées sur un tapis en peau de chèvre ; il buvait un gobelet de nyis, un spiritueux distillé à partir de lait de chèvre. Tenaka s'assit en face du chef de guerre.

— Ça ne t'a pas pris longtemps, dit Ingis.

— Il était jeune, il avait beaucoup à apprendre.

Ingis acquiesça.

— J'avais conseillé à Selle-de-Crâne de ne pas l'envoyer.

— Il n'avait pas vraiment le choix.

— Non. Donc… tu es venu.

— Tu en doutais ?

Ingis secoua la tête. Il retira son heaume de bronze et se gratta la tête sous le peu de cheveux grisonnants qu'il lui restait.

— La question demeure, Danse-Lames : que vais-je faire de toi ?

— La question te gêne ?

— Oui.

— Pourquoi ?

— Parce que je suis pris au piège. Je veux te soutenir, car je pense que tu es notre avenir. Et pourtant, je ne peux pas, car j'ai juré allégeance à Selle-de-Crâne.

— Un problème épineux, lui accorda Tenaka Khan, se servant à son tour un gobelet de nyis.

— Qu'est-ce que je vais faire ? demanda Ingis.

Tenaka Khan contempla son visage fort et honnête. Il n'avait qu'à demander, et l'homme était à lui – il briserait le serment fait à Selle-de-Crâne et, à la place, il allouerait ses guerriers à Tenaka. Tenaka fut tenté, mais il résista facilement. Ingis ne serait plus le même homme s'il devait trahir sa parole, et cela risquerait de le hanter pour le reste de sa vie.

— Ce soir, dit Tenaka, la Quête Chamanique va commencer. Ceux qui sont candidats au titre de chef vont être testés. Asta Khan nommera le Seigneur de la Guerre. C'est cet homme-là que tu as juré de suivre. Jusqu'à ce moment-là, tu es lié à Selle-de-Crâne.

— Et s'il m'ordonne de te tuer ?

— Alors tu devras me tuer, Ingis.

— Nous sommes tous des imbéciles, fit amèrement le général nadir. L'honneur ? Qu'est-ce que Selle-de-Crâne connaît à l'honneur ? Je maudis le jour où j'ai prêté serment !

— Va-t'en à présent. Sors-toi ces idées de l'esprit, lui ordonna Tenaka. Un homme peut faire des erreurs, mais il doit continuer à vivre en les assumant. Parfois, c'est stupide. Mais au bout du compte, c'est le seul style de vie qui soit. Nous sommes ce que nous disons, tant que nos paroles sont de fer.

Ingis se leva et s'inclina. Après son départ, Tenaka remplit son gobelet et s'allongea sur les épais coussins autour du tapis.

— Tu peux sortir, Renya ! appela-t-il.

Elle apparut dans l'ombre de la chambre et vint s'asseoir à côté de lui en lui prenant la main.

— J'ai eu peur pour toi quand ce guerrier t'a défié.

— Mon heure n'est pas encore venue.

— Il aurait pu dire la même chose, fit-elle remarquer.

— Oui, mais il aurait eu tort.

— Et toi, as-tu changé à ce point ? Es-tu devenu infaillible ?

—Je suis de retour chez moi, Renya. Je me sens différent. Je ne peux pas l'expliquer, et je n'ai pas encore essayé de le rationaliser. Mais c'est merveilleux. Avant que je vienne ici, je ne me sentais pas fini. Ici je suis entier.

—Je vois.

—Non, je ne pense pas. Tu crois que je te critique ; tu m'entends parler de solitude et tu te poses des questions. Comprends-moi bien. Je t'aime et tu as été une source de joie permanente. Mais mon but dans la vie n'était alors pas très clair. J'étais ce que les chamans avaient appelé quand j'étais enfant : le Prince des Ombres. J'étais une ombre dans un monde pétrifié. Aujourd'hui je ne suis plus une ombre. J'ai un but.

—Tu veux devenir roi, dit-elle tristement.

—Oui.

—Tu veux conquérir le monde.

Il ne répondit pas.

—Tu as vu les atrocités que Ceska a commises et la folie que représente une telle ambition. Tu as vu l'horreur qu'elle génère. Et maintenant tu vas amener une horreur encore plus grande que tout ce que Ceska aurait jamais pu concevoir.

—Cela ne sera pas forcément horrible.

—Ne te raconte pas d'histoires, Tenaka Khan. Tu n'as qu'à regarder de l'autre côté de cette tente. Ce sont des sauvages – ils vivent pour se battre... pour tuer. Je ne sais même pas pourquoi je te parle comme ça. Tu es au-delà de tout ce que je pourrais dire. Après tout, je ne suis qu'une femme.

—Tu es ma femme.

—Je l'étais. Je ne le suis plus. Tu as une nouvelle femme à présent. Ses seins sont des montagnes, et ses graines attendent que tu ailles les semer à travers le monde. Quel héros tu fais, Tenaka Khan ! Ton ami t'attend. Aveuglé par sa loyauté, il espère te voir arriver sur un cheval blanc à la tête de tes Nadirs. Alors le mal sera châtié et les Drenaïs seront libres. Imagine quelle sera sa surprise quand tu violeras sa nation !

— Tu en as dit suffisamment, Renya. Je ne trahirai pas Ananaïs. Je n'envahirai pas Drenaï.

— Oh non, peut-être pas aujourd'hui. Mais un jour tu n'auras plus le choix. Il n'y aura plus rien d'autre à envahir.

— Je ne suis pas encore le Khan.

— Crois-tu aux prières, Tenaka ? demanda-t-elle soudain, des larmes plein les yeux.

— Parfois.

— Eh bien, réfléchis à ceci : je prie pour que tu perdes ce soir, même si cela signifie ta mort.

— Si je perds, c'est que je serai mort, répondit Tenaka Khan.

Mais elle s'était déjà éloignée de lui.

Le vieux chaman était accroupi dans la poussière, contemplant les charbons ardents dans le brasero en fer. Autour de lui étaient réunis les chefs nadirs, les maîtres de guerre, les seigneurs de la Horde.

Loin de la foule, dans un cercle de pierre, les trois cousins étaient assis : Tsuboy Selle-de-Crâne, Shirrat Langue-de-Couteau et Tenaka Khan.

Les maîtres de guerre les étudièrent séparément avec grand intérêt. Selle-de-Crâne était une vraie masse, puissante ; ses cheveux étaient attachés en une seule tresse et il avait une barbe fourchue. Il était torse nu et le haut de son corps avait été huilé.

Langue-de-Couteau était plus fin, il avait des cheveux longs avec des mèches argentées, noués à la hauteur de son cou. Son visagc était oblong, ce qui était accentué par sa triste moustache tombante. Mais ses yeux étaient vifs et alertes.

Tenaka Khan était tranquillement assis avec eux, le regard fixé sur la tombe, qui avait des reflets d'argent dans le clair de lune. Selle-de-Crâne fit craquer ses doigts de façon sonore et tendit les muscles de son dos. Il était nerveux. Cela faisait des années qu'il avait prévu de s'emparer des Loups. Et maintenant – alors que son armée était plus puissante que celle de son cousin – il était obligé de jouer son avenir sur un seul coup de dés. Tel était le pouvoir des chamans. Il avait tenté d'ignorer Asta Khan, mais même ses maîtres de guerre – des guerriers aussi respectables qu'Ingis – lui avaient demandé de se fier à sa sagesse. Personne ne voulait voir les Loups se mordre entre eux. Mais quel mauvais moment pour le bâtard Tenaka de rentrer au bercail ! Selle-de-Crâne jura en son for intérieur.

Asta Khan se leva. Le chaman était vieux, plus vieux que n'importe quel Nadir encore en vie, et sa sagesse était légendaire. Il se déplaça lentement pour se tenir devant le trio ; il les connaissait bien – comme il avait bien connu leurs pères et leurs grands-pères – et il pouvait voir à quel point ils se ressemblaient.

Il leva le bras droit.

— Nadir nous ! cria-t-il, et sa voix démentit son âge : résonnante et puissante, elle flotta au-dessus des rangées d'hommes massés là, qui reprirent le cri en chœur, solennellement.

— Dans cette Quête, il n'y a pas de retour possible, annonça le chaman au trio. Vous êtes tous frères. Chacun d'entre vous revendique le lien de sang avec le grand Khan. Ne pouvez-vous pas décider entre vous qui devrait régner ?

Il attendit quelques secondes, mais ils demeurèrent silencieux tous les trois.

—Alors écoutez la sagesse d'Asta Khan. Vous vous attendez à vous battre entre vous – je vois que vos corps et vos armes sont prêts. Mais il n'y aura pas de bataille qui fera couler le sang. Au lieu de cela, je vais vous envoyer dans un endroit qui n'est pas de ce monde. Celui qui en reviendra sera le Khan, car il aura trouvé le heaume d'Ulric. La Mort sera proche de vous, car vous serez dans son royaume. Vous verrez des choses terribles, vous entendrez les cris des damnés. Voulez-vous toujours accomplir cette Quête ?

—Commençons ! répondit sèchement Selle-de-Crâne. Prépare-toi à mourir, bâtard, murmura-t-il à Tenaka.

Le chaman s'avança et plaça sa main sur la tête de Selle-de-Crâne. Le maître de guerre ferma les yeux et sa tête retomba. Langue-de-Couteau suivit… puis Tenaka Khan.

Asta Khan s'accroupit devant le trio endormi et ferma les yeux.

—Debout ! ordonna-t-il.

Les trois hommes relevèrent leurs paupières et se levèrent, clignant des yeux de surprise. Ils étaient toujours devant la tombe d'Ulric, sauf qu'à présent ils étaient seuls. Il n'y avait plus de guerriers, de tentes ni de feux.

—Qu'est-ce que cela signifie ? demanda Langue-de-Couteau.

—Voici le tombeau d'Ulric, répondit Asta Khan. Tout ce que vous avez à faire, c'est de chercher le heaume du Khan endormi.

Langue-de-Couteau et Selle-de-Crâne se mirent en route vers le tombeau. Il n'y avait pas d'entrée visible – pas de portes, seulement du marbre blanc et lisse.

Tenaka s'assit et le chaman s'accroupit à côté de lui.

— Pourquoi ne vas-tu pas chercher avec tes cousins ? demanda-t-il.

— Je sais où regarder.

Asta Khan acquiesça.

— Je savais que tu reviendrais.

— Comment cela ?

— C'était écrit.

Tenaka regarda ses cousins faire le tour de la tombe et attendit le moment où ils furent tous deux hors de vue. Puis il se leva lentement et courut jusqu'au dôme. L'escalade ne fut pas difficile, car les panneaux de marbre avaient été accrochés à même le grès, et de sa main gauche il avait trouvé la jointure entre les blocs. Il était à mi-chemin de la statue d'Ulric quand les autres le repérèrent. Il entendit Selle-de-Crâne jurer et il sut qu'ils le suivaient.

Tenaka atteignit la voûte. Elle faisait plus de deux mètres de profondeur et la statue d'Ulric était nichée à l'arrière.

Le Roi sur le Seuil !

Tenaka Khan avança prudemment. La porte était dissimulée derrière l'arche. Il la poussa et elle s'ouvrit en grinçant.

Selle-de-Crâne et Langue-de-Couteau arrivèrent presque ensemble. Ils avaient oublié leur inimitié, poussés par la peur que Tenaka ne les devance. En voyant la porte ouverte, ils se précipitèrent, mais finalement Selle-de-Crâne resta en arrière après que Langue-de-Couteau fut entré. Ce dernier avait à peine posé le pied sur le pas de la porte qu'un craquement sonore se fit entendre et trois lances lui transpercèrent la poitrine, passant à travers ses poumons et ressortant dans son dos. Il tituba. Selle-de-Crâne fit le tour du cadavre, remarquant que les lances avaient été reliées à un panneau, et le panneau à une série de cordes. Il retint sa respiration et écouta attentivement ; il entendit le bruissement de grains de sable qui chutaient sur la pierre. Il tomba à genoux – là, dans l'entrée, il y avait un verre cassé. Du sable s'en écoulait.

Quand Langue-de-Couteau avait cassé le verre, la balance s'était rompue et le piège mortel s'était déclenché. Mais comment Tenaka avait-il pu éviter la mort ? Selle-de-Crâne jura et se déplaça avec circonspection dans l'entrée. Là où le sang-mêlé marchait, il n'y avait pas de raison qu'il ne puisse le suivre. À peine eut-il disparu que Tenaka Khan sortit de derrière la statue fantomatique du Khan. Il s'arrêta pour étudier le piège qui venait de tuer Langue-de-Couteau et, silencieusement, avança dans le tombeau.

Le couloir de l'autre côté aurait dû être plongé dans l'obscurité la plus totale, mais une étrange lumière verte émanait des murs. Tenaka se mit à quatre pattes et rampa, examinant les murs de chaque côté. Il devait y avoir d'autres pièges. Mais où ?

Le couloir se terminait en escaliers circulaires qui descendaient dans les entrailles du tombeau. Tenaka étudia les premières marches – elles avaient l'air solides. Le mur qui descendait était cloisonné avec des panneaux de cèdre. Tenaka s'assit en haut des escaliers. Pourquoi mettre des panneaux dans une cage d'escalier ?

Il arracha une section de cèdre et descendit les escaliers, examinant chaque marche. Arrivé à mi-chemin, il sentit un léger mouvement sous son pied droit et le retira. Il prit la planche de cèdre et la posa à plat sur le rebord des marches, puis il s'allongea dessus et releva les pieds. La planche se mit à glisser. Elle passa très vite sur les planches piégées et Tenaka sentit le souffle d'une lame en acier qui lui passait au-dessus de la tête. La planche prit de la vitesse, dévalant les escaliers. Trois fois encore elle déclencha des pièges, mais la luge improvisée allait tellement vite que Tenaka en sortit indemne. Il se servit de ses bottes contre les murs pour freiner car ses bras étaient endoloris par la descente.

La planche toucha le sol en bas des escaliers, envoyant valser Tenaka. Instantanément, il se relâcha, se mettant en boule. En heurtant le mur d'en face, il expira tout l'air de son corps. Il grogna et roula sur ses genoux. Avec précaution il inspecta ses côtes ; il y en avait au moins une de cassée. Des yeux, il fit le tour de la pièce. Mais où était Selle-de-Crâne ? La réponse arriva quelques secondes plus tard : il entendit un bruit de fracas dans l'escalier ; Tenaka sourit et recula. Selle-de-Crâne passa à côté de lui – sa planche explosa en mille morceaux, et son corps percuta le mur de plein fouet. Tenaka grimaça en voyant l'impact.

Selle-de-Crâne gronda et se releva en titubant ; il aperçut Tenaka et se redressa.

— Il ne m'a pas fallu longtemps pour deviner ton plan, sang-mêlé !

— Tu me surprends. Comment es-tu passé derrière moi ?

— J'étais caché derrière le cadavre.

— Eh bien, nous y voici, fit Tenaka, en désignant le sarcophage placé sur des estrades, au centre de la pièce. Tout ce qu'il reste à faire, c'est de revendiquer le heaume.

— Oui, répondit Selle-de-Crâne avec prudence.

— Ouvre le coffre, lui dit Tenaka en souriant.

— Ouvre-le toi-même.

— Allons, cousin. Nous n'allons pas passer le reste de notre vie ici. Nous allons l'ouvrir ensemble.

Selle-de-Crâne plissa les yeux. À tous les coups, le sarcophage serait piégé et il ne voulait pas mourir. Mais s'il permettait à Tenaka d'ouvrir le sarcophage, il n'aurait pas seulement accès au heaume, mais aussi à l'épée d'Ulric.

Selle-de-Crâne sourit.

— Très bien, fit-il. Ensemble !

Ils approchèrent du cercueil et soulevèrent le couvercle en marbre, qui résista en grinçant. Les deux hommes donnèrent une dernière poussée et le couvercle tomba sur le sol, se brisant en trois morceaux. Selle-de-Crâne se précipita sur l'épée posée sur la poitrine du squelette qui était à l'intérieur. Tenaka s'empara du heaume et fit un saut périlleux à l'autre extrémité du sarcophage. Selle-de-Crâne gloussa.

— Eh bien, cousin. Qu'allons-nous faire à présent ?

— J'ai le heaume, dit Tenaka.

Selle-de-Crâne bondit en avant et donna un grand coup d'épée que Tenaka esquiva tout en laissant le sarcophage entre eux.

— Nous pourrions faire ceci éternellement, dit Tenaka. Passer le reste de l'éternité à se courir après autour d'un cercueil.

Son adversaire renifla et cracha. Il y avait du vrai dans les propos de Tenaka – l'épée ne servait à rien s'il ne pouvait arriver au contact.

— Donne-moi le heaume, dit Selle-de-Crâne. Et nous pourrons vivre. Accepte de me servir et je ferai de toi mon maître de guerre.

— Non, je ne te servirai pas, répondit Tenaka. En revanche, je veux bien te donner le heaume, à une condition.

— Laquelle ?

— Que tu me prêtes trente mille cavaliers pour partir en Drenaï.

— Quoi ? Pourquoi ?

— Nous pourrons discuter de cela plus tard. Est-ce que tu peux jurer ?

— Oui, je le jure. Et maintenant, donne-moi le heaume.

Tenaka jeta le heaume de l'autre côté du cercueil et Selle-de-Crâne l'attrapa avec dextérité, puis il le posa sur sa tête, mais fit une grimace car un morceau de métal venait de lui blesser le scalp.

— Tu es un imbécile, Tenaka. Est-ce qu'Asta n'a pas dit qu'un seul reviendrait ? Et maintenant, c'est moi qui ai tout.

— Tu n'as rien, abruti. Tu es mort ! répondit Tenaka.

— Des menaces en l'air, railla Selle-de-Crâne.

Tenaka partit dans un rire.

— La dernière plaisanterie d'Ulric ! Personne ne peut porter son heaume. N'as-tu pas senti l'aiguille empoisonnée percer ta peau, mon cousin ?

L'épée tomba des mains de Selle-de-Crâne et ses jambes cédèrent. Il lutta pour se relever, mais la mort le plaqua au sol. Tenaka récupéra le heaume et replaça l'épée dans le sarcophage.

Lentement, il gravit les marches, se serrant pour passer entre les lames qui sortaient des panneaux et le mur. Une fois à l'air libre, il s'assit, berçant le heaume dans ses bras. Il était en bronze, bordé de fourrure et décoré avec des fils argentés.

Plus loin, Asta Khan était assis et regardait la lune. Tenaka descendit à sa rencontre. Le vieil homme ne se retourna pas pour voir qui approchait.

— Bienvenue, Tenaka Khan, Seigneur des Armées ! dit-il.

— Ramène-moi à la maison, ordonna Tenaka.

— Pas encore.

— Pourquoi ?

— Il y a quelqu'un que tu dois rencontrer.

Une brume blanche sortit du sol et tourbillonna autour d'eux ; des profondeurs, une silhouette puissante émergea.

— Tu t'es bien comporté, dit Ulric.

— Merci, mon Seigneur.

— Est-ce que tu comptes tenir la promesse que tu as faite à tes amis ?

— Oui.

— Les Nadirs vont donc chevaucher au secours des Drenaïs ?

— Oui.

— C'est qu'il devait en être ainsi. Un homme doit soutenir ses amis. Mais tu sais aussi que les Drenaïs doivent tomber devant toi ? Aussi longtemps qu'ils survivront, les Nadirs ne pourront pas prospérer.

— Je sais.

— Et tu es prêt à les conquérir… à mettre un terme à leur empire ?

— Je le suis.

— Bien. Alors suis-moi dans les brumes.

Tenaka fit comme on lui demandait et le Khan l'emmena sur les bords d'un fleuve noir. Là, un vieil homme était assis. Il se tourna à l'approche de Tenaka. C'était Aulin, l'ancien prêtre de la Source qui était mort dans la caserne du Dragon.

— As-tu tenu parole ? demanda-t-il. Est-ce que tu as pris soin de Renya ?

— Oui.

— Alors assieds-toi à côté de moi, que je puisse tenir ma parole à mon tour.

Tenaka s'assit et le vieil homme s'allongea, regardant les eaux sombres bouillonner et couler.

— J'ai découvert beaucoup de machines des Anciens. J'ai étudié leurs livres et leurs notes. J'ai fait des expériences. J'ai appris beaucoup de leurs secrets. Ils savaient que la Chute était imminente et ils ont laissé beaucoup d'indices pour les générations futures. Le monde est une boule, tu le savais ?

—Non, répondit Tenaka.

—Eh bien, c'en est une. En haut de la boule, il y a un monde glacé. À sa base, un autre monde glacé. Et en plein centre de la boule, il fait une chaleur infernale. Et cette boule tourne autour du soleil. Tu savais ça ?

—Aulin, je n'ai pas le temps. Qu'est-ce que tu veux me dire ?

—S'il te plaît, guerrier, écoute-moi. Je voulais vraiment partager ce savoir – c'est important pour moi.

—Alors continue.

—Le monde tourne et la glace sur les pôles de ce monde grossit chaque jour : des millions de tonnes de glace, chaque jour, depuis des milliers d'années. Et puis, finalement, la boule tremble tout en tournant, et elle se renverse. Et en se renversant, les océans recouvrent la terre. Et la glace se répand pour couvrir tous les continents. C'est ça, la Chute. C'est ce qui est arrivé aux Anciens. Tu vois ? Les rêves des hommes ne riment à rien.

—Je vois. Et maintenant, que peux-tu m'apprendre ?

—Les machines des Anciens – elles ne fonctionnent pas comme Ceska le croit. Il n'y a pas de réelle union entre la bête et l'humain. C'est plutôt le harnachement de forces vitales qui sont maintenues dans un équilibre instable. Les Anciens savaient qu'il était important – essentiel – de permettre à l'esprit de l'homme de garder l'ascendant. L'horreur des Unis, c'est d'avoir permis à la bête d'émerger.

—Et en quoi cela peut-il m'aider ? demanda Tenaka.

—J'ai vu un Uni redevenir un homme, une fois ; et il en est mort.

—Comment ?

—En voyant quelque chose qui l'a profondément secoué.

— Qu'a-t-il vu ?

— La femme avec qui il avait été marié.

— C'est tout ?

— Oui. Est-ce que cela peut t'aider ?

— Je ne sais pas, répondit Tenaka. Peut-être.

— Alors je vais te quitter, dit Aulin. Je vais retourner dans le Gris.

Tenaka le regarda traîner des pieds jusque dans les brumes. Puis il se leva et se retourna comme approchait Ulric.

— La guerre a déjà commencé, lui dit le Khan. Tu n'arriveras pas à temps pour sauver tes amis.

— Alors j'arriverai à temps pour les venger, répondit Tenaka.

— Qu'est-ce que le vieil homme voulait te dire à propos de la Chute ?

— Je ne sais pas – quelque chose sur la glace qui tourne. Ce n'était pas important, dit Tenaka.

Le vieux chaman fit asseoir Tenaka et le nouveau Khan obéit. Il ferma les yeux. Quand il les rouvrit, il était toujours assis devant la tombe, mais la masse des généraux nadirs le regardait. À sa gauche gisait Shirrat Langue-de-Couteau – le torse défoncé, du sang tachant la poussière. À sa droite, Selle-de-Crâne, un léger filet de sang le long de sa tempe. Et devant lui, le heaume d'Ulric.

Asta Khan se leva et se tourna vers les généraux.

— C'est fini et ça commence. Tenaka Khan règne sur les Loups.

Le vieil homme prit le heaume, retourna au brasier, essuya son manteau de peaux tannées et quitta le camp. Tenaka resta là où il était, examinant les visages devant lui, sentant leur hostilité. C'étaient des hommes qui s'étaient préparés à la guerre, soutenant Selle-de-Crâne ou Langue-de-Couteau. Aucun d'entre eux n'avait envisagé que Tenaka devienne le Khan. À présent ils avaient un nouveau chef et dorénavant, Tenaka devrait marcher avec précaution. Sa nourriture devrait être goûtée… sa tente gardée. Parmi les hommes qui étaient devant lui, beaucoup voudraient sa mort.

Et rapidement !

Il était facile de devenir un Khan. Le plus dur était de rester en vie ensuite.

Un mouvement dans les rangs attira son attention, et Ingis se leva pour aller vers lui. Il dégaina son épée et la retournant, il la présenta, la garde la première, à Tenaka.

— Je deviens ton homme, dit Ingis en s'agenouillant.

— Bienvenue, guerrier. Combien de frères m'apportes-tu ?

— Vingt mille.

— Voilà qui est bien, répondit le Khan.

Un par un les généraux s'agglutinèrent devant lui. L'aube se leva avant que le dernier parte et Ingis s'approcha de nouveau.

— Les familles de Selle-de-Crâne et Langue-de-Couteau ont été capturées. On les détient près de ton campement.

Tenaka se leva et s'étira. Il avait froid et il était très fatigué. Avec Ingis à ses côtés, il quitta le tombeau.

Une grande foule s'était assemblée pour assister à l'exécution des prisonniers. Tenaka regarda les captifs qui étaient agenouillés en rangs silencieux, les bras attachés dans le dos. Il y avait vingt-deux femmes, six hommes et une dizaine de petits garçons.

Subodaï approcha.

— Tu veux les tuer toi-même ?

— Non.

— Alors Gitasi et moi le ferons, dit-il avec plaisir.

— Non.

Tenaka continua à marcher, laissant Subodaï sur place, décontenancé.

Le nouveau Khan s'arrêta devant les femmes, épouses des maîtres de guerres défunts.

— Je n'ai pas tué vos époux, leur dit-il. Il n'y avait donc pas de querelle de sang entre nous. Et pourtant, j'hérite de leurs possessions. Qu'il en soit ainsi ! Vous faisiez partie intégrante de ces possessions, je vous nomme donc femmes de Tenaka Khan. Relâchez-les ! ordonna-t-il.

Grommelant dans sa barbe, Subodaï s'exécuta. Une jeune femme s'élança en avant dès qu'il l'eut libérée, et se jeta aux pieds de Tenaka.

— Si je suis vraiment votre femme, alors qu'en est-il de mon fils ?

— Libérez également les enfants, dit Tenaka.

Il ne restait plus que les six hommes, parents proches des seigneurs défunts.

— Ceci est un nouveau jour, leur dit Tenaka. Je vous donne donc le choix. Jurez de me servir et vous vivrez. Refusez et vous mourrez !

— Je te crache dessus, sang-mêlé ! cria l'un des hommes.

Tenaka avança, tendit la main pour saisir l'épée de Subodaï, et d'un grand coup il trancha la tête de l'homme.

Pas un des cinq prisonniers restants ne broncha ; Tenaka passa devant chacun et les tua tous. Il appela Ingis et les deux hommes allèrent s'asseoir à l'ombre, dans sa tente.

Là, ils restèrent pendant trois heures, le temps que le Khan dévoile ses plans. Puis Tenaka s'endormit.

Pendant qu'il dormait, vingt hommes encerclaient sa tente, l'épée à la main.

Chapitre 20

Parsal continua à ramper dans les hautes herbes. La douleur de sa jambe mutilée était passée de l'agonie déchirante, la veille, à une douleur palpitante qui le lançait de temps à autre, allant jusqu'à lui faire perdre conscience. La nuit était fraîche et pourtant Parsal transpirait abondamment. Il ne savait plus du tout où il allait, seulement qu'il devait mettre la plus grande distance possible entre lui et l'horreur.

Il rampa sur une zone aride de terre et de cailloux ; une pierre pointue lui rentra dans la jambe. Il grogna et roula sur lui-même.

Ananaïs leur avait demandé de tenir aussi longtemps que possible, puis de se replier sur Magadon. Ensuite, il était parti dans une autre vallée avec Galand. Parsal revoyait les événements de l'après-midi en boucle et n'arrivait pas à les chasser de son esprit.

Il avait attendu avec quatre cents hommes dans la petite passe. La cavalerie avait chargé en premier, cravachant le long de la pente, lances levées. Les archers de Parsal les avaient taillés en pièces. Ce fut plus dur de repousser l'infanterie, bien protégés dans leurs armures, avec leurs boucliers de bronze au-dessus de leur tête. Parsal n'était pas aussi bon à l'épée que son frère, mais par les dieux, il leur en avait fait voir !

Les hommes de Skoda s'étaient battus comme des tigres et l'infanterie de Ceska avait été repoussée. C'est à ce moment qu'il aurait dû demander à ses hommes de se replier.

Quel idiot !

Mais il s'était senti remonté. Tellement fier ! De toute sa vie il n'avait jamais commandé de troupe. Il avait été refusé par le Dragon, alors que son frère avait été accepté. Et là, il venait de repousser un puissant ennemi.

Il avait attendu une charge de plus.

C'est là que les Unis étaient passés à l'attaque, se jetant sur eux comme des démons sortis de l'Enfer. Même s'il vivait jusqu'à cent ans, il ne pourrait oublier leur charge. Tout en courant, les bêtes avaient bâti comme un mur de son autour d'eux, fait de hurlements exprimant leur soif de sang. C'étaient des monstres gigantesques avec des mâchoires béantes, des yeux injectés de sang, des serres acérées, des épées brillantes.

Des flèches éparses leur trouèrent la peau, mais ils tombèrent sur les hommes de Skoda comme un adulte disperse des enfants indisciplinés.

Parsal ne donna pas l'ordre de fuir – ce n'était pas la peine. Le courage de ses hommes s'évanouit comme de l'eau sur du sable et ils s'éparpillèrent. Sous le coup de la peur, Parsal fonça sur un Uni, essayant de lui assener un terrible coup sur la tête, mais son épée rebondit sur l'énorme crâne de la bête qui se retourna vers lui. Parsal fut projeté en arrière et l'Uni plongea sur lui, son énorme mâchoire se refermant sur la jambe gauche de Parsal et lui en arrachant toute la chair jusqu'à l'os. Un vaillant guerrier de Skoda sauta sur le dos de la bête, lui enfonçant une longue dague dans le cou ; elle se désintéressa de Parsal pour arracher la tête de l'homme. Parsal fit une roulade et tomba par-dessus les défenses, dans la vallée. Là, il commença à ramper.

À présent il savait que les hommes de Skoda ne pouvaient pas gagner. Leur rêve était une folie. Personne ne pouvait s'opposer aux Unis. Si seulement il était resté dans sa ferme en Vagria, loin, très loin de cette guerre insensée!...

Quelque chose lui agrippa la jambe et il s'assit en agitant sa dague. Des serres la lui arrachèrent des mains. Trois Unis étaient accroupis autour de lui – leurs yeux brillaient, de la salive coulait de leur gueule ouverte.

Par chance, il tourna de l'œil.

Et la curée commença.

Païen continua à s'approcher jusqu'à n'être plus qu'à une centaine de mètres du quartier ouest de la ville. Son cheval était caché dans les bois derrière lui. De la fumée sortait des bâtiments, tourbillonnant comme de la brume, et il était difficile d'estimer les distances. Des corps étaient traînés hors de la ville par des groupes d'Unis qui en faisaient leur festin dans la clairière. Païen n'avait encore jamais vu ces bêtes et il les observait avec une fascination morbide. La plupart faisaient plus de deux mètres de haut : des montagnes de muscles.

Païen ne savait pas quoi faire. Il avait un message pour Ananaïs de la part de Scaler – mais où devait-il le remettre ? L'homme au masque noir était-il toujours en vie ? La guerre était-elle finie ? Si elle l'était, Païen allait devoir changer ses plans. Il avait juré de tuer Ceska et il n'était pas le genre d'homme à promettre à la légère. Quelque part, au cœur de cette armée, il y avait la tente de l'empereur – tout ce qu'il avait à faire, c'était de la trouver et d'éventrer ce fils de pute.

Aussi simple que ça !

La mort du peuple de Païen pesait lourdement sur lui, et il était déterminé à les venger. Une fois qu'il aurait tué Ceska, l'ombre de l'empereur serait consignée dans le Territoire des Ombres pour servir ses victimes. Une juste punition.

Païen regarda les bêtes se nourrir pendant un moment, examinant leurs mouvements, et apprenant tout ce qu'il pouvait pour le jour où il devrait les affronter. Il ne se faisait pas d'illusion – ce jour viendrait. Homme contre bête, face à face. La bête était peut-être forte, rapide et meurtrière. Mais le roi Kataskicana avait mérité son titre de Seigneur de la Guerre. Car lui aussi était fort, rapide et meurtrier. Mais en plus, il était rusé.

Païen retourna dans les bois. Et là, il s'arrêta net, les narines dilatées. Il plissa les yeux et fit glisser sa hache dans sa main.

Son cheval était bien là où il l'avait laissé, mais l'animal tremblait de peur, ses oreilles étaient collées contre son crâne et ses yeux étaient ronds.

Païen fouilla dans sa tunique en cuir et en sortit un couteau de lancer, court mais lourd. Il se lécha les lèvres et scruta les broussailles. Il n'y avait pas beaucoup d'endroits pour se cacher aux alentours ; il était dans l'un d'entre eux, ce qui en laissait trois. Donc, raisonna-t-il, il était face à trois adversaires au maximum. Avaient-ils des arcs ? Peu probable, ils devraient se lever, bander leurs arcs et tirer sur une cible en mouvement. Étaient-ils humains ? Peu probable, car le cheval était terrifié et de simples humains ne provoqueraient pas cette réaction.

Conclusion, il y avait sans doute trois Unis accroupis dans les buissons devant lui.

Sa décision prise, Païen se leva et marcha en direction de son cheval.

Un Uni jaillit des buissons à sa droite et un autre sur sa gauche. Ils se déplaçaient à une vitesse incroyable. Païen tourna sur ses talons et lança son bras droit ; son couteau se planta dans l'orbite droite de la première bête. La seconde était presque sur lui quand l'homme noir se jeta à genoux pour plonger vers l'avant, dans les jambes de la créature. L'Uni fit la culbute et Païen roula, enfonçant sa hache dans la cuisse de la bête. Puis il se releva aussitôt et se mit à courir. Il arracha les rênes attachées aux branches et sauta sur le cheval alors que l'Uni revenait vers lui à toutes jambes. Païen s'allongea sur la selle, s'accrochant fermement aux rênes, quand le cheval se cabra de terreur, donnant des coups de sabots à la bête qu'il cueillit en plein visage.

L'Uni s'écroula et Païen éperonna le cheval qui s'enfuit dans les bois, restant courbé pour éviter les branchages. Une fois en sécurité, il se mit à galoper vers l'ouest.

Les dieux lui avaient été favorables, car il avait vraiment mal calculé. S'il y avait eu trois Unis, il serait mort à l'heure qu'il est. Il avait visé la gorge de la bête, mais elle avait chargé si rapidement qu'il avait failli manquer sa cible.

Païen ralentit son cheval. Derrière, dans le lointain, la ville se consumait.

Les éclaireurs de Ceska seraient partout dans les plaines. Il n'avait pas envie de galoper tête baissée dans un plus grand danger que celui qu'il venait de quitter. Il flatta le cou de sa monture.

Il avait laissé Scaler avec les Cheiam. Le nouveau Comte de Bronze avait gagné en stature, et ses plans pour s'emparer de Dros Delnoch étaient bien avancés. Qu'ils fonctionnent ou pas, c'était une autre histoire, mais au moins, Scaler travaillait en confiance. Païen gloussa. Le jeune Drenaï était tellement convaincant dans son nouveau rôle que Païen aurait presque pu croire qu'il était la réincarnation du comte légendaire.

Presque. Païen gloussa de nouveau.

À la tombée du jour, il se dirigea vers un groupe d'arbres près d'un ruisseau. Il n'y avait pas un signe de l'ennemi, néanmoins il inspecta prudemment la zone. Mais une surprise l'attendait lorsqu'il entra à cheval dans une petite clairière.

Une vingtaine d'enfants étaient assis autour du corps d'un homme.

Païen descendit de son cheval et l'attacha. Un grand garçon fit un pas en avant, une dague dans la main.

— Touchez-le et je vous tue ! dit le garçon.

— Je ne vais pas le toucher, répondit Païen. Pose ce couteau.

— Êtes-vous un Uni ?

— Non. Je ne suis qu'un homme.

— Vous ne ressemblez pas à un homme – vous êtes tout noir.

Païen acquiesça solennellement.

— C'est vrai, je suis noir. Par contre, toi, tu es blanc et tout petit. Je ne doute pas de ton courage, mais est-ce que tu crois pouvoir t'opposer à moi ?

Le garçon se lécha les lèvres, mais ne bougea pas d'un centimètre.

— Si j'étais ton ennemi, mon garçon, je t'aurais déjà tué. Écarte-toi.

Il avança sans prêter attention à l'enfant et s'agenouilla à côté du corps. L'homme était chauve et trapu, ses grosses mains étaient coincées dans sa veste.

— Que s'est-il passé ? demanda Païen à la petite fille la plus proche du cadavre.

Elle détourna les yeux et ce fut le garçon qui répondit.

— Il nous a amenés ici, hier. Il a dit qu'il nous cacherait jusqu'à ce que les bêtes s'en aillent. Mais ce matin, alors qu'il jouait avec Melissa, il s'est agrippé la poitrine et puis il est tombé.

— C'est pas ma faute, dit Melissa. J'ai rien fait !

Païen ébouriffa la tignasse blonde de la petite.

— Bien sûr que tu n'as rien fait. Est-ce que vous avez apporté de la nourriture avec vous ?

— Oui, répondit le garçon. Elle est par là, dans la grotte.

— Mon nom est Païen et je suis un ami de Masque Noir.

— Est-ce que tu vas t'occuper de nous ? demanda Melissa.

Païen lui sourit, se releva et s'étira. Les Unis devaient être à sa poursuite à présent, et il n'aurait aucune chance de les éviter s'il avait une vingtaine d'enfants à pied avec lui. Il grimpa sur une colline avoisinante et se couvrit les yeux pour voir les montagnes. Il leur faudrait au moins deux jours pour marcher jusque-là – deux jours à ciel ouvert. Il se retourna pour regarder le garçon au couteau qui était assis sur un rocher. Il était grand et devait approcher les onze ans.

— Vous n'avez pas répondu à la question de Melissa, fit le garçon.

— Comment t'appelles-tu, mon garçon ?

— Ceorl. Est-ce que vous allez nous aider ?

— Je ne sais pas si je peux, répondit Païen.

— Je ne pourrai pas y arriver tout seul, rétorqua Ceorl, les yeux fixés sur le visage de Païen.

Païen s'assit dans l'herbe.

— Essaie de me comprendre, Ceorl. Il n'y a potentiellement aucune chance que nous puissions atteindre les montagnes. Les Unis sont comme les bêtes dans la jungle ; elles suivent leurs proies à l'odeur, et elles se déplacent vite, sur de grandes distances. J'ai un message à remettre à Masque Noir ; je suis impliqué dans la guerre. J'ai ma propre mission et j'ai juré de l'accomplir.

— Des excuses ! s'exclama Ceorl. Toujours des excuses. Eh bien, moi, je les emmènerai là-bas – croyez-moi.

— Je resterai avec vous un petit moment, fit Païen. Mais que les choses soient claires : je n'aime pas que les enfants bavardent tout autour de moi – ça me rend irritable.

— Vous ne pouvez pas empêcher Melissa de bavarder. Elle est très jeune et elle a peur.

— Et toi, tu n'as pas peur ?

— Je suis un homme, répondit Ceorl. Ça fait des années que je ne pleure plus.

Païen acquiesça et se redressa lentement.

— Allons chercher la nourriture et mettons-nous en route.

Ils réunirent tous les enfants. Chacun portait sur son dos un sac contenant un peu de nourriture et un bidon d'eau. Païen fit monter Melissa et deux autres bébés sur le dos du cheval et les emmena dans la plaine. Ils avaient le vent dans le dos, ce qui était une bonne chose... à moins que les Unis soient devant eux. Ceorl avait raison à propos de Melissa ; elle piaillait sans cesse, racontant des histoires à Païen qu'il avait du mal à suivre. En début de soirée, elle commença à dodeliner de la tête, et Païen la souleva pour la prendre dans ses bras. Ils avaient parcouru environ cinq kilomètres quand Ceorl arriva au côté de Païen et lui tira la manche.

— Qu'y a-t-il ?

— Ils sont très fatigués. Je viens de voir Ariane s'asseoir au bord de la piste, là-bas – je pense qu'elle s'est endormie.

— Très bien. Va la chercher – nous allons camper ici.

Les enfants vinrent s'agglutiner autour de Païen tandis que celui-ci couchait Melissa sur l'herbe. La nuit était fraîche, mais pas froide.

— Vous pouvez nous raconter une histoire ? lui demanda la fillette.

À voix basse, il leur raconta l'histoire de la Déesse de la Lune, descendue sur un escalier en argent pour venir partager la vie des mortels sur terre. Là, elle rencontra un beau prince guerrier nommé Anidigo. Il l'aima plus qu'aucun homme n'avait jamais aimé une femme, mais elle lui résista et s'enfuit. Elle repartit dans le ciel grâce à un chariot d'argent. Comme il ne pouvait pas la suivre, il alla voir un magicien très sage qui lui fabriqua un chariot en or pur. Anidigo jura qu'il ne reviendrait pas tant qu'il n'aurait pas conquis le cœur de la belle Déesse de la Lune. Son chariot d'or, d'une rondeur parfaite, jaillit dans le ciel comme une boule de feu. Il tourna et tourna autour de la terre, mais elle avait toujours de l'avance sur lui. Et encore aujourd'hui…

— Regardez là-haut ! dit Païen. La voilà – et bientôt Anidigo la pourchassera à travers le ciel.

Le dernier enfant s'endormit d'un sommeil sans rêve et Païen se décontracta, cherchant Ceorl des yeux. Ensemble ils s'éloignèrent d'une vingtaine de pas.

— Vous avez raconté une belle histoire.

— J'ai beaucoup d'enfants, répondit Païen.

— S'ils vous irritent, pourquoi en avez-vous autant ? demanda le garçon.

— Ce n'est pas facile à expliquer, dit Païen en souriant.

— Oh, j'ai compris, lâcha Ceorl. Je ne suis pas trop jeune.

Païen lui expliqua quand même.

— Un homme peut aimer ses enfants, et pourtant ils peuvent le déranger. La naissance de tous mes enfants m'a réjoui. L'un d'eux est aujourd'hui à ma place, chez moi, à la tête de mon peuple. Mais je suis un homme qui a toujours eu besoin de solitude. Les enfants ont du mal à comprendre ces choses.

— Pourquoi êtes-vous noir ?

— Fini la discussion philosophique ! Je suis noir parce qu'il fait très chaud dans mon pays. Une peau sombre est une bonne protection contre les rayons du soleil. Ta peau ne devient pas plus sombre, l'été ?

— Et vos cheveux, alors – pourquoi sont-ils frisés à ce point ?

— Je ne sais pas, jeune homme. Pas plus que je ne sais pourquoi mon nez et mes lèvres sont plus épais que les tiens. C'est ainsi, c'est tout.

— Est-ce que tout le monde vous ressemble, là d'où vous venez ?

— Pas à mes yeux.

— Est-ce que vous savez vous battre ?

— Tu débordes de questions, Ceorl !

— J'aime savoir les choses. Vous savez vous battre ?

— Comme un tigre.

— C'est une sorte de chat, c'est ça ?

— Oui. Un *très gros* chat particulièrement inamical.

— Moi, je sais me battre, affirma Ceorl. Je suis un bon combattant.

— J'en suis certain. Mais espérons que tu n'auras pas à le prouver. Et maintenant va dormir.

— Je ne suis pas fatigué. Je vais monter la garde.

— Fais ce que je te dis, Ceorl. Tu seras de garde demain.

Le garçon opina et s'en alla rejoindre les autres enfants. Il s'endormit en quelques minutes. Païen s'assit un moment, rêvant de son pays. Puis il rejoignit les enfants à son tour. Melissa ronflait toujours, blottie contre une poupée de chiffon. C'était une vieille poupée ; elle n'avait plus d'yeux, et seulement deux fils de laine jaune en guise de cheveux.

Scaler lui avait parlé de cette étrange croyance religieuse. Les dieux, lui avait dit Scaler, étaient tellement vieux qu'ils étaient devenus séniles. Leurs vastes pouvoirs ne leur servaient plus qu'à faire des farces aux humains, interférant dans leurs vies et les laissant dans des situations lamentables.

Païen était en train de devenir un adepte de cette foi.

Un hurlement lointain résonna dans la nuit. Un deuxième puis un troisième s'ajoutèrent au vacarme ambiant. Païen jura à voix basse et dégaina son épée. Il prit une petite pierre à aiguiser dans sa besace en cuir, cracha dessus et affûta la lame; puis il détacha sa hache de son sac à dos et l'aiguisa également.

Le vent tourna, emportant leurs odeurs vers l'est. Païen attendit, comptant doucement. Il avait atteint le nombre huit cent cinquante-sept lorsque les hurlements s'intensifièrent. En considérant les variations de la vitesse du vent, cela plaçait les Unis entre quinze et vingt kilomètres derrière eux – ce n'était pas assez.

L'acte le plus charitable serait d'avancer lentement jusqu'aux enfants et de leur trancher la gorge dans leur sommeil, leur épargnant ainsi l'horreur qui allait les rattraper. Mais Païen savait qu'ils pouvaient emmener trois petits sur son cheval.

Il sortit sa dague et rampa au milieu d'eux.

Lesquels choisir?

De nouveau il poussa un juron tout bas, rengaina sa dague et réveilla Ceorl.

— Les Unis sont tout près, annonça-t-il. Réveille les enfants – nous devons partir.

— Près comment? demanda Ceorl, les yeux écarquillés de terreur.

— Une heure derrière nous – si nous avons de la chance.

Ceorl bondit sur ses pieds et se dépêcha de réveiller tout le monde. Païen souleva Melissa et la posa sur son épaule.

Elle lâcha sa poupée et il la ramassa, l'enfouissant sous sa tunique. Les enfants s'agglutinèrent autour de lui.

— Tu vois ce pic, là-bas ? dit-il. Allez-y vite ! Je vous retrouverai.

— Promis ?

— Promis. (Païen grimpa sur sa selle.) Mets deux des plus petits derrière moi. (Ceorl s'exécuta.) Et maintenant, petits, accrochez-vous bien – nous allons faire un tour.

Païen éperonna l'étalon qui bondit en avant, avalant la distance qui le séparait des montagnes. Melissa se réveilla et se mit à pleurer. Païen dut sortir sa poupée et la lui coller dans les bras. Après quelques minutes de grand galop, il vit un affleurement rocheux sur sa droite. Il tira sur les rênes et dirigea l'étalon vers les rochers. Le sentier était étroit, moins d'un mètre cinquante de large, mais s'élargissait au sommet pour devenir une cuvette. Il n'y avait pas d'autre sortie que ce chemin.

Païen aida les enfants à descendre.

— Attendez-moi ici, leur dit-il, et il repartit une fois de plus dans la plaine.

Il fit le trajet cinq fois, et au dernier voyage Ceorl et les quatre plus grands avaient presque atteint les rochers lorsqu'il arriva à leur rencontre. Il sauta de selle et tendit les rênes au garçon.

— Emmène le cheval dans la cuvette et attends-moi là.

— Qu'est-ce que vous allez faire ?

— Fais ce que je te dis, petit !

Ceorl recula d'un pas.

— Je voulais juste vous aider.

— Je suis désolé, mon garçon ! Garde ta dague à portée de main – je vais essayer de les retenir ici, mais s'ils arrivent à passer, utilise ta dague sur les plus jeunes. Tu comprends ?

— Je ne crois pas que je pourrais y arriver, balbutia Ceorl.

—Alors fais ce que ton cœur te dira de faire. Bonne chance, Ceorl !

—Je… je ne tiens pas vraiment à mourir.

—Je sais. Et maintenant grimpe là-haut et va les rassurer.

Païen dégagea sa hache de la selle et défit son arc et un carquois. L'arc était en corne vagrianne, et seul un homme très fort pouvait le bander. Païen s'installa en bas de la piste, contemplant l'Est.

On disait que les Rois du Trône d'Opale savaient toujours lorsque leur heure était arrivée.

Païen savait.

Il prépara son arc et retira sa tunique afin que l'air de la nuit rafraîchisse son corps.

Puis, d'une voix forte, il se mit à entonner le Chant des Morts.

Ananaïs et ses capitaines se réunirent dans un endroit qui avait été décidé à l'avance. Ils s'assirent pour discuter des actions du jour. Dès qu'ils avaient été repoussés du premier cercle de montagnes, les hommes de Skoda avaient été divisés en sept forces. Ils se positionnèrent sur les hauts plateaux et tendirent des embuscades aux envahisseurs dès qu'ils déferlèrent sur les hauteurs. Ils harcelèrent les troupes de Ceska, les attaquant et prenant aussitôt la fuite à maintes reprises, ralentissant leur progression ; ainsi les pertes du côté des hommes de Skoda étaient très légères – à l'exception de la troupe de Parsal, dont personne n'avait réchappé.

—Ils se déplacent plus vite que nous ne l'avions prévu, fit remarquer Katan. Et leur nombre a été gonflé par l'arrivée des troupes de Delnoch.

—Je dirais qu'il y avait pas loin de cinquante mille

hommes dans cette force d'invasion, dit Irit. Nous pouvons déjà oublier de résister ailleurs qu'à Tarsk ou Magadon.

— On va continuer à les harceler, maintint Ananaïs. Combien de temps pourrez-vous contenir le pouvoir de leurs maudits Templiers, Katan ?

— Je crois qu'ils vont bientôt trouver les moyens de contourner nos défenses.

— Dès qu'ils auront réussi, nos raids risquent de devenir de véritables suicides.

— Je le sais fort bien, Masque Noir. Mais il ne s'agit pas ici d'une science exacte. Nous nous battons sans relâche dans le Vide, et ils sont en train de nous repousser.

— Fais de ton mieux, mon garçon, dit Ananaïs. Très bien, nous continuerons à les attaquer pendant une journée encore, et puis nous ferons revenir tout le monde derrière les murs.

— Est-ce que vous n'avez pas l'impression de cracher dans l'œil du cyclone ? demanda Irit.

Ananaïs sourit.

— Peut-être, mais nous n'avons pas encore perdu ! Katan, pouvons-nous chevaucher sans risque ?

Le prêtre ferma les yeux et tout le monde attendit quelques minutes qu'il se prononce. Mais tout d'un coup, Katan fut agité par une violente secousse, et il ouvrit grand les yeux.

— Au nord, dit-il. Nous devons y aller tout de suite !

Le prêtre essaya de se lever, manqua de tomber, se rattrapa et courut à son cheval. Ananaïs lui emboîta le pas.

— Irit ! hurla-t-il. Ramène tes hommes vers le groupe. Les autres, avec moi !

Katan partit bille en tête dans une course effrénée au triple galop en direction du Nord, suivi par Ananaïs et ses vingt guerriers. L'aube allait se lever et le sommet des montagnes était baigné de rouge.

Le prêtre fouetta sa monture et Ananaïs, qui n'était pas loin derrière lui, hurla :

— Tu vas tuer ta monture, imbécile !

Katan l'ignora, se penchant davantage encore sur le cou du cheval. Devant eux se dressait un affleurement rocheux ; Katan tira sur ses rênes et sauta de selle, courant vers un passage étroit. Ananaïs dégaina son épée et courut après lui.

À l'intérieur du passage il y avait deux Unis morts, des flèches empennées de noir dépassant de leur gorge. Ananaïs continua à courir. Une autre bête, une flèche en plein cœur. Il arriva à un tournant et entendit des grognements bestiaux ainsi qu'un bruit d'acier qui s'entrechoque. Il enjamba trois autres cadavres et sortit du virage, l'épée brandie. Deux Unis étaient morts devant lui et un troisième attaquait Katan, tandis que deux autres encore étaient engagés dans une lutte effroyable avec un homme qu'Ananaïs ne pouvait pas voir.

— Dragon, à moi ! hurla Ananaïs.

Un des deux Unis se jeta sur lui, mais il parvint à parer un coup terrible et plongea son épée dans le ventre de la bête. Les serres du monstre jaillirent vers lui et il eut à peine le temps de se jeter de côté. Ses hommes arrivèrent alors et taillèrent en pièces le monstre qui s'écroula sous les coups. Katan se débarrassa de son adversaire avec une aisance déconcertante et courut porter secours au guerrier, mais ce ne fut pas nécessaire. Païen enfonça sa hache profondément dans le cou de la bête et s'écroula à son tour.

Ananaïs courut jusqu'à Païen et constata que son corps n'était qu'une plaie : son torse avait été déchiré, et des lambeaux de chair pendaient çà et là.

Son bras gauche était presque entièrement coupé et son visage avait été déchiqueté.

La respiration de l'homme noir était irrégulière, mais ses yeux étaient toujours brillants et il essaya de sourire à Ananaïs lorsque celui-ci le prit dans ses bras.

—Il y a des enfants un peu plus haut, souffla Païen.

—Nous allons les chercher. Reste allongé !

—À quoi bon, mon ami ?

—Ne bouge pas.

—J'en ai abattu combien ?

—Neuf.

—C'est bien. Je suis content que tu sois venu – j'aurais eu… du mal avec les deux derniers.

Katan s'agenouilla au côté de Païen et posa ses mains sur sa tête ensanglantée. Toute douleur disparut du mourant.

—J'ai failli à ma mission, dit Païen. J'aurais dû aller trouver Ceska.

—Je le trouverai pour toi, lui promit Ananaïs.

—Est-ce que les enfants vont bien ?

—Oui, le rassura Katan. Nous les faisons descendre à présent.

—Il ne faut pas qu'ils me voient. Je leur ferais peur.

—N'aie crainte, dit Katan.

—Assurez-vous que vous emportez bien la poupée de chiffon de Melissa… Elle serait perdue sans elle.

—On fera attention.

—Quand j'étais plus jeune, j'ai donné l'ordre à des hommes de se jeter dans un feu ! Je n'aurais pas dû le faire. J'ai toujours regretté ce geste. Quant à nous, Masque Noir, eh bien il semble que nous ne saurons jamais, pas vrai ?

—Moi je sais, répondit Ananaïs. Je n'aurais jamais pu vaincre neuf Unis. Je ne pensais pas que ce soit possible.

—Tout est possible, dit Païen, sa voix n'étant plus qu'un murmure. Sauf chasser les regrets. (Il fit une pause.) Scaler a un plan.

— Ça peut marcher ? s'enquit Ananaïs.

Païen sourit.

— Tout est possible. Il m'a donné un message pour toi, mais maintenant c'est trop tard. Il voulait que tu saches que dix mille hommes de Delnoch marchaient sur vous. Ils sont arrivés avant moi.

Ceorl se fraya un chemin jusqu'à Païen et s'agenouilla à côté de lui, les larmes aux yeux.

— *Pourquoi* ? dit-il. Pourquoi avoir fait ça pour nous ?

Mais Païen était mort.

Ananaïs prit l'enfant par le bras.

— Il l'a fait parce que c'était un homme – un très grand homme.

— Il n'aimait même pas les enfants.

— Je pense que tu te trompes, mon garçon.

— Il me l'a dit lui-même. Les enfants l'irritaient. Pourquoi a-t-il accepté de se faire tuer pour nous ?

Ananaïs n'avait pas de réponse, mais Katan s'avança.

— Parce que c'était un héros. Et c'est ce que font les héros. Tu comprends ?

Ceorl acquiesça.

— Je ne savais pas que c'était un héros – il ne me l'avait pas dit.

— Peut-être qu'il ne le savait pas, répondit Katan.

Galand prit très mal la mort de son frère. Il se réfugia en lui-même, endiguant ses émotions ; ses yeux noirs ne laissaient pas filtrer une once de l'agonie qu'il ressentait en son for intérieur. Il mena ses hommes dans plusieurs raids contre la cavalerie drenaïe, les frappant sauvagement et se repliant presque aussitôt. Malgré son désir de vengeance, il restait un soldat discipliné – aux charges insouciantes, il préférait les risques calculés. Parmi ses trois cents hommes, il n'y avait presque pas eu de pertes. Ils se dirigèrent vers les murs de Magadon pour y prendre position, ne laissant que trente-sept de leurs camarades enterrés dans les collines.

Il n'y avait pas de portes à Magadon et les hommes durent abandonner leurs chevaux pour escalader les échelles de cordes que les défenseurs leur avaient jetées. Galand fut le dernier à monter sur les remparts et, une fois en haut, il se retourna pour faire face à l'est.

La guerre lui avait pris sa fille, et maintenant son frère.

Nul doute qu'elle le prendrait à son tour, songea-t-il.

Étrange comme cette idée ne lui faisait absolument pas peur.

Parmi ses hommes, une quarantaine avaient été blessés. Il les emmena à l'hôpital de campagne où Valtaya et une dizaine de femmes s'occupèrent d'eux. Galand salua la femme blonde de la main et celle-ci lui sourit, puis retourna à son travail : des points de suture sur la cuisse d'un guerrier.

Il se promena sous le soleil. Un de ses hommes lui apporta une miche de pain et une cruche de vin. Galand le remercia et s'assit le dos à un arbre. Le pain était frais, le vin jeune. Un de ses chefs de section, un jeune fermier du nom d'Oranda, se joignit à lui. Il avait un épais bandage sur le bras.

— Elles m'ont dit que la blessure était nette – seulement six points de suture. Je devrais toujours pouvoir porter un bouclier.

— Bien, fit Galand distraitement. Du vin ?

Oranda en but une large gorgée.

— Il est un peu jeune. On devrait peut-être le laisser vieillir un mois ou deux !

— Très juste, répondit Galand, qui s'en reversa une lampée.

L'espace d'un moment ils restèrent sans parler, et la tension monta chez Galand qui attendait l'inévitable commentaire.

—Je suis désolé pour votre frère, finit par dire Oranda.

—Tous les hommes sont mortels, répondit Galand.

—C'est vrai. J'ai perdu beaucoup d'amis dans cette troupe. Les murs ont l'air solide, pas vrai ? Ça fait bizarre de voir des murs dans cette vallée. Je venais jouer ici quand j'étais enfant, je regardais gambader les chevaux sauvages.

Galand ne répondit rien. Oranda lui tendit la cruche, souhaitant secrètement pouvoir se lever et partir, mais il ne voulait pas être grossier. C'est alors que Valtaya les rejoignit ; Oranda lui fit un grand sourire, la salua et s'en alla.

Galand leva les yeux et sourit.

—Vous êtes très jolie, ma dame. Une apparition.

Elle avait retiré son tablier maculé de sang et ne portait à présent plus qu'une robe de coton bleu clair, qui moulait superbement son corps.

—Vos yeux doivent être fatigués, barbe-noire. Mes cheveux sont gras et il y a des cernes violettes sous mes yeux. Je me sens affreuse.

—Vous êtes toujours belle, dit-il.

Elle s'assit à côté de lui et posa la main sur son bras.

—Je suis vraiment navrée pour Parsal.

—Tous les hommes sont mortels, dit-il, fatigué de le répéter.

—Mais je suis contente que vous soyez en vie.

—C'est vrai ? demanda-t-il, les yeux froids. Pourquoi ?

—Quelle drôle de question pour un ami !

—Je ne suis pas votre ami, Val. Je suis quelqu'un qui vous aime, il y a une différence.

—Je suis désolée, Galand. Je ne sais pas quoi dire – vous savez bien que je suis avec Ananaïs.

— Et êtes-vous heureuse ?

— Bien sûr que je suis heureuse – aussi heureuse que n'importe qui peut l'être au beau milieu d'une guerre.

— Pourquoi ? Pourquoi l'aimez-vous ?

— Je ne peux pas répondre à cette question. Aucune femme ne le pourrait. Pourquoi m'aimez-vous ?

Il reprit une rasade, ignorant la logique de la question.

— Ce qui me fait mal, c'est qu'il n'y a pas de futur, pour aucun de nous, dit-il, même si nous survivons à cette bataille. Ananaïs ne s'installera jamais pour se marier. Ce n'est ni un fermier, ni un marchand… Il vous abandonnera, toute seule, dans une ville. Et moi je retournerai dans ma ferme. Aucun de nous ne sera heureux.

— Arrêtez de boire, Galand. Cela vous rend mélancolique.

— Ma fille était une créature joyeuse, mais aussi une vraie coquine. Je l'ai fessée presque autant que j'ai essuyé ses larmes. Si j'avais su à quel point sa vie serait courte… Et maintenant Parsal… J'espère qu'il est mort rapidement. Je dis ça de manière presque égoïste, dit-il soudainement. Mon sang ne coule plus chez aucun être vivant, à part moi. Quand je serai parti, ce sera comme si je n'avais jamais existé.

— Heureusement, il y a tes amis qui t'aiment, dit-elle.

Il retira son bras de son étreinte agréable et la regarda avec des yeux pleins de colère.

— Je *n'ai pas* d'amis ! Je n'en ai jamais eu.

Chapitre 21

L'empereur était assis dans sa tente en soie, entouré de ses capitaines. Son maître de guerre, Darik, était à ses côtés. La tente était énorme, divisée en quatre sections : la plus grande, dans laquelle les guerriers étaient assis, pouvait abriter cinquante hommes, même si seulement vingt étaient présents.

Avec les années, Ceska avait grossi, et sa peau était devenue pâteuse et recouverte de plaques. Ses yeux noirs brillaient d'une intelligence sauvage, on disait partout qu'il avait appris les méthodes des Templiers Noirs et qu'il pouvait lire dans les esprits. Autour de lui, ses capitaines vivaient dans une frayeur constante, car souvent, d'un seul coup, il montrait un homme du doigt et criait « Traître ! ». Cet homme mourait de façon atroce.

Darik était son plus fidèle guerrier, un général prêt à toutes les ruses, qui rivalisait presque avec Baris, le légendaire général du Dragon. C'était un homme d'à peine cinquante ans, mince et sec, qui, bien rasé, faisait plus jeune que son âge.

Après avoir écouté tous les rapports, ainsi que le nombre des tués, Darik parla :

— Les raids ont l'air anodin, peu méthodique, et pourtant je perçois un grand sens de l'unité derrière eux. Qu'en dis-tu, Maymon ?

Le Templier Noir acquiesça.

— Nous sommes sur le point de pénétrer leurs défenses, mais déjà nous pouvons voir beaucoup. Ils ont muré les deux passes connues sous les noms de Tarsk et Magadon. Ils attendent de l'aide du Nord avec une grande certitude. Comme vous l'avez deviné, leur chef est Ananaïs, même si c'est la femme, Rayvan, qui les réunit tous.

— Où est-elle ? demanda l'empereur.

— Dans les montagnes.

— Pouvez-vous l'atteindre ?

— Pas dans le Vide. Elle est protégée.

— Ils ne peuvent pas protéger tous leurs amis, quand même ? suggéra Ceska.

— Non, mon Seigneur, effectivement, admit Maymon.

— Eh bien, prenez possession de l'âme d'une personne qui lui est proche. Je veux que cette femme meure.

— Oui, mon Seigneur. Mais avant tout, nous devons traverser le mur de Vide des Trente.

— Et Tenaka Khan ? lâcha Ceska.

— Il s'est échappé dans le Nord. Son grand-père, Jongir, est mort il y a deux mois et une guerre civile se prépare dans son pays.

— Envoyez un message au Commandant de Delnoch, lui demandant d'être attentif à une armée nadire.

— Oui, mon Seigneur.

— À présent, laissez-moi, fit l'empereur. Tous sauf Darik.

Les capitaines s'exécutèrent volontiers et sortirent dans la nuit. Autour de la tente, cinquante Unis montaient la garde. C'étaient les plus grands et les plus féroces de toute l'armée de Ceska. Les capitaines ne les regardèrent pas en passant.

À l'intérieur de la tente, Ceska resta assis sans rien dire pendant plusieurs minutes.

— Ils me haïssent tous, dit-il. Des petits hommes avec des petits esprits. Que sont-ils sans moi ?

— Ils ne sont rien, sire, répondit Darik.

— Exactement. Et vous, général ?

— Sire, vous pouvez lire dans le cœur des hommes comme dans un livre ouvert. Vous pouvez lire dans mon cœur. Je suis loyal, mais si un jour vous doutez de moi, je rendrai ma vie à l'instant même où vous m'en donnerez l'ordre.

— Vous êtes le seul homme loyal de tout l'empire. Je veux qu'ils meurent tous. Je veux que Skoda soit un charnier dont on se souviendra pour l'éternité.

— Il en sera fait selon vos désirs, sire. Ils ne peuvent pas nous résister.

— L'Esprit du Chaos chevauche avec mes troupes, Darik. Mais il a besoin de sang. De beaucoup de sang. Des mers de sang ! Il n'est jamais rassasié.

Les yeux de Ceska prirent un aspect tourmenté et il retomba dans le silence. Darik resta assis, immobile. Le fait que son empereur soit fou ne le dérangeait pas le moins du monde, mais la détérioration physique de Ceska était un autre problème. Darik était un homme étrange, presque monomaniaque : il n'avait qu'une idée en tête, la guerre et la stratégie ; et ce qu'il avait dit à l'empereur était la stricte vérité. Quand le jour viendrait – comme il devait inévitablement venir – où la folie de Ceska se tournerait contre lui, il se tuerait. La vie n'avait plus rien à lui offrir.

Darik n'avait jamais aimé un seul être humain, ni jamais rien compris aux choses de la beauté. Il se moquait de la peinture, de la poésie, de la littérature, des montagnes ou de la mer en furie. La guerre et la mort étaient ses préoccupations. Mais même celles-ci, il ne les aimait pas – elles ne faisaient que l'intéresser.

Soudainement, Ceska gloussa.

—Je fus l'un des derniers à voir son visage.

—Qui, mon Seigneur ?

—Ananaïs, le Guerrier Doré. Il était devenu gladiateur, dans l'arène, un favori de la foule. Un jour, alors qu'il répondait aux ovations, je lui ai envoyé un de mes Unis. C'était une bête géante, une triple combinaison née du mélange d'un ours, d'un loup et d'un homme. Il l'a tué. Tout ce travail et il l'a tué. (Ceska gloussa de nouveau.) Mais il a perdu la face devant son public.

—Comment ça, sire, n'avait-il pas tué la bête ?

—Oh non, il a vraiment perdu *sa* face. C'était une blague !

Darik gloussa consciencieusement.

—Je le hais. Ce fut le premier à semer le doute. Il voulait lancer le Dragon contre moi, mais Baris et Tenaka Khan l'ont stoppé. Noble Baris ! Il était meilleur que toi, tu sais.

—Oui, sire. Vous me l'avez déjà fait remarquer.

—Mais pas aussi loyal. Tu me resteras loyal, n'est-ce pas, Darik ?

—Oui, sire.

—Tu ne voudrais pas devenir comme Baris, n'est-ce pas ?

—Non, sire.

—C'est étrange comme certaines qualités restent… commenta Ceska, l'air songeur.

—Sire ?

—Je veux dire – c'est toujours un chef, non ? Les autres attendent toujours beaucoup de lui – je me demande pourquoi ?

—Je ne sais pas, sire. Vous avez l'air d'avoir froid – voulez-vous que je vous verse du vin ?

—Tu n'essaierais pas de m'empoisonner, des fois ?

—Non, sire, mais vous avez raison – je ferais mieux de le goûter d'abord.

— Oui. Goûte-le.

Darik versa du vin dans un gobelet en or et en but une gorgée. Ses yeux s'écarquillèrent.

— Qu'y a-t-il, général ? demanda Ceska en se penchant en avant.

— Il y a quelque chose dedans, sire. C'est salé.

— Mers de sang ! fit Ceska, et il gloussa.

Tenaka Khan se réveilla une heure avant l'aube. Il tendit la main pour toucher Renya, mais le lit était vide. Alors il se rappela et s'assit dans le lit, frottant ses yeux afin d'en chasser le sommeil. Il semblait se souvenir que quelqu'un l'avait appelé ; ce devait être un rêve.

La voix l'appela de nouveau. Tenaka sortit de son lit, regardant autour de lui dans la tente.

— *Ferme les yeux, mon ami, et détends-toi*, fit la voix.

Tenaka s'allongea. Avec son œil intérieur, il pouvait voir la mince silhouette de Decado.

— *Encore combien de temps avant que tu nous rejoignes ?*

— *Cinq jours. Si Scaler réussit à faire ouvrir les portes.*

— *Nous serons morts d'ici là.*

— *Je ne peux pas avancer plus rapidement.*

— *Combien d'hommes amènes-tu ?*

— *Quarante mille.*

— *Tu as l'air différent, Tani.*

— *Je suis toujours le même. Comment cela se passe-t-il avec Ananaïs ?*

— *Il a confiance en toi.*

— *Et les autres ?*

— *Païen et Parsal sont morts. Nous avons été repoussés dans les dernières vallées. Nous pourrons encore tenir trois jours – pas un de plus. Les Unis sont tout ce que nous avions craint.*

Tenaka lui raconta alors sa rencontre avec Aulin et les paroles du vieil homme. Decado écouta en silence.

— *Tu es donc le Khan*, finit-il par dire.

— *Oui.*

— *Adieu, Tenaka.*

De retour à Tarsk, Decado ouvrit les yeux. Acuas et les Trente étaient assis en cercle autour de lui, reliés par leurs pouvoirs.

Tous avaient entendu les mots de Tenaka Khan, mais plus important encore, tous étaient entrés dans son esprit, avaient partagé ses pensées.

Decado prit une profonde respiration.

— Eh bien ? demanda-t-il à Acuas.

— Nous sommes trahis, répondit le prêtre guerrier.

— Pas encore, dit Decado. Il va venir.

— Ce n'est pas ce que je veux dire.

— Je sais ce que tu veux dire. Mais demain est un autre jour. Nous sommes ici pour aider les gens de Skoda. Aucun de nous ne verra ces événements, de toute façon.

— Mais à quoi cela sert-il ? demanda Balan. Notre mort devrait quand même déboucher sur quelque chose. Ne sommes-nous en train de les aider que pour changer de tyran ?

— Et quand bien même ? répondit doucement Decado. Si nous ne croyons pas à ça, alors rien de ce que nous faisons n'a de sens.

— Vous êtes devenu croyant à présent ? demanda Balan, très sceptique.

— Oui, Balan, je suis croyant. Je pense que je l'ai toujours été. Car même au plus profond du désespoir, je me moquais de la Source. En soi, c'était admettre ma foi, même si je ne le voyais pas. Mais ce soir m'a convaincu.

— Être trahi par un ami vous a convaincu ? demanda Acuas, abasourdi.

— Non, pas la trahison. L'espoir. Une faible lueur. Un geste d'amour. Mais nous en reparlerons demain. Ce soir, nous avons des adieux à faire.

— Des adieux ? s'enquit Acuas.

— Nous sommes les Trente, déclara Decado. Notre mission touche à son terme. En tant que voix des Trente, je suis l'Abbé des Épées. Mais je dois mourir ici. Pourtant, les Trente doivent survivre. Nous avons vu ce soir qu'une nouvelle menace plane et que dans les jours à venir, les Drenaïs auront de nouveau besoin de nous. Ce fut le cas par le passé, ça l'est aujourd'hui. L'un d'entre nous doit partir, assumer le rôle d'Abbé et lever un nouveau groupe de guerriers de la Source. Cet homme, c'est Katan, l'âme des Trente.

— Ce ne peut être moi, dit Katan. Je ne crois ni en la mort, ni au meurtre.

— C'est bien pour cela, rétorqua Decado. Tu es l'Élu. Il me semble que la Source nous choisit toujours pour accomplir des tâches contre nature. Pourquoi, je ne sais pas… mais Elle le sait.

» Je n'étais pas l'homme idéal pour devenir un chef. Et pourtant la Source m'a autorisé à voir Son Pouvoir. Je suis heureux. Nous allons lui obéir. À présent, Katan, dirige les prières pour la dernière fois.

Il y avait des larmes dans les yeux de Katan et en priant, une grande tristesse l'envahit. À la fin, il embrassa tous ses frères et s'en alla dans la nuit. Comment allait-il se débrouiller ? Où trouverait-il les nouveaux Trente ? Il monta sur son cheval et chevaucha sur les hauts plateaux en direction de la Vagria.

Sur une corniche au-dessus du camp des réfugiés, il vit le jeune Ceorl assis au bord du chemin. Il tira sur ses rênes et le cheval s'arrêta.

— Pourquoi es-tu là, Ceorl ?

— Un homme est venu me voir et m'a dit de me rendre ici – je devais vous attendre.

— Quel homme ?

— Un homme de rêve.

Katan s'installa à côté du garçon.

— Est-ce la première fois que cet homme vient te voir ?

— Cet homme-là, vous voulez dire ?

— Oui.

— C'est la première fois. Mais souvent, j'en vois d'autres – ils me parlent.

— Est-ce que tu peux faire des choses magiques, Ceorl ?

— Oui.

— Comme… ?

— Des fois, quand je touche des choses, je sais d'où elles viennent. Je vois des images. Et des fois, quand les gens sont en colère après moi, j'entends ce qu'ils pensent.

— Parle-moi de l'homme qui est venu te voir.

— Son nom est Abaddon. Il m'a dit qu'il était l'Abbé des Épées.

Katan inclina la tête et enfouit son visage dans ses mains.

— Pourquoi êtes-vous triste ? demanda Ceorl.

Katan prit une profonde inspiration et sourit.

— Je ne suis pas triste… Je ne le suis plus. Tu es le Premier, Ceorl. Mais il y en aura d'autres. Tu vas chevaucher avec moi et je t'apprendrai plein de choses.

— Est-ce que nous allons être des héros, comme l'homme noir ?

— Oui, dit Katan. Nous allons être des héros.

Les armées de Ceska arrivèrent à l'aube, marchant en rangs par dix, et menées par les cavaliers de la Légion. La longue colonne serpentait dans toute la plaine, se scindant en deux en arrivant au sommet du col de Magadon. Ananaïs était rentré une heure plus tôt avec Irit, Lake et une dizaine d'hommes seulement. À présent, il était accoudé aux remparts et il regardait la force ennemie se disperser pour planter les tentes. La moitié de l'armée continua sa route vers Tarsk.

Vingt mille vétérans restaient là. Mais il n'y avait encore ni signe de l'empereur ni de ses Unis.

Ananaïs plissa les yeux à cause du soleil levant.

— Je crois que c'est Darik – là, au milieu. Eh bien, c'est un compliment !

— Je ne crois pas que ça me ferait plaisir s'il avait beaucoup de compliments comme celui-là en réserve, grommela Irit. C'est un boucher !

— Plus que ça, mon ami, rétorqua Ananaïs, c'est un maître de guerre. Cela fait de lui un maître boucher.

L'espace d'un moment, les défenseurs regardèrent les préparatifs avec une fascination muette et macabre. Les wagons arrivèrent après l'armée. Des échelles vulgaires y étaient empilées ainsi que des grappins en fer, des cordages et des provisions.

Une heure plus tard, alors qu'Ananaïs dormait dans l'herbe, les Unis de Ceska marchèrent dans la plaine.

Un jeune guerrier réveilla le général assoupi qui se frotta les yeux et s'assit.

— Les bêtes sont arrivées, souffla l'homme.

En voyant sa peur, Ananaïs lui donna une claque sur l'épaule.

— T'en fais pas, mon gars ! Garde un bout de bois dans ta ceinture.

— Un bout de bois, monsieur ?

— Oui. S'ils arrivent trop près du mur, lance-leur le bout de bois et crie : « Va chercher ! »

La plaisanterie n'était pas du goût de l'homme, mais elle remonta le moral d'Ananaïs qui était toujours en train de rire en arrivant sur les remparts.

Decado était penché sur le bras en bois de l'arc géant quand Ananaïs le rejoignit. Le chef des Trente avait l'air hagard et vidé ; ses yeux étaient distants.

— Comment te sens-tu, Dec ? Tu as l'air fatigué.

— Je suis vieux, c'est tout, Masque Noir.

— Ah, ne commence pas avec ces imbécillités de Masque Noir ! J'aime bien mon nom.

— L'autre te va mieux, fit Decado en souriant.

Les Unis s'étaient installés derrière les tentes, formant un vaste cercle autour d'une tente en soie noire, isolée.

— C'est Ceska, déclara Ananaïs. Il ne veut pas prendre de risque.

— Il semble que nous allons avoir tous les Unis rien que pour nous, conclut Decado. Je ne les ai pas vus se séparer en deux groupes.

— C'est bien notre veine ! lâcha Ananaïs. Remarque, de leur point de vue, ça se tient. Peu importe le mur qu'ils prennent – qu'un seul tombe et nous sommes perdus.

— Tenaka sera ici dans cinq jours, lui rappela Decado.

— Nous ne serons pas là pour le voir.

— Peut-être, Ananaïs... ?

— Oui ?

— Non, rien. Quand crois-tu qu'ils vont attaquer ?

— Je déteste les gens qui font ça – qu'est-ce que tu *allais* dire ?

— Rien du tout.

— Mais, bon sang, quel est ton problème ? Tu as l'air plus triste qu'une vache malade !

Decado se força à rire.

— Oui… Plus je vieillis et plus je deviens sérieux. Ce n'est pas comme si on avait une raison de s'inquiéter – vingt mille guerriers et une bande de bêtes infernales.

— Tu as sans doute raison, lui accorda Ananaïs. Mais je tiens le pari que Tenaka les balaiera d'un coup de cuiller à pot.

— J'aimerais être là pour le voir, fit Decado.

— Si les souhaits étaient des océans, nous serions tous des poissons, dit Ananaïs.

Le grand guerrier s'en alla retrouver l'herbe et se réinstalla pour finir son somme. Decado s'assit sur les remparts et le regarda.

Était-il sage de cacher à Ananaïs que Tenaka était devenu le Khan du plus grand ennemi des Drenaïs ? Mais qu'est-ce que cela changerait s'il le lui disait ? Il avait confiance en Tenaka, et quand un homme comme Ananaïs accordait sa confiance, c'était plus résistant que de l'acier argenté. Il serait inconcevable pour Ananaïs que Tenaka le trahisse.

C'était de la bonté que de le laisser mourir avec sa foi intacte.

Ou peut-être pas ?

Est-ce qu'un homme n'avait pas le droit de connaître la vérité ?

— *Decado !* appela une voix dans son esprit.

C'était Acuas, et Decado ferma les yeux, se concentrant sur la voix.

— *Oui ?*

— *L'ennemi est arrivé à Tarsk. Il n'y a aucun signe des Unis.*

— *Ils sont tous ici !*

— *Alors nous allons venir vous rejoindre. D'accord ?*

— *Oui*, répondit Decado.

Il avait gardé huit prêtres avec lui à Magadon et envoyé les neuf autres à Tarsk.

—Nous avons fait comme vous l'avez suggéré, nous sommes entrés dans l'esprit d'une des bêtes, mais je ne pense pas que ce que nous y avons trouvé vous plaise.

—Dites-moi.

—Ce sont des Dragons! Ceska a commencé à les rassembler voilà une quinzaine d'années. Parmi les plus récents, il y en a qui ont été capturés quand le Dragon s'est reformé.

—Je vois.

—Est-ce que cela change quelque chose?

—Non, répondit Decado. *Cela ne fait qu'augmenter ma peine.*

—Je suis désolé. Est-ce que nous continuons toujours selon le plan?

—Oui. Es-tu sûr que nous devons être au contact?

—Je le suis, répondit Acuas. *Plus on sera près et mieux ce sera.*

—Les Templiers?

—Ils ont percé le mur de Vide. Nous avons failli y laisser Balan.

—Comment va-t-il?

—Il se remet. Avez-vous dit à Ananaïs pour Tenaka Khan?

—Non.

—C'est vous qui voyez.

—J'espère que j'ai raison. Venez aussi vite que possible.

En dessous, dans l'herbe, Ananaïs dormait d'un sommeil sans rêve. Valtaya l'aperçut et lui prépara un repas de bœuf braisé et de pain chaud. Elle le lui amena une heure plus tard, et ensemble ils marchèrent à l'ombre des arbres, où il put enlever son masque pour manger.

Elle ne pouvait pas le regarder manger, aussi alla-t-elle cueillir des fleurs. Quand il eut fini, elle retourna auprès de lui.

— Mets ton masque, lui dit-elle. Quelqu'un pourrait te voir.

Ses yeux bleus brûlèrent les siens, puis il détourna le regard et remit son masque.

— Quelqu'un vient de le faire, dit-il tristement.

Chapitre 22

Vers le milieu de l'après-midi, des trompettes résonnèrent dans le camp ennemi et quelque dix mille guerriers commencèrent à s'affairer consciencieusement autour des wagons – ils retiraient les échelles, attachaient les cordes aux grappins, fixaient des boucliers.

Ananaïs courut jusqu'au mur où Lake était penché sur l'arc géant, vérifiant les cordes et les nœuds.

L'armée s'aligna le long de la vallée. Le soleil se reflétait dans leurs lances et leurs épées. Des tambours donnèrent la cadence et l'armée se mit en marche.

Sur le mur, les défenseurs passèrent une langue sèche sur leurs lèvres et essuyèrent leurs paumes moites sur leur tunique.

Le lent martèlement des tambours résonna dans toutes les montagnes.

Puis la terreur s'empara des défenseurs, comme un raz-de-marée. Les hommes se mirent à hurler et sautèrent du mur, roulant dans l'herbe plus bas.

—Les Templiers ! hurla Decado. Ce n'est qu'une illusion.

Mais la panique continua à se répandre dans les rangs des hommes de Skoda. Ananaïs essaya de les rallier, mais sa propre voix tremblait de peur. De plus en plus d'hommes sautaient du mur tandis que les tambours se rapprochaient.

Des centaines d'hommes s'enfuyaient, mais ils s'arrêtèrent devant la femme en cotte de mailles qui leur barra le passage.

— Nous ne fuyons pas ! gronda Rayvan. Nous sommes Skoda ! Nous sommes les fils de Druss la Légende. Nous ne fuyons pas !

Elle dégaina une épée courte et se dirigea vers le mur. Il ne restait plus qu'une poignée d'hommes sur les remparts, et ils étaient tremblants et livides. Rayvan monta les marches et la peur s'empara d'elle alors qu'elle atteignait les créneaux.

Ananaïs tituba jusqu'à elle, lui tendant une main qu'elle accepta volontiers.

— Ils ne peuvent pas nous vaincre ! dit-elle à travers ses dents serrées, les yeux ronds.

Les hommes de Skoda se retournèrent et la virent se tenir avec un air de défi au milieu des remparts. Ils ramassèrent leur épée et revinrent sur leurs pas, repoussant le mur de peur qui se dressait devant eux.

Decado et les Trente luttèrent également, maintenant un bouclier autour de Rayvan.

Et la peur disparut !

Les guerriers de Skoda se ruèrent sur les murs, en proie à la colère. Honteux devant le courage qu'avait montré la guerrière qui les dirigeait, ils décidèrent de reprendre leur poste et de le tenir coûte que coûte ; la détermination se lisait sur leur visage.

Les tambours s'arrêtèrent. Une trompe sonna.

Dans un rugissement sauvage, les dix mille guerriers se lancèrent à l'assaut.

Lake et ses assistants armèrent les bras de leurs deux machines et remplirent les bols avec les billes de plomb. Lorsque les ennemis furent à cinquante pas, Lake leva la main. À quarante pas, il l'abaissa et appuya sur le levier. Le bras de bois siffla vers l'avant. La seconde machine l'imita peu après.

Le premier rang des ennemis fut fauché et un grand cri de joie monta des remparts. Les hommes de Skoda prirent leurs arcs et décochèrent volées de flèches sur volées de flèches pour arrêter les guerriers dans leur charge. Mais ceux-ci étaient bien protégés dans leurs armures et ils s'abritaient derrière des boucliers.

Des échelles furent posées contre le mur et des grappins passèrent par-dessus les remparts.

— C'est parti ! lâcha Ananaïs.

Le premier guerrier à atteindre les remparts mourut avec l'épée d'Ananaïs plantée en travers de la gorge. Il emporta dans sa chute l'homme qui était derrière lui.

Puis ils passèrent tous et la bataille se transforma en corps à corps.

Decado et les Trente combattirent ensemble, comme une unité, à la droite d'Ananaïs. Là, pas un guerrier ne put poser le pied sur les remparts.

Mais sur la gauche, les envahisseurs s'étaient taillé une brèche. Ananaïs chargea en plein milieu, taillant et coupant de toute part, hachant et tranchant. On aurait dit un lion parmi une meute de loups. Il se forgea un passage dans les rangs ennemis et les hommes de Skoda s'engouffrèrent à sa suite en hurlant de défi. Progressivement, ils repoussèrent les soldats. Au centre, Rayvan plongea sa lame dans la poitrine d'un guerrier, mais en tombant il donna un dernier coup d'épée qui la toucha à la joue. Elle tituba et un autre guerrier lui fonça dessus. En voyant sa mère en danger, Lake lança sa dague, dont le manche heurta l'homme derrière l'oreille. Il manqua de tomber et lâcha son épée. Rayvan l'acheva d'un coup porté des deux mains sur la nuque.

— Mère, va-t'en d'ici ! hurla Lake.

En entendant ce cri, Decado quitta les Trente et courut jusqu'à Rayvan qu'il aida à se relever.

— Lake a raison, dit-il. Vous êtes trop importante pour risquer votre vie ici !

— Derrière vous ! cria-t-elle en voyant un guerrier sauter par-dessus le mur, une hache à la main.

Decado tourna sur ses talons et exécuta un rapide mouvement vers l'avant. Son épée embrocha l'homme en pleine poitrine – puis elle se brisa. Deux autres guerriers arrivèrent en vue. Decado dut plonger pour récupérer la hache et se rétablit en faisant une roulade. Il bloqua un coup d'estoc et, d'un revers du plat de la hache, fit tomber le guerrier du mur. Le deuxième lança sa lame qui pénétra dans l'épaule de Decado, mais Lake, qui arrivait derrière en courant, enfonça son épée dans le crâne de l'attaquant.

Les assaillants reculèrent.

— Retirez les blessés du mur, cria Ananaïs. Ils vont revenir dans un instant.

Ananaïs se déplaça le long du rempart, inspectant rapidement les blessés et les morts. Une centaine d'hommes, au moins, ne pourrait plus se battre. Encore une dizaine d'attaques comme celle-ci et c'en était fini d'eux.

Galand se fraya un chemin depuis la gauche pour rencontrer Ananaïs vers le centre.

— Nous aurions bien besoin d'un millier d'hommes supplémentaire et d'un mur un peu plus haut, fit-il amèrement.

— Ils se sont bien battus. Il y aura moins de pertes la prochaine fois. Les plus faibles sont tombés lors du premier assaut.

— C'est tout ce qu'ils représentent pour vous ? cracha Galand. Une unité avec des épées, certains bons, certains mauvais ?

— Ce n'est pas le moment de parler de ça, Galand.

— Vous me dégoûtez !

— Je sais que la mort de Parsal…

— Laissez-moi tranquille ! dit Galand en le poussant pour passer.

— Qu'est-ce qui se passe ? demanda Irit, en tendant à Ananaïs une miche de pain fourrée au fromage.

Ananaïs n'avait pas avalé sa première bouchée que les tambours résonnèrent de nouveau.

Cinq attaques furent lancées et repoussées avant la tombée de la nuit, ainsi qu'une attaque nocturne, infligeant des pertes très lourdes aux Drenaïs.

Ananaïs resta sur le mur jusqu'à deux heures avant l'aube. Decado lui affirma qu'il n'y avait plus d'attaque prévue et le général s'éloigna finalement des remparts. Valtaya avait une chambre dans l'hôpital, mais il résista à l'envie d'aller la voir ; au lieu de cela, il alla au milieu des arbres et s'endormit sur une butte herbeuse.

Quatre cents hommes avaient été retirés du champ de bataille ; l'hôpital était encombré de blessés et l'on avait dû en étendre dehors, autour du bâtiment, dans des couvertures posées sur l'herbe. Ananaïs avait demandé des renforts, et deux cent cinquante hommes de réserve arrivèrent.

Par Acuas, il apprit que les pertes avaient été plus légères à Tarsk, mais qu'il n'y avait eu que trois attaques seulement. Turs, le jeune guerrier qui menait les troupes de Tarsk, s'était franchement bien débrouillé.

À présent il était évident que l'offensive principale se ferait contre Magadon. Ananaïs espérait que les Unis ne seraient pas encore envoyés le lendemain, mais au fond de son cœur, il savait que si.

De l'autre côté de l'hôpital, un jeune guerrier se retourna dans son sommeil, victime d'un cauchemar. Soudain, son corps se raidit et un cri étranglé mourut dans sa bouche. Ses yeux s'ouvrirent et il s'assit, cherchant son couteau. Il retourna la lame et l'enfonça doucement dans sa poitrine, entre les côtes, jusqu'à ce qu'il atteigne le cœur. Puis il retira le couteau et se leva. Aucun sang ne coulait de la blessure…

Lentement, il marcha vers l'hôpital et regarda par la fenêtre ouverte. À l'intérieur, Valtaya travaillait malgré la nuit, essayant de sauver un maximum de blessés.

Il s'éloigna de la fenêtre et partit dans les bois un peu plus loin, où deux cents réfugiés avaient planté leurs tentes. Près d'un feu de camp, Rayvan était assise avec un bébé dans les bras. Elle parlait avec trois femmes.

Le mort marcha vers elles.

Rayvan leva les yeux et le vit – elle le connaissait bien.

— Tu n'arrives pas à dormir, Oranda ?

Il ne répondit pas.

C'est alors que Rayvan vit le couteau et elle plissa ses yeux. Quand l'homme s'agenouilla à côté d'elle, elle le regarda droit dans les yeux. Ils étaient vides, morts, et ils lui renvoyaient son regard sans la voir.

Le couteau jaillit et Rayvan se jeta de côté, orientant son corps de manière à protéger le bébé endormi ; la lame lui racla les côtes. Elle laissa rouler l'enfant et para le deuxième coup avec son avant-bras, puis elle décocha un direct du droit dans le menton de l'homme. Il tomba mais se redressa aussitôt. Rayvan se leva. Les autres femmes se mirent à hurler et le bébé commença à crier. Comme le cadavre avançait, Rayvan recula ; elle pouvait sentir le sang couler sur sa cuisse. Puis un homme arriva en courant, un marteau de forgeron dans les mains, qu'il abattit d'un grand coup sur la tête du mort. Le crâne se fendit, mais aucune expression n'apparut sur le visage.

Une flèche se planta dans la poitrine du mort ; il ne fit qu'y jeter un regard distrait et l'arracha. Galand s'interposa juste au moment où le cadavre rattrapait Rayvan. Il leva son couteau mais Galand lui envoya un grand coup d'épée ; le bras du cadavre vola dans les airs. Le mort tituba... et tomba.

— Ils tiennent vraiment à vous tuer, dit Galand.

— Ils veulent nous tuer tous, répondit Rayvan.

— Demain, leur vœu sera accompli, lui fit-il remarquer.

Valtaya finit de recoudre l'entaille de vingt centimètres sur la hanche de Rayvan, puis elle versa de l'onguent sur la blessure.

— Cela empêchera de laisser une vilaine cicatrice, expliqua Valtaya, recouvrant la blessure avec de la gaze.

— Je m'en moque bien, dit Rayvan. Quand on arrive à mon âge, les gens ne remarquent plus une cicatrice sur les hanches – si tu vois ce que je veux dire.

— Sornettes ! Vous êtes une très belle femme.

— C'est bien le problème. Les hommes qui remarquent les belles femmes sont très rares. Tu es l'amante de Masque Noir, c'est ça ?

— Oui.

— Tu le connais depuis longtemps ?

— Non, pas très longtemps. Il m'a sauvé la vie.

— Je vois.

— Vous voyez quoi ?

— Tu es une gentille fille, mais peut-être que tu paies ta dette un peu cher.

Valtaya s'assit à côté du lit et se frotta les yeux. Elle était fatiguée, trop fatiguée pour dormir.

— Est-ce que vous portez toujours un jugement aussi rapide sur les gens que vous rencontrez ?

— Non, répondit Rayvan, s'asseyant doucement, sentant que les points la tiraient. Mais l'amour se voit dans le regard, et une femme sait lorsqu'une autre est amoureuse. Quand je t'ai interrogée sur Masque Noir, tes yeux n'ont exprimé que de la tristesse. Et puis, tu as dit qu'il t'avait sauvé la vie. Ce n'était pas sorcier d'arriver à ma conclusion…

— Est-ce mal de vouloir rembourser quelqu'un ?

— Non, ce n'est pas mal – surtout en ce moment. De toute façon, c'est un homme bien.

— Je lui ai fait du mal, dit Valtaya. Je ne voulais pas. J'étais fatiguée. La plupart du temps, j'essaie de ne pas penser à son visage, mais là je lui ai dit de remettre son masque.

— Lake a vu un bout de son visage un jour qu'il n'avait pas son masque. Il m'a dit qu'Ananaïs était affreusement défiguré.

— Il n'a plus de visage, répondit Valtaya. Le nez et la lèvre supérieure ont été arrachés, et ses joues sont en lambeaux. Il y a une cicatrice qui ne veut pas guérir et qui laisse suinter du pus. C'est une horreur ! Il a l'air d'un cadavre. J'ai essayé… Je n'y arrive pas…

Des larmes coulèrent sur ses joues et les mots moururent dans sa gorge.

— Ne pense pas à toi en mal, ma fille, fit doucement Rayvan en s'inclinant pour lui tapoter dans le dos. Tu as *essayé* – la plupart des femmes n'auraient même pas fait ça.

— J'ai honte de moi. Une fois, je lui ai dit qu'un visage n'était pas un homme. C'était l'homme que j'essayais d'aimer, mais le visage revenait me hanter sans cesse.

— Tu n'as rien à te reprocher. La réponse est dans tes mots – l'homme que tu as *essayé* d'aimer. Tu as voulu trop en faire.

—Mais il est si noble et si tragique. Il était le Guerrier Doré… Il avait tout.

—Je sais. Et il était orgueilleux.

—Comment pouvez-vous savoir ça ?

—Ce ne serait pas étonnant, vu son histoire : le fils d'un riche patricien qui devient un général du Dragon. Et puis tout d'un coup, qu'est-ce qui se passe ? Il entre dans l'arène et tue des gens pour attiser l'excitation de la foule. La plupart des hommes qu'il a tués étaient des prisonniers, forcés de combattre et de mourir. Ils n'avaient pas le choix. Lui, si. Mais voilà, il ne pouvait pas rester éloigné des applaudissements. Il n'y a rien de noble là-dedans. Les hommes ! Qu'est-ce qu'ils savent de la vie ? Ils ne grandiront jamais.

—Vous êtes très dure avec lui – il est prêt à mourir pour vous !

—Pas pour moi. Pour lui. Il cherche à se venger.

—Ce n'est pas juste !

—La vie n'est pas juste, dit Rayvan. Mais ne t'y trompe pas, je l'aime beaucoup. Je l'aime énormément. C'est un homme bon. Mais les hommes ne sont pas divisés en deux groupes, l'un fait d'or et l'autre de plomb. Non, ils sont un mélange des deux.

—Et les femmes ? demanda Valtaya.

—De l'or pur, ma fille, répondit Rayvan avant de glousser.

Valtaya sourit.

—Voilà qui est mieux ! lança Rayvan.

—Comment faites-vous ? Pour rester forte ?

—Je fais semblant.

—Non, ce n'est pas vrai. Vous avez renversé le cours du combat aujourd'hui – vous étiez magnifique.

—C'était facile. Ils ont tué mon mari et mes fils, il ne me reste plus rien pour souffrir. Mon père disait qu'on ne peut pas arrêter un homme qui sait qu'il a raison. Au début je croyais que c'étaient des idioties. Une flèche dans l'estomac arrête n'importe qui. Mais maintenant j'ai compris ce qu'il voulait dire. Ceska est contre nature, il est comme une tempête de neige en plein juillet. Il ne pourra pas triompher tant que des gens s'opposeront à lui. La nouvelle qu'une rébellion a éclaté à Skoda est en train de se répandre dans tout l'empire, et bientôt d'autres groupes vont se soulever. Des régiments vont se mutiner, des hommes honnêtes vont prendre leurs épées. Il ne peut pas gagner.

—Il peut gagner ici.

—Cela ne sera que de courte durée.

—Ananaïs est persuadé que Tenaka Khan va revenir avec une armée nadire.

—Je sais, fit Rayvan. Je n'aime pas trop cette idée.

Dans la chambre d'à côté, Decado était allongé, les yeux ouverts. Sa blessure à l'épaule le faisait souffrir. Il sourit en entendant les paroles de Rayvan.

On ne peut pas tromper une telle femme, pensa-t-il.

Il contempla le plafond en bois, essayant d'ignorer la douleur. Il était en paix. Katan était venu à lui, lui parlant du garçon, Ceorl, et Decado avait failli pleurer. Tout s'emboîtait parfaitement. La mort ne lui faisait plus peur.

Decado se mit sur son séant. Son armure était posée sur une table à sa droite. L'armure de Serbitar.

Les Trente de Delnoch.

On racontait que Serbitar avait été en proie à une multitude de doutes. Decado espérait qu'à la fin, il avait résolu ses doutes. C'était bon de *savoir*. Il se demanda comment il avait pu rester si longtemps aveugle face à la vérité, alors que les faits brillaient devant ses yeux comme du cristal écarlate.

Ananaïs et Tenaka, qui se retrouvaient tous les deux comme attirés par les casernes du Dragon. Scaler et Païen. Decado et les Trente. Rayvan.

Chacun symbolisait un fil de cette toile d'intrigue et de magie. Et qui savait combien de fils avaient une semblable importance ?

Valtaya, Renya, Galand, Lake, Parsal, Irit, Turs ?

Païen avait été attiré depuis un pays lointain pour sauver un enfant spécial. Mais qui l'enfant allait-il sauver ?

Des toiles derrière des toiles, derrière des toiles…

Peut-être que les événements n'étaient finalement que des liens. La légendaire bataille de Dros Delnoch n'avait peut-être pour but que la création de Tenaka Khan. Et Scaler. Et le Dragon.

C'était trop vaste pour Decado.

La douleur dans son épaule le lança une fois de plus et, comme elle le submergeait, il grogna.

Demain, la douleur s'arrêterait.

Avec l'aube, ce furent trois attaques qui s'enchaînèrent. Durant la dernière, la ligne de défense manqua de céder, mais Ananaïs, armé de deux épées, se jeta sur les envahisseurs dans une transe berserk, hachant et tranchant tout ce qui était à portée. Comme les ennemis étaient repoussés, une unique sonnerie de clairon retentit dans le camp ennemi et les Unis se rassemblèrent. Ils étaient cinq mille.

Les bêtes avancèrent à grandes enjambées et les hommes de la Légion battirent en retraite pour laisser le champ libre à l'avancée des Unis.

Ananaïs déglutit avec peine et regarda le long du mur à droite et à gauche. Le moment tant redouté était arrivé. Mais les hommes de Skoda ne semblaient pas faillir, et il se sentit fier.

— Il y aura un bon tapis de fourrure pour chacun d'entre nous ce soir ! beugla-t-il.

Des rires sinistres accueillirent sa plaisanterie.

Les bêtes attendirent que les Templiers Noirs se rassemblent au milieu d'elles – ils émettaient mentalement des images de sang et de carnage pour enflammer la nature bestiale des Unis.

Le hurlement commença à retentir.

Sur le mur, Decado appela Balan. Le prêtre aux yeux noirs approcha et s'inclina d'une façon formelle.

— Le moment est presque venu, dit Decado.

— Oui.

— Tu resteras derrière.

— Quoi ? fit Balan, étonné. Pourquoi ?

— Parce qu'ils vont avoir besoin de toi. Pour garder le lien avec Tarsk.

— Je ne veux pas rester seul, Decado !

— Tu ne seras pas seul. Nous serons tous avec toi.

— Non, tu es en train de me punir !

— Ce n'est pas ça. Reste à côté d'Ananaïs et protège-le de ton mieux. Ainsi que la femme, Rayvan.

— Que quelqu'un d'autre reste. Je suis le plus mauvais d'entre nous – le plus faible. J'ai besoin de vous autres. Vous ne pouvez pas me laisser derrière.

— Aie la foi, Balan. Et obéis-moi.

Le prêtre descendit des remparts à moitié chancelant et courut se réfugier dans les bois.

Dans la plaine, le hurlement s'amplifia dans un crescendo terrible.

— Maintenant ! cria Decado.

Les dix-sept prêtres guerriers glissèrent de l'autre côté des remparts et atterrirent sur le sol. Ils marchèrent vers les bêtes qui n'étaient plus qu'à quelques centaines de pas.

— Par le ciel ? s'exclama Ananaïs. Decado !

Les Trente avancèrent étalés sur une seule ligne, leurs capes blanches flottant sous la brise, l'épée à la main.

Les bêtes chargèrent ; les Templiers coururent derrière elles, les encourageant par des rafales mentales d'une puissance effrayante.

Les Trente tombèrent à genoux.

Le chef des Unis, une bête énorme de presque deux mètres cinquante de haut, tituba sous le choc de la vision. De la pierre. De la pierre froide. Sculptée.

Du sang, du sang frais, qui coulait d'un morceau de viande salée.

La bête se remit à courir.

De la pierre. De la pierre froide. Des ailes.

Du sang.

De la pierre.

Des ailes. Des ailes sculptées.

Trente pas, à peine, séparaient les bêtes des Trente. Ananaïs ne pouvait plus soutenir la scène et il détourna le regard.

Le chef des Unis tomba sur les guerriers en armure d'argent qui étaient agenouillés devant lui.

De la pierre. De la pierre sculptée. Des ailes. Des hommes qui marchent. De la pierre…

La bête hurla.

Un dragon. Le dragon de pierre. MON DRAGON !

Sur toute la rangée, les Unis ralentirent. Le hurlement s'estompa. L'image grandit en puissance. Des souvenirs enfouis depuis longtemps luttaient pour refaire surface. La douleur, une terrible douleur brûlait dans ces corps gigantesques.

Les Templiers redoublèrent d'efforts, envoyant des décharges fulgurantes en direction des bêtes. Un Uni se retourna et donna un grand coup de serres qui arracha la tête d'un Templier.

L'Uni colossal qui menait les autres s'arrêta devant Decado ; sa grosse tête pendait, et sa langue aussi. Decado leva les yeux. Il maintint l'image dans l'esprit de la bête, et la tristesse dans ses yeux. Elle *savait.* Son bras vint frapper contre sa propre poitrine. La langue pendit pour former un seul mot que Decado arriva à comprendre :

— Baris. Moi Baris !

La bête se retourna et courut vers les Templiers en hurlant. D'autres Unis le suivirent et les Templiers se figèrent, incapables de comprendre ce qui leur arrivait. Et les bêtes fondirent sur eux. Mais tous les Unis n'étaient pas des anciens du Dragon et des dizaines d'entre eux s'affrontèrent dans la confusion, jusqu'à ce que l'un d'entre eux repère les guerriers en armure d'argent et se concentre dessus.

Il passa à l'attaque, suivi par une dizaine de ses compagnons.

Dans leur état de transe, les Trente étaient sans défense. Seul Decado avait le pouvoir de bouger… et il n'en fit rien. Les Unis leur sautèrent dessus en grondant.

Decado ferma les yeux et sa douleur s'estompa.

Les Templiers tombèrent par centaines tandis que les bêtes ravageaient à présent le camp. L'Uni géant qui fut autrefois Baris, le Seigneur du Dragon, bondit sur Maymon qui essayait de s'enfuir. D'un coup de dents, il lui arracha un bras. Maymon hurla, mais un coup vif donné par une patte énorme lui emporta le visage, noyant son hurlement dans le sang.

Baris bondit sur ses pieds et courut vers la tente de Ceska.

Darik lui lança un javelot qui se ficha dans sa poitrine, mais il n'avait pas pénétré profondément : l'Uni retira l'arme et chargea de nouveau.

—À moi, la Légion ! glapit Darik.

Des archers criblèrent la bête de flèches, mais cela ne l'arrêta pas.

Partout sur le champ de bataille, des Unis s'écroulaient, hurlant leur agonie.

Pourtant, Baris continuait à avancer. Darik regarda ébahi l'Uni gigantesque qui rapetissait devant lui à vue d'œil. Une flèche transperça la poitrine de la bête, qui tituba. C'est alors que Darik s'élança pour plonger son épée dans le dos de l'Uni. Celui-ci essaya de rouler sur lui-même… et mourut. Darik le retourna du bout du pied. La bête frémissait encore, il la poignarda une fois de plus. Mais il se rendit compte que ses mouvements n'avaient rien à voir avec la vie – en fait, la bête reprenait forme humaine. Il s'en alla.

Les bêtes mouraient à travers la plaine – toutes, à part le petit groupe qui éventrait les guerriers d'argent responsables de ce chaos.

Ceska était assis dans sa tente. Darik entra et s'inclina.

—Les bêtes sont mortes, sire.

—J'en referai d'autres, dit Ceska. Emparez-vous de ce mur !

Scaler baissa les yeux sur le Templier mort. Deux guerriers sathulis couraient pour rattraper son cheval pendant que Magir arrachait la flèche plantée dans la gorge du cadavre. Il enfonça un bout de tissu dans la plaie pour arrêter le sang.

Rapidement, ils défirent le plastron noir de l'homme et le lui ôtèrent. Scaler nettoya les taches de sang sur les boucles. Deux guerriers continuèrent à déshabiller le Templier tandis que Scaler ouvrait une pochette en cuir cachée dans le plastron. À l'intérieur, se trouvait un parchemin, scellé avec l'emblème des Loups. Scaler le remit dans la pochette.

— Cachez le corps, dit-il, et il courut se réfugier dans les bois.

Depuis trois jours ils avaient attendu qu'un messager passe sur la route déserte qui traversait Skultik. Magir l'avait abattu d'une seule flèche – c'était un bon tireur.

De retour au camp, Scaler examina le sceau. La cire était verte et marbrée ; il n'y avait rien de pareil chez les Sathulis. Il envisagea d'ouvrir le parchemin, puis le remit dans la pochette.

Des éclaireurs sathulis lui avaient apporté des nouvelles de Tenaka Khan. Il était à moins d'un jour de la forteresse, et le plan de Scaler devait prendre effet immédiatement.

Il se dirigea vers l'armure et essaya de l'enfiler. Elle était un peu trop grande. Il la retira et perça les sangles en cuir avec la pointe de sa dague afin d'ajuster les boucles. C'était mieux.

Le heaume lui allait bien, mais Scaler aurait été plus heureux si l'homme n'avait pas été un Templier. On disait qu'ils pouvaient communiquer par la pensée. Il espérait qu'il n'y avait pas de Templiers à Delnoch.

— Quand est-ce que tu y vas ?

— Ce soir. Après minuit.

— Pourquoi si tard ?

— Avec un peu de chance, le commandant sera en train de dormir quand j'arriverai. Comme ça, il sera dans un demi-sommeil et moins enclin à m'interroger.

— Tu prends un grand risque, Seigneur Comte.

— Inutile de me le rappeler.

— J'aurais préféré fondre sur la forteresse avec dix mille tulwars.

— Oui, concéda Scaler, mal à l'aise. Ç'aurait pu être bien. Enfin, peu importe !

— Tu es un homme étrange, mon Seigneur. Toujours à plaisanter.

— La vie est trop triste, Magir. Il faut chérir le rire.

— Comme l'amitié, ajouta le Sathuli.

— Tout juste.

— Est-ce que c'était difficile d'être mort ?

— Pas aussi difficile que de vivre sans espoir.

Magir acquiesça solennellement.

— J'espère que cette aventure n'est pas vaine.

— Pourquoi le serait-elle ?

— Je ne fais pas confiance au Nadir.

— Tu es un homme suspicieux, Magir. J'ai confiance en Tenaka Khan. Quand j'étais enfant, il m'a sauvé la vie.

— Alors lui aussi, il est né une deuxième fois ?

— Non.

— Je ne comprends pas.

— Je ne suis pas sorti de la tombe adulte, Magir. D'abord, j'ai dû grandir comme n'importe quel enfant.

— Il y a beaucoup de choses que je ne comprends pas. Mais nous en parlerons un autre jour. Maintenant, il est temps de se préparer.

Scaler opina, surpris par sa propre stupidité. Comme il était facile pour un homme de se trahir.

Magir regarda Scaler mettre l'armure noire. Il se posait des questions. Il n'était pas stupide et sentait bien que le comte n'était pas à l'aise. Il savait que tout n'était pas tel qu'il l'avait cru. Et pourtant, l'esprit de Joachim lui avait fait confiance.

Cela devait suffire.

Scaler serra fermement la selle sur la jument noire et l'enfourcha, accrochant le heaume au pommeau.

—Au revoir, mon ami, dit-il.

—Que le dieu de la chance soit avec toi, répondit Magir.

Scaler éperonna la jument et celle-ci partit entre les arbres. Il chevaucha pendant une heure, jusqu'à ce que les portes sud de Delnoch apparaissent devant lui. Le grand mur barrait tout le col. Cela faisait longtemps qu'il n'avait pas été chez lui.

Deux sentinelles saluèrent lorsqu'il passa sous la herse, puis il tourna à gauche en direction des portes de la ville. Un soldat approcha et prit les rênes pendant qu'il mettait pied à terre.

Scaler avança et une autre sentinelle vint à sa rencontre.

—Conduis-moi au gan, ordonna Scaler.

—Gan Paldin dort, monsieur.

—Alors réveille-le! lâcha hargneusement Scaler, gardant une voix froide et sinistre.

—À vos ordres, monsieur. Si vous voulez bien me suivre, monsieur.

Il mena Scaler à travers un couloir éclairé par des torches, puis dans le Grand Hall des Héros, bordé de statues. Puis ils montèrent l'escalier de marbre qui menait aux quartiers de Paldin. Dans le temps, ils avaient appartenu au grand-père de Scaler. La sentinelle gratta plusieurs fois à la porte avant qu'une voix ensommeillée réponde; la porte s'ouvrit d'un coup. Gan Paldin avait enfilé un peignoir en laine. C'était un petit homme entre deux âges, avec de grands yeux protubérants. Scaler le détesta immédiatement.

—Est-ce que cela n'aurait pas pu attendre? demanda Paldin avec irritation.

Scaler tendit le parchemin et Paldin l'ouvrit pour le lire en vitesse.

— Eh bien, dit-il, c'est tout ? Ou y a-t-il un message personnel ?

— J'ai un autre message, mon Seigneur. De l'empereur lui-même. Il attend de l'aide du Nord et vous devrez permettre au général nadir qui se présentera de passer les portes. Vous comprenez ?

— Étrange, murmura Paldin. Les laisser passer, c'est ça ?

— C'est exact.

Paldin se retourna d'un mouvement rapide et dégaina une dague qui se trouvait sur sa table de chevet. La dague siffla et se retrouva contre la gorge de Scaler.

— Alors vous allez peut-être pouvoir m'expliquer ce que signifie ce message ? dit-il, en tenant le parchemin pour que Scaler puisse le lire.

« Une armée nadire arrive. Tenez bon. Ceska. »

— Je n'ai pas l'intention de rester ainsi avec une dague sur la gorge très longtemps, fit Scaler d'un ton irrité. Je ne tiens pas à tuer un général. Retirez-la immédiatement – ou soyez prêt à affronter la furie d'un Templier.

Paldin pâlit et retira sa dague. La sentinelle avait dégainé son épée et se tenait derrière Scaler.

— Bien, dit ce dernier. À présent, relisons ce message. Vous constaterez qu'il dit : « Une armée nadire arrive. » C'est bien pour ça que je suis venu vous voir. « Tenez bon » fait référence aux rebelles et à ces damnés sathulis. Ce que l'empereur attend de vous, c'est que vous lui obéissiez. Il a besoin des Nadirs – vous comprenez ?

— Ce n'est pas très clair.

— C'est clair pour moi, cracha Scaler. L'empereur a négocié un traité avec les Nadirs. Ils envoient des forces pour l'aider à écraser les rebelles, ici et ailleurs.

— Je dois demander une confirmation, argumenta Paldin.

— Vraiment ? Vous refusez donc de vous soumettre aux ordres de l'empereur ?

— Pas du tout. Je suis loyal, je l'ai toujours été. C'est simplement que cet ordre n'était pas prévu.

— Je vois. Vous reprochez à l'empereur de ne pas vous avoir tenu informé de ses plans ?

— Ne me faites pas dire ce que je n'ai pas dit.

— Est-ce que j'ai l'air d'un imbécile, Paldin ?

— Non, c'est…

— Quel genre d'imbécile serais-je, pour venir ici avec une lettre qui ferait de moi un menteur ?

— Oui, je vois ce que…

— Eh bien, il n'y a que deux possibilités. Je suis un imbécile ou… ?

— J'ai compris, marmonna Paldin.

— Néanmoins, dit Scaler, mettant un peu de gentillesse dans son ton, votre prudence était justifiée. J'aurais pu être un traître.

— Exactement.

— Par conséquent, je vous autorise à envoyer un message de confirmation.

— Merci.

— De rien. Vous avez de beaux appartements, ici ?

— Oui.

— Les avez-vous fouillés consciencieusement ?

— Pour quel motif ?

— Je ne sais pas, des endroits où des espions pourraient se cacher pour nous écouter.

— Il n'y a pas de tels endroits, ici.

Scaler sourit et ferma les yeux.

— Je vais chercher pour vous, dit-il.

Gan Paldin et la sentinelle se tinrent immobiles et silencieux en voyant Scaler pivoter sur lui-même. Il pointa le doigt.

— Là ! dit-il, et Paldin sursauta.

— Où ?

Scaler ouvrit les yeux.

— Là, à côté de la cloison. Un passage secret !

Il alla jusqu'au panneau en chêne et appuya sur un bouton. La cloison glissa et révéla un passage étroit avec des escaliers.

— Vous devriez être plus prudent, dit Scaler. Je crois que je vais dormir, à présent. Je partirai demain avec votre message. Ou préférez-vous envoyer un autre messager ce soir même ?

— Euh... non ! s'exclama Paldin en regardant dans le conduit tapissé de toiles d'araignées. Comment avez-vous fait ça ?

— Ne doutez jamais du pouvoir de l'Esprit ! clama Scaler.

Chapitre 23

Ananaïs descendit du mur et rejoignit Irit, Lake et Galand sur l'herbe. On avait sorti des carafes de vin et des assiettes de viande, et le groupe mangea en silence, pris d'une grande lassitude. Ananaïs n'avait pas voulu regarder quand son vieil ami s'était fait mettre en pièces, mais il s'était retourné juste à temps pour voir le pouvoir des Templiers se faire balayer par la terrible férocité des bêtes agonisantes.

Après cela, la Légion était revenue à la charge, mais avec moitié moins d'entrain. Elle fut repoussée avec une grande facilité. Darik annonça une pause, le temps qu'on enlève tous les cadavres : cinq mille Unis, trois cents Templiers et un bon millier de soldats étaient morts durant ces quelques minutes abominables.

Ananaïs vit Balan assis seul, près des arbres ; il prit une carafe de vin et le rejoignit. Balan portait toute la misère du monde sur le visage. Il était assis, la tête penchée, fixant inlassablement le sol. Ananaïs s'assit à côté de lui.

— Raconte-moi ! ordonna-t-il.

— Il n'y a rien à raconter, répondit le prêtre. Ils ont donné leur vie pour vous.

— Qu'ont-ils fait ?

— Je ne peux pas vous le décrire, Masque Noir. Mais, en gros, ils ont projeté une image dans l'esprit de ces bêtes.

L'image a réveillé la part d'humanité en eux – et cela les a déchirés.

—Ils ne pouvaient pas le faire du haut des murs ?

—Si, peut-être. Mais plus on est proche d'un homme, plus l'emprise sur lui est forte. Il fallait qu'ils soient très près pour en être sûrs.

—Et maintenant, il ne reste plus que toi.

—Oui. Il n'y a plus que Balan !

—Que se passe-t-il à Tarsk ?

—Je vais aller voir pour vous, répondit Balan en fermant les yeux.

Quelques instants après, il les rouvrit.

—Tout se passe bien. Le mur tient.

—Combien d'hommes ont-ils perdu ?

—Trois cents ne pourront plus se battre. Mais seulement cent quarante sont morts.

—*Seulement*, grommela Ananaïs. Je te remercie.

—Ne me remerciez pas, dit Balan. Tout ce qui se rapporte à cette entreprise insensée me dégoûte.

Ananaïs le laissa et s'aventura dans les bois, retirant son masque pour permettre à l'air frais de soulager sa peau qui le brûlait. Il s'arrêta au bord d'un ruisseau et y plongea la tête. Puis il but longuement. Rayvan le vit et l'appela pour lui donner le temps de remettre son masque.

—Comment cela se passe-t-il ? demanda-t-elle.

—Mieux que nous l'espérions. Mais plus de quatre cents hommes sont morts sur chaque mur. Et au moins quatre cents ne pourront plus jamais se battre.

—Cela nous en laisse combien ?

—Près de trois cents ici. Cinq cents à Tarsk.

—Peut-on tenir ?

—Qui diable le saurait ? Un jour ? Deux ?

—Il nous manquera toujours un jour, déclara Rayvan.

— Oui. C'est excitant, n'est-ce pas ?

— Vous avez l'air fatigué. Allez vous reposer.

— J'y vais, ma dame. Comment vont vos blessures ?

— La cicatrice sur mon visage va mettre en valeur le reste de mes attributs. Ma hanche est toujours douloureuse.

— Vous vous en êtes bien sortie.

— Dites-le à ceux qui sont morts.

— Je n'en ai pas besoin, répondit Ananaïs, ils sont morts pour vous.

— Que ferez-vous si nous gagnons, Masque Noir ?

— Drôle de question, vu les circonstances.

— Pas du tout. Qu'allez-vous faire ?

— Rester un soldat, je présume. Reformer le Dragon.

— Et vous marier ?

— Personne ne voudrait de moi. Je ne suis pas très joli à voir sous ce masque.

— Montrez-moi ! dit-elle.

— Pourquoi pas ?

Il retira son masque.

— Oui, dit-elle, c'est effrayant. Je suis surprise que vous ayez survécu. La marque des crocs descend presque jusqu'à votre gorge.

— Ça ne vous dérange pas si je remets mon masque ? Je me sentirai plus à l'aise.

— Pas du tout. Il paraît que vous étiez le plus bel homme de tout l'empire.

— C'est vrai, ma dame. En ce temps-là, vous en seriez tombée à la renverse.

— Cela ne veut pas dire grand-chose. J'ai toujours eu du mal à dire non… Et ça, c'était avec les hommes laids. J'ai même couché avec Irit, une fois, mais je ne crois pas qu'il s'en souvienne. C'était il y a trente ans – avant que je me marie, je tiens à le préciser.

— Vous deviez être très jeune.

— Quelle galanterie ! Mais oui, c'est vrai, j'étais jeune. Nous sommes dans les montagnes, Masque Noir, et il n'y a pas beaucoup de distractions. Mais dites-moi, aimez-vous Valtaya ?

— Cela ne vous regarde pas, répondit-il sèchement.

— C'est vrai. Mais répondez-moi quand même.

— Oui, je l'aime.

— Alors, ce que je vais dire va certainement vous faire mal, Ananaïs…

— Je me demandais aussi où vous vouliez en venir.

— À ceci : si vous l'aimez, quittez-la.

— C'est elle qui vous a demandé de venir me voir ?

— Non. Mais elle est perdue, désemparée. Je ne crois pas qu'elle vous aime. Je crois qu'elle a juste de la gratitude pour vous, et qu'elle essaie de vous la témoigner à sa manière.

— Ces temps-ci, je me contente de ce que je peux, dit-il amèrement.

— Je ne crois pas que ce soit vrai.

— Laissez-moi seul, Rayvan. S'il vous plaît !

Une fois Rayvan partie, Ananaïs s'assit et resta seul pendant quelques heures, incapable de s'endormir. Dans sa tête, il revécut tous ses triomphes, mais bizarrement ses souvenirs ne le satisfaisaient plus. La foule en délire, les femmes qui succombaient, les hommes envieux – il se demanda s'il avait réellement pris plaisir à tout cela.

Où étaient les fils qu'il aurait dû avoir ?

Où était la femme de son cœur ?

Valtaya ?

Sois honnête avec toi-même. As-tu jamais vraiment aimé Valtaya ? Si tu étais toujours le Guerrier Doré, lui aurais-tu accordé ne serait-ce qu'un regard ? L'aube pointa sur le ciel oriental. Ananaïs gloussa, puis fut pris d'un fou rire.

Oh, et puis à quoi bon ? Il avait pleinement vécu sa vie d'homme.

Pas la peine de se morfondre en regrets morbides. Le passé était une bête morte, et le futur, une épée sanglante dans les plaines de Skoda.

Tu approches la cinquantaine, se dit-il, *et tu es toujours fort. Les hommes te suivent. Le peuple drenaï a besoin de toi. Ton visage a peut-être disparu, mais tu sais qui tu es.*

Ananaïs, le Guerrier Doré.

Masque Noir, le Fléau de Ceska.

Une sonnerie retentit. Ananaïs se leva et retourna aux remparts.

Cela faisait trois nuits que Renya ne dormait pas, furieuse et dubitative quant à ce qu'elle allait faire. Les murs de sa petite tente l'étouffaient et la chaleur devenait oppressante. Depuis deux jours, les Nadirs s'étaient préparés à la guerre ; ils amassaient des provisions et choisissaient leurs poneys avec attention. Tenaka avait désigné deux maîtres de guerre pour l'accompagner, Ingis et Murapi. Renya l'avait appris de Subodaï, car pas un mot n'avait été échangé entre elle et Tenaka depuis la veille de la Quête Chamanique.

Elle s'assit, jetant sa couverture en peau de chèvre. Elle était fatiguée et pourtant tendue comme une corde d'arc. Elle savait pourquoi, mais le savoir ne lui servait à rien. Elle était dans les limbes, prisonnière entre son amour pour cet homme et sa haine pour sa mission. Elle était perdue, car ses pensées revenaient perpétuellement vers lui.

L'enfance de Renya avait été bâtie sur le rejet, car elle était difforme et ne pouvait pas participer aux jeux des autres enfants. Ils se moquaient de sa jambe estropiée ainsi que de son dos tordu ; elle se réfugiait dans sa chambre…

et dans sa tête. Aulin avait eu pitié d'elle, il lui avait fait don de la beauté grâce aux machines de la terreur. Mais, bien qu'avec le temps elle ait changé à l'extérieur, la Renya intérieure resta la même – apeurée devant les sentiments d'affection, terrorisée devant l'amour, car cela signifiait offrir son cœur et abaisser ses défenses. Pourtant, l'amour l'avait transpercée, comme la lame d'un assassin, et elle se sentait flouée. Tenaka avait été un héros, un homme en qui elle pouvait avoir confiance. Elle avait accueilli la lame à bras ouverts. Et maintenant, elle comprenait qu'il y avait du poison au bout.

Elle ne pouvait pas vivre avec lui.

Elle ne pouvait pas vivre sans lui.

La tente en toile la déprimait, aussi partit-elle marcher dans la nuit. Le camp s'étalait sur près d'un kilomètre, et la tente de Tenaka en était l'épicentre. Subodaï grogna et roula sur lui-même lorsqu'elle passa.

— Va dormir, femme ! grommela-t-il.

— Je n'y arrive pas.

Il poussa une malédiction et s'assit en se grattant la tête.

— Quel est le problème ?

— Cela ne te regarde pas.

— Ses femmes te dérangent, décida Subodaï. C'est commun chez les femmes drenaïes. Vous êtes gourmandes.

— Cela n'a rien à voir avec ses femmes, répliqua sèchement Renya.

— C'est ce que tu dis ! Pourquoi il t'a virée de sa tente, alors ?

— Je me suis virée toute seule !

— Mmh. Tu es une belle femme, je dois l'admettre.

— C'est pour cela que tu dors à l'extérieur de ma tente ? Tu attends que je t'invite à l'intérieur ?

— Chhhut, ne le murmure même pas ! dit Subodaï en montant la voix. Un homme pourrait y perdre sa tête – ou pire. Je ne veux pas de toi, femme. Tu es bizarre, folle même. Je t'ai entendue hurler comme un animal, et je t'ai vue bondir sur ces idiots de Meute-de-Rats. Je ne voudrais pas de toi dans mon lit – j'aurais trop peur de m'endormir !

— Alors que fais-tu ici ?

— Le Khan l'a ordonné.

— Tu es devenu son chien. Assis, pas bouger, couché devant la tente !

— Oui, je suis son chien. Je suis fier d'être son chien. Il vaut mieux être le chien d'un roi que le roi d'une bande de chacals.

— Pourquoi ? demanda Renya.

— Comment ça, pourquoi ? N'est-ce pas évident ? Qu'est-ce que la vie, sinon une trahison ? Nous débutons jeunes, pleins d'espoirs. Le soleil est bon avec nous, le monde nous attend. Mais les années passent et tu constates à quel point tu es tout petit, insignifiant devant le pouvoir des saisons. Puis tu commences à vieillir. Les forces t'abandonnent et le monde se rit de toi à travers les railleries des jeunes. Et puis tu meurs. Seul. Insatisfait. Mais des fois… des fois un homme vient, qui lui n'est pas insignifiant. Il peut changer le monde, voler leur pouvoir aux saisons. Il devient le soleil.

— Et tu crois que Tenaka est cet homme ?

— Croire ? s'exclama Subodaï. Qu'est-ce que j'y connais, moi, aux croyances ? Il y a quelques jours, il était Danse-Lames. Seul. Puis il m'a pris. Un Lances. Et puis Gitasi. Et Ingis. Et la nation. Tu comprends ? Il n'y a rien qu'il ne puisse faire. Rien !

— Il ne peut pas sauver ses amis.

— Pauvre femme. Tu ne comprends toujours pas.

Renya l'ignora et continua à marcher vers le centre du camp. Il la suivit discrètement, restant à une dizaine de pas derrière elle. Ce n'était pas dur, cela lui permettait de la regarder avec un plaisir non dissimulé. Ses yeux noirs s'attardèrent sur ses longues jambes et la courbe subtile de ses reins. Par les dieux, quelle femme ! Si jeune et si forte. Une grâce animale.

Il se mit à siffler, mais le son mourut dès qu'il aperçut la tente du Khan. Il n'y avait pas de gardes. Il courut vers Renya et la tira en arrière pour l'arrêter.

— Ne me touche pas, siffla-t-elle.

— Il se passe quelque chose, dit-il.

Elle releva la tête, les narines dilatées par les parfums de la nuit. Mais la puanteur nadire était tout autour d'elle, l'empêchant de déceler quoi que ce soit.

Des ombres noires se faufilèrent vers la tente.

— Assassins ! hurla Subodaï en dégainant son épée et en se précipitant en avant.

Les formes sombres convergèrent vers lui. Tenaka Khan ouvrit le battant de sa tente, l'épée à la main, pour apercevoir Subodaï qui se taillait un chemin jusqu'à lui. Tenaka le vit trébucher et s'écrouler sous les coups d'épée.

Il sortit pour affronter les tueurs.

Un hurlement démoniaque retentit dans tout le campement, et les assassins ralentirent le pas.

Puis le démon fut sur eux. Un revers de main envoya un homme voltiger à trois mètres dans les airs. Un deuxième s'écroula lorsque des griffes lui tranchèrent la gorge. Sa vitesse était faramineuse. Tenaka courut pour l'aider, parant le coup d'estoc d'un guerrier trapu, et lui enfonçant en retour sa lame entre les côtes.

Ingis arriva au pas de charge avec quarante guerriers. Les assassins déposèrent les armes et s'immobilisèrent devant le Khan, les yeux abattus.

Tenaka nettoya son épée et la rengaina.

— Trouve-moi qui les a envoyés, dit-il à Ingis, et il marcha à grands pas vers Subodaï, étendu sur le sol.

Le bras gauche de l'homme pissait le sang, et il avait une entaille profonde juste au-dessus de la hanche.

Tenaka lui fit un garrot au bras.

— Tu vivras ! dit-il. Mais tu me surprends. Te faire avoir par quelques prédateurs nocturnes.

— J'ai glissé dans la boue, grommela Subodaï pour se défendre.

Deux hommes portèrent le guerrier blessé dans la tente de Tenaka. Le Khan se releva et chercha Renya, mais elle avait disparu. Il interrogea les guerriers qui se trouvaient là, et deux d'entre eux affirmèrent l'avoir vue courir vers l'ouest. Tenaka demanda son cheval.

Ingis s'approcha de lui.

— Ce n'est pas prudent de partir seul à sa recherche.

— Non. Mais je dois le faire.

Il grimpa en selle et sortit du campement au galop. Il faisait trop sombre pour suivre des traces, mais il continua à galoper en direction des Steppes. Il n'y avait aucun signe d'elle.

Plusieurs fois il fit ralentir son cheval et cria son nom. Il n'y eut pas de réponse. Finalement il arrêta sa monture et regarda tranquillement autour de lui. Pas trop loin, sur sa gauche, il y avait un bosquet d'arbres entouré par des buissons touffus. Il indiqua la direction à son cheval et s'y rendit au petit trot. Mais, tout d'un coup, le cheval s'arrêta et hennit de peur. Tenaka calma la bête, lui tapota le cou en soufflant des mots doux à son oreille. Le cheval refusa de faire un pas de plus. Il descendit et dégaina son épée.

La logique lui disait que, quoi qu'il y ait dans les fourrés, ce n'était pas Renya, car le cheval la connaissait. Pourtant, autre chose que la logique prenait le dessus dans son esprit.

— Renya ! appela-t-il.

Le son qui répondit à son appel ne ressembla à rien de ce qu'il avait jamais entendu : un gémissement funèbre proche du sifflement. Il rengaina son épée et avança lentement.

— Renya ! C'est Tenaka.

Les buissons explosèrent littéralement et elle le percuta de toutes ses forces, le projetant en arrière, sur le dos. Une de ses mains se referma sur sa gorge ; l'autre se tenait au-dessus de ses yeux, toutes griffes dehors. Il ne bougea pas, il se contenta de regarder ses yeux fauves. Les pupilles étaient devenues des fentes, longues et ovales. Lentement, il leva ses mains vers les siennes. La lueur animale mourut dans son regard et l'étreinte sur sa gorge se relâcha. Puis elle ferma les yeux et s'évanouit dans ses bras. Gentiment, il la roula sur le dos.

Un son de sabots dans les Steppes le fit se redresser. Ingis apparut, au galop, ses quarante guerriers derrière lui, et sauta de sa selle.

— Elle est morte ?

— Non, endormie. Quelles nouvelles ?

— Ces chiens ne veulent pas parler. Je les ai tous tués, sauf un, qu'on soumet à la question.

— Bien. Et Subodaï ?

— Il est chanceux. Il guérira vite.

— Alors tout va bien, fit Tenaka. Aide-moi à ramener ma femme à la maison.

— Tout va bien ? répéta Ingis. Il y a un traître en fuite et nous devons le trouver.

— Il a échoué, Ingis. Il sera mort au matin.

— Comment peux-tu en être sûr ?

— Tu verras bien.

Tenaka s'assura que Renya soit bien installée sous sa tente avant d'accompagner Ingis à l'endroit où était retenu l'assassin pour l'interrogatoire. L'homme avait été attaché à un arbre, et ses doigts avaient été cassés, un par un. On préparait un feu sous ses pieds. Tenaka avança et fit arrêter les tortures.

— Ton maître est mort, dit-il. Tout cela est inutile. Comment souhaites-tu mourir ?

— Je m'en moque.

— As-tu une famille ?

— Ils n'étaient pas au courant, répondit l'homme, la peur au ventre.

— Regarde-moi bien dans les yeux, mon gars, et crois-moi. Je ne ferai pas de mal à ta famille. Ton maître est mort et tu as échoué. C'est une punition suffisante. Tout ce que je veux savoir c'est : pourquoi ?

— J'ai juré d'obéir.

— C'est à moi que tu avais juré obéissance.

— Non, ce n'est pas vrai. Seulement à mon maître de guerre – lui, en revanche, vous avait prêté serment, moi je n'ai pas trahi ma parole. Comment est-il mort ?

Tenaka haussa les épaules.

— Tu veux voir le corps ?

— Je voudrais mourir à ses côtés, répondit l'homme. Je le suivrai même dans la mort, car il a été bon avec moi.

— Très bien. (Tenaka le détacha.) Veux-tu qu'on te porte ?

— Je peux marcher, bon sang !

Suivi par Tenaka, Ingis et ses quarante guerriers, l'homme les mena à travers tout le camp jusqu'à ce qu'ils atteignent la tente de Murapi, où deux gardes étaient postés.

— Je suis venu voir le cadavre, déclara-t-il.

Les gardes le regardèrent étonnés et il comprit aussitôt qu'il avait été trompé.

Il se retourna pour affronter Tenaka.

— Que m'as-tu fait ? hurla-t-il.

Le battant de la tente se souleva et Murapi sortit. Il avait plus de quarante ans et était solidement bâti. Il eut un léger sourire.

— De tous mes hommes, dit-il calmement, je ne pensais pas que tu briserais celui-ci. La vie est décidément pleine de surprises !

L'homme tomba à ses genoux.

— On m'a trompé, Seigneur, sanglota-t-il.

— Ce n'est pas grave, Nagati. Nous en parlerons pendant notre voyage.

Tenaka fit un pas en avant.

— Tu as rompu ton serment, Murapi. Pourquoi ?

— J'ai tenté ma chance, Tenaka, répondit-il sans s'émouvoir. Si tu dis vrai, les portes de Dros Delnoch vont s'ouvrir pour nous, et avec elles, l'empire drenaï tout entier. Mais tu ne pars là-bas que dans l'intention de sauver tes amis. Ce n'était qu'un pari.

— Tu connais le prix de l'échec ?

— Oui, je le connais bien. Me sera-t-il permis de me tuer ?

— Oui.

— Alors tu ne feras pas de mal à ma famille ?

— Non.

— Tu es généreux.

— Si tu étais resté avec moi, tu aurais vu à quel point je peux l'être.

— Est-il trop tard ?

— Oh oui ! Tu as une heure.

Comme Tenaka repartait vers sa tente, Ingis le suivit pas à pas.

— Tu es un homme subtil, Tenaka Khan.

— Tu en doutais, Ingis ?

— Pas le moins du monde, mon Seigneur. Puis-je donner à mon fils, Sember, le commandement des Loups de Murapi ?

— Non, je les commanderai moi-même.

— Très bien, mon Seigneur.

— Demain, ils garderont ma tente.

— Tu aimes vivre dangereusement ?

— Bonne nuit, Ingis.

Tenaka pénétra dans sa tente et alla jusqu'au lit de Subodaï. Le guerrier dormait profondément, mais il avait retrouvé ses couleurs. Il se rendit alors à l'arrière de la tente où Renya était allongée. Il toucha son front et elle se réveilla, ses yeux redevenus normaux.

— Tu m'as trouvée ? murmura-t-elle.

— Je t'ai trouvée.

— Alors, tu sais ?

— Je sais.

— J'arrive à me contrôler la plupart du temps. Mais ce soir, ils étaient trop nombreux, et j'ai cru qu'ils allaient te tuer. J'ai perdu le contrôle.

— Tu m'as sauvé.

— Comment va Subodaï ? Est-ce qu'il a survécu ?

— Oui.

— Il t'adore.

— Oui.

— Très… fatiguée, dit-elle.

Ses yeux se refermèrent et, s'avançant, elle l'embrassa sur les lèvres.

Ses yeux se rouvrirent.

— Tu vas essayer de sauver Ananaïs, pas vrai ?

Ses paupières s'affaissèrent une fois encore. Il tira la couverture sur elle et partit au centre de la tente.

Là, il s'assit et se versa un gobelet de nyis, qu'il but lentement.

Essayait-il de sauver Ananaïs ?

Franchement ?

Ou était-il juste content que la décision ait été prise pour lui ?

Si Ananaïs trouvait la mort, qu'est-ce qui l'empêcherait de porter la guerre au cœur même de Drenaï ?

C'est vrai qu'il ne se pressait pas, mais pourquoi le ferait-il ? Decado lui avait dit qu'ils ne pouvaient pas tenir. À quoi cela servirait-il de pousser des hommes dans une avance forcée, de jour comme de nuit, pour arriver épuisés sur le champ de bataille ?

À quoi ?

Il imagina Ananaïs se tenant dans une posture de défi devant les hordes de Ceska, l'épée à la main, ses yeux bleus brillant de mille feux.

Il jura entre ses dents.

Et fit appeler Ingis.

Chapitre 24

La Légion déferla vers l'avant et les arcs géants de Lake lancèrent leurs dernières billes de plomb. Des hommes tombèrent par dizaines, la plupart touchés aux jambes, car l'infanterie était fatiguée et maintenait les boucliers très haut. Les archers envoyèrent ensuite un nuage noir de flèches sur les rangs des hommes en marche, puis les échelles s'abattirent contre le mur.

Les hommes de Skoda étaient au-delà de la fatigue et se battaient à présent comme des automates. Leurs épées étaient émoussées, leurs bras leur faisaient mal. Et pourtant ils tenaient.

Lake fit tournoyer une hache de guerre, qu'il enfonça dans un heaume qui dépassait des remparts. La hache se logea dans le crâne et l'homme tomba ; dans sa chute la hache fut arrachée des mains de Lake. Un autre soldat se hissa sur le mur, mais Ananaïs lui fonça dessus et le jeta en bas tête la première. Il passa une de ses deux épées à Lake et courut aussitôt prêter main-forte aux endroits où la ligne de défense semblait céder.

Balan le rejoignit, ainsi que Galand. Les défenseurs tinrent bon et rétablirent le front. À gauche, trois légionnaires firent une percée, sautant des remparts sur l'herbe en contrebas et fonçant vers l'hôpital. Le premier tomba, une flèche plantée dans le dos. Le deuxième trébucha, car une flèche venait de heurter son heaume, l'assommant à moitié. C'est alors que Rayvan sortit de l'hôpital, l'épée à la main.

Les hommes sourirent et coururent vers elle.

Avec une vitesse surprenante, elle bloqua le premier coup et plongea sur eux, son poids les précipitant à terre. Son épée siffla et trancha la gorge du premier.

Le second roula sur lui-même pour éviter un coup.

— Espèce de grosse truie ! hurla-t-il.

Rayvan se releva et l'homme la chargea. C'est alors qu'Irit tira une flèche qui se ficha dans la cuisse du soldat ; il hurla de douleur et se retourna. Rayvan lui enfonça son épée dans le dos. Pendant plusieurs minutes, elle regarda la bataille se dérouler sur les murs... La ligne de défense ne tiendrait plus très longtemps.

À présent, Galand se battait au côté d'Ananaïs, qui se déplaçait du côté où le combat était le plus mortel. La Légion, qui sentait que la victoire était à sa portée, ne recula pas et s'entassa contre le mur, posant davantage d'échelles. Les légionnaires étaient de plus en plus nombreux sur les remparts.

Ananaïs sentait que le cours de la bataille leur échappait et une furie glacée s'empara de lui. Les probabilités étaient contre eux, il savait qu'ils ne pouvaient pas gagner, et cela l'exaspérait énormément. Il n'avait bien réussi qu'une chose dans la vie : ne jamais perdre. Et maintenant, même cette petite certitude allait lui être ôtée en même temps que la vie.

Il bloqua un mouvement brusque dirigé vers lui, retourna sa lame et l'enfonça juste sous le heaume noir face à lui. L'homme tomba en arrière, laissant choir son épée, qu'Ananaïs récupéra en s'avançant dans la mêlée. Il avait de nouveau deux épées, et celles-ci tourbillonnaient, tuant tout sur leur passage. Il saignait d'une dizaine de petites entailles, mais sa force était intacte.

Un immense rugissement monta de ce côté du mur. Ananaïs ne pouvait pas se retourner, mais il lut la consternation dans les yeux des envahisseurs. Tout à coup, Rayvan fut à ses côtés, un bouclier sur le bras et une épée à la main. La Légion recula.

Les femmes de Skoda étaient arrivées.

Elles manquaient de maîtrise avec les armes, aussi se jetèrent-elles en aveugle dans la mêlée, taillant de toute part, décimant les envahisseurs devant elles grâce à leur nombre.

Le dernier guerrier de la Légion fut balancé par-dessus le mur, et les hommes de Skoda saisirent leurs arcs afin de repousser les envahisseurs qui s'enfuyaient en courant derrière leurs lignes.

— Enlevez les morts des remparts ! cria Ananaïs.

Mais pendant un long moment personne ne bougea, car les hommes embrassaient leurs femmes et leurs filles, leurs sœurs et leurs mères. D'autres s'agenouillaient près de corps immobiles et pleuraient ouvertement.

— On n'a pas le temps pour ça, dit Ananaïs, mais Rayvan le retint par le bras.

— On a toujours le temps pour ça, Masque Noir – c'est ce qui fait que nous sommes des êtres humains. Laissez-les tranquilles.

Ananaïs acquiesça et remonta sur les remparts, pour s'adosser à la paroi. Son dos lui faisait mal.

— Vous me surprenez, femme !

— On vous surprend facilement, dit-elle en se laissant tomber à côté de lui.

Il lui jeta un coup d'œil et sourit.

— Je parie que vous étiez une vraie beauté quand vous étiez jeune, je me trompe ?

— On m'a dit la même chose de vous !

Il gloussa et ferma les yeux.

—Et si on se mariait ? suggéra-t-il.

—Nous serons morts demain.

—Au moins, on sait déjà que notre mariage ne sera pas long.

—Vous êtes trop vieux pour moi, Masque Noir.

—Quel âge avez-vous ?

—Quarante-six ans, répondit Rayvan.

—Parfait !

—Vous devez être désespéré. Et puis vous saignez – allez faire panser ces blessures.

—Je vous ai à peine demandée en mariage que déjà vous commencez à m'enquiquiner.

—Les femmes sont comme ça. Allez, bougez-vous un peu !

Elle le regarda marcher vers l'hôpital et se releva. Elle reporta son regard sur la Légion qui se reformait une fois de plus.

Rayvan se tourna vers les défenseurs.

—Enlevez les cadavres du mur, bande d'imbéciles ! hurla-t-elle. Allez, remuez-vous ! Vous, les femmes, attrapez une épée. Et trouvez-vous des heaumes, ajouta-t-elle après coup.

Un légionnaire mort se trouvait à côté d'elle. Elle lui arracha son heaume avant de le pousser du haut des remparts. Le heaume était en bronze avec un panache de crins noirs. Il lui allait bien, pensa-t-elle en bouclant l'attache.

—Tu es charmante, Rayvan, dit Irit en se portant à ses côtés.

—Tu aimes les gens à panache, toi, le mâle ?

—J'ai toujours eu un faible pour toi, femme ! Depuis ce fameux jour dans la prairie, au nord.

—Ah, tu t'en souviens donc ? Quel compliment !

Irit se mit à rire.

— Je ne crois pas qu'aucun homme puisse t'oublier.

— Il n'y a que toi pour parler de sexe en plein milieu d'une bataille. Tu es vraiment un bouc, vieil homme ! Au moins, Ananaïs a eu la courtoisie de me demander ma main.

— Allons bon ? N'accepte pas – c'est un coureur.

— En une journée, je ne risque pas grand-chose, dit-elle.

La Légion chargea de nouveau.

Pendant une heure, elle se battit pour poser le pied sur les remparts, mais les défenseurs avaient retrouvé leur courage et de nouvelles forces. Lake avait fait remplir de petits sacs avec des pierres qu'il déversait à présent dans les bols de ses arcs géants. Par trois fois les projectiles purent siffler et cingler dans les rangs de la Légion avant que l'un des arcs casse sous la tension.

Les envahisseurs reculèrent.

Alors que le soleil se couchait sur cette troisième journée, le mur tenait toujours.

Ananaïs convoqua Balan.

— Quelles nouvelles de Tarsk ?

— C'est étrange, fit Balan. Il y a eu une attaque ce matin et depuis, plus rien. L'armée est assise et attend.

— Je prie le ciel pour qu'ils décident de faire pareil ici, déclara Ananaïs.

— Dites-moi, Masque Noir, avez-vous la foi ?

— En quoi ?

— Vous venez de parler du ciel.

— Je n'en sais pas assez pour y croire, répondit Ananaïs.

— Decado m'a promis que je ne serais pas seul. Et pourtant je le suis. Les autres sont partis. Vous comprenez ? Les autres avaient la foi, et je pouvais la ressentir. Depuis qu'ils sont partis… je ne suis plus sûr.

—Je ne peux pas t'aider, Balan.

—Non. Personne ne peut m'aider.

—Je crois qu'il est mieux d'avoir la foi que de ne pas l'avoir. Mais je ne pourrais pas te dire pourquoi, déclara Ananaïs.

—Cela donne de l'espoir contre le mal qui ronge le monde, répondit Balan.

—Quelque chose de ce genre. Dites-moi, est-ce que les maris et les femmes restent ensemble dans votre paradis ?

—Je ne sais pas. C'est un point de débat depuis des siècles, admit le prêtre.

—Mais y a-t-il une chance ?

—Je le pense.

—Alors, viens avec moi, dit Ananaïs en le relevant.

Ils marchèrent dans l'herbe jusqu'aux tentes des réfugiés où Rayvan était assise avec ses amies.

Elle les regarda approcher, puis Ananaïs s'arrêta devant elle et fit une révérence.

—Femme, j'ai un prêtre avec moi. Acceptez-vous de vous remarier ?

—Idiot ! s'exclama-t-elle en gloussant.

—Pas du tout. J'ai toujours voulu trouver une femme avec laquelle passer la fin de mon existence. Mais je ne l'ai jamais trouvée. Or, il semblerait que je vais vivre le reste de ma vie avec vous. J'ai pensé que je pouvais faire de vous une honnête femme.

—Voilà qui est bel et beau, Masque Noir, répondit-elle, sauf que je ne vous aime pas.

—Moi non plus. Mais une fois, vous avez apprécié mes grandes qualités, donc je suis sûr que vous vous y ferez.

— Très bien, fit Rayvan avec un grand sourire. Mais le mariage ne sera pas consommé avant la troisième nuit. Coutume montagnarde !

— D'accord, dit Ananaïs. De toute façon, j'ai la migraine.

— C'est absurde, décréta sèchement Balan. Je ne me prêterai pas à cette mascarade – vous vous moquez d'un lien sacré.

Ananaïs posa la main sur l'épaule de Balan.

— Non, prêtre, nous ne nous moquons pas, dit-il doucement. C'est un moment de légèreté au milieu de toute cette horreur. Regarde tous ces sourires autour de toi.

Balan soupira.

— Très bien. Approchez, tous les deux.

Les réfugiées sortirent des tentes comme la nouvelle se répandait, et plusieurs femmes ramassèrent des fleurs pour en faire des guirlandes. On amena du vin. La nouvelle atteignit même l'hôpital, où Valtaya venait juste de finir son travail ; elle sortit dans la nuit, ne sachant trop que penser de ses sentiments.

Ananaïs et Rayvan retournèrent à pied jusqu'aux remparts, main dans la main, et les hommes qui s'y trouvaient crièrent à s'en casser la voix. En arrivant aux marches, il la souleva et la posa sur son épaule, puis il la porta jusqu'en haut.

— Pose-moi, espèce de lourdaud ! hurla-t-elle.

— Je te fais juste franchir le seuil, lui expliqua-t-il.

Les hommes se bousculèrent autour d'eux et le son de leurs rires dériva jusqu'au campement de la Légion.

Ceska convoqua Darik.

— Que se passe-t-il ? demanda-t-il.

— Je ne sais pas, sire.

— Ils rient de moi ! Pourquoi vos hommes ne se sont-ils pas encore emparés du mur ?

— Ils le feront, sire. À l'aube, je vous le promets !

— S'ils ne le font pas, je te ferai souffrir, Darik. Je suis fatigué de cet endroit pestilentiel. Je veux rentrer chez moi.

Pendant trois heures sanglantes, la bataille continua en cette matinée du quatrième jour. Mais la Légion n'arriva pas à s'emparer du mur. Ananaïs pouvait difficilement contenir sa joie, car même à travers sa fatigue, il pouvait deviner que le vent avait tourné. Sans les Unis, les légionnaires se battaient de façon mécanique, peu enclins à risquer leurs vies, tandis que les hommes de Skoda se battaient avec un cœur frais et une confiance renouvelée. Le vin grisant de la victoire coulait dans les veines d'Ananaïs qui riait et plaisantait avec les hommes, lançant des insultes aux soldats ennemis en déroute.

Mais juste avant midi, on aperçut une colonne en marche en provenance de l'Est, et les rires moururent.

Vingt officiers arrivèrent à cheval dans le camp de Ceska, amenant avec eux cinq cents Unis des arènes de Drenan. C'étaient des bêtes élevées spécialement pour le combat, elles faisaient dans les deux mètres cinquante – des croisements entre des ours du Nord, des singes de l'Est, des lions, des tigres, des loups gris de l'Ouest et des âmes d'homme.

Ananaïs resta sans bouger, ses yeux bleus scrutant l'horizon.

— Allez, Tani, souffla-t-il. Par tout ce qui est sacré, il ne faut pas que cela finisse ainsi.

Rayvan, Balan, Lake et Galand le rejoignirent.

— Il n'y a pas de justice, cracha Rayvan.

Le silence accueillit son commentaire, un silence qui parcourut tout le mur.

Les Unis géants ne perdirent pas de temps dans le campement et s'organisèrent tout de suite en une grande ligne d'assaut, les officiers derrière eux.

Irit tira sur la manche d'Ananaïs.

— Vous avez un plan, général ? demanda-t-il.

Ananaïs baissa les yeux vers le vieil homme, et retint une réplique amère en voyant la peur diffuse dans les yeux d'Irit. L'homme était gris, ses lèvres étaient serrées.

— Pas de plan, mon ami.

Les bêtes ne chargèrent pas, elles se mirent en marche, armées de grands gourdins, d'espadons, de massues et de haches. Leurs yeux étaient rouges comme le sang et leur langue pendait de leurs mâchoires béantes. Elles avancèrent en silence, un silence qui pompait l'âme, qui mangeait le courage des défenseurs. Les hommes commencèrent à s'agiter sur les remparts.

— Il faut que vous trouviez quelque chose à dire, général, le pressa Rayvan.

Ananaïs secoua la tête, les yeux vides. Une fois de plus, il se voyait dans l'arène, éprouvant l'amertume inaccoutumée de la peur… en voyant la herse se lever doucement… en entendant la foule se taire étrangement. Hier, il aurait pu affronter ces bêtes monstrueuses. Mais là, il avait eu la victoire en ligne de mire – il avait été si près du but qu'il sentait la victoire lui souffler sur la nuque.

Un soldat sauta en bas du mur et Rayvan se retourna d'un bond.

— Olar ! Ce n'est pas le moment de partir !

L'homme s'arrêta et baissa la tête.

— Reviens te battre avec nous, mon garçon. Nous tomberons tous ensemble – c'est ce qui fait de nous ce que nous sommes. Nous sommes Skoda. Nous sommes une famille. Nous t'aimons tous.

Olar leva les yeux vers elle, des larmes sur les joues, et tira son épée.

— Je ne m'enfuyais pas, Rayvan. Je voulais être aux côtés de ma femme et de mon fils.

— Je sais, Olar. Mais nous devons essayer de tenir le mur.

Lake donna un coup de coude à Ananaïs.

— Tirez votre épée, mon vieux !

Mais le géant ne bougea pas. Il n'était plus avec eux, il était de nouveau en train de se battre dans une arène de pierre, à une autre époque.

Rayvan se leva pour se tenir sur les remparts.

— Soyez prêts, mes garçons ! Pensez à ceci : de l'aide est en chemin. Repoussons ces créatures et nous aurons une chance !

Mais sa voix fut noyée dans le terrible mugissement assoiffé de sang des Unis qui se mirent finalement à charger. Derrière eux venait la Légion.

Rayvan essaya de ne pas s'effondrer en voyant les bêtes atteindre le mur. Ils n'avaient pas besoin d'échelles ou de cordes – ils sautèrent en pleine course, atteignant facilement les cinq mètres des remparts.

L'acier brillant rencontra des serres, des griffes et des crocs, et les premiers défenseurs furent balayés. Rayvan enfonça son épée dans une gueule ouverte, et un Uni partit à la renverse, brisant la lame d'un coup de dents. Ananaïs cligna des yeux, se forçant à revenir dans le présent. Ses deux épées étincelèrent dans le soleil. Une bête le surplomba mais, avançant d'un pas pour éviter un vicieux coup de hache, il enfonça son épée droite dans l'estomac de la créature, vissant la lame pour qu'elle pénètre davantage. Un hurlement horrible jaillit de l'Uni, qui tomba en avant, son sang giclant sur l'armure noire du guerrier. Ananaïs se débarrassa de la bête, retirant son épée de son corps, alors qu'une deuxième, brandissant une masse, s'approchait de lui. Il posa son épée droite et prit la gauche à deux mains pour donner un coup tranchant dans le bras de la créature. Sa main acérée vola dans les airs, toujours agrippée à la massue. Folle de douleur, elle se jeta sur Ananaïs. Le guerrier esquiva et enfonça son épée des deux mains dans le ventre de la bête qui s'écroulait sur lui ; elle la lui arracha.

Balan sauta des remparts et recula de vingt pas. Il se retourna, s'agenouilla sur l'herbe et ferma les yeux. Quelque part, dans toute cette horrible douleur, il devait y avoir un but, et un triomphe. Hier, la force combinée des Trente avait rendu leur forme humaine aux bêtes. Maintenant, il n'y avait plus que Balan.

Il vida son esprit de toute pensée et rechercha la sérénité du Vide. Il transforma son absence de pensée en un canal vers les Unis. Il essaya de les joindre…

Et dut reculer devant une telle soif de sang et de furie. Il s'arma de courage et retenta l'expérience.

De la haine ! Une haine effroyable qui consumait tout. Il la ressentit et s'enflamma à son tour, haïssant les Unis, leurs maîtres, Ananaïs, Rayvan et tous les êtres de chair, qu'ils soient corrompus ou non.

Non. Pas de haine. Pas de haine. L'horreur passa au-dessus de lui. Il était pur, il n'avait pas été souillé. Il ne haïrait pas un homme transformé en monstre, pas plus que celui qui l'avait transformé.

Le mur de haine était tout autour de lui, mais il le repoussa.

Il ne réussit pas à trouver un seul souvenir capable d'infliger un choc aux bêtes, car elles n'étaient pas d'anciens Dragons. Il utilisa alors une émotion que tous ces hommes avaient connue à coup sûr.

L'amour.

L'amour d'une mère pendant une nuit froide et terrifiante ; l'amour d'une femme quand tout autour vous fait défaut ; l'amour d'une fille, donné librement, le temps d'un câlin ; le premier sourire d'un bébé ; l'amour d'un ami.

Il augmenta son pouvoir et lança ses sentiments à la manière d'une vague sur le sable.

Sur le mur, le carnage était affreux.

Ananaïs saignait d'une dizaine d'entailles. Il vit avec horreur un Uni qui bondissait sur Rayvan, les faisant tomber tous les deux d'un rempart. Il courut vers eux. Elle se retourna dans sa chute : l'Uni atterrit sur le dos, elle au-dessus. Son poids fit sortir tout l'air des poumons de la bête, et Rayvan vit là sa chance ; elle enfonça sa dague dans le cou de l'Uni et roula sur le côté pour éviter un coup de serres. Comme ivre, la créature se releva, mais Ananaïs lui enfonça son épée dans le dos.

Au-dessus d'eux, la ligne de défense fut défoncée et les bêtes se répandirent le long des remparts. Les survivants de Skoda quittèrent leur poste et s'enfuirent, mais les Unis les poursuivirent, les hachant menu.

Soudain, la bête la plus proche de Balan tituba, laissa tomber son épée et se tint la tête. Un hurlement de désespoir monta dans le ciel et partout, les Unis reculèrent devant des guerriers de Skoda incrédules.

— Tuez-les ! hurla Galand, qui courait en avant, enfonçant son épée dans un cou poilu.

Le charme se rompit et les hommes de Skoda se ruèrent sur les bêtes étourdies, les tuant par dizaines.

— Non, souffla Balan. Bande d'imbéciles !

Deux Unis se tournèrent vers le prêtre agenouillé. Une massue passa en trombe et le prêtre fut soulevé de terre. Des serres lui déchirèrent la poitrine et son âme lui fut arrachée du corps.

La furie des bêtes les reprit et leurs grognements meurtriers résonnèrent de nouveau pour couvrir le bruit de l'acier qui s'entrechoquait. Galand, Rayvan et Lake coururent très vite avec une dizaine de guerriers vers l'hôpital. Alors qu'Ananaïs se frayait un chemin jusqu'à eux, une griffe lui laboura le dos, arrachant son gilet de cuir et lui cassant une côte. Il se dévissa et donna un coup d'estoc ; la bête tomba. Des mains le tirèrent à l'intérieur et la porte en bois fut refermée violemment.

Un poing velu traversa l'un des volets en bois de la fenêtre et Galand s'avança pour enfoncer son épée dans le cou de la créature. Une main acérée l'attrapa par le gilet et l'attira vers l'encadrement en bois de la fenêtre. Il ne hurla qu'une seule fois, lorsqu'une mâchoire géante se referma sur son visage ; des crocs prirent la mesure du crâne et celui-ci explosa comme un melon. Son corps fut happé à travers la fenêtre.

Une hache s'enfonça en haut de la porte, manquant de peu la tête d'Ananaïs. Valtaya sortit de la salle d'opération, le visage blanc comme un linge. Dans sa main, elle tenait une aiguille et du fil ainsi qu'une compresse imbibée de sang. Elle laissa tout tomber en voyant les Unis escalader les débris pour passer par la fenêtre.

—Ananaïs ! hurla-t-elle, et il sauta en arrière.

Au même moment, la porte vola en éclats et un Uni gigantesque, muni d'une hache, entra dans la pièce. Ananaïs envoya un formidable coup de taille qui blessa sévèrement la créature au niveau du ventre ; elle se vida de ses entrailles sur le sol. La créature trébucha et s'écroula, laissant tomber sa hache qu'Ananaïs s'empressa de ramasser.

Rayvan vit deux Unis courir vers Valtaya et courageusement, elle vint s'interposer en agitant son épée. Un revers l'envoya bouler. Ananaïs décapita une créature à tête de lion et se retourna pour venir aider Valtaya.

Il enfonça sa hache dans le dos du premier Uni et dégagea l'arme aussi vite qu'il put. Mais la deuxième créature surplombait déjà Valtaya.

— Ici, chien des enfers ! gronda Ananaïs, et la créature tourna brusquement sa grande tête, essayant de se concentrer sur cette ridicule silhouette avec un masque noir.

D'un revers de la main, elle écarta la hache, ignorant la blessure qu'elle venait de s'infliger elle-même à l'avant-bras. Ses serres jaillirent et elle arracha le masque d'Ananaïs, l'envoyant à terre. Il chuta lourdement et perdit sa hache. La créature lui sauta dessus. Ananaïs fit un roulé-boulé pour se redresser et bondit lui aussi, les pieds en avant vers le monstre. Les crocs se brisèrent contre ses bottes, et la bête fut catapultée contre le mur. Ananaïs ramassa sa hache, et dans un arc de cercle meurtrier, l'enfonça dans le flanc de la bête.

— Derrière toi ! cria Rayvan, mais trop tard.

Une lance entra dans le dos d'Ananaïs et ressortit sous le sternum.

Il grogna et pivota d'un coup sec, arrachant l'arme des mains de la créature. L'Uni sauta en avant et il essaya de reculer, mais la lance était coincée contre le mur. Ananaïs baissa la tête et agrippa la bête, l'enserrant dans une étreinte digne d'un ours.

Des crocs déchirèrent le visage et le cou d'Ananaïs, mais de ses bras puissants il continuait à attirer la créature contre lui, pour qu'elle s'embroche sur la pointe qui saillait de son corps. L'Uni hurla de rage et de douleur.

Rayvan regarda la scène et le temps sembla se figer.

Un homme contre un monstre.

Un mourant contre une créature des ténèbres. Elle fut avec lui de tout son cœur à ce moment-là, en voyant les muscles de ses bras gonfler et ployer devant la puissance de la bête. Elle se releva tant bien que mal et planta sa dague dans le dos de l'Uni. C'était la seule aide qu'elle pouvait lui apporter… Elle fut suffisante. Ananaïs, mettant toutes ses forces dans le geste, tira un grand coup et la bête s'empala sur la lance.

Dehors, un tonnerre de sabots résonna dans les montagnes. Les hommes de la Légion se retournèrent pour regarder vers l'est, plissant les yeux pour voir quels étaient les cavaliers qui chevauchaient dans ce nuage de poussière.

Darik sortit en courant de la tente de Ceska, se protégeant les yeux. Par l'Enfer, que se passait-il ? Était-ce la cavalerie de Delnoch ? Sa mâchoire s'affaissa lorsqu'il réussit à discerner la première ligne de cavaliers au milieu de la poussière.

Des Nadirs !

Il hurla pour que ses hommes forment un cercle autour de la tente de l'empereur, et tira l'épée de son fourreau. C'était impossible. Comment auraient-ils pu s'emparer de Delnoch aussi facilement…

Les légionnaires coururent prendre position, assemblant leurs boucliers pour dresser un mur contre les cavaliers. Mais ils n'étaient pas assez nombreux, et aucun d'eux ne portait de lance. Les cavaliers de tête sautèrent par-dessus le mur de fortune et se retournèrent pour piquer les défenseurs de leurs lances, par-derrière.

Le mur s'effondra, et les hommes s'enfuirent dans tous les sens, submergés par la déferlante nadire. Darik tomba dans l'embrasure de la tente de l'empereur, une lance plantée dans la poitrine.

Tenaka sauta de cheval et entra dans la tente, l'épée à la main.

Ceska était sur son lit de soie.

— Je t'ai toujours bien aimé, Tenaka, dit-il.

Le Khan avança, ses yeux violets brillant de mille feux.

— Tu aurais pu devenir le Comte de Bronze, tu sais ? J'aurais pu te faire rechercher et tuer en Ventria, mais je ne l'ai pas fait.

Ceska tortilla son corps grassouillet sur le lit et s'agenouilla dessus, face à Tenaka, agitant ses mains.

— Ne me tue pas ! Laisse-moi partir – je ne t'ennuierai plus jamais.

L'épée siffla et pénétra entre les côtes de Ceska.

L'empereur tomba à la renverse.

— Tu vois ? dit-il. Tu ne peux pas me tuer. Le pouvoir de l'Esprit du Chaos est en moi et je suis immortel. (Il se mit à rire, d'un rire aigu et strident.) Je suis immortel – je suis un dieu. (Il tituba mais réussit à se relever.) Tu vois ?

Il cligna des yeux et retomba à genoux.

— *Non !* hurla-t-il avant de tomber face contre terre.

D'un coup d'épée, Tenaka lui trancha la tête. Il la saisit par les cheveux, sortit de la tente et monta à cheval. Il partit au galop en direction du mur où se tenait la Légion. Sur la plaine, tous les légionnaires avaient été massacrés, et les Nadirs attendaient l'ordre d'attaquer derrière leur Khan.

Tenaka souleva la tête dégoulinante.

— Voici votre empereur ! Déposez les armes et vous serez épargnés.

Un officier trapu se pencha au-dessus du mur.

— Pourquoi devrions-nous te croire, Nadir ?

— Parce que c'est la parole de Tenaka Khan. S'il y a des Unis encore vivants derrière ce mur, tuez-les. Faites-le maintenant, si vous voulez rester en vie.

À l'intérieur de l'hôpital, Rayvan, Lake et Valtaya se démenaient pour extraire la lance qui clouait Ananaïs à l'Uni. Irit entra dans la pièce en boitant ; il saignait d'une blessure au côté.

— Dégagez ! dit-il en ramassant une hache sur le sol et, d'un seul coup, il trancha la hampe. Et maintenant, tirez-le.

Ils dégagèrent Ananaïs avec précautions et le portèrent sur un lit où Valtaya nettoya ses plaies, sur sa poitrine et dans son dos.

— Il faut que tu vives, Ananaïs, fit Rayvan. Je t'en prie, *vis* !

Lake échangea un regard avec Irit.

Valtaya s'assit auprès d'Ananaïs et lui prit la main. Le guerrier ouvrit les yeux, murmura quelque chose, mais personne ne put saisir ses mots. Des larmes naquirent dans les yeux d'Ananaïs, et il sembla regarder derrière eux. Il fit un effort pour s'asseoir, mais retomba. Rayvan fit volte-face.

Tenaka Khan était dans l'entrée. Il marcha jusqu'au lit et se pencha sur le guerrier, replaçant le masque sur son visage. Rayvan s'écarta car Ananaïs essayait de parler. Tenaka dut se pencher davantage.

— Savais… que… tu… viendrais.

— Oui, mon frère. Je suis venu.

— Tout… fini… maintenant.

— Ceska est mort. Le pays est libéré. Tu as gagné, Ani ! Tu as tenu. Je savais que tu y arriverais. Au printemps, je t'emmènerai faire un voyage dans les Steppes. J'ai plein d'endroits à te montrer : la tombe d'Ulric, la Vallée des Anges. Tout ce qui te plaira.

— Non. Non… mensonges.

— Non, fit Tenaka, désemparé. Ce ne sont pas des mensonges. Pourquoi, Ani ? Pourquoi est-ce que tu dois mourir ?

— Mieux… mort. Pas de regret. Pas de colère. Pas vraiment… un héros, maintenant.

La gorge de Tenaka se mit à gonfler et des larmes coulèrent de ses joues sur le masque en cuir. Ananaïs ferma les yeux.

— Ani !

Valtaya souleva le bras, cherchant le pouls. Elle secoua la tête. Tenaka se leva, un masque de fureur sur le visage.

— Vous ! gronda-t-il, en désignant Rayvan et en embrassant tous les autres du regard. Espèce de racaille ! Il en valait mille comme vous.

— Peut-être, général, accorda Rayvan. Et qu'en est-il de vous ?

— J'ai le pouvoir, répondit-il en sortant de la pièce à grands pas.

Dehors, Gitasi, Subodaï et Ingis attendaient avec plus d'un millier de guerriers nadirs. La Légion avait été désarmée.

Soudain, un clairon retentit à l'ouest et toutes les têtes se tournèrent. Turs et cinq cents hommes de Skoda arrivaient au pas de course dans la vallée, suivis par dix mille légionnaires, lourdement armés, en formation de combat. Rayvan bouscula Tenaka et courut jusqu'à Turs.

— Que s'est-il passé ? demanda-t-elle.

Turs sourit.

— La Légion s'est mutinée et nous a rejoints. Nous sommes venus aussi vite que possible.

Le jeune guerrier regarda tous les cadavres qui jonchaient les remparts et la plaine alentour.

— Je vois que Tenaka a tenu sa promesse.

— Je l'espère, fit Rayvan.

Elle se tint droite et retourna vers Tenaka.

— Je vous remercie pour votre aide, général, dit-elle formellement. Je veux que vous sachiez que par ma bouche, c'est la nation drenaïe tout entière qui vous parle. J'aimerais vous offrir l'hospitalité de Dros Delnoch pour un petit moment. Et pendant que vous y séjournerez, je ferai un tour à Drenan pour chercher un témoignage de notre gratitude. Combien d'hommes avez-vous amenés ?

— Quarante mille, Rayvan, répondit-il, avec un sourire lugubre.

— Est-ce que dix raqs d'or par tête seraient un témoignage suffisant ?

— Sans conteste !

— Faisons ensemble un bout de chemin, voulez-vous ? dit-elle en l'emmenant dans les bois derrière les murs.

— Est-ce que je peux toujours vous faire confiance, Tenaka ? demanda-t-elle.

Il regarda autour de lui.

— Donnez-moi une bonne raison de ne pas m'emparer de ce pays.

— Ananaïs, dit-elle simplement.

Il acquiesça solennellement.

— Vous avez raison – à l'heure qu'il est, ce serait encore une trahison. Faites parvenir l'or à Dros Delnoch et je repartirai aussitôt vers le nord. Mais je reviendrai, Rayvan. Les Nadirs aussi ont un destin à accomplir.

Il lui tourna le dos pour partir.

— Tenaka ?

— Oui.

— Merci pour tout ce que vous avez fait. Je le pense vraiment.

Il sourit, et un bref instant elle retrouva l'ancien Tenaka.

— Retournez dans votre ferme, Rayvan. Profitez de la vie – vous l'avez bien mérité.

— Vous ne croyez pas que la politique m'irait bien ?

— Trop bien – je ne veux pas vous avoir comme ennemie.

— Seul le temps nous le dira, répondit-elle.

Elle le regarda rejoindre ses hommes.

À présent seule, Rayvan baissa la tête.

Et elle pleura les morts.

Épilogue

Le règne de Rayvan fut très populaire, et très vite la population oublia les années de terreur sous Ceska. Les machines de Graven furent détruites. Lake reforma le Dragon, et s'avéra un général talentueux et charismatique. Scaler épousa Ravenna, la fille de Rayvan, et prit sa fonction de Comte de Dros Delnoch, Gardien du Nord.

Tenaka Khan dut combattre plusieurs guerres civiles et absorba au sein de son armée toutes les tribus qu'il vainquit. Renya lui donna trois fils.

Dix ans après la défaite de Ceska, à un mois près, Renya mourut en couches. Tenaka Khan rassembla son armée et chevaucha vers le sud, en direction de Dros Delnoch.

Scaler, Lake et Rayvan l'attendaient.

Et les portes étaient fermées.